Greg Moody

ALBTRAUM IN DENVER

Delius Klasing
EDITION MOBY DICK

Die Originalausgabe erschien unter dem Titel »Deadroll«
beim Verlag VeloPress in Boulder/Colorado, USA.

Die Deutsche Bibliothek – CIP-Einheitsaufnahme

Moody, Greg:
Albtraum in Denver:
[Will Ross im Fadenkreuz eines Killers] Greg Moody.
[Übers.: Änne Troester]. – 1. Aufl. –
Kiel: Moby Dick Verlag, 2002
(Delius Klasing – Edition Moby Dick)
Einheitssacht.: Deadroll <dt.>

1. Auflage
ISBN 3-89595-180-3
Die Rechte für die deutsche Ausgabe liegen beim
Moby Dick Verlag, Postfach 3369, D-24032 Kiel

Übersetzung: Änne Troester
Umschlaggestaltung: Buchholz/Hinsch/Hensinger, Hamburg
unter Verwendung einer Grafik von Matt Brownson
Druck: GGP Media, Pößneck
Printed in Germany 2002

Vertrieb: Delius Klasing Verlag, Siekerwall 21, D-33 602 Bielefeld
Tel.: 0521/559-0, Fax: 0521/559-113
e-mail: info@delius-klasing.de
www.delius-klasing.de

Inhalt

Prolog

Obwohl die Sonne bereits vor einer Stunde untergegangen war, hing noch immer eine drückende Hitze über Colorado, vermischt mit Autoabgasen, Staub, Rauch und den Ausdünstungen der Tagesgeschäfte. In einer Stunde würde die Luft klarer sein, aber er sah seine Chance. Für heute hieß es: jetzt oder nie.

Er hatte es vermisst.

Mittlerweile arbeitete er so viel, dass er keine Zeit mehr für diese Vertrautheit hatte, für diesen besonderen Augenblick, wenn zwei Wesen zu einem verschmolzen.

Wenn die Magie begann.

Seine streichelnde Hand strich über das kühle, glatte Rückgrat. So lang. Zu lang. Zu lang ohne diese Berührung.

Zu oft kam es ihm vor, als würde er rennen, ohne vorwärts zu kommen, als würde ihn die Arbeit langsam aussaugen und ihn von den Dingen entfernen, die ihm wichtig waren, von den Dingen, die sein Leben lebenswert machten – Rad fahren, Sex und sie. Das Schlimmste daran war, dass er für eine Fahrradfirma arbeitete. Räder waren immer der Mittelpunkt seines Lebens gewesen. Aber bei seiner Arbeit für die Fahrradfirma saß er hilflos da und sah den Kollegen dabei zu, wie sie auf den Rädern herumfuhren, als würden sie ihnen gehören. Sie kamen von zu Hause angefahren, um ihren Tag zu beginnen, flirteten schamlos mit dem, was sie als Arbeit bezeichneten, und radelten am Ende des Tages wieder zurück in ihr wirkliches Leben.

Herrgott, das wollte er wieder haben.

Sein Leben, oder was davon noch übrig war, steckte jetzt in Anzügen und Slippern und feinen Chinos, mit denen er Kunden beeindrucken sollte. Seht. Fahrt. Kauft.

Er lächelte in sich hinein und fragte sich, wie das wohl auf Latein heißen würde.

Cognitum, emere, ire curru?

Oh, was würde Mr. Sands sagen, wenn er wüsste, dass sich neunundneunzig Prozent von allem Latein, das er je gelernt hatte, innerhalb von fünfundvierzig Minuten nach dem Lernen wieder verflüchtigt hatte?

Veni, vidi, oblivisci.

Er holte tief Luft, blies sie langsam durch die Nase aus und senkte seinen Kopf.

Zu lang.

Er stand stumm da und atmete den Geruch ein, tastete Kurven und Rundungen und Schweißstellen.

Es war überholt, aber es war immer noch wunderschön, der letzte Preis eines letzten Jahres professionellen Radrennfahrens in Europa.

Das Leder des Sattels roch nach Fahrten unter französischer Sonne, in italienischem Regen und belgischer Kälte, nach Schweiß und Öl, und nach ihm. Es war kein unangenehmer Geruch.

Er lachte über sich selbst und spürte ein Zittern durch den Rahmen gehen, unerwartet, winzig, aber doch spürbar.

Es war bereit.

Lange überfällig.

Ein wenig staubig vielleicht. Aber wer war das nicht?

Ein bisschen staubig, aber bereit.

Phil Cassell ging ein letztes Mal die Kante des Pontons ab. Irgend etwas stimmte nicht, das wusste er, aber er hatte keine Zeit mehr, alle Drähte und Zünder, oder die Verbindungen mit den Sprengladungen zu überprüfen. Die Sonne war nur noch eine Andeutung hinter den Bergen im Westen, und die Menge wurde unruhig.

Das war der Höhepunkt seines Jahres, ihres Jahres. Jedes Jahr wieder waren alle überzeugt, dass dieser Höhepunkt größer, besser und spektakulärer werden würde als alles, was diese Berge in all den Jahren gesehen hatten.

Phil lächelte. Die Party im Hotel in der Innenstadt, wenn alles vorbei war, würde wirklich etwas werden, kein Zweifel. Nach einer besonders guten Show trank er immer exzessiv.

Er schüttelte den Kopf, schloss kurz die Augen und betrachtete dann noch einmal den Aufbau. Etwas, irgend etwas ließ es in seinem Kopf klingeln. Aber das war nicht möglich. Es konnte einfach nichts falsch sein.

Er hatte die Show entworfen, er hatte die Abschuss-Sequenz programmiert, er hatte persönlich die Sprengsätze angebracht und verkabelt. Dann hatte er alles noch ein zweites, ein drittes und ein viertes Mal überprüft.

Ganz genau.

Wenn etwas nicht stimmte, dann war es heute passiert. Aber er war seit kurz nach Sonnenaufgang auf dem See gewesen und hatte sich auf die Show vorbereitet.

Paranoia. Das war es. Phillip Cassell hatte sie sich ehrlich erarbeitet. Seine Mutter hatte sich ständig umgesehen und war immer ins Haus zurückgelaufen, um zu sehen, ob sie den Gasherd abgestellt hatte, den Wasserhahn oder das Bügeleisen, auch wenn sie das erst vor wenigen Sekunden getan hatte. Vielleicht wurde er also auch nur genauso verrückt wie seine alte Mutter. Seine Schwester hatte das schon vor Jahren geschafft – und die war nicht nur entgleist, sondern hatte vollkommen abgehoben. Vielleicht war er also nur damit an der Reihe, die Familientradition hochzuhalten.

Er leuchtete mit einer kleinen Taschenlampe auf seine Uhr. 21:26. Noch vier Minuten bis zur Show.

Er leuchtete über die Reihen von Böllern und Raketen und Kanonenschlägen, bewunderte die Aufstellung und die chinesischen Schriftzüge auf den Seiten. Er leuchtete die Kanten des Pontons ab und sah nichts außergewöhnliches.

Die Kabel waren immer noch korrekt gebündelt. Die Verbindungen sahen gut aus. Er war bereit für die Show.

Er nahm das Zündpult, stieg vom Ponton in das kleine Schlauchboot um und entfernte sich etwa zwanzig Meter.

Sein Vater hatte sein ganzes Leben lang mitten im Feuer gearbeitet.

Er sah keinen Sinn darin, jung zu sterben.

Noch einmal blickte er auf seine Uhr und wartete darauf, dass die synchronisierte Musik vom örtlichen Radiosender begann.

Max Dower nervte schon den ganzen Tag und hatte damit einen neuen Rekord für Siebenjährige gesetzt. Er rannte herum, er brüllte, er piesackte seine Mutter, seinen Vater, er ging jedem an der Crooked Lake Lodge auf den Wecker.

»Hergott nochmal, Max«, stöhnte sein Vater, rieb sich die Stirn und wünschte, seine von zu viel Gin ausgelösten Kopfschmerzen würden verschwinden und ihn gleich mitnehmen.

»Ein paar Phon weniger, ja, Sohnemann?«

»Was ist ein Phon?«

»Der kleine Bruder von Ton. Und jetzt setz dich hin und sei ruhig.«

Aber das tat Max nicht. Er konnte es nicht. Er war ein Sklave seiner Hormone und seines Stoffwechsels und verschiedener chemischer Unausgewogenheiten, und außerdem war er schrecklich aufgeregt. Er sprang weg von seinem Vater und seiner Mutter und in eine andere Gruppe von Familien hinein, die alle voller Vorfreude auf das Feuerwerk warteten, aber keiner mit größerer Vorfreude als er. Von allen Feiertagen auf der Welt kam nur Weihnachten an den Nationalfeiertag am 4. Juli heran. Die kühle Abendluft, der dunkle Nachthimmel, die plötzlichen Lichter, die über seinem Kopf explodierten. Je näher, desto besser.

Er wollte ans Ufer hinunterlaufen, das mindestens anderthalb Kilometer entfernt lag, aber sein Vater hatte sich geweigert. Wenn man am 4. Juli in Crooked Lake stecken bleibt, hatte er gesagt, kann man genauso gut gleich ein Haus da kaufen, weil es ewig braucht, bis man wieder herauskommt.

Max wusste, dass er Recht hatte.

Aber warum kauften sie dann kein Haus da, dachte Max, anstatt tausende von Dollar im Jahr dafür auszugeben, in einer muffigen kleinen Hütte anderthalb Kilometer weit weg zu wohnen? Weil mein Vater ein geiziges Arschloch ist, dachte er, und lächelte boshaft, weil das ein schlimmes Wort war. Und weil mein Vater ein geiziges Arschloch ist, dachte er, stand er jetzt anderthalb Kilometer von der Action entfernt und sah von der Klippe vor der Lodge auf den See hinunter.

Trotzdem – es war ein Feuerwerk. Und Dad hatte gesagt, es würde schön werden. Anders, aber klasse. Nicht so toll wie am Ufer, wo die Raketen einem direkt über dem Kopf explodierten und einem die Seebrise die stinkende Asche in die Augen wehte. Aber toll. Er hatte gesagt, es würde toll.

Max Dower konnte die erste Rakete nicht abwarten. Er rannte von seinen Eltern und den anderen Familien weg, hin zum Schwimmbecken und der dunklen Kante der Klippe davor, die sich in die Nacht streckte, in das explodierende Licht hinein.

Die Musik begann.

21:29:30 exakt. Er setzte die Schutzbrille und die Ohrenschützer auf, dann sah er noch einmal auf die Uhr. Es war, als hätten sich die Zeiger überhaupt nicht bewegt.

Phil Cassell klappte den roten Deckel des Hauptschalters hoch und überprüfte ihn ein letztes Mal. Er hatte das System scharf gemacht und die Verbindung zu den Verteilerboxen zum zwölften Mal in den letzten zehn Minuten überprüft. Der Beginn der Show würde das Einzige auf der Welt sein, was diesen Anflug von Paranoia stoppen konnte, der wie ein Hamster auf dem Laufrad durch sein Gehirn raste.

Er konzentrierte sich und verbannte die ziellosen Gedanken aus seinem Kopf, um die Anfangsmusik hören zu können, die aus den riesigen Lautsprechern am Strand über den See kommen würde. Er atmete tief durch. Es war Zeit, sich zusammenzureißen. Ein blecherner symphonischer Klang, die ersten Noten stiegen in die Dunkelheit, angeblich mit dem Feuerwerk koordiniert.

Die Musik war dünn, aber sie war laut. Sein Feuerwerk war laut. Es würde ungefähr hinhauen. Nach den ersten paar Sekunden würde für den Rest des Abends niemand mehr die Musik bemerken. Er schoss den ersten Böller ab.

Showtime.

Was ihn auch gestört hatte, es würde jetzt neunzehn Minuten und fünfundfünfzig Sekunden lang warten müssen. Das Feuerwerk hatte begonnen. Phillip Cassell befand sich in seinem Element. Wie Zeus schleuderte er seine Blitze.

Mit dem perfekten Timing und dem Flair eines alten Showhasen feuerte er seine Ladungen in einem kalkulierten Rhythmus ab. Eins, zwei, drei und eins, zwei, drei, und jetzt eine Kombination, die in den Himmel schwebte. Die Explosionen über ihm wurden vom dunklen Wasser unter ihm reflektiert, sodass er seinen Blick nicht vom Zündpult abwenden musste, um zu überprüfen, ob alles wie geplant ablief.

Das tat es. Es war wunderschön. Er war ein Star. Das schwarze Wasser des Sees sagte es ihm.

Unter den Ohrenschützern konnte er das Knallen der Sprengladungen gerade ausreichend hören, um zu erkennen, dass er heute Abend perfekt war. Kein Kurzschluss. Keine Fehlzündungen. Kein Blindgänger.

Bingo.

Zehn Minuten nach dem Start feuerte er seine zentrale Kombination ab, das falsche Finale, eine Zusammenstellung von Effekten, die den Zuschauer ein paar Sekunden lang glauben machen sollte, dass er über den Tisch gezogen worden war, dass die ganze Zeit, die er in der Sonne ausgeharrt, die Kinder ausgehalten und mäßig guten Kartoffelsalat in sich hineingeschaufelt hatte, mit nicht mehr als zehn lausigen Minuten Feuerwerk belohnt werden würde.

Die Sprengladungen ploppten in Stakkato-Abfolge. In perfekter Abfolge. Alle mit perfektem Klang, selbst für seine geschützten Ohren.

Popp-popp-popp/popp/popp/popp/popp-popp-popp-popp…Popp.

Ein einzelnes Geräusch folgte den perfekten Klängen, ein Geräusch, das er mehr als alles andere fürchtete.

Eine zusätzliche Explosion. Etwas, das da nicht sein sollte. Wie konnte er sich nur verzählt haben? Das war nicht möglich. Er war ein Perfektionist.

Das falsche Finale hatte zehn Ladungen. Und irgendwie waren es elf geworden.

Sssunk. Scheiße. Ein kurzer Flug. Es würde direkt über seinem Kopf explodieren. Instinktiv kauerte er sich zusammen, als sei das Schlauchboot eine Art schwimmendes Schützenloch auf dem eiskalten Wasser.

Na ja, dachte er, wenigstens wusste er jetzt, was ihn schon den ganzen Tag lang gestört hatte.

In diesem Bruchteil einer Sekunde sah er auf das Wasser und erkannte, dass doch noch alles gut werden könnte. Die letzte Ladung war kein Fehlzünder gewesen, sondern stieg langsam in den Nachthimmel, umgeben von den Blitzbouquets und Kometen und Sternen der geplanten Show.

Entgegen seinen eigenen Grundsätzen blickte er auf. Er musste wissen, wie es aussehen würde, und womit er es geschafft hatte, sich selbst zu überraschen.

Um 21.40.25 Uhr am Dienstag dem 4. Juli sah Phillip Cassell die Sonne zum zweiten Mal an diesem Tage aufgehen. Dann spürte er, wie eine gigantische Hand ihn und das Schlauchboot in das eisige Dunkel des Bergsees hinabdrückte. Während ihn die Finsternis umgab, beinahe eine Erleichterung nach dem brandheißen Feuer der neuen Sonne, war sein letzter Gedanke, dass es wirklich verdammt schwer werden würde, das nächstes Jahr zu toppen.

Max Dower beobachtete das Feuerwerk etwas enttäuscht. Er war zu weit weg. Er wollte lieber an der Lakeside Lodge sein, wo das Feuerwerk direkt über seinem Kopf abging, mit jeder Explosion scheinbar näher und immer näher, und so laut, dass sein Trommelfell knackte und seine Lippen flatterten.

Das war gar nichts. Es war zu weit weg. Es war wie im Fernsehen.

Es war nichts als kleine Puffs und Popps und Glitzerexplosionen, völlig unspektakulär. Da konnte man ja gleich eine Wunderkerze anzünden, in den Rasen stecken, und sieben Meter weit weggehen.

Er sah einen Schauer aus Sternen und Kaskaden und eine

Sekunde lang, nur eine Sekunde, dachte er, dass die Show vielleicht schon zu Ende ging. Aber dann erkannte er instinktiv, nee, das machten sie jedes Jahr. Eine große Geschichte in der Mitte der Show, damit man dachte, es sei vorbei, damit man erleichtert war, wenn es danach noch zehn oder fünfzehn Minuten weiterging.

Er kannte sie zu gut. Wer das auch machte, war vielleicht ein Entertainer, aber er war kalkulierbar, selbst für einen Jungen im Alter von Max Dower.

Dann sah Max den langsamen Aufstieg eines einzigen Lichtstreifens, der irgendwie unpassend aussah. Nicht, weil er spektakulär gewesen wäre – das war er nicht –, sondern einfach, weil er anders aussah. Warum, wusste er nicht, er war einfach nur anders. Als ob er irgendwie nicht dazu passte, für etwas anderes gedacht sei, für einen anderen Ort, eine andere Zeit.

Er hatte kaum Zeit zu blinzeln.

Das Licht der Explosion erreichte ihn mit einem Doppelschlag, als ob irgendwo irgendjemand ein Licht angeknipst hätte.

Za-weng.

Die Welt um ihn herum flammte auf. Es war taghell.

Dann das Geräusch. Ein scharfes Krack!, gefolgt von einem tiefen, kehligen Brüllen, ein Geräusch wie ein Güterzug, das lauter und lauter wurde, bis er dachte, sein Kopf würde auseinander fliegen.

Dann erwischte ihn die Druckwelle mit einem heißen Schlag ins Gesicht und öffnete seine Lippen wie die eines Hundes, der bergab auf der Interstate 70 den Kopf aus dem Fenster eines Dodge Durango hält.

Der Luftdruck hob Max in die Höhe und schleuderte ihn rückwärts gegen den Maschendrahtzaun des Schwimmbeckens. Als der Knall über die Wiese rollte, konnte Max hören, wie Fenster barsten und Menschen schrien, während sie auf der Wiese herumgeschleudert wurden.

Er rutschte am Maschendrahtzaun herab wieder auf den Boden und starrte blind auf den See, der schäumte und Wellen schlug, während der Krach und das Licht verebbten.

Was die Show auch vorher gewesen war, sie war jetzt vorbei. Es war kurz gewesen, aber es hatte sich auf jeden Fall gelohnt.

Max schaute, schüttelte den Kopf und lächelte.

»Ja!«, schrie er und boxte mit den Fäusten in die Luft.

»Ja! Ja! Ja! Ja!«

Einmal in seinem Leben hatte sein Vater Recht gehabt.

Diese Plätze waren wirklich besser gewesen.

Die Magie begann.

Sie stieg aus dem Straßenbelag und durch die harte, trockene Haut der Reifen, zuerst an der Oberfläche entlang, dann durch das Karkassengewebe des Mantels bis zum Laufrad, wo sie eine stetige Abfolge von Geräuschen auslöste. Sie summte an den Speichen entlang, durch die Mavic-Naben und dann in die stählerne Vordergabel des Colnago.

Als er sich in die Kurve lehnte, änderte sich das Geräusch leicht. Es wurde höher und verlieh der Bewegung einen ganz besonderen Hauch von Gefahr, ein gesteigertes Gefühl von Leben.

Als er sich nach der Kurve aufrichtete, konnte er spüren, wie die Macht der Straße in seinen Handflächen kribbelte, durch die Handschuhe hindurch, in die Handgelenke, hinauf zu den Ellbogen und Schultern und schließlich in seine Brust hinein. Sein Herz begann schneller zu schlagen, seine Atemzüge wurden tiefer, sein Gesicht rötete sich langsam.

Nicht mehr lange.

Er konzentrierte sich wieder und beschleunigte, auf einen runden Tritt achtend, seinen Rhythmus, perfekte kleine Kreise nur Zentimeter über der Straße, einen Meter unterhalb seiner Augen.

Nach vorne schauen, erinnerte er sich selbst, immer nach vorne schauen.

Die Magie liegt immer vor dir.

Der Wind sauste lauter in seinen Ohren, dann ebbte er ab und wechselte die Richtung. Rückenwind beim Rausfahren, Gegenwind beim Zurückfahren. Das Gesetz der Straße. Für den Bruchteil einer Sekunde lockerte er seine Konzentration, um einem Felsbrocken auszuweichen, der auf der Straße lag. Einen Moment lang war er besorgt, er könne den Rhythmus verlieren, aber dann fand er ihn sofort wieder. Knöchel, Knie, Hüfte. Knöchel, Knie, Hüfte. Kreise. Perfekte Kreise.

Er spürte, wie die Häuser zu beiden Seiten verschwammen. Die Landschaft verschwand und war nicht mehr länger Teil seiner Welt. Vor sich sah er die Straße, die Hindernisse, den Verkehr, einen, zwei, fünf, sieben Meter, sein Blick weitete sich auf fast einen Kilometer, dann wieder näher heran. Stück für Stück unterteilte er die Straße, seinen Weg, seine Zukunft.

Er wartete auf die Magie.

Sie wuchs. Er konnte sie spüren. Er hatte es beinahe geschafft. Er konnte es spüren. Wieder einmal würde er sie besitzen, wieder einmal.

Der Weg wand sich durch die Ausläufer der Rocky Mountains, an Feldern voller Präriehunde vorbei, die bald von neuen Reißbrett-Siedlungen vertrieben werden würden. Von Häusern, die sich wie ein Ei dem anderen glichen, mit zwei Metern Abstand, wo man sich gegenseitig in die Küche schauen konnte, und wo sich die Gerüche mit den Unterhaltungen von Leuten mischten, die man nicht kannte, und die man nicht mochte, wenn man sie kennen gelernt hatte. Häuser, die man in jeder Farbe bekommen konnte, solange sie pastell war. Häuser, die von Männern gebaut wurden, die das Land ausgeschlachtet hatten und jetzt auf der Veranda ihrer Multimillionen-Dollar-Häuser an der kalifornischen Küste den Sonnenuntergang genossen, weit weg vom Ort ihrer Schandtaten. Eine Wutblase stieg in seiner Brust auf, während sich sein Blutdruck den Anforderungen der Fahrt anpasste. Dann platzte die Blase und war so schnell weg, wie sie gekommen war.

Er schüttelte den Kopf. Er war nahe dran.

Abgelenkt durch seine Gedanken hatte er sie weggeschoben. Sie war eine zerbrechliche Sache, diese Magie. Sie kam aus der Straße selbst, langsam, unglaublich langsam, und dann war sie schnell verschwunden, wenn die Konzentration weg war. Wieder teilte er die Straße vor sich in kleinere Abschnitte ein, die er einzeln bewältigen konnte: Kurve, Senke, Flachstück.

Schau nach vorne. Die Magie liegt vor dir.

Schneller als er gedacht hatte, stieg das Gefühl wieder in ihm an. Die Landschaft um ihn herum begann zu verschwimmen. Er raste um eine Kurve und war nun durch die natürliche Barriere des Vorgebirges vom wilden Treiben der Stadt entfernt, die jetzt hinter ihm lag. Trotz der Steigung ging er aus dem Sattel und erhöhte das Tempo.

Diesen Weg, oder einen ähnlichen, hatte er früher sechsmal die Woche gefahren. Damals war er in der besten Kondition seines Lebens gewesen. Das hatte er verspielt. Jetzt erwischte ihn der erste Anstieg, das erste richtige Klettern, fast unvorbereitet. Er keuchte und schwitzte und der Schleim hing ihm im Rachen. Er hustete und spuckte etwas Hartes an den Straßenrand – Dünger für einen Rasen, der grüner war, als die Natur je vorgesehen hatte.

Er würgte noch einmal.

Auch das würde vorbeigehen, aber es würde die Magie einen weiteren Augenblick abhalten, während er sich mit der harten Realität eines älteren Körpers auseinander setzte, mit dem gesteigerten Stress, und der dünneren Luft.

Noch einmal spuckte er etwas zur Seite. Dieses Mal war es braun. Es konnte Kaffee sein, oder die Luft von Denver, oder etwas, das er mit sechzehn verschluckt hatte. Jetzt war es weg. Auf dem Gipfel des Hügels verschärfte er wieder sein Tempo.

Dann kam es.

Jetzt. Jetzt war der Augenblick.

Er kam über die Bergkuppe, rollte die kurze Gerade entlang und direkt in die harte Rechtskurve, dann nach links, und dann raste er los. Mit einer kurzen Verzögerung konnte er das Summen spüren.

Er verschärfte das Tempo noch einmal. Die Welt um ihm herum verschwand. Es gab kein Rad. Es gab keine Straße. Es gab keine Welt. Es gab ihn selbst nicht. Es gab nur die Fahrt.

Ohne, dass er es gemerkt hatte, war die Magie wieder da.

Die Magie gehörte ihm, ein paar Minuten, ein paar Kilometer, ein paar Kurven.

Und er fühlte sich wieder lebendig.

Will Ross fühlte sich wieder lebendig.

Die Magie war zurück.

1
Alles wieder auf Anfang

»Was machst du da?«

Die Stimme erwischte Will ohne Vorwarnung. Er hatte wehmütig zum Fenster hinaus in den wolkenlosen Himmel eines wunderschönen Junitages gestarrt und gewünscht, er sei draußen und würde auf dem flachen Land seinen Rhythmus finden. Aber das tat er nicht. Er saß drinnen in einem holzgetäfelten muffigen alten Büro in Lower Downtown, das zwar eine Menge Persönlichkeit hatte, aber lausige Wasserleitungen. Um die Jahrhundertwende war es einmal ein Bordell gewesen.

Es hatte etwas von seinem Glanz verloren.

»Hm? Oh, gar nichts.« Will nickte und wandte sich zu seinem Boss um, Hootie Bosco, Chef von Bosco Bikes. »Ich habe«, stammelte er, »ich habe …«

»Nicht an deinen Testimonials gearbeitet, das ist mal sicher«, sagte Bosco und schüttelte das, was von seinen Rastalocken noch übrig war. Der Rest war blindwütigen Friseuren und den Zwängen der Geschäftswelt zum Opfer gefallen.

»Ich weiß, du würdest lieber Rad fahren. Ich auch, Kumpel, aber wir müssen die Testimonials für das 9000 klar kriegen. Du hast die Kontakte. Du hast den Job. Jetzt mach mal zu.«

Will lächelte und nickte und wünschte sich, dass Hootie immer noch der Mann wäre, den er damals kennen gelernt hatte, ein Mann, der aussah, als würden ihm Slinkies auf dem Kopf wachsen und der ein Rad reparieren konnte, während er bei knapp hundert Stundenkilometern aus dem Fenster eines Peugeot hing, nicht der neureiche Millionär, der vor vierzehn Monaten mit einem Koffer voller verlegter Mafiamillionen eine Firma gegründet hatte, die schicke Fahrräder produzierte. Bosco Bikes. Gefahren von den Profis. Empfohlen von den Profis. Diese Empfehlungen waren von Will gesammelt worden, der so eine Reihe von Gefallen einlöste, die ihm Leute nach all den Jahren im europäischen Radrennzirkus geschuldet hatten, trotz der Tatsache, dass die Räder zu schwer waren und dass jeder in Europa die Dinger in die Ecke stellte, sobald das Fotoshooting vorbei war.

Aber Hootie glaubte, sie würden ihre Meinung noch ändern. Es war ein würdevoller, beinahe kindlicher Glauben an das Produkt, der letzte Rest einer ehemals faszinierenden Persönlichkeit. Die vergangenen Monate hatten Hootie wirklich verändert. Aus einem lockeren, liebenswerten Kerl – »Hey, Leute, bauen wir in dem Laden, den ich in der Innenstadt gefunden habe, mal ein paar Räder zusammen« – war ein Mann geworden, der nur noch an Marktforschung und Marketing interessiert war und daran, die anderen Hersteller aus dem Feld zu schlagen.

»Hörst du mir zu?«

»Ja«, nickte Will, obwohl er nicht ein Wort, das Hootie seit Betreten seines Büros von sich gegeben hatte, wirklich gehört hatte. Es war, als ob sein Gehirn immer und immer wieder die Titelmusik von »Unsere kleine Farm« abspielte und damit alles übertönte, was zu ihm gesagt wurde. »Ja, alles verstanden.«

»Also, dann leg los, mein Freund. Wenn nicht, finde ich jemand anderen, der es macht.«

Oh, dachte Will, da war der Warnschuss. Das hatte er gehört. Schlagartig zogen sich Charles und Laura Ingalls und Mrs. Olsen nach Walnut Grove zurück, während er darüber nachdachte, was er wirklich davon hielt, wenn Hootie jemand anderen finden würde, der seinen Job erledigte.

»Klar doch«, sagte Will. Er nickte stumm und wünschte sich, dass er den Mut hätte, auch nur ganz leise zu sagen, dass der alte Hootie doch genau das tun solle – jemand anderen finden. Aber Mut verschwand schnell, wenn man von den Umständen gefangen war.

Die Wirklichkeit ist scheiße, wenn man mitten drin steckt.

Seine Frau war schwanger, sie hatten gerade ein kleines Häuschen gekauft, das sie sich kaum leisten konnten, und ganz ehrlich, es gab keine anderen Aussichten. Er war ein kaputter, fertiger, ehemaliger Fahrer mit einem ruinierten Knie, weniger als einer halben rechten Wade, und einem Ruf, der schlechter war als der einer Schwarzen Witwe.

Seine letzte Saison war die beste seiner Karriere gewesen. Ein Sieg bei Paris–Roubaix und ein wilder Ritt bei der Tour, aber die Menschen in seiner Nähe hatten so eine ekelige Angewohnheit zu sterben, während er in jenem Jahr unterwegs war. Dreizehn Leichen, nach letzter Zählung, obwohl er vielleicht ein paar übersehen hatte. Und für den alten Bergalis konnte man ihn wirklich nicht verantwortlich machen. Der war schon uralt gewesen.

Er war einfach so gestorben.

Für natürliche Ursachen konnte Will wirklich nichts.

Aber es hatte genügend Bomben und Räder und Kugeln gegeben, mindestens zwei Spritzen, und einen Berglöwen. Er konnte dafür wohl kaum die Verantwortung übernehmen, oder? Das war die Schuld von Mutter Natur, dieser Berglöwe. Will war nur zufällig in der Nähe gewesen.

Dreizehn.

Das wäre die Bilanz eines kleinen Flugzeugabsturzes. Dreizehn. Glückszahl.

Er war damals viele Zeitungsschlagzeilen wert gewesen. Heute schaffte er es nicht einmal in eine Vorort-Gratiszeitung. Gott sei Dank für die kleinen Gaben.

Während er im Kopf die Leichen durchzählte, schwoll ein permanentes Summen in seine Gedanken ein. Mit großer Willenskraft begriff er, dass seine Augen auf Hootie Bosco starrten, dass seine Ohren den neuesten Marschbefehl hörten, und dass sein Gehirn gerade mit der Oma im Hühnerstall Motorrad fuhr.

Er nickte.

»Kapiert.«

»Was?«, fragte Hootie misstrauisch.

»Was du gerade gesagt hast«, antwortete Will vorsichtig und versuchte, nicht rot zu werden. »Aber kannst du vielleicht Nancy bitten, dass sie mir das schriftlich gibt? Ich arbeite am besten, wenn ich eine Checkliste vor mir habe, die ich abarbeiten kann. Dann kann ich sicher sein, dass ich all deine Punkte berücksichtigt habe.«

»All meine Punkte …«

»All deine Punkte.« Will nickte stumpf.

»Hör mal zu, Will«, seufzte Hootie leise, fuhr sich mit den Fingern durch die Reste seiner Frisur und ließ sie wabern wie fusseligen Schimmel auf einem Wackelpudding. »Das Geschäft verändert sich. Die Firma verändert sich. Wir sind keine paar kleinen Hanseln mehr, die zufällig auf ein bisschen Knete gestoßen sind und eine Radfirma gegründet haben. Nicht mehr. Wir sind jetzt eine echte, wirkliche Firma. Ich kann nicht wieder dazu übergehen, kinderarmdicke Tüten zu rauchen und eine Frisur auf dem Kopf zu tragen, die aussieht, als sei sie im Mixer gemacht, so gern ich das auch täte. Ich bin der Chef. Die Firma lebt und stirbt nach meinen Vorgaben. Die Baureihe lebt und stirbt abhängig von meinen Entscheidungen. Deine Karriere – und die von vierundsiebzig anderen Menschen – lebt und stirbt nach meiner Leistung.«

»Ich weiß.«

»Da bin ich mir nicht sicher, Will. Wir stecken da jetzt drin. Die Vergangenheit ist vorbei. Der Hootie Bosco, den du mal gekannst hast, ist jetzt nur noch ein Werbespruch. Ein Foto auf einem Plakat. Das ist alles. Wir haben die Welle erwischt. Wir sind die nächste große Sache. Wir sind beliebt. Wir sind der Name, mit dem alle fahren. Vom kleinen André in Frankreich bis zu Willie Gilligan in Aurora. Das sind wir.«

Die Titelmelodie von »Gilligans Insel« machte sich in Wills Gehirn breit. Er schob sie zur Seite.

»Du bist ein Teil der Firma. Du hast einen Vertrag. Deine aktive Karriere ist vorbei. Das ist Fakt. Dein Job ist jetzt hier. Entweder du machst mit, oder ich finde jemand anderen mit Feuer im Bauch, der bereit ist, die Sache zu erledigen.«

Will sagte nichts, sondern starrte einfach immer weiter auf seinen alten Freund und gegenwärtigen Boss. Er hatte Recht. Kein Zweifel, das war die harte Wirklichkeit der Welt.

Aber es gab hier ein Problem, das ihn schon seit Wochen, wenn nicht gar seit Monaten störte. Beinahe von dem Augenblick an, in dem er seinen Namen unter den Dreijahres-Vertrag gesetzt hatte, an dessen Ende eine zweijährige Wettbewerbsausschlussklausel stand.

Das Problem war, dass er nicht mehr mitmachen wollte.

Es machte keinen Spaß. Die Magie, das hatte er begriffen, lag nicht im Fahrradgeschäft, nicht in den Rädern, sondern in der Straße selbst, in dem, was aus dem Asphalt aufstieg und sich durch seine Muskeln und sein Herz und seine Gedanken drängte, während er fuhr.

Die Magie lag auf der Straße. Ganz sicher nicht in diesem verdammten Büro.

Trotzdem lauerten da in seinem Hinterkopf Rechnungen und Babies und Ratenzahlungen für das Haus, die ihm den Mund verschlossen. Und es fiel ihm auch nichts anderes ein, was er tun könnte. Er war für nichts anderes qualifiziert, als alten Radprofi-Kollegen die Hände zu schütteln, die alten Tage wieder auferstehen zu lassen und gegen alle Vernunft zu hoffen, dass die alten Recken junge Fahrer kannten, die ihren Namen dafür hergeben würden, für ein besonderes Rad zu werben. Sein Rad.

Es gab so wenige Berufe heutzutage, in denen man auf zweitklassige Fahrer mit ruinierter rechter Körperhälfte wartete.

Vielleicht konnte er Hüte zusammennähen. Schuhe putzen. Gräben ziehen. Nein, keine Gräben. Ruinierte rechte Körperhälfte, schon vergessen?

Er lächelte.

»Hootie«, sagte er mit so viel Enthusiasmus, wie er aufbringen konnte. »Ich verstehe dich.«

Hootie Bosco nickte, nicht überzeugt.

»In Ordnung«, seufzte er. »In Ordnung. Das nehm ich dir ab. Aber du solltest dir sicher sein, dass du es wirklich verstehst, Will. Ich habe zwei Leute, die nur darauf warten, in diesem Büro zu sitzen und dir zu sagen, was du zu tun hast.«

»Wer?«

»Das ist unwichtig.«

»Keinesfalls ist das unwichtig, Hoot. Wer schleicht hier mit dem Hackebeil hinter mir her? Ich würde wenigstens gern wissen, durch welche hohle Gasse er kommt.«

»Nur Leute mit Power und Ehrgeiz. Sie sind die Zukunft dieses Geschäfts.«

»Nicht die alten Knacker, die zufälligerweise Freunde sind, richtig?«

»Es kommt ein Punkt, Will, an dem Freundschaft nicht mehr zählt – nicht mehr zählen darf.«

»Und was hält Nancy davon?«

»Was?«

»Wie denkt deine Sekretärin darüber?«

Die Frage hatte Hootie auf dem falschen Fuß erwischt. Er zögerte einen Moment, dann schüttelte er den Kopf.

»Gar nichts. Das ist eine Entscheidung des Managements, nicht der Buchhaltung.«

»Okay. Interessant«, sagte Will nickend.

»Was soll das denn h… egal. Denk nur an das, was ich gesagt habe, Will. Ich mein's ernst.«

Hootie drehte sich schnell um und steuerte die Treppe an. Will konnte hören, wie die Stufen knarrten, während Hootie mehrere auf einmal nahm, um so schnell wie möglich zu entkommen.

Will hatte seine Antworten.

Erstens wusste er jetzt, dass Hootie und seine Sekretärin Nancy eine Sache am Laufen hatten. Die Gerüchteküche hatte wenigstens diesmal Recht gehabt. Jetzt wusste er, warum Hooties Gesicht so schnell die Farbe gewechselt hatte.

Und zweitens, Nancy war auf Wills Seite. Warum auch immer, aber es hatte sich einfach so ergeben. Sie hatte ihm heute Morgen zugesteckt, dass das vielleicht kommen könnte. Dass er seinen Job verlieren könnte. Sie wusste, dass Lisa Shannon, die pummelige Nummer zwei im Verkauf, auf seinen Job schielte. Lisa hing mit einer Gruppe Ex-Profis in Denver herum und ging vor dem Teamchef von America Cycling in Colorado Springs tief in die Knie in der Hoffnung, auf der Überholspur an Wills Job zu gelangen. Dann war da auch noch Bobby Francota, ein junger Mann, der im Lager arbeitete und behauptete, dass er LeMond kannte, und dass er außerdem Lance Armstrong bei seinen Motivationsseminaren assistiert hatte.

Will glaubte ihm nicht. Er wusste nicht, wie ihm irgendjemand anders glauben konnte. Aber man wusste nie, wer was sagte, wer was hörte, und, noch wichtiger, was schließlich zur Wahrheit gemacht wurde.

Behalt sie im Auge. Behalt sie …

Herrgott, dachte Will und schüttelte den Kopf. Jetzt machte er sich Gedanken darum, einen Job zu behalten, den er hasste. Wie war das passiert?

Er kicherte. Die drohenden Hypothekenzahlungen für sein Haus. Er fragte sich, wie die Welt wohl wäre, wenn jeder Mensch ein abbezahltes Haus hätte. Würden plötzlich massenhaft Leute ihren Chefs sagen, dass sie die Klappe halten sollen? Oder würden sich alle nur tiefer in Schulden verstricken? Er seufzte, sah auf die Uhr, nahm den Telefonhörer in die Hand und tippte eine endlose Kette von Zahlen ein, in der Hoffnung, dass er Richard Bourgoin noch vor seiner gewöhnlichen Nachmittagsausfahrt in seinem Team Haven-Büro in Paris erreichen würde. Vielleicht könnten sie ja ein bisschen quatschen, Tratsch austauschen, und sehen, ob es irgendeine Möglichkeit gab, dass Haven für die zweite Hälfte der Saison noch ein paar Bosco-Bikes nehmen und vielleicht sogar eins oder zwei davon bei der Tour fahren würde.

Unmöglich, klar, das würde nicht passieren, nicht in der wirklichen Welt, aber das hier war nicht länger die wirkliche Welt und Will wusste, dass er nicht zu stolz war, einen Gefallen oder zwei einzufordern, um seinen eigenen Hintern zu retten. Den Hintern, den er eigentlich gar nicht retten wollte.

Das war die wirkliche Welt. Das war die Realität.

Nach Bourgoin kam Carl Deeds in der Schweiz. Und Tony Cacchiavillani in Mailand. Und Winston McReynolds südlich von London.

Alte Freunde. Alte Gefallen.

Auf der Suche nach neuen Märkten.

Um einen müden alten Hintern zu retten.

Seinen müden alten Hintern, genauer gesagt.

Er verbrachte den Rest des Tages damit zu wählen und zu reden und zu versuchen, nicht zu betteln, aber es kam wenig dabei heraus. Die paar Räder, die ihm Tony für Trainingsfahrten der schwächeren Fahrer abnehmen wollte, rechtfertigten die Telefonrechnung nicht. Aber ein paar hier, ein paar da, vielleicht ein Sieg bei einem Kriterium spät in der Saison, und es könnte sich etwas daraus entwickeln. Ein Bosco-Bike, mit dem das Gelbe Trikot fuhr, das war der Traum. Er musste einfach nur für sich und die Firma den größten Publicity-Preis der Branche gewinnen.

Jeder will das Sieger-Rad fahren – und jetzt können auch Sie das tun: ein Bosco-Bike, gefahren vom Sieger der Tour de France.

Scheiße. Selbst seine Tagträume waren dünn, wässrig, und voller Marketing-Gesabber. Warum zum Teufel gab er sich überhaupt noch Mühe?

Er sah auf die Uhr, zog seine Füße vom Tisch, packte ein paar Sachen ein, die er zu Hause lesen würde, oder besser, die er zu Hause ignorieren würde, und ging zur Tür.

Er überprüfte den Flur in beide Richtungen, bevor er hinausging. Niemand in der hohlen Gasse.

Es war das Ende des Arbeitstages, aber da er nichts erreicht hatte, außer den Tagesumsatz der Telefongesellschaft hochzudrücken, hatte er trotzdem ein schlechtes Gewissen, dass er nach Hause ging.

Aber er ging nach Hause.

Roger Flynn war sauer.

Nicht nur sauer, sondern stinksauer.

So stinksauer, dass die Vene in seiner rechten Schläfe hervorstand wie die chinesische Mauer, gesehen aus dreitausend Metern Höhe. So stinksauer, dass sich ein normaler Sportjournalist in den Leibhaftigen verwandelte.

Die Produktionsassistentin, eine von diesen unterbezahlten Idioten, die wahrscheinlich direkt vom Journalistik-Studium kamen, oder, noch schlimmer, von der Straße, hatte ihm – wieder einmal

– seine Moderationstexte nicht in die Hand gedrückt. Er eilte den Flur entlang in Richtung Studio und bemerkte, dass er schon wieder den »Supertease« verpassen würde, die Eigenwerbung am Ende des A-Blocks der Abendnachrichten, an den man ihn täglich erinnerte, den er aber irgendwie, entweder wegen einer mentalen Blockade oder aus der tief sitzenden Abneigung dagegen, den Bildschirm mit den drei anderen Blödmännern im Studio zu teilen – dem Wetterheini, dem alten Knacker und der blöden Schlampe – regelmäßig verpasste. Das Resultat war, dass er mehr Zeit im Büro der Chefredakteurin verbrachte, die ihm erzählte, wie unprofessionell er war, als in der Sportredaktion, in seinem Reich, wo er allen sagen konnte, was Sache war, von der Chefredakteurs-Kuh bis zum Coach der Denver Broncos.

Er beeilte sich.

Durch das Atrium und den Flur entlang schritt er an der Galerie riesiger Porträtaufnahmen von ehemaligen Nachrichtensprechern und Reportern und geliebten Wetterfröschen vorbei, einschließlich dem mit der Sockenpuppe, der Flynn immer zum Lachen brachte. Verdammt, was hatten die sich nur dabei gedacht? Puppen in den Nachrichten? Kleinstadt. Großstadt-Nachrichten mit Kleinstadtflair.

Herrgott nochmal. Amateur-Abend im Dorfkrug.

Und die Zuschauer liebten es.

Eines der größten Fotos, jedenfalls das mit dem aufwändigsten Rahmen, war das einer Blondine in starrer Pose, das Noble ein wenig aufgesetzt, deren herrschaftlicher Blick auf der Suche nach der Wahrheit auf einen fernen Horizont gerichtet war.

Barbara. Ehemalige Nachrichtensprecherin, jetzt Chefredakteurin.

Im Vorbeigehen stieß er seine linke Faust mit einer schnellen, kurzen Bewegung in Richtung des Bildes. Das Glas über ihrem Schritt splitterte mit einem gedämpften Plopp. Das Geräusch blieb im Sender ungehört, der sich vor zehn Minuten um siebzehn Uhr schnell geleert hatte. Seine Bewegung war so schnell gewesen, dass seine Faust wieder an seiner Seite war, bevor das Geräusch des Treffers an sein Ohr gelangte.

Flynn lächelte. Er fühlte sich besser. Er hatte immer noch seinen Moderationstext nicht, er war immer noch zu spät dran, aber er fühlte sich wirklich besser.

Er eilte weiter um eine letzte Ecke und betrat durch die schalldichte Tür Studio A, das Nachrichtenstudio.

Der Aufnahmeleiter warf ihm einen kurzen Blick zu, schaltete sein Mikrofon ein und sagte leise »er ist hier.«

Das war alles. Kein »dem Himmel sei Dank« oder »verflucht nochmal«, nur ein »er ist hier«.

Flynn war es egal. Er wollte dem Kerl in die Eier treten. Noch so ein verdammter Schlappschwanz, der von nichts eine Ahnung hatte. Der konnte sich wahrscheinlich nicht einmal selbst die Schuhe zubinden, und er hatte ganz sicher nicht vier Bewerbungsgespräche bei ESPN 2 bekommen, bevor er den Job an einen Trottel aus Kalamazoo verloren hatte und hier in Denver gelandet war. Vier. Bei ESPN 2. Was hatte diese Nullnummer im Studio aufzuweisen?

»Fünfzig Sekunden«, sagte der Aufnahmeleiter.

Flynn blieb zwischen den zwei Stufen zur Nachrichtendeko stehen. Er wandte sich zum Aufnahmeleiter um.

»Ich weiß nicht, wie oft ich dich noch daran erinnern muss. Du redest nicht mit mir, bevor ich dich angesprochen habe.«

Der junge Mann atmete kurz durch und sagte: »Fünfundvierzig Sekunden.«

Flynn setzte sich neben den antiken Nachrichtensprecher, einen der wenigen Menschen im Land, der seine ganze Fernsehkarriere in der gleichen Stadt verbracht hatte, eine unerhörte Leistung in den Annalen der Lokalnachrichten, bei denen man bestenfalls eine nomadische Existenz kannte. Der Mann stank nach Zigarettenrauch und auch ein wenig nach Martini. Um zehn würden Zigarettenrauch und Martinigeruch noch stärker sein. Wie der eine Nachrichtensendung überstand, ohne mit fliegendem Toupet kopfüber auf den Tisch zu krachen, wusste niemand.

Flynn drehte sich in die Kamera und wartete darauf, dass Teil 3 der Afrikanischen Odyssee zu Ende ging, eine Nachrichtenserie über die Reise einer Nachmittagssprecherin in ein kleines afrikanisches Dorf, mit irgendeiner konstruierten Verbindung zu einer der Vorstädte von Denver.

Wie hatte sie denen nur das Geld dafür aus den Rippen geleiert, und auch noch die Zeit, Herrgott nochmal, sechseinhalb Minuten pro Beitrag, wenn er die nicht mal dazu bringen konnte, die Rechnung für ein Abendessen während der Playoffs in New York zu übernehmen?

Die Flasche Wein hatte 325 Dollar gekostet, na und?

Verdiente er nicht ein wenig Beachtung?

Er faltete die Hände über den Moderationstexten, die an seinem Platz auf dem Tisch lagen, ohne sie zu bemerken.

Der alte Knacker redete. Roger lächelte. Sabbel Sabbel Sabbel. Immer sprach er seine Anmoderationen in diesem Singsang. »Die Ermittlungsarbeit der Polizei in Crooked Lake wurde heute behindert von …« Scheiße. So was von kleinstädtisch. Wie zum Henker hatte dieser Kerl nur so gottverdammt lange überlebt? Jetzt war die Schlampe dran. Haare zurückgekämmt, Schlafzimmerblick und ein Busen, den man einfach nur anfassen wollte und … Wetter, das lustige Wetter, ja, heute Nachmittag Tornados, wir behalten sie für Sie im Auge.

Das Rotlicht auf Kamera drei leuchtete auf.

»Und ich bin Roger Flynn. Zum Thema Sport – die Avalanche machen einen heißen Spielertausch, die Rockies schwingen stark und nachher berichte ich auch noch über ein fantastisches Radrennen.«

Er lächelte sein strahlendes einhundert Watt-Lächeln. Das Lämpchen ging aus. Eine Millisekunde später verschwand das Lächeln. Er stand auf und verließ wortlos die Deko.

Niemand sagte ein Wort zu ihm, bis er an der Tür war.

»Roger«, sagte der ältere Nachrichtensprecher ruhig. »Nächstes Mal solltest du vielleicht daran denken, das Mikro anzumachen.«

Er blieb stehen, drehte sich um, lächelte, und wollte gerade ölig sagen »Danke, Tom, dass du das bemerkt hast«, als er hektische Schritte vor der Studiotür hörte.

Die Tür flog krachend auf und die Produktionsassistentin kam hereingestürmt. Roger erwischte die junge Frau am Arm und drehte sie zu sich herum. Ihr Blick verwandelte sich mit dem Moment seiner Berührung von klar und aufgeregt zu dunkel und verstört.

Er drückte zu, fest.

Flynn hatte Mist gebaut. Jetzt war es an der Zeit, dass jemand anders dafür bezahlte.

»Du vergisst nie – niemals – wieder meine Moderationstexte. Ist das klar?«

»Ja. Ja, das ist klar.«

»Ja, das ist klar – und weiter?«

Die Produktionsassistentin atmete tief durch und blickte hilfesuchend durch das Studio. Der Wettermann war weg, Tom Blakely war in einer anderen Welt und Martine überprüfte ihr Makeup. Es gab keine Rettung.

»Es ist klar … Mister Flynn.«

»Besser. Schon besser.«

»Ich habe sie auf den Tisch gelegt … Ihre Moderationstexte.«

»Ich will sie in meiner Hand haben. In meiner Hand. Du bist mein Signal, dass ich ins Studio gehen muss. Wenn ich noch einen Superteaser verpasse, kannst du deine mickrige Karriere beim Fernsehen vergessen. Kapiert?«

»Ja. Ja, Sir. Ja, Mister Flynn.«

Sie zog ihren Arm weg. Es tat verdammt weh, aber das war, so dachte sie, der Preis dafür, beim Fernsehen zu sein. Man musste die Arschlöcher ertragen.

»Hervorragend«, sagte er lächelnd und lockerte seinen Griff. »Ich sehe dich dann während des Wetters mit dem ganzen Stapel.«

»Ja, Sir.« Sie nickte, blickte zu Boden und hasste sich dafür, dass sie nicht ihrer instinktiven Reaktion gefolgt war und ihm in die Eier getreten und ihn zum Sopran gemacht hatte. Ihr Vater würde stinksauer auf sie sein, dass sie sich nicht gewehrt hatte.

Flynn lächelte über seinen kleinen Sieg, ging zur Doppeltür hinüber und nahm die Abkürzung, die ihn zurück in sein Büro bringen würde.

Kleine Arschlöcher, dachte er. Aufnahmeleiter, die rote Lämpchen ihre Arbeit machen ließen und Nachrichtensprecher, die sich in vierzig Jahren nicht aus ihrem Stuhl bewegt hatten. Er grinste. Superkleber am Arsch, das war's, es war, als hätten sie alle Superkleber am Arsch.

Verdammt, dachte er, er sollte diesen Job haben. Er konnte das, und sein Gehalt würde sich verdoppeln. Mehr als das, wenn er es in einen größeren Markt schaffen würde. Chicago, Los Angeles, New York.

Oder landesweit. Denk an ESPN 2. Die fanden dich toll.

Er ging um die letzte Ecke vor seinem Büro und begann schon, sich die Phrasen zu überlegen. Die Avalanche waren leicht. Der Spielertausch mit Vancouver war eine so heiße Sache, dass das Eis im Pepsi Center schmelzen würde. Die konnten schon mal im Regal Platz frei machen für den nächsten Stanley Cup. Die Rockies würden auch nicht so schwer werden. Ein paar Witzchen über Homeruns in der dünnen Höhenluft – die Fans würden es toll finden.

Aber das Radrennen, das gottverdammte Rennen in den Bergen. Scheiße. Er hatte keine Ahnung, was er dazu sagen sollte, und zwar so, dass die Zuschauer nicht sofort auf den nächsten Kanal umschalteten.

Wer zum Henker interessierte sich für Radfahren? Niemand, auch wenn Rad fahren in Colorado populär war. Leute, die Rad fuhren, sahen sich nicht unbedingt Radrennen im Fernsehen an, das war seine Meinung. Und zu allem Überfluss musste er auch noch ein freies Wochenende im Juli opfern, um von dem Rennen zu berichten.

»Das werdet ihr mir bezahlen«, sagte er laut und antwortete sich selbst, »nein, das werden wir dir nicht bezahlen.«

Gottverdammter Sender. Gottverdammte Knauserigkeit.

Das würde er mit der Chefredakteurin diskutieren müssen, wenn er mit ihr darüber sprach, warum er heute sein Mikro vergessen hatte.

Er betrat sein Büro, ging zu seinem Schreibtisch hinüber und setzte sich. Er warf einen Blick auf seinen Kalender und sah die Notiz, dass er morgen früh hier sein musste. Die Produktion hatte eine Fahrt über die Strecke des Radrennens geplant, damit er sie kennen lernen konnte.

Scheiße. Er konnte auf dem Rücksitz schlafen.

Er wandte sich zum Bildschirm um, las in den Agenturmeldungen die Geschichte mit dem Spielerhandel durch und sah sich die Baseball-Ergebnisse vom Nachmittag an.

Er wusste immer noch nicht, was er zu dem Radrennen sagen sollte.

Er würde sich im Studio etwas ausdenken.

Das tat er sowieso.

Er hatte seit Jahren keine Moderationstexte benutzt.

Obwohl der Kerl klang, als würde er in eine Blechtonne hineinreden, konnte Will ungefähr ausmachen, was er sagte, auch durch den Nebel von zwei Bieren und die Vorbereitung auf ein frühes Abendnickerchen hindurch, die seine Augenlider schwer machte.

Von den örtlichen Fernsehsendern bekam man nicht besonders viele Nachrichten über den internationalen Radrennzirkus, deswegen hatte er gar nicht aufgepasst.

Aber die Andeutung allein ließ ihn aufsitzen, aufpassen, und nach dem Lautstärkeregler auf der Fernbedienung suchen. Er stellte den Ton lauter und sah einen Werbespot für einen Autohändler.

Er leerte die dritte Büchse Tecate und drückte seinen Hintern wieder fester in den Sofabezug. Jetzt passte er auf, obwohl er wusste, dass es noch eine Weile dauern würde. Er beachtete die Abendnachrichten nie besonders, aber er würde noch weitere Nachrichten abwarten müssen, die Wettervorhersage, einen längeren Bericht, und eine Menge Werbung, bevor er herausfinden würde, was dieser Sportmensch, der Kerl mit dem »Leck-mich«-Lächeln, über ein Radrennen erzählte.

Regierungen konnten untergehen, Politiker aufsteigen, Preise steigen und fallen und mit seinem Konto Achterbahn fahren, Flugzeuge konnten abstürzen – und das taten sie immer ungefähr einen Tag, bevor er irgendwohin fliegen musste – Feuerwerke zum 4. Juli konnten in Rauch aufgehen und Nachrichtensprecherinnen nach Afrika fahren, aber nichts weckte seine Aufmerksamkeit so sehr wie ein Wort: *Radrennen.*

Traurig, aber wahr. Und auch wenn ihn das in keinem guten Licht erscheinen ließ, Will Ross merkte, dass er lächelte.

Er lehnte sich weit in seinem Sofa zurück und sah rückwärts die Treppe seines Häuschens hinauf.

»Hey, Schatz«, rief er, »du solltest runterkommen. Ich glaube, da kommt was über ein Radrennen.«

Seine Frau war auch nicht besser als er, was das betraf. Zwei Sekunden nach seinem Ruf und ihrer Antwort »ich komme« kam Cheryl Cangliosi Ross, sehr schwanger, zwei Stufen auf einmal die Treppe heruntergerannt, ließ sich schwer neben ihn auf das Sofa plumpsen, umfasste seine Arme, kuschelte sich an seine Seite und flüsterte ihm heiß ins Ohr, »was gibt's?«

Trotz ihres Zustandes und der Probleme, die ihm solche Reaktionen bereits eingebrockt hatten, war er sofort in Hab-Acht-Stellung.

Aber das konnte warten. Direkt nach der Nachricht über ein kleines Bergstädtchen, das am 4. Juli von einem Unglück heimgesucht worden war, kam das, was er hören wollte.

Es würde ein Radrennen geben.

Es war ein lebendiges, atmendes Wesen, dachte er, eine Schöpfung, ein Dämon, der anderen Wesen das Leben nehmen konnte, während er selbst nur schwer auszurotten sein würde.

Es summte ganz leise. Der Sekundärschalter war fertig. Der Deckel der alten Sesamstraße-Pausenbrotbüchse war verschlossen und der Primärschalter in ihrem Inneren eingewickelt in einem Netz aus roten, blauen, grünen und weißen Drähten.

»Versucht ihr nur, mein Farbschema zu entwirren«, flüsterte er und betrachtete den Deckel der Büchse.

Die Sesamstraße.

Es war die einzige alte Büchse, die er finden konnte, die etwas mit Fahrrädern zu tun hatte. Bibo saß im Hintergrund auf einem riesigen alten Rad mit schwerem Rahmen und dicken Reifen.

Er schüttelte den Kopf und fragte sich, ob das Radrennen wirklich eine so gute Wahl gewesen war. Baseball, also, das wäre was gewesen: vollgepackte Stadien, enthusiastische Fans, volle Medienaufmerksamkeit, ein wunderbares Ziel, ein Weg, nach dem spektakulären Debüt von Crooked Lake seine Präsenz noch einmal zu demonstrieren. Aber irgendetwas an dem geplanten Rennen durch die Berge von Colorado hatte seine Aufmerksamkeit gepackt und jetzt wurde er es nicht mehr los.

Er war sich nicht sicher, warum. Es war, als hätte das Schicksal seine Hand im Spiel und würde ihn auf ein Ziel zuschieben, das er selbst noch nicht ganz verstand.

Er öffnete die Broschüre und betrachtete die Sponsorenlogos. Die Teefirma. Der Fernsehsender. Irgend eine Internet-Versicherung. Es war ihre Selbstzufriedenheit, ihre »Wir sind besser als alle anderen«-Einstellung, die an ihm nagte. Diese Überheblichkeit, dass sie das Geld hatten, so etwas bescheuertes wie ein Radrennen zu sponsern, während sie es für etwas wichtiges ausgeben könnten. Zum Beispiel einen neuen, toll ausgestatteten Mercedes.

Das wäre es wirklich wert.

Er starrte weiter auf die Broschüre und die Streckenkarte, bis er den genauen Verlauf des Rennens kannte.

Es musste wie ein Theaterstück laufen. Ein gut aufgebautes Theaterstück. Es musste sich langsam steigern. Ein kleiner Auftakt, eine Art Prolog. Durcheinander im zweiten Akt. Dann musste sich während des dritten Aktes die Spannung aufbauen, bis sie die Zuschauer im Finale packte und schüttelte und nichts übrig ließ als Ehrfurcht vor dem Schöpfer und seinen wunderbaren Konstruktionen.

Es würde perfekt werden. Er spürte glühenden Stolz in seiner Brust.

Am See hatte er ihnen nur ein Vorspiel gegeben. Eine große, spektakuläre Show aus dem Nichts heraus, aber dieses Mal, dieses Mal würde er etwas aufbauen müssen, und zwar so, dass sie das Muster erkennen konnten, wenn er zu Baseball und Basketball und Eishockey und Golf übergehen würde.

Die Spannung würde sich aufbauen, die Zerstörung immer größer werden, der Erfindungsreichtum sich von Mal zu Mal steigern, und sie würden niemals schlau genug sein, um ihn zu erwischen.

Mit jeder neuen Konstruktion würde er ein wenig wachsen, noch ein bisschen besser werden, und ein deutlicheres Statement abgeben.

Er wischte die Pausenbrotbüchse ein letztes Mal ab. Vorsichtig hob er sie mit behandschuhten Händen auf und schaltete das Garagenlicht aus, bevor er aus der Tür trat und vorsichtig in der Dunkelheit zu seinem Wagen ging.

Er hatte eine Lieferung zu machen.

Nicht viel.

Eigentlich nur eine Visitenkarte.

Eine kleine Überraschung, die niemanden töten würde, jedenfalls wahrscheinlich nicht, aber die jemandem einen wahnsinnigen Schrecken einjagen würde. Wer weiß? Vielleicht würde sie jemanden zu Tode erschrecken.

Jemanden verletzen, so wie er verletzt worden war.

Bemerkt mich, ihr Schweine.

Denn Peter der Große ist hier.

Er sah auf die Uhr.

Die Abendnachrichten gingen gerade zu Ende.

Er würde ihnen den Aufmacher für die nächste Sendung liefern.

Das war verdammt sicher.

2
Die menschliche Kanonenkugel

Die Idee ließ ihn die ganze Nacht nicht schlafen. Sie drehte und wand sich in seinem Kopf genauso wie er sich auf der Matratze drehte und wand. Cheryl grummelte im Tiefschlaf, rollte sich in eine neue, sehr unbequeme Position, und schnarchte weiter.

Früher hatte sie nie geschnarcht, aber seit sie schwanger war, sägte sie regelrecht. Nicht so laut wie sein Vater, das sicher nicht, aber ein solides, ständiges Geräusch, das Will in der Nacht Gesellschaft leistete.

Und so drehte er sich und dachte nach und fasste Beschlüsse. Die Idee wäre perfekt für Bosco Bikes. Nicht unbedingt eine so große Sache, wie ein Tour-Team mit den Rädern auszurüsten, aber das würde sowieso noch Jahre brauchen. Wenn es je passieren würde. Dafür bräuchte er ein amerikanisches Team, zu dem er Kontakte hatte und außerdem ein Produkt, auf dem wirklich jemand zum Sieg fahren konnte. So sehr Hootie an seine Räder glauben mochte, im jetzigen Entwicklungsstadium waren die Bikes schwammig, sie waren zu schwer, und sie reagierten zu schlecht.

Ein gutes Rad musste sich wie eine Angelrute zwischen den Beinen anfühlen, nicht wie eine Ziegelmauer. Will lächelte darüber, was die Watte zwischen seinen Ohren um 3:35 Uhr an freier Assoziation zu Stande brachte.

Aber das hier, dieses Rennen, mit einer Mannschaft gestandener internationaler Stars, die er zusammenstellen würde, also, das könnte es sein. Es könnte Bosco Bikes von einer kleinen Nummer zu einer großen machen, ganz besonders, wenn das Gesicht, das als Erstes die Ziellinie überquerte – ein Gesicht, das die Leute erkennen würden, zumindest die Leute, die sich im europäischen Rennzirkus auskannten –, wenn dieses Gesicht über einem Bosco-Trikot erschien. Was für eine Chance, alle hiesigen Fahrer zu schlagen und den alten Herren ein letztes Mal ein Lächeln auf die Lippen zu zaubern.

Es war jetzt 4:45 Uhr früh, und er hatte die meisten Details im Kopf überlegt, wieder vergessen, und neu überlegt.

Um sechs hatte er sich aus dem Bett gerollt, die Hunde gefüttert, geduscht und angefangen, sich für die Arbeit anzuziehen, als er das plötzlich bleiben ließ und stattdessen in seine Haven-Teamklamotten stieg. Dies war ein Tag zum Rad fahren. Er wollte auf dem Rad zur Arbeit fahren und noch ein bisschen weiter über die Idee nachdenken, die Schwachpunkte ausbügeln, ordentlich schwitzen, und dabei vielleicht einen oder zwei Millimeter des weichen Bäuchleins wegschmelzen, das sich über seinem Gürtel entwickelte.

Er würde zur Arbeit fahren und sich ordentlich das Gehirn durchpusten.

Cheryl hatte heute früh einen Arzttermin. Sie würde also erst später im Büro sein. Er konnte es ihr in der Mittagspause erklären. Er schrieb ihr eine Nachricht, klebte sie mit Tesa an die Kaffeekanne, und warf sein Messenger-Bag über die Schulter, in dem ordentlich gefaltet Hemd, Hose, Schlips und seine Büro-Chinos lagen.

Er schloss die Tür der kleinen Garage auf und ging hinein. Die Autos dominierten den Raum, aber trotz ihres starken Geruchs konnte er die Räder ausmachen, die Süße des Fettes, das Aroma des Leders, den harten Biss der Kurbel, die glatte Seidigkeit das Stahlrahmens. Er saugte es in sich auf. Er liebte den Geruch von Rädern am Morgen.

Sie rochen nach … er lächelte … Magie.

Er zog das Colnago, vor zwei Jahren kurz vor dem Ende seiner Karriere als Radrennprofi geklaut, ohne auch nur den geringsten Hehl daraus zu machen, und strich mit den Fingern über die Reifen.

Gut aufgepumpt. Kein Problem. Keine rauen Kanten, keine Dornen. Obwohl das gar nichts bedeutete und er noch vor der nächsten Querstraße einen Platten haben konnte, fühlte sich das Rad in diesem Augenblick perfekt an.

Er hob es am Oberrohr hoch, ging rückwärts durch die offene Tür und schloss ab. Er hatte nicht gewollt, dass die Räder in der Garage standen, aber im Haus selbst war einfach kein Platz. Es gab keinen richtigen Keller und Cheryl hatte es so beschlossen. Räder wohnten in der Garage.

Falsch.

Räder wohnten drinnen, wo es sicher und warm war, und wo sie nicht von den Gören geklaut wurden, die durch die Nachbarschaft strichen und Garagen für einen Sportartikelladen hielten.

Räder wohnten drinnen, wo sich ihr Geruch nicht mit dem von Autos mischen musste.

Räder wohnten drinnen, damit man sie ansehen konnte, wann immer man wollte, ohne Hosen anziehen zu müssen.

Er schob das Colnago zur Straße und schloss den Helmriemen unter dem Kinn. Er hob den linken Fuß und ließ die Pedalplatte einschnappen, drückte sich ab und schwang das rechte Bein über den Sattel. Es fand ohne Zögern sein Ziel.

Er schob die Tasche auf seinem Rücken zurecht. Er konnte sich nie richtig an den Gedanken gewöhnen, sein Vollblut als Packesel zu missbrauchen. Dann begann er, langsam die Straße herunterzufahren. Viertel vor sieben, und hier war es noch ganz still.

Er konnte das Brummen der Autobahn weit entfernt hören, das Surren der erwachenden Stadt. Irgendwo fuhr ein Zug, aber hier war es still. Morgenruhe.

Nur Vögel und Rasensprenger und das »Flatsch« einer Zeitung, die vom Zusteller in einen Vorgarten geworfen wurde.

Im Auto bekam man diese Geräusche nicht zu hören, das war klar. Er saugte sie tief atmend in sich auf und bog in die Straße in Richtung Stadt ein, in den Wahnsinn des Verkehrs und seines Büros, die beide irgendwo da unten lagen.

Diesen Wahnsinn würde er noch früh genug spüren. Er lächelte, beugte sich tiefer, und begann, fester zu treten.

Die Magie lag dicht vor ihm.

Er beugte sich tief über das Oberrohr, zog sein linkes Bein nach oben, lehnte sich zur Seite und nahm die Kurve, glatt wie ein Kinderpopo. Er lächelte bei dem Gedanken, genoss das Gefühl.

Ein Kinderpopo.

Der Popo von seinem Kind.

Er würde Vater werden.

Die Magie wuchs und er fuhr mit einem breiten Grinsen im Gesicht durch den zunehmenden Verkehr der Innenstadt von Denver, an einem Morgen im Juli.

Eine Stunde später war er geduscht und rasiert, trug frische Klamotten, und betrat das Vorzimmer zum Büro seines Chefs, dem Büro von Hootie Bosco, irrem Mechaniker, durchgeknalltem Radbauer, und verklemmtem Boss des zehntgrößten Fahrradherstellers der Vereinigten Staaten. Eine Menge verschiedener Menschen, so schien es, steckten unter diesen Rastalocken.

Will warf einen Blick durch das Vorzimmer. Vieles von dem Spielzeug, das einmal an den Wänden gehangen hatte, war weg. Stattdessen hingen da jetzt Werbeplakate und Firmengeschenke und jede Menge anderer Kleinkram. Marketing hatte hier das Kommando übernommen. Es befanden sich wirklich eine Menge Menschen unter den Locken.

Will seufzte. Er vermisste das Spielzeug. Er vermisste den Mann, der zusammen mit diesen Sachen verschwunden war.

Er hörte Papier rascheln und drehte sich um. Aus Hooties Büro kam eine auffallende Blondine in einem weißen Top mit aufgestickten Fahrrädern. Ihr Busen wurde von schwarzen Hosenträgern betont. Es war ein beeindruckender Anblick.

Will konnte ein Lächeln nicht unterdrücken.

»Ist er drin?«

Nancy sah ihn an und schüttelte den Kopf. »Nicht mehr.«

Will wollte ein Kichern verhindern, aber es war zu spät. Es sprang heraus wie ein abgewürgter Rülpser.

»Was ist denn so komisch?«

»Nichts«, sagte Will schnell, »gar nichts.«

Er konnte nicht anders als an die glühende Affäre zwischen Hootie und seiner Chefsekretärin Nancy denken, die seit der Woche lief, in der sie hier zu arbeiten angefangen hatte. Ihre Antwort hatte ihn bei ganz besonders schweinischen Gedanken überrascht.

Da konnte man mal sehen, was Radfahren zur Arbeit mit einem anstellte. Die Hormone fingen an zu tanzen.

Er versuchte, die Sache auszubügeln und betrachtete ihre Brust.

»Hübsche Räder.«

Ohne Zögern antwortete sie: »Willst du mal fahren?«

Will spürte, wie sein Gesicht puterrot wurde.

»Entschuldige … ich wollte nicht … ich habe nicht gemeint …«

Sie lachte.

»Herrgott, Will, bleib mal locker. Das war ein Scherz. Man nennt das flirten. Und du hast es verdient, nach der Bemerkung von eben.«

»Entschuldigung.«

»Ach, hör auf. Aber, ja, er ist drin … in seinem Büro … und er will irgendwann heute mit dir sprechen.«

»Jetzt?«

»Der Zeitpunkt ist so gut wie jeder andere«, murmelte sie und senkte ihren Kopf ein wenig, als wollte sie seinem Blick ausweichen. Sie machte eine Geste zu Hooties Tür hin. »Bitte sehr.«

Will ging los, blieb stehen und wandte sich zu Nancy zurück.

»Warte mal. Wenn er jetzt drin ist … warum hast du dann, als ich gefragt habe, ob er drin ist, gesagt, er sei nicht mehr …?«

Sie lächelte. »Lass es gut sein, Will. Du wirst verlieren.«

Will öffnete den Mund um etwas zu sagen, erkannte aber, dass er einfach die Klappe halten sollte, weil er hier wirklich keine Punkte mehr gutmachen würde. Er nickte nur und betrat Hootie Boscos Chefzimmer.

Es war kein besonders großartiges Büro.

Der Holzfußboden war uneben und zerkratzt. An den schmutzig-beigen Wänden hingen ein paar Poster. Der Tisch war aus zweiter Hand. Die Computer waren neu, aber sie waren so ungefähr das

Einzige in Hooties Büro, was nicht schon viel bessere Tage gesehen hatte.

Will warf einen schnellen Blick über die Wände. Ein paar Spielsachen und anderer Kram war noch da. Auffällig darunter war ein 32er Schraubenschlüssel, der an einem Nagel hing, und der in der Not eine ausgezeichnete Waffe hergab. Einschüchternd, das musste man zugestehen.

Hootie starrte auf einen kleinen Bildschirmausschnitt, der in einer Ecke seines Computerbildschirms flackerte.

»Hast du das gehört?«, fragte er ohne aufzusehen.

Will schüttelte den Kopf.

»Nein. Ich habe heute morgen keine Zeitung gelesen. Was ist los?«

»Hm. Ist auch gerade erst passiert. Irgend so ein Typ vom Sport am Morgen ist in die Luft geflogen. Muss eine Rohrbombe oder so was gewesen sein.«

»Echt wahr? Hier in Denver?«, sagte Will, während die Ruhe seiner morgendlichen Ausfahrt angesichts der Realitäten des modernen amerikanischen Lebens schnell verflog. »Ist er verletzt?«

»Keine Ahnung. Hatte anscheinend noch alle seine Finger, als die Spezialeinheit aufgetaucht ist. Gut kann's ihm nicht gehen, aber er lebt. Noch weiß niemand was genaues. Was gibt's?«

»Ich kann nicht glauben, dass so ein Scheiß hier passiert.«

Hootie wandte sich vom Bildschirm ab und betrachtete Will überrascht.

»Ja, hier. Mannomann. Wo bist du denn die letzten paar Jahre gewesen? Denver ist heutzutage der Ausgangspunkt für fast jede Top-Story. Es überrascht mich, dass Katie Couric nicht einfach hierher zieht. Wäre billiger für NBC.«

»Ja, kann sein.« Will zuckte mit den Schultern. »Es hat mich wohl nicht direkt betroffen, also hab ich nicht ...«

Hootie nickte und blickte Will an, der Bildschirm einen Augenblick lang vergessen. Dann wedelte er mit der Hand durch die Luft, als wolle er sagen, »jetzt mach schon«.

Will begriff sofort, trotz der ärgerlichen Tatsache, dass Hootie ihn wie einen kleinen Trottel behandelte.

»Was kann ich für dich tun, Will?«

»Ich hab gestern Abend Nachrichten gesehen. Das muss wohl gewesen sein, bevor diese Geschichte mit der Bombe passiert ist …«

»Das war heute früh.«

»Ja, aber der Typ vom Sport, Flynn, Roger Flynn, also, er hat da ein Rennen erwähnt. Nicht viele Details. 225 Kilometer, Start in Boulder. Das sind schon 1500 Meter über dem Meeresspiegel und dann geht es sofort in die Berge – im Sommer, was Nachmittags schlechtes Wetter bedeuten kann. Nach Breckenridge, mit drei oder vier atemberaubenden Abfahrten auf unbefestigten Straßen, im Regen …«

»Ja, ich hab davon gehört«, sagte Hootie.

»Tja«, fuhr Will fort, »und ich hab gedacht, wir sollten da mitmachen.«

»Warum?«

Die Einfachheit der Frage überraschte Will. Er zögerte kurz, aber dann redete er weiter.

»Sieh mal. Es wird wahnsinnig schwer, in den europäischen Markt und in europäische Teams reinzukommen.«

»Dafür haben wir dich ja eingestellt.«

»Nein, das ist der Job, der um mich herum geschaffen wurde. Aber trotzdem, selbst mit meinen Kontakten wird da nichts passieren, solange wir nicht ein prominentes amerikanisches Team in Europa haben. Kein ausländisches Team wird je ein amerikanisches Produkt fahren. Und wir können kein amerikanisches Team zusammenbekommen, wenn wir hier keine Publicity haben. Publicity, die besagt, Bosco-Bikes schaffen es, Bosco-Bikes können gewinnen, Bosco-Bikes sind gut auf jedem Terrain.«

Will seufzte tief. Endlich war er die Last seiner Idee los.

»Wir machen bei dem Rennen mit. Als Teamsponsor. Es wird den Namen bekannt machen und uns einen Start verschaffen. Was meinst du?«

»Also, ich finde, das ist eine gute Idee«, sagte Hootie, und ein kleines Lächeln spielte um seine Lippen. »Es ergibt Sinn. Wir haben in Europa noch nicht viel ausrichten können.«

»Ja, also statten wir hier eine Mannschaft aus«, sagte Will. Voller Engagement gestikulierte er wild. »Wir setzen alle auf Bosco-Räder, ziehen ihnen Bosco-Trikots an und Bosco-Helme und nehmen einen Bosco-Teamwagen.«

»Bosco-Teamwagen?«

»Ja, du kannst diesen Subaru nehmen, den du letzten Sommer für die Parade in Littleton hast anmalen lassen. Das kann dein Bosco-Teamwagen sein.«

»Das sind die Farben vom letzten Jahr.«

Will rollte mit den Augen.

»Wen kümmert das schon? Wer weiß das denn? Es spart dir Geld, also tu's einfach. Wir haben noch einen Haufen Trikots am Lager. Helme auch, von dem Fotoshooting mit diesen Models, die nicht mehr auf einem Rad gesessen hatten, seit sie dreizehn waren.«

»Erinnere mich nicht daran.«

»Wir haben alles, was wir brauchen, außer den Fahrern, und da muss es doch ein paar willige Kandidaten geben, die gerne Bosco Bikes promoten würden.«

»Denkst du da an jemand bestimmten?«

»Zum Beispiel ...«

»Zum Beispiel dich?«

Die beiden Männer sahen einander einen Augenblick lang an, dann lachte Will.

»Ja, klar, warum denn nicht? Ich mach's. Wer weiß ... wenn du ein paar Flüge aus Europa bezahlst, kann ich wahrscheinlich auch Bourgoin und Cacciavillani herbekommen. Die fahren hier in einem unbekannten Rennen mit den Dingern. Das ist deine Verbindung nach Europa. Setz sie auf die Boscos. Lass ein paar Fotos machen und vertick sie an *VeloNews* und *Cycle Sport* und *Bicycling*. Das ist ein Anfang.«

Hootie wandte sich in seinem Drehstuhl um und starrte aus dem Fenster hinaus auf den rückwärtigen Teil des Baseballstadions. Die Rockies spielten auswärts, also würde es heute Abend Parkplätze bei seinem Lieblingsrestaurant geben. Es ergab perfekten Sinn. Er fand die Idee hervorragend, dass die alten europäischen Stars kamen. Wenn er die Kosten niedrig halten konnte.

Schade nur, dass Will nicht mitmachen konnte.

»Will«, sagte Hootie ernst, »es gefällt mir.« Sein Kopf wackelte wie ein Nickdackel auf Drogen. »Es gefällt mir sehr.«

»Gut.«

»Meinst du, Cacciavillani oder Bourgoin machen ein Comeback und fahren noch einmal bei so einer Sache?«

»Klar doch. Die Möglichkeit besteht. Tony sicher. Der wollte sowieso nicht in den Ruhestand gehen, auch wenn er beim Gedanken an diese Anstiege Pickel kriegen wird. Und was Richard anbetrifft, man weiß nie, solange man nicht fragt. Es macht sicher Spaß, wieder zusammen zu fahren. Vielleicht ein Haven Oldtimer-Team. Oldtimer mit 34 Jahren.« Er lachte. »Das könnte wirklich genau das Richtige sein.«

»Gut. Gut.« Hootie tippte mit dem Finger gegen sein Kinn. Will begann, ein seltsames Frösteln an seinem Rückgrat zu spüren, eine Art prähistorischen Instinkt zu fliehen oder zu kämpfen, der eigentlich bereits der Zivilisation zum Opfer gefallen sein sollte.

»Ich ruf sie sofort an.«

»Nein. Nein. Mach dir darum keine Gedanken. Ich habe andere Leute, die das machen können.«

»Es dauert fünf Minuten. Abgesehen davon wird Tonys Assistentin dich nur hinhalten. Ich kann direkt mit ihm sprechen. Fünf Minuten.«

»Nein, Will. Mach dir keine Gedanken. Eine gute Idee, aber ich lasse sie von anderen Leuten ausführen.«

»Scheiße, Hootie, das ergibt doch keinen Sinn. Das ist mein Job. Ich kann endlich was erreichen. Lass mich …«

Hootie Bosco hob die Hand und stoppte Will mitten im Satz.

»Das können andere Leute machen, Will. Andere Leute.«

Will seufzte.

»Klar. Klar, Hootie. Ich verstehe. Glaube ich. Aber – es ist meine Idee …«

»Und es ist eine gute.«

»Es ist eine gute, darauf kannst du wetten. Also warum …«

Es gab eine lange Pause, als ob Hootie Bosco nach Worten suchte, um das zu sagen, was gesagt werden musste, was er schon lange beschlossen, aber bis jetzt nicht in die Tat umgesetzt hatte. Das

Torpedo raste durch das Wasser auf einen Freund zu, einen Freund, der einfach nicht seinen Teil für die Firma beitrug und, verdammt, auch wenn er es hasste, Hootie Bosco leitete schließlich keinen Wohltätigkeitsverein.

»Weil«, sagte Hootie leise und sprang mit den Füßen voran in den Gedanken hinein, »weil du gefeuert bist.«

Will wusste nicht mehr viel über die nächsten neunzig Minuten.

Er hörte sich Hooties Erklärung an, irgendwas von Geschäft und Marktanteilen und darüber, den Mut zu haben, dorthin zu gehen, wo einen keiner wollte, und er hörte kein einziges Wort. Zwischen seinen Ohren war ein panisches Summen, ein Wirrwarr an Klängen, die er nicht mehr gehört hatte, seit er mit hundert Stundenkilometern kopfüber eine Autobahn heruntergebrettert war. Es klang wie eine dicke Nadel, die von einer irren Kindergärtnerin immer wieder über eine alte LP gezogen wurde.

Er erwischte ein paar Worte, »tut mir Leid«, »gerade jetzt«, »Cheryl«, »Nancy«, »sehr lange«, aber nichts davon ergab einen Sinn. Er wusste, dass er Hootie anstarrte und irgendeinen blöden Gesichtsausdruck aufgesetzt hatte, Augen halb aufgerissen, ein schiefes Grinsen, das Gesicht eines Mannes, der gerade im Lotto gewonnen und den Tippschein verloren hatte.

Dann stand Hootie auf und streckte die Hand aus. Will stand auf und streckte seine aus. Ein Händeschütteln.

Hootie redete weiter während er um den Tisch herumkam und den Arm um Wills Schultern legte. Eine Geste der Freundschaft. Eine Geste der Traurigkeit. Und auch ein Weg, Will aus seinem Büro heraus und zu seinem eigenen Büro hin zu manövrieren, das jetzt ausgeräumt werden musste.

Will ließ sich schieben.

Plötzlich donnerte eine Art rhythmischer, wilder Jubelgesang durch seinen Kopf – dabadaba-Hey, dabadaba-HEY –, der alles andere übertönte. Als sie an Nancys Tisch vorbeigingen, bemerkte Will, dass sie weinte.

Weswegen weinte sie denn? Will wusste es nicht. Dabadaba-HEY!

Er spürte zwei freundschaftliche Klapse auf seinem Rücken und nickte langsam. Eine Minute lang stand er draußen vor Hooties Tür und bemerkte, dass er allein auf dem Flur war. Es war, als sei die ganze Firma abgehauen. Er blickte sich schnell um, dann stolperte er wie betrunken zu seinem eigenen Büro, zwei Türen von Hooties entfernt. Er trat ein, drehte den Stuhl um, setzte sich, und spürte es.

Die Dimension dessen, was gerade passiert war, traf ihn wie ein russischer Sprinter bei der Abfahrt. Er würde Papa werden, sehr bald, und er war arbeitslos. Eine echte Krise. Wie würde er alles bezahlen? Windeln, Babybrei, Kindergarten, Yale? Wie sollte er helfen und zahlen und alles am Laufen halten?

Es war schwer genug, wenn er arbeitete. Jetzt tat er es nicht.

Wie sollte er das alles schaffen?

Es gab ein »Donk« an seiner Tür und Will drehte sich um. Lisa Shannon, die karrieregeilste Angestellte der Firma, stand mit einem Pappkarton in den Händen da, aus dem eine große, hoch aufgeschossene und außerordentlich hässliche Pflanze herauslugte.

»Oh, tut mir Leid«, quäkte sie. Gar nichts tat ihr Leid. »Ich hab gedacht, du wärst schon weg …«

Das Hämmern in Wills Kopf stoppte abrupt. Er warf ihr einen kalten Blick zu, der überhaupt keine Auswirkung auf sie hatte und ihrer Entschlossenheit, seinen Raum zu besetzen, keinen Abbruch tat.

»Herrgott nochmal, Lisa, die Leiche ist noch nicht einmal kalt. Konntest du nicht bis nach dem Mittagessen warten? Dann dürfte ich weg sein.«

Was sie auch an Unbehagen empfunden haben mochte, dass sie so hereingeplatzt war, es verschwand sekundenschnell. Sie ging zu dem Tisch am Fenster hinüber und setzte den Karton ab, zweifellos nur der erste mit ihrem Bürokram, um den Raum offiziell zu okkupieren. Fakten schaffen, das war wichtig. Aber Wills Hintern okkupierte immer noch seinen Stuhl.

»Tut mir Leid, Will, so ist das eben manchmal im Geschäftsleben. Ich habe einfach nur gedacht, dass du schon weg wärst.«

Ein kleiner, heißer Wutknoten wuchs in seiner Brust, kochte hoch und raste durch seinen Körper. Er reinigte sein System von den Gefühlen des Schocks, der Verlegenheit, und der Verwirrtheit der letzten Stunde, des letzten Tages, der letzten paar Monate.

Zum ersten Mal seit Wochen sah er klar.

Er hatte nicht wirklich versagt. Nein. Er war ausgebootet worden und er blickte jetzt auf die Schuldige.

Sie lächelte leer und ging schnell zur Tür. Dort blieb sie stehen, wandte sich um, hob einen Finger, als ob sie etwas betonen wollte, öffnete den Mund, schloss ihn, öffnete ihn wieder, und sagte: »Lass die Adressenkartei hier. Das ist Geschäftseigentum.«

»Verschwinde, zum Teufel, bevor ich dir eine reinhaue, dass noch deinen Kindern bei ihrer Geburt schwindelig ist.«

»Hm. Ja. Also. Aber lass die Adressenkartei hier.«

Sie ging, offensichtlich, um einen weiteren Karton zu packen, und zu warten, bis die Leiche in der Abteilung Internationale Beziehungen auf die Müllhalde gebracht worden war.

Auf die Müllhalde.

Will starrte ein paar Minuten lang auf den leeren Türrahmen. Seine Wut kochte bis zu einem Punkt, an dem sein Kopf klar, seine Muskeln bereit, der Weg vor ihm vorgezeichnet war. Er brauchte einen Drink. Einen verdammt großen. Vielleicht einen zweiten. Ein paar wären auch gut.

Er stand auf, hob den Karton hoch, öffnete das Fenster, schob den Karton nach draußen und drehte ihn um. Alles, einschließlich dieses gentechnisch veränderten Mutanten-Farns und der Blumenerde, in der er gestanden hatte, landete in dem Müllcontainer direkt unter dem Fenster. Es gab ein Rascheln, ein Klappern, einen Krach, dann Stille.

Will ging zum Schreibtisch und räumte schnell seine persönlichen Sachen zusammen. Ein paar Fotos. Ein oder zwei Briefe. Die gerahmten Bilder von Roubaix und vom Mont Ventoux. Eine Bleistiftzeichnung eines Fahrers in Alpe d'Huez, zwei Fotos von Cheryl, ein Modellfahrrad in Haven-Farben – eine Art Mini-Biest – und ein Radio. Nicht viel. Er betrachtete den Rest des Schreibtisches. Es war nicht viel übrig, abgesehen von Büroartikeln und der Adressenkartei mit seinen Kontakten. Die Adressenkartei. Die Firmen-Adressenkartei mit seinen Kontakten.

Was sollte er tun? Eine außerordentlich fiese Idee setzte sich in seinem Kopf fest und erfüllte ihn mit einer glücklich machenden gemeinen Wärme.

Er schloss die Bürotür ab, setzte sich, und ignorierte die folgende Stunde das ständige Klingeln des Telefons, während er sorgfältig alle Namen seiner Freunde und Geschäftsverbindungen und ehemaliger Mannschaftskameraden entfernte und sie durch neue Karten mit neuen Adressen und Telefonnummern ersetzte.

Die italienischen brauchten am längsten. Die verlangten Kreativität.

Er ließ die neue und verbesserte Kartei dort stehen, wo sie hingehörte, bereit dafür, dass Lisa sie finden und zu ihrem Schrecken erfahren würde, dass das Leben eine Kette von Missgeschicken war.

Er hob seinen Karton mit Fotos und Schreibtischkram hoch und öffnete die Tür in der Erwartung, dass Lisa dort stehen würde. Stattdessen sah er zwei weitere Kartons mit ihren Fotos, Krimskrams, Trophäen und Pflanzen. Er lächelte, setzte seinen eigenen Karton ab und kippte lässig einen nach dem anderen von Lisas Kartons über dem Container vor seinem Fenster aus. Es war kindisch, das wusste er, aber es machte Spaß. Sehr, sehr großen Spaß.

Er hob seinen Karton wieder hoch und ging damit zu Cheryls Büro. Er setzte den Karton auf ihrem Schreibtisch ab und legte eine Notiz dazu: »Bitte nach Hause mitbringen.«

Er warf die Karteikarten in seine Schultertasche, stellte sich mitten in Cheryls Büro und zog wieder seine noch leicht feuchten Haven-Rennsachen an.

Einen kurzen Moment lang fragte er sich, ob sie es wusste. Hatte sie gewusst, dass das kam? Nein. Sie hätte etwas gesagt. Nancy hätte es ihr nicht erzählt, auch wenn die beiden Frauen befreundet waren. Cheryl konnte es nicht gewusst haben. Jetzt wusste er nicht, wie er es ihr sagen sollte. Noch ein weiteres Problem, das er heute Nachmittag lösen musste.

Er würde mit dem Rad nach Hause fahren. Sie vielleicht dort sehen. Reden, erklären, planen. Aber zuerst würde er zu einer Bar fahren und sehen, ob Flüssigmut immer noch so effektiv war wie früher.

Er würde zu einer Bar fahren und etwas trinken und sich überlegen, wie er ihr sagen sollte, dass er »freigestellt war«, »zwischen Engagements«, »neue Möglichkeiten suchte«, »gefeuert.«

Ja, ein Drink würde bei all dem helfen.

Dann fiel ihm ein, dass er etwas in seinem Schreibtisch vergessen hatte. Er ging zurück, und die Radschuhe klackerten laut auf dem Holzboden. In keinem der Büros schien irgendjemand zu sein. Es war, als sei er in eine Todeszone gelaufen. Seine Schritte hallten durch das Gebäude.

Will lächelte.

Der ganze Laden hatte sich versteckt, als ob sie Angst hatten, er würde mit einer Waffe durchmarschieren und ihre Schädel durchlöchern.

Nein. Niemals. Das würde er ihnen nicht antun. Na ja, vielleicht einem. Zwei, maximal, aber nicht allen. Sie waren brave Jungs und Mädchen. Kinder. Scheiße.

Und er war der alte Sack.

Er ging in sein Büro, öffnete die rechte Schreibtischschublade und holte zwei Rollen Vierteldollarmünzen heraus. Geld für den Getränkeautomaten, fast zwanzig Dollar. Das wollte er Lisa nicht überlassen. Sollte sie doch ihr eigenes Kleingeld sammeln. Er ging zur Tür und horchte. Immer noch still.

Sie schliefen alle. Oder versteckten sich. Jedenfalls wurde hier heute nicht gearbeitet.

Nancy steckte ihren Kopf aus Hooties Bürotür.

»Cheryl versucht schon die ganze Zeit, dich zu erreichen.«

»Was?«

»Cheryl ruft schon den ganzen Vormittag an«, sagte sie. Ihr Gesicht war abgespannt, die Augen rot. »Sie will mit dir reden.«

»Sag ihr, ich sehe sie zu Hause.«

Wieder kamen Nancy die Tränen.

»Mensch, Will, es tut mir Leid.«

Sie kam den Gang heruntergelaufen und umarmte ihn. Er klopfte ihr langsam auf den Rücken und wünschte, sie ließe ihn los. Nicht, weil er nicht für ihre Geste oder für die Wärme ihres Körpers dankbar war, sondern einfach deswegen, weil er selbst anfangen würde zu weinen, wenn sie nicht bald losließ, und um nichts in der Welt wollte er Lisa Shannon diesen Triumph gönnen.

»Ist schon gut. Schon gut. Ich werde nicht zum ersten Mal gefeuert und ich bin immer wieder auf die Beine gekommen. Irgendwann.«

Er sagte das alles, ohne ein Wort davon zu glauben.

»Ich werd dich vermissen.«

»Ich werd dich auch vermissen, Nancy. Du bist okay.«

Er küsste sie auf die Wange und schmeckte die heißen Tränen auf seinen Lippen.

Er nickte dumpf und fühlte seine eigenen Tränen direkt hinter den Augen. Er konnte spüren, wie sein Gesicht heiß wurde.

»Ist schon gut. Wirklich. Pass nur gut auf Hootie auf, okay?«

»Ja, klar. Du bist echt 'ne Nummer, Ross, dass du dir Sorgen um ihn machst, nachdem er dich feuert.« Sie schüttelte den Kopf. »Blöder Idiot. Wenn der denkt, er wird heute Abend flachgelegt, hat er sich geschnitten.«

Will wusste nicht, was er dazu sagen sollte, also ließ er es einfach. Er nickte und er wandte sich von ihr ab.

»Ruf deine Frau an«, sagte sie leise.

»Ja, später. Ich sehe sie zu Hause. Sag ihr, mir geht's gut und ich sehe sie zu Hause.«

»Was hast du vor?«

»Jetzt, och, nur eine Weile durch die Gegend fahren und die Geschichte abarbeiten. Und einen Ort zum Nachdenken suchen.«

»Einen Ort zum Nachdenken?«

»Ja.« Will hob die Augenbrauen. »Einen Ort zum Nachdenken. Pass gut auf dich auf, Nancy.«

Er drehte sich um und ging mit schwerem Schritt zur Treppe, die zur Hintertür und zu seinem Rad führte. Nancy sah ihm hinterher und machte dann einen Schritt zurück, als die kleine Schlampe, die ihn ausgebootet hatte, mit einem weiteren Karton Bürokrempel an ihr vorbeizischte und schnell in Wills jetzt leeres Büro ging.

Nancy lächelte, als sie den schmerzerfüllten Schrei hörte, als Lisa Shannon entdeckte, dass ihr vier Jahre alter Farn und jedes Stück persönlicher Habe einen Sturzflug in den Container vor ihrem Fenster absolviert hatte.

»Genieß die Aussicht, du kleines Miststück«, dachte sie, drehte sich um, und ging die paar Schritte zu ihrem eigenen Büro zurück. Das ist nur der Anfang, Kleine, dachte sie lächelnd. Nur der Anfang. Die Hölle beginnt jetzt. Nie, niemals sollte man die Sekretärin des Chefs verärgern. Niemals. Schule für's Leben. Und du wirst jetzt eingeschult.

Sie hob den Hörer beim zweiten Klingeln ab.

»Bosco Bikes, hier spricht Nancy, was kann ich für Sie tun?«

»Er geht immer noch nicht ran.«

»Oh, Cheryl. Er sagt, er sieht dich zu Hause.«

»Wie geht es ihm?«

»Er sah ganz okay aus. Nicht selbstmordgefährdet oder so was. Hat nur gesagt, er braucht ein bisschen Zeit zum Rad fahren und nachdenken. Er würde dich zu Hause sehen.«

»Nachdenken?«

»Nachdenken. Er hat gesagt, er sucht sich einen Ort zum Nachdenken.«

Am anderen Ende der Leitung war es einen Moment lang still. Dann lachte Cheryl Crane traurig.

»Nicht zum Nachdenken. Zum Trinken. Wie ich Will kenne, ist er auf dem Weg zu einer Bar.«

Bars am Vormittag sind nicht gerade die schönsten Plätze der Welt. Das Sonnenlicht, das durch die Fenster strömt, trifft auf die letzten Reste Rauch und Staub der Nacht zuvor. Gerüche steigen vom Tresen auf, aus dem Teppich, den Sitzen, und den Aschenbechern.

Um die Wahrheit zu sagen, eine Bar am Vormittag ist kein guter Ort.

Aber er war hier, in einer Bar an der Achtzehnten, um halb zwölf, und versuchte auszurechnen, wie viele Vierteldollarstücke er aus seiner ersten Rolle klauben musste, um einen zweiten Jameson und Soda zu bekommen.

Der erste war leicht heruntergegangen. Der zweite würde noch einfacher sein. Die Freuden eines guten Whiskey.

Seine Füße baumelten vor der untersten Stufe des Barhockers und die Fersen seiner Rennschuhe schlugen gegen das Holz. Der Alkohol wirbelte in seinem Magen herum und beförderte seinen Blutdruck wieder gegen normal, zum ersten Mal seit Stunden.

Kaum Schlaf. Kein Job. Ein paar Drinks. Das würde heute Nachmittag eine tolle Fahrt nach Hause werden.

Heute am späten Nachmittag.

»Noch einen?«

Der Barkeeper, der gleichzeitig als Hausmeister fungierte und gerade den Laden aufräumte, rief vom anderen Ende des Tresens.

»Hä? Ja, klar doch. Machen Sie's voll.«

Will zählte sechzehn Vierteldollarstücke ab und schob sie über den lackierten Tresen.

»Haben Sie keine Scheine?«

»Die gelten so gut wie alles andere. Und außerdem bekommen Sie einen Vierteldollar Trinkgeld, mein Freund.«

»Danke, Rockefeller.«

»Klar doch. Viel Spaß damit.«

Will sog den letzten Rest irischen Whiskey vom Grund des ersten Glases und wandte sich dem zweiten zu. Das Leben tat schon nicht mehr so weh. Wenigstens würde er jetzt vielleicht etwas Raum haben, sich zu überlegen, was er mit dem Rest seines Lebens anfangen wollte.

Das Haus würden sie nicht verlieren. Cheryl hatte einen Job. Ihr Gehalt würde während des Mutterschaftsurlaubs weitergezahlt. Das gab ihm etwas Zeit, etwas zu finden, was er wirklich tun wollte, nicht nur in einem Büro zu sitzen und alte Freunde anzurufen und sie zu bitten, ein Produkt zu kaufen, das sie nicht mochten, wollten, oder brauchten.

Vielleicht fand er ja bei einer Mannschaft einen Job als Betreuer oder als Verbindungsmann oder Gott weiß was sonst. Vielleicht. Vielleicht. Vielleicht. Vielleicht konnte er die Antwort auf dem

Grunde des zweiten Glases finden. Sie war da unten, da war er sicher. Wenn nicht da, dann auf dem Grunde des dritten Glases. Oder des vierten. Die Antworten waren da. Sie waren immer da. Irgendwo.

Er trank noch einen Schluck.

Hinter ihm ging die Tür auf. Er hörte das Geräusch, aber noch mehr spürte er die Veränderung im Luftdruck. Jemand kam herein.

Er warf einen Blick in den Spiegel über dem Tresen, sah nicht sofort jemanden und wandte sich wieder seinem Drink zu. Er suchte nach Antworten.

Am anderen Ende des Raumes hielt die Barkeeper-Putzmann-Kombination inne und warf einen Blick auf den Neuankömmling. Will bemerkte, dass er die Augen ganz leicht zusammenkniff.

»Morgen. Was kann ich Ihnen bringen?«

»Ein Bier. Ein Bier wäre gut«, rief der Mann mit scharfer, angespannter Stimme. »Budweiser. Vom Fass.«

»Geht klar.« Der Barkeeper legte seinen Putzlappen weg und ging hinter den Tresen, nahm ein Glas und trat an den Zapfhahn.

Will blickte wieder in den Spiegel und sah, wie ein junger Mann in einem langen schwarzen Staubmantel auf den Tresen zukam.

»Darf ich Ihren Ausweis sehen?«, brummelte der Barkeeper.

»Aber sicher«, kam die Antwort.

Aus dem Augenwinkel sah Will, wie etwas, das wie ein glänzendes braunes Stöckchen aussah, sich aus dem Mantel herausschob und auf den Kopf des Barkeepers richtete.

»Okay, Sackgesicht. Das ist mein Ausweis. Also, ich will dich nicht umbringen und du willst nicht sterben. Gib mir einfach das Geld von gestern Abend.«

Will rührte sich nicht. Das schwere Glas schwebte auf dem halben Weg zu seinen Lippen in der Luft.

Von seinem Gesichtsausdruck zu schließen hatte sich der Barkeeper fast in die Hosen gemacht. Er war weiß wie ein Grottenolm.

»Schieb's rüber, Freundchen.«

»Ich … ich … ich …«

»Du Arsch, ich hab nicht den ganzen Tag Zeit. Ihr wart rappelvoll gestern. Schieb's rüber.«

»Ich … ich kann nicht. Der Chef nimmt alles mit … Sie können haben, was hier ist … es ist nur Kleingeld, um den Tag anzufangen. Ich hab das große Geld nicht. Das hat er schon zur Bank gebracht.«

Ein dunkler Fleck begann zwischen den Hosenbeinen des Barkeepers zu wachsen.

Will bemerkte das, aber er bemerkte ebenfalls, dass seine eigene Hand nicht zitterte. Whiskey, dachte er. Das musste der Whiskey sein. Die Nahrung der Götter.

»Du Scheißkerl … du lügst doch.« Die abgesägte Remington hob sich in eine abfeuerbereite Position.

»Tut er nicht.« Sofort bedauerte Will es, den Mund aufgemacht zu haben.

»Was?«

Die Schrotflinte blieb einen Augenblick lang reglos, dann wandte sie sich Will zu. Der Barkeeper sackte sichtbar in sich zusammen. In seiner Erleichterung wuchs der Fleck auf seiner Hose weiter.

»Er lügt nicht. Jerry, der Besitzer, deponiert die Einnahmen jeden Abend auf dem Weg nach Hause. Er lässt nur ungefähr hundert Dollar in kleinen Scheinen hier, um den nächsten Tag anzufangen.«

Will nahm einen weiteren Schluck Whiskey. Er bemerkte, dass seine linke Hand trotz der Tatsache, dass die Waffe jetzt auf ihn gerichtet war, nicht zitterte. Seine Rechte verstärkte langsam den Griff um die Münzenrolle.

»Na dann, Arschgeige«, sagte der Eindringling gackernd und deutete mit der Schrotflinte auf Wills Kopf, »dann nehme ich einfach die hundert Dollar und das, was du hast.«

Er hätte Angst spüren müssen, das wusste Will. Er hasste Waffen. Besonders solche, die ihm ein Loch in die Schläfe pusten wollten. Er hasste es, wie sie sich anfühlten, er hasste das Geräusch, er hasste, was die, die er in den vergangenen paar Jahren gesehen hatte, mit seinen Freunden angerichtet hatten, mit seinem Lebensgefühl, mit seiner Grundeinstellung. Er hatte gesehen, was sie anrichten konnten – die klaffenden Löcher in dem, was einmal lebende, atmende Menschen gewesen waren, die zerstörten Leben, die Angst, die Trauer, und das Gefühl, dass das Leben nie weitergehen würde. Er wusste es.

Und dann begann er etwas zu spüren. Ein Gefühl, das anders war als alles, was er je zuvor empfunden hatte.

In diesem Augenblick, dieser Millisekunde, spürte er plötzlich, dass es keinen verdammten Grund gab zuzulassen, dass ihn dieser Scheißkerl mit der Schrotflinte herumschubste. Er war müde, er war pleite, er war arbeitslos, und er war leicht angetrunken.

Die Wut, die er im Angesicht von Lisa Shannon zu spüren begonnen hatte, und die eben noch vom Alkohol gedämpft war, begann, wieder hochzukochen. Sie war wieder da, schlimmer als zuvor. Und bei Gott, Will Ross wollte sich an diesem Vormittag nicht mehr herumschubsen lassen.

Selbst, wenn das bedeutete, dass er heute Nachmittag keinen Ort mehr haben würde, auf den er seinen Hut setzen konnte.

»Hör mal zu, du Arsch«, brüllte der bewaffnete Mann, »ich hab gesagt, ich nehme alles, was du …«

Er bekam keine Chance, den Satz zu beenden. Als der Lauf der Schrotflinte Wills Ohr berührte, hob Will seinen linken Arm und drückte die Mündung nach außen in den Raum. Die plötzliche Bewegung ließ den Mann abdrücken und mit einer ohrenbetäubenden Explosion durchlöcherte der schwere Schrot einen Tisch neben dem Playboy-Pinball. Gleichzeitig schwang Will seine rechte Hand, die noch die Rolle Vierteldollarmünzen umfasste, nach oben und hart gegen das Kinn des Schützen. Dessen Kopf schnellte zur Seite.

Er fiel um wie ein nasser Sack, während Wills Ohren von der Explosion und von dem Geräusch seiner eigenen Schmerzensschreie klingelten.

»Oh Scheiße!« Will hielt die rechte Hand mit der linken fest und kümmerte sich gar nicht um die Münzen, die auf den Boden herabregneten. Er sprang über den Eindringling hinweg und hüpfte quer durch die Bar.

»Au, verdammt! Gottverdammt! Meine Hand. Meine Hand, himmelarsch! Herrgott nochmal.« Er wedelte in der Luft herum, als könne er die Schmerzen aus der Hand herausschütteln. »Heiliger Strohsack! Verdammt.«

Das Pochen in seiner Hand wurde immer stärker, als er versuchte, seine Knöchel zu bewegen. Die Finger schwollen an wie ein aufgeblasener Latex-Handschuh, rot, heiß, und empfindlich. Seine Knöchel fühlten sich plötzlich ganz sandig an. Mann, dachte er, im Fernsehen passiert so was nie. Bruce Willis konnte den ganzen Tag lang Leute vermöbeln und am Ende hatte er immer noch Hände, mit denen er eine Seifenreklame drehen könnte. »Sie baden gerade Ihre Hände drin.« Herrgott nochmal! Ein Schlag und er hüpfte durch die Gegend wie ein Affe auf Crack.

Er blickte hoch in den Spiegel über dem Tresen und sah sich selbst siegreich über einem kleinen Häuflein zusammengesackter Bösewicht stehen. Wie John Wayne.

»Verdammt nochmal. Nicht mit mir, Freundchen. Oh scheiße!«

Seine Hand muckte wieder auf.

Verdammt nochmal, tat das weh. Du kannst mich mal, John Wayne.

Solche Helden-Episoden taten echt weh. Er schüttelte die schmerzende Hand. Gott, lass das weggehen und ich gehe in die Kirche und schlage nie wieder jemanden. Nie wieder. Außer vielleicht Bruce Willis. Dafür, dass er mich die ganzen Jahre lang betrogen hat.

Mit dem Fuß schubste er die Schrotflinte weg. Das Geräusch der Explosion klingelte immer noch in seinen Ohren. Will sah hinunter auf den jungen Mann im Mantel und begann, unkontrollierbar zu zittern. Er hatte ein plötzliches Verlangen, sich zu übergeben.

Sein John Wayne-Augenblick war vorbei. Jetzt war er wieder ein Mensch. Er lehnte sich auf den Tresen, würgte, und schüttelte seine Hand. Der Barkeeper in seiner nassen Hose am anderen Ende des Tresens versuchte verzweifelt, sich an die Nummer des Notrufs zu erinnern.

Er war der Aufmacher in den Mittagsnachrichten.

Man nannte ihn einen Helden. Einen Retter. Einen Mann aus Stahl. Cool im Angesicht der Gefahr. Trotz Schrotflinte am Ohr hatte er dem Bösewicht in die Augen geschaut und ihn dann eiskalt abserviert.

Das war die Geschichte des Barkeepers.

Wills Geschichte klang simpler.

»Warum haben Sie ihn geschlagen?«

»Seinetwegen habe ich fast meinen Drink verschüttet.«

Er wollte gar nicht so obercool klingen. Aber sein Gehirn hatte sich fast vollständig abgeschaltet und das war alles, was er noch darin fand. Was trinken. Geht besser. Hand tut weh. Geht weg. Sein Tatendrang war erst von einem Gefühl der Panik verdrängt worden, und die Panik dann von gar keinem Gefühl.

Wenn die Reporterin fünfzehn Minuten früher hier gewesen wäre, hätte sie ein brabbelndes Wrack vorgefunden, das verzweifelt mit der Hand in der Luft herumwedelte. Jetzt befand er sich einfach nur im Schockzustand, und was aus ihm herauskam, wirkte arrogant und distanziert.

Irgendwie hatte die dürre blonde Reporterin herausbekommen, wer er war. Sie hatte den Barkeeper verlassen, der wie ein DIXI-Klo roch, und war zu Will geeilt. Die Mittagszuschauer bekamen zusammen mit ihren Miracoli und den Butterbroten eine kurze Zusammenfassung seiner Person.

»Will Ross, der Held der Ereignisse von heute morgen, kennt das Rampenlicht. Der Sieger beim mörderischen Fahrradrennen Paris–Roubaix (sie sprach es »Rubaiks« aus) und Teilnehmer der alljährlichen Frankreich-Radtour lebt jetzt in Denver und arbeitet als leitender Angestellter bei Bosco Bikes, einem neuen Herstell...«

»Nein«, unterbrach Will sie. »Nein.«

Sie machte einen Schritt von der Kamera weg, als ihr Gedankengang unterbrochen wurde.

»Wie bitte?«

»Ich, äh, ich arbeite nicht mehr bei Bosco. Ich bin heute morgen gefeuert worden.«

Er lächelte cool in die Kamera.

»Aha. Okay.« Sie nickte. Einen Augenblick stand sie still da.

»Warum ...« Ihr Kopf war zur Seite gewandt, auf den Tresen zu.

»Na ja. Gefeuert. Wollte meinen Kummer ertränken. Das kennen Sie doch. Sie sind Journalistin. Ihr trinkt doch alle.«

»Nein, tut mir Leid, ich nicht. Ich trinke nicht, wenn es mir schlecht geht.«

Will lachte. »Meine Liebe, dann haben Sie den falschen Beruf. Ich würde keinem Reporter trauen, der nicht trinkt. Wenigstens etwas, manchmal.«

»Also, ich nicht.«

»Sie müssen sehr stolz auf sich sein.« Will winkte in die Kamera und ging zu seinem Rad. Die Reporterin drehte sich wieder zur Kamera. Ihr Gedankengang war ihr komplett abhanden gekommen und sie beendete nur noch schnell die Liveschalte.

»Live aus der Innenstadt von Denver, Terry Elliot, TV6 Nachrichten.«

Wills Fahrradhelm war so weit nach hinten gerutscht, dass er wie ein zusammengefalteter Fallschirm aussah. Er war nicht festgezogen, sondern wurde hauptsächlich von dem enormen Blutdruck gehalten, der Wills Kopfhaut weit über alle bekannten medizinischen Normen hinaus dehnte. Will schob ihn wieder nach oben und machte ihn unter dem Kinn fest. Die Wirkung des Alkohols war lange verflogen, dank der Zeit, des Adrenalins, dreier Polizisten, zweier Interviews, und einer Fernsehreporterin, die sich über die Laster anderer Leute erhaben fühlte. Sie war die Art von Frau, die irgendwann einmal krank werden würde, und dann kein Laster hatte, dessen sie sich enthalten konnte.

Will sah zu einem der Polizisten hinüber und breitete die Arme aus.

»Brauchen Sie mich noch?«

»Nein, wir haben ja Ihre Telefonnummer. Sie können gehen.« Der Polizist machte eine kurze Pause. »Wie geht's Ihrer Hand?«

»Ich hab mir George Washingtons Gesicht in die Handfläche geprägt.«

»Das geht wieder weg. In ein paar Jahren. Guter Treffer, nebenbei. Der Idiot ist immer noch ohnmächtig. War eine Sekunde lang wach, hat gedroht, Sie zu verklagen, und dann ist er wieder umgekippt.«

»Kann er das machen?«

»Klar. Er muss nur einen Anwalt finden, der gerne im Rampenlicht steht. Er wird wahrscheinlich nicht gewinnen, aber eine Verhandlung kann es geben.«

»Na toll.« Was für eine Welt.

Will schwang ein Bein über den Sattel und balancierte unsicher auf der Spitze seiner Radschuhe.

»Fahren Sie vorsichtig«, sagte der Polizist und gab Will einen Klaps auf den Rücken. »Das haben Sie gut gemacht heute.«

»Danke. Aber diese Heldenscheiße tut ganz schön weh.« Er schüttelte wieder die Hand. »Ist nicht wie im Kino.«

Der Polizist hielt die Hand hoch. Die Finger waren krumm und verbogen. »Was haben Sie denn gedacht?«, fragte er mit einem Lachen, drehte sich um und ging zu seinem Streifenwagen.

Will nickte zustimmend, dann setzte er den Fuß auf das Pedal und ließ die Halterung einschnappen. Als er gerade losfahren wollte, kam die blonde Reporterin auf ihn zugerannt.

»Entschuldigung. Entschuldigung, Mr. Ross. Haben Sie kurz Zeit? Bill Sessions würde gern mit Ihnen reden.«

»Wer?«

»Bill Sessions? Unser stellvertretender Chefredakteur?« Sie schien überrascht, dass es noch eine Welt außerhalb von ihrem Arbeitsplatz gab.

»Warum?«

»Das weiß ich nun wirklich nicht«, sagte sie. Der Mann ging ihr langsam auf die Nerven. »Keine Ahnung. Aber er möchte mit Ihnen reden und ich hab ihn auf dem Mobiltelefon in meinem Wagen. Können Sie mit ihm sprechen?«

»Na schön.«

Will zog den Fuß vom Pedal, schwang sein Bein über den Rahmen und schob das Rad zu dem Wagen hin. Mit dem Biest stabilisierte er einen Gang, der durch zwei Radschuhe, zwei Drinks und einen schnell abfallenden Adrenalinrausch etwas unsicher war.

Er nahm das winzige Telefon in die Hand, hob es an sein Ohr und dann änderte sich sein Leben.

Drei große Ereignisse an einem Tag.

Später am Nachmittag, ein Bier in der Hand, erstaunte ihn der

Gedanke, dass ein Mann innerhalb von vier Stunden von drei Blitzschlägen aus heiterem Himmel getroffen werden und es überleben konnte.

Cheryl ging in die Küche und warf ihren Schlüssel auf die Arbeitsfläche neben die Post und einen offenen Plastiksack mit Brot.

»Will?«, rief sie, in der Hoffnung, ihn endlich zu finden und mit ihm zu reden, aber gleichzeitig auch wünschend, dass er irgendwo anders wäre, damit sie den Augenblick noch ein paar Minuten herauszögern konnte. Im Moment wollte sie sich nicht gern damit beschäftigen, ganz besonders dann nicht, wenn er heute Nachmittag etwas getrunken hatte.

»Will?«, rief sie noch einmal.

Der Fernseher war an und zeigte eine Nachrichtensendung. Cheryl ging durch die Küche in das winzige Esszimmer und sah an dem gläsernen Raumteiler des Bücherregals vorbei ins Wohnzimmer. Will starrte auf den Fernseher, sprach stumm die Worte des Nachrichtensprechers nach und imitierte seine Gesten.

»Will?«, fragte Cheryl leise. »Will, alles in Ordnung?«

»Hä?« Will schüttelte den Kopf. Dann wandte er sich plötzlich um und lächelte.

»Hey, hi, wie geht's dir denn?«

»Ich versuche schon den ganzen Tag, dich zu erreichen.«

»Wirklich? Ich war unterwegs. Tut mir Leid. Hast du die Sachen mitgebracht, die ich dir auf den Schreibtisch gestellt habe?«

»Ja. Hootie hat mir den Karton zum Auto getragen. Nebenbei, Nachmittags hat Lisa Shannon angefangen herumzubrüllen, du hättest ihre Adressenkartei sabotiert. Weißt du was darüber?«

Will grinste von einem Ohr zum anderen.

»Nein. Gar nichts.«

Sie betrachtete ihn misstrauisch und fragte sich, ob er betrunken war, verrückt, wahnsinnig, oder ein wenig von allem.

»Alles in Ordnung?«

»Ja. Ganz prima. Hast du heute Abend schon was vor?«

»Nein, außer, dich nach deinem Vormittag wieder zusammenzusetzen.«

»Hast du in letzter Zeit Nachrichten gesehen?«

»Nein, warum?«

»Setz dich. Ich muss dir etwas zeigen. Danach gehen wir aus. Wir feiern.«

Sie sah ihn zweifelnd an, unsicher, was er vorhatte und was in seinem Kopf herumgeisterte.

»Feiern? Was denn?«

»Oh, tja, na ja, meinen Tag, denke ich. Ich wurde gefeuert. Ich habe einen Verbrecher verprügelt. Und ich hab einen Job bekommen. Willst du was über den Job hören?«

»Ich …«

Er hob die Hand, damit sie schwieg, und deutete dann auf den Bildschirm, als die Geschichte seines Vormittags in der Bar für die Nachrichtenzuschauer aufbereitet wurde. Cheryl spürte, wie die Haut über ihrem Bauch sich unwillkürlich zusammenzog und eine kalte Hand ihr Rückgrat hinaufkroch.

Die meisten Leute erleben solche Tage nicht.

Und überleben tun sie sie auch nicht.

3
Auf Sendung

Will stand fünf Minuten lang auf dem Bürgersteig und versuchte, seinen Herzschlag zu beruhigen. Es funktionierte nicht. Aus irgendeinem Grund raste sein Herz und er fühlte sich wie ein Hamster, der gerade vom Rad gehopst war.

So hatte er sich seit der Tour nicht mehr gefühlt. Und damals ging es mit dem Rad bergauf.

Hier musste er nur zu Fuß gehen, den leichten Anstieg zum Eingang hoch, und das tat er jetzt. Er öffnete eine schwere Glastür, betrat eine klimatisierte äußere Lobby und stand vor einer schlanken, freundlich lächelnden älteren Dame in einer Glaskabine. Sie sah ihn eine Sekunde lang an, bevor sie sagte: »Wir haben uns schon gefragt, wann Sie hereinkommen. Wir haben auf Sie gewartet.«

Will stand einen Augenblick lang reglos da. Dann sah er sich um, mit wem in der Lobby sie wohl sprach. Da war niemand sonst. Mit einem verlegenen Lächeln drehte er sich wieder zu ihr zurück.

»Ja, Sie. Wir haben gedacht, Sie überlegen es sich wieder anders, so, wie Sie da draußen gestanden haben. Wenn man den Laden hier kennt, dann scheint das ein kluger Gedanke. Ich bin Shirley.«

»Hallo«, antwortete Will einfallslos.

Sie lächelte wieder, sehr lieblich.

»Es ist eine gute Idee, sich mit mir anzufreunden. Wirklich. Ich kontrolliere das Tor von Oz.«

Er starrte sie nur an, bis sie einen Knopf drückte und die elektrische Sperre der Türen rechts und links von ihrer Glaskabine löste. Will verstand plötzlich, nickte, und ging dann zur rechten

Tür. Er zog sie auf, ging hindurch, und stand auf einem dicken Teppich, der um ein riesiges offenes Atrium herumlief. Shirley rollte mit ihrem Stuhl zurück und beugte sich über die Halbtür ihres Heiligtums.

»Beeindruckend, nicht wahr? Die größte Platzverschwendung in der Architekturgeschichte Amerikas, aber ein verdammt beeindruckender Anblick.«

Will kicherte über ihren Tonfall.

»Die warten in der Nachrichtenredaktion auf Sie. Dort entlang, rechts.«

»Hier im Erdgeschoss?«

»Hier im Erdgeschoss.«

Will machte sich nicht ohne einen Anflug von Furcht auf den Weg zu der doppelten Holztür, die zur Nachrichtenredaktion führte.

»Passen Sie auf die fliegenden Affen auf«, rief Shirley hinter ihm. »Sie erwischen einen jedes verdammte Mal.«

Will ging weiter, aber er lächelte. Das Bild gefiel ihm, auch wenn er sich schon seine ganze professionelle Karriere lang mit fliegenden Affen herumschlagen musste.

Shirley sah ihm einen Augenblick hinterher, wie er zur Nachrichtenredaktion ging, bevor sie sich vorbeugte und ihre Position als erste Verteidigungslinie gegen die Verkäufer, Fans und Spinner wieder einnahm, die täglich ihren Sender angriffen.

Irre.

Seit der Bombe waren alles Irre.

Sie schauderte, dann schloss sie ihren Kopfhörer wieder an die summende Konsole an und sagte lächelnd: »TV6, was kann ich für Sie tun?«

Will stand in der Tür der Nachrichtenredaktion, unbemerkt im Treiben des späten Vormittags. War das immer so laut? Wie konnte hier irgendjemand arbeiten? Er betrachtete einen Schreibtisch in der Nähe der Tür. Den schnurrbärtigen Mann schien das alles nicht zu stören. Er saß zurückgelehnt in seinem Stuhl und schlief. Sein Beitrag zu dem ganzen Krach war ein leises Schnarchen.

Will warf einen Blick auf die Uhr. 11:55. Trotz seines kleinen Schwätzchens mit … Shirley? … war er fünf Minuten zu früh für seinen Termin.

Ein großer junger Mann kam auf ihn zu, das Gesicht rot und dringlich.

»Aus dem Weg! Moderationstexte! Aus dem Weg!«

Will sprang zur Seite und stieß dabei gegen den Schreibtisch, auf dem die Füße des schlafenden Mannes lagen. Der schnaubte, erwachte, und sprang auf.

»Ich bin hier. Ich bin hier. Was gibt's?«

»Oh Gott«, sagte Will entschuldigend. »Das tut mir Leid. Man hat mich geschubst und da bin ich an Ihren Tisch hier gestoßen und …«

Der Mann rieb sich die Augen und blinzelte ein paar Mal. Er warf einen Blick auf seine Uhr und setzte eine Brille mit dünnem Stahlrahmen auf.

»Kein Problem. Musste sowieso aufstehen. Ich bin heute auf Sendung.«

Der Mann mit dem Schnurrbart blickte durch den Raum zu einem auf einem kleinen Podium stehenden Tisch, an dem eine ausgefranst aussehende junge Frau saß – ausgefranste Haare, ausgefranste Kleidung, ausgefranster Blick –, die auf eine Computertastatur eindrosch und jeden anbrüllte, der in ihre Nähe kam.

»Hast du die Moderationstexte für mich, Lynn?«

»JA. JA, ICH HAB DIE MODERATIONSTEXTE«, brüllte sie. Sie schien alles herauszuschreien. Sie arbeitete so angespannt, dass sich selbst ihre Haare kringelten.

»INS STUDIO, EDDIE, LOS, INS GOTTVERDAMMTE STUDIO MIT DIR!«

Eddie bewegte sich, aber langsam. Er bewegte sich sehr langsam im Vergleich mit der Frau am Computer, die jetzt mit Papier um sich warf und wild nach einer Art elektronischer Ohrenschützer griff, während sie die paar Stufen herunterdonnerte, mit einem BUMM! durch die Doppeltür raste und flop-flop-flop-flop den Flur entlang verschwand.

»Tja, wenn Sie mich jetzt entschuldigen würden«, sagte Eddie mit aufgesetzter Gewähltheit und richtete seinen Schlips. »Ich muss nun die preisgekrönten TV6 Mittagsnachrichten ansagen.«

»Klar doch«, sagte Will, ein wenig verwirrt von allem.

»Eddie Slezak, nebenbei. Ich würde Ihnen meine Hand anbieten, aber das hier ist bis auf die Sekunde getimt.«

»Abspann, Eddie. Der Abspann von Prominenten-Notruf läuft«, rief jemand quer durch den Raum.

»Ich muss los.« Er schlenderte aus der Tür heraus und den Flur hinunter, in krassem Gegensatz zu der hektischen Frau, ohne ein einziges Geräusch von sich zu geben.

»Ich sehe, Sie haben schon den Schnellen Eddie kennen gelernt.«

Will drehte sich um und stand einem großen, schlanken Mann gegenüber. Er hatte die dichtesten Augenbrauen, die er je gesehen hatte. Sie sahen aus wie zwei Raupen, die sich paaren wollten, und nur durch einen tiefen Graben voneinander getrennt wurden, der wie mit einem Meißel in die Stirn des Mannes eingegraben schien.

»Bill Sessions.« Er streckte die Hand aus. Will schüttelte sie.

»Wir haben gestern miteinander gesprochen, nach Ihrem, äh, Abenteuer.«

»Ja, natürlich. Nett, Sie kennen zu lernen, zu sehen, Sie wieder zu hören. Angenehm.« In Wills Kopf schrie ein kleiner Zwerg: »Du Volltrottel!« Er versuchte, das zu ignorieren.

»Egal«, sagte Sessions mit einem Lächeln. »Barb ist noch eine Weile beschäftigt, aber vielleicht kann ich Sie ein bisschen herumführen und sie mit allem bekannt machen. In etwa zwanzig Minuten bringe ich Sie ins Studio, damit der Schnelle Eddie Sie zu gestern interviewen kann.«

»Gestern?«

»Ja, gestern. Sie waren heute früh die große Nachricht in den Zeitungen.«

Will hatte die Zeitungen nicht einmal gesehen. Er war im Internet gewesen und hatte so viel Informationen zur Tour zusammengesucht, wie er konnte.

»Was stand denn drin?«

»Sie haben sie nicht gelesen? Sie lesen doch Zeitung, oder?«

»Ja, ich lese Zeitung.«

»Welche denn?«

»*Denver Post. Rocky Mountain News. New York Times.* Außerdem *L'Equipe* und den *International Herald Tribune*, wenn ich die bekommen kann.«

»Tja, drei mehr als alle anderen hier. Tun Sie *USA Today* dazu und Sie machen Barb zu einer glücklichen Frau. Sie findet, dass Nachrichtenleute wissen sollten, was außerhalb ihrer kleinen Welt so vor sich geht.«

»Verstehe ich.« Will nickte und fragte sich, ob er anfangen sollte, die *New York Times* wirklich zu lesen, anstatt darin nur nach Artikeln von Sam Abt zu suchen.

»Wir schreiben unsere Stories nicht aus den Zeitungen ab«, sagte Sessions und führte Will durch den langen, schmalen, vollen und geschäftigen Raum, »egal, was diese kleinen Mistkerle bei den Zeitungen denken. Aber Barb ist davon überzeugt, dass man ein besseres Verständnis dafür bekommt, wie Nachrichten entstehen und wie man Meldungen schreibt, wenn man Zeitung liest.«

»Kapiert. Zeitung lesen.«

»Schauen Sie sich unsere Nachrichtensendungen an. Wir haben nach jeder ein Meeting und jeder ist eingeladen, alles zu kritisieren. Oder jeden.«

Will hielt einen Moment lang inne. Das könnte ein Problem werden. Zur gleichen Zeit wie die Abendnachrichten liefen die *Simpsons*.

»Klingt lustig«, sagte er mit einem Schaudern.

Sessions bemerkte es.

»Es kann lustig sein. Barb hat sie ziemlich gut im Griff, aber manchmal wird es auch spannend. Besonders, wenn man Flynn und Slezak zusammenbringt.«

»Flynn?«

»Sportreporter. Der Mann, mit dem Sie zusammenarbeiten werden. Sagen Sie mir nicht, dass Sie Roger Flynn nicht kennen.«

Will lächelte. Natürlich kannte er Roger Flynn, auch wenn er nicht die geringste Ahnung hatte, wer der Mann wirklich war. Er sah zwar Fernsehnachrichten, normalerweise TV6, aber manchmal auch andere Sender, und die Namen schienen ziemlich austauschbar zu sein. Sie schwappten einfach über ihn hinweg, während er auf dem Sofa lag, sprangen über die Rückenlehne und rannten zur Tür hinaus, bevor er eine Chance hatte, sie auch nur das kleinste Bisschen zu beachten.

»Flynn. Doch, ich kenne Flynn. Ich habe nur mit dem Namen nichts anfangen können.«

Sessions lächelte und nickte. »Ja. Vergessen Sie ihn nur nicht, wenn Sie in seiner Nähe sind. Seine Ego-Armee schleppt Sie sonst zum Helikopter-Landeplatz und hält Sie in die Rotorblätter. Aber machen Sie sich keine Sorgen. Flynn ist hier so ungefähr das Schlimmste. Die meisten anderen sind ziemlich normal, bis es ans Eingemachte geht.«

»Ans Eingemachte?«

»Ja, kurz vor der Sendung. Betrachten Sie es als den Augenblick kurz vor dem Ende eines Rennens. Kurz vor einem Sprint.«

»Kapiert.« Will lächelte. »Klar.«

»Gut«, fuhr Sessions lässig fort. »Das hier sind die Boxen der Reporter. Die Trennwände sind so niedrig, damit sie sich nicht vor dem Schlussredakteur verstecken können. Das ist der große dunkelhäutige Herr hier drüben.«

Der Mann, der auf den Stufen vor dem Notizbrett stand, wandte sich um und hielt Will eine riesige Hand hin.

«Sie müssen Will Ross sein.«

»Ja«, antwortete Will händeschüttelnd und fragte sich einen Augenblick lang, wohin in dieser riesigen Faust seine Hand verschwunden war.

»Jerry Tower. Nett, Sie kennen zu lernen.« Er schüttelte mit einer Macht, die Will das seltsame Gefühl gab, dass sein Arm aus dem Gelenk gezogen wurde. »Das war ein ganz schöner Tag, den Sie da gestern erlebt haben«, sagte Tower. »Nicht schlecht. Nicht viele Menschen können vor der Kamera noch etwas Sinnvolles sagen, nachdem sie eine Schrotflinte im Ohr stecken hatten.«

»War das sinnvoll? Ich weiß es nicht mehr genau.«

»Eiskalt. Das können wir gebrauchen, Billy. Schon wieder so ein dürrer kleiner Weißer, aber eiskalt. Das kann ich gebrauchen.«

»Gut, Jerry. Hab mir gedacht, dass dir das gefällt.« Bill wandte sich ab. »In der Glaskabine da drüben sitzt immer jemand am Polizeifunk und versucht, die neuesten Nachrichten zu erwischen.«

»Ist sicher laut.«

»Für sie, nicht für uns. Hier draußen ist es nur noch ein dumpfes Rauschen. Das da ist das Nachrichtenkonferenzzimmer. Und da drüben ist der Ticker. Wir nennen ihn immer noch so, auch wenn die Reporter die Meldungen über ihre Desktops bekommen.«

»Ticker?«

»Ticker. Große alte Maschinen, klicketi-klack? Die standen früher mal hier. Wir haben sie schon vor Jahren 'rausgeworfen. CNN. Associated Press. Reuters. CBS Newspath. Alle wichtigen Nachrichten bekommen wir jetzt per Computer. Und das ist ein MAZ-Raum. Hier gehen die Bilder von all unseren wichtigen Nachrichtenquellen ein. Alles, was packend ist.«

»Und was ist packend?«

»Mord, Tod und Zerstörung, hauptsächlich. Wir sind ein visuelles Medium, Will. Wir suchen immer nach den besten Bildern. Auch wenn die besten Bilder den Leuten, die uns sehen, manchmal überhaupt gar nichts bedeuten. Abgesehen von der Tatsache …«

»Dass es gute Bilder sind«, fügte Will mit einem Lächeln hinzu.

»Richtig. Sie verstehen schnell.«

»Nicht wirklich. Es ist nur wie bei einem Radrennen. Der wichtige Teil eines Rennens passiert vielleicht irgendwo auf einer abgelegenen Passhöhe, aber was die Leute sehen wollen, sind die Augenblicke, in denen es in der rasenden Meute richtig zur Sache geht, oder wenn jemand einen spektakulären Unfall baut.«

»Packend eben.« Sessions sagte es langsam und zog die Worte beinahe sarkastisch in die Länge.

»Ja.«

Sie gingen zur Tür der Nachrichtenredaktion hinaus und den Flur entlang.

»Apropos abgelegene Passhöhen und zwingende Bilder. Ich habe ein paar Stories über Sie und die Tour herausgesucht. Ganz schön spektakulärer Sturz, den Sie da hingelegt haben.«

Die Haut auf Wills linker Seite zog sich unwillkürlich zusammen.

»Ja. Spektakulär ...« Eine plötzliche Vision von Henri Bresson, wie er durch die Luft über die Klippe hinwegsegelte, jagte ihm einen Schauer über den Rücken.

»Oh. Tut mir Leid. Schlechte Gedanken. Okay. Hier«, sagte Sessions, schnell das Thema wechselnd. »Hier ist der Schnitt.« Sie blieben vor einer Tür stehen, die zu einem schwach beleuchteten Flur führte. Auf beiden Seiten befanden sich kleine Räume, jeder mit einer Tür versehen, und jeder vollgepackt mit zwei oder drei, manchmal vier Maschinen, die wie große Videorecorder aussahen, alle mit einer Art Tastatur verbunden. Dabei standen fast überall noch Computerbildschirme.

Will hatte nicht die geringste Ahnung, wie man irgendetwas davon bedienen könnte.

»Ja, ich weiß«, flüsterte Sessions verschwörerisch. »Sie sehen furchterregend aus. Aber Sie werden nur ein paar Minuten dazu brauchen, um zu lernen, wie die Knöpfe zu bedienen sind – und dann ein Leben lang, um zu lernen, wie ein Band gut aussieht. Neunundneunzig Prozent der Zeit werden Sie nicht selbst schneiden. Aber Sie können sich jederzeit dransetzen, um Material zu sichten.«

Will schluckte. Es fühlte sich an, als versuche er, eine Billiardkugel zu schlucken.

»Kein Problem. Okay«, flüsterte er und verlieh seiner Stimme so viel Selbstvertrauen, wie er konnte.

Sessions sah auf die Uhr.

»Wir müssen uns ein bisschen dranhalten. Ich gebe Ihnen den Rest der kleinen Tour und dann bringe ich Sie ins Studio. Reynelda und der Schnelle Eddie werden Sie in etwa zehn Minuten live interviewen.«

Wills Augenbrauen hoben sich gewaltig. »Ach ja?« Er begann, Sessions hinterherzulaufen, der den Flur hinunterging und immer wieder überraschend in neue und unbekannte Flure abbog.

»Oh ja. Ich denke, Sie werden ein gutes Mitglied unserer Mannschaft sein, wenn Sie erst einmal gelernt haben, wie alles läuft, aber Barb möchte Sie noch einmal live sehen und Andy, na ja, Andy will Sie schlicht sehen. Punkt.«

»Andy?«

Sessions blieb vor einer Tür stehen und machte eine kurze Pause, bevor er sie öffnete.

»Ja. Andy Andropoulos. Der Geschäftsführer. Guter Kerl. Passen Sie auf sein Temperament auf.«

Er drückte die Tür auf.

»Schlimm?«, fragte Will in Sessions' Rücken hinein.

»Nein«, antwortete Sessions über seine Schulter hinweg nach hinten. »Versuchen Sie nur mal, eine vier Megatonnen Atombombe in Ihrer Unterhose zu zünden. Ungefähr der gleiche Effekt. Folgen Sie mir.«

Will folgte. Der Raum war dunkel, aber voller Menschen. Die Frau, die nur Minuten zuvor in der Nachrichtenredaktion eine solche Hektik verbreitet hatte, war hier, aber jetzt war sie sehr viel ruhiger. Hier schien sie in ihrem Element zu sein. Der Mann neben ihr, der auf eine Reihe von Monitoren sah, schien ebenfalls alles unter Kontrolle zu haben. Sein hellblondes Haar glühte im schwach beleuchteten Raum beinahe. Neben ihm saß eine schwarze Frau, dick und gleichzeitig hübsch, nach dem, was Will sehen konnte. Ihre Arme bewegten sich gekonnt über ein Mischpult. Ohne nach unten zu sehen, nahm sie die Ansage von dem blonden Mann auf, drückte zwei Knöpfe und griff nach einem Schieber, der eine gewisse Ähnlichkeit mit einer Automatik-Schaltung aufwies.

Als sie den Schieber nach vorn bewegte, veränderte sich das Bild auf dem Hauptmonitor in der Mitte.

»Hey, Gordie«, rief Sessions, »das hier ist Will Ross. Er ist das 11 Uhr 20 Interview.«

Gordie Branson drehte sich um, betrachtete Will und lächelte. »Willkommen im Dschungel.«

Die Frau mit dem wirren Haar drehte sich um und sagte ohne Atempause »schaffihnrausbill, eristinvierminutendran.«

Sessions grinste.

»Eine Ewigkeit, Lynn. Eine Ewigkeit. Kommen Sie, Bill, Steph und den anderen stelle ich Sie später vor. Bringen wir Sie ins Studio und beruhigen wir Lynns Nerven.«

»Nett, Sie kennen zu lernen«, sagte Will, während er Sessions durch die Tür am anderen Ende des Raumes folgte.

Als sich die Tür hinter ihnen schloss, konnte Will eine Stimme hinter sich sagen hören, »Süßer Hintern. Hast du den Hintern gesehen? Hat einen süßen Hintern. Vom Rad fahren, wette ich.«

Das folgende Lachen wurde von der sich schließenden Tür verschluckt.

Während sie auf die Tür des Studios zugingen, die von einem rotweißen Licht gekennzeichnet war, das »AUFNAHME« blinkte, wandte Bill Sessions sich zu Will um.

»Ich weiß nicht, was die haben. Immer reden die über meinen Hintern.«

Er und Will starrten einander einen Augenblick lang an, dann lachten sie laut und ehrlich.

Zum ersten Mal, seit er auf dem Parkplatz des Senders aus dem Auto gestiegen war, fühlte Will Ross sich locker.

Die Frau beugte sich zu ihm vor und sagte lächelnd: »Ihre Vorgeschichte als Radprofi ist wirklich interessant. Es gab da ja ein paar spektakuläre Rennen. Aber sprechen wir über gestern und den versuchten Überfall. Das wird Ihnen jetzt wie die albernste Frage vorkommen, die Sie je gehört haben, aber was haben Sie gedacht, wie haben Sie sich gefühlt, was haben Sie empfunden, als der Mann Sie mit der Waffe bedrohte?«

Das rote Licht an der mittleren Kamera ging aus und sofort leuchtete das Licht auf der Kamera vor Will auf. Aus dem Augenwinkel sah er das, aber seine Konzentration war nicht einen Moment lang von Reynelda Wares warmem und freundlichen Blick abgelenkt.

»Ehrlich gesagt«, sagte Will langsam nach einer kurzen Pause, in der er sich ein wenig zu Reynelda vorbeugte, »das kann ich Ihnen nicht sagen.«

Er flüsterte beinahe. Es war, als führten die beiden eine intime Unterhaltung ganz abseits vom Nachrichtenstudio.

»Ich war wütend. Ich war deprimiert.« Er lachte leise. »Ich hatte gerade meinen Job verloren und ich wollte wegen diesem Kerl nicht meinen Drink verschütten. Ich hatte nur noch ein paar Vierteldollarmünzen übrig.«

»Es war eine intuitive Reaktion?«

»So könnte man das nennen.« Will lehnte sich zurück und plötzlich verschwand die Kamera aus seinem Blickfeld. Er führte jetzt eine Unterhaltung mit einer Freundin und er empfand ein neues und sehr angenehmes Gefühl.

»Es ist wie in einem Radrennen. Überall um einen herum sind Menschen. Es ist verrückt, aber irgendwie, irgendwie fühlt es sich richtig an. Man kontrolliert die Dinge. Vielleicht ist es ein Spurt und alle bewegen sich wie ein Haufen Zeichentrickfiguren, überall Arme und Beine und Knie und Ellenbogen ...«

Reynelda lachte über das Bild.

»... oder vielleicht ist es eine Abfahrt bei hundert Stundenkilometern auf einer Straße, die seit Mussolini nicht mehr geteert worden ist. Egal. Es kommt ein Augenblick in einem Rennen, es kommt wohl ein Augenblick im Leben, wo das bewusste Denken, das rationale Denken«, er lächelte und beugte sich wieder zu ihr vor, um seine Aussage zu betonen, »verloren geht. Es ist weg. Vollkommen. Dazu muss man kein Sportler sein. Irgendwann geht es jedem so. Ihnen ist das doch auch schon mal so gegangen, nicht wahr, Reynelda?«

Will war schockiert von seiner Vertraulichkeit, aber es schien ihr nichts auszumachen.

»Oh ja«, sagte sie mit einem Lächeln.

Will fuhr fort.

»Aber im Sport passiert es öfter. Fragen Sie Elway. Fragen Sie Jordan. Fragen Sie Tiger Woods. Man ist voll da. Und man tut einfach das, was getan werden muss. Und so war das gestern. Es war kein Wettkampf, aber so hat es sich für mich dargestellt. Ich war voll da und habe es einfach getan.«

»Und Sie hatten großes Glück.«

Will lehnte sich zurück. Er dachte kurz darüber nach und verzog sein Gesicht, als die krasse Realität, die er während der vergangenen vierundzwanzig Stunden weggedrückt hatte, auf seinen

Rücken sprang wie einer von den fliegenden Affen, vor denen Shirley ihn vorhin gewarnt hatte.

»Ja, Reynelda, das stimmt. Ich hatte großes Glück. Ich weiß nicht, ob ich das je wieder haben werde, aber dieses Mal hatte ich großes Glück, ganz bestimmt.«

Reynelda nickte, lächelte ein klares und wunderschönes Lächeln, dann lehnte sie sich wieder zurück, wandte sich der Kamera zu und sagte: »Will Ross, der gestern einen Überfall verhindert hat und heute«, sie lächelte breit, »vielleicht zum Nachrichtenteam von TV6 kommt. Was halten Sie davon, Eddie?«

Die dritte Kamera, die immer auf Eddie am Tisch geblieben war, blinkte mit ihrem roten Auge. Zuerst dachte Will, dass ihn die Frage überrascht hätte, aber es war ein Trick. Ed blickte hinunter auf den Monitor, der vor ihm im Tisch eingelassen war, als ob er von Reyneldas Interview mit Will völlig gefesselt gewesen war.

Er schob seine Brille zurecht, sah auf und sagte mit einem gewinnenden Lächeln, das beinahe ehrlich aussah: »Das fände ich großartig, Reynelda. Und bei der nächsten Kneipenschlägerei möchte ich ihn auf jeden Fall auf meiner Seite wissen.«

Alle kicherten, einschließlich Will, der entspannt auf seinem Stuhl saß, als gehöre er ihm. Er hatte das Interview überlebt, was nicht leicht war, das wusste er aus vergangenen Erfahrungen. Das rote Licht auf der Kamera, die auf sie zeigte, ging aus. Ed erzählte etwas von »gleich wieder da« und dann war auch sein Kameralicht aus.

»Heilige Scheiße«, rief Ed, und die Lautstärke und der Tonfall durchbrachen die Stimmung im Studio. »Die Bilder hab ich noch nie gesehen. Wie zum Teufel haben Sie diesen Crash nur überlebt?«

Will wusste nicht recht, was er sagen sollte.

»Einfach Glück, denke ich.«

»Pech für den Kerl, der den Kopfsprung gemacht hat.«

Will zuckte zusammen. Das war Henri Bresson. Sein Freund, der bei dem Unfall gestorben war.

Reynelda sah Wills Gesichtsausdruck und legte ihre Hand auf seinen Unterarm. »Es tut mir Leid«, flüsterte sie, »so ist Eddie eben. Das ist keine Entschuldigung, aber so ist er einfach manchmal.«

Will nickte.

»Ich verstehe. Und er kann es nicht wissen. Es war nur ein schrecklicher Tag.«

Sie lächelte und sagte schnell: »Ich hoffe, dass alles klappt. Es wäre schön, jemanden hier zu haben, aus dem noch nicht alle menschlichen Gefühle außer Wut und Lust herausgequetscht worden sind.«

Will sah sie mit einem Blick an, der klar aussagte, dass er nicht verstand, wovon sie redete. Reynelda lächelte einfach nur wieder, ihr kostbares, rätselhaftes Lächeln, das einen ganzen Raum erwärmen konnte. Dann zog sie das Kabel ihres Ohrsteckers aus einer Kiste am Boden, nahm das Mikrofon von ihrem Revers, ging zurück zum Tisch und setzte sich links neben den Mann, den Will als der Schnelle Eddie kennen gelernt hatte.

In was zum Teufel hatte er sich da jetzt hineingeritten?

Bill Sessions erschien an seiner Seite und grinste über das ganze Gesicht.

»Mann, wenn das nicht das beste Vorsprechen war, das ich je gesehen habe. Wie Sie Rey den Ball zugeworfen haben, ganz ruhig und natürlich, Mann, Sie sind ein Naturtalent. Barb hat schon von ihrem Büro aus angerufen. Sie will Sie gleich sehen.«

Der Schnelle Eddie hörte von der Deko aus zu, während die Mittagssendung noch in der Werbepause war.

»Halten Sie Ihre Eier fest. Wenn Sie nicht aufpassen, trägt sie sie sonst heute Nachmittag am Halsband.«

»Ach, halt die Klappe, Eddie«, gab Sessions zurück, ein Lachen im Tonfall versteckt. »Was zum Teufel weißt du denn davon. Deine erste Frau hat deine Eier bei der Scheidung bekommen.«

»Leck mich am Arsch.«

»Das haarige alte Ding.«

»Meine Herren, meine Herren«, sagte Reynelda leise, »trotz der Tatsache, dass gerade Werbepause ist, möchte ich Sie daran erinnern, jedes Mikro wie ein offenes Mikro zu behandeln.«

Sessions zog sich getadelt zurück.

»Du hast Recht, Rey, tut mir Leid.«

»Du hast Recht, Rey, tut mir Leid«, äffte Eddie ihn nach. »Leck mich am Arsch, Sessions.«

Dann beugte er sich vor zum Mikrofon und sagte mit tiefem Bass: »Hier ist Channel 9, KUSA-TV, Denver.«

Sessions lachte.

Reynelda rollte mit den Augen.

»Hey«, lachte Eddie, die Arme ausgebreitet. »Unser Durchschnittszuschauer ist zwischen achtzig und scheintot. Er hat keinen Schimmer, was für einen Sender er gerade sieht. Also – wenn ich es schaffe, dass er auf unsere kleinen Freunde bei Channel 9 sauer ist, dann ist das doch umso besser für uns.«

Reynelda hielt den Kopf gesenkt und bewegte ihn hin und her, als versuche sie krampfhaft, sich daran zu erinnern, wann sie in Pension gehen und dieses Leben ein für allemal hinter sich lassen würde.

»Eddie, Eddie, Eddie«, seufzte sie, »wann erlöst du mich endlich?«

»Rey, Rey, Rey«, sagte er mit einem Lächeln. »Nie. Als ich gemerkt habe, dass ich absolut kein Talent für dieses Geschäft habe, war ich schon zu erfolgreich, um aufzuhören.«

Reynelda lachte. Sessions lachte. Will lächelte. Das rote Licht der Kamera ging an, und übergangslos begann der Schnelle Eddie Slezak mit der Ansage für die Nachmittagssendung und deren Aufmacher, irgendetwas mit Madonna, die ein Krankenhaus wegen seines Internet-Auftrittes verklagte.

Will war überrascht.

Dafür sollte er jeden Tag Zeitung lesen?

Das Erste, was Will an ihr auffiel, war ihr Haar. Es war blond. Es war nicht nur blond, es war auffallend blond, die Art von blond, für die andere Frauen ihren Kopf in eimerweise Chemikalien steckten. Aber wenn man sie im Ganzen betrachtete, schien die Haarfarbe echt zu sein.

Ihre Augen waren durchdringend blau und ihre Gesichtszüge scharfkantig, aber attraktiv. Sie war eine große, nordische Schönheit, die ein Schlauberger in der Nachrichtenredaktion als »Schneekönigin« bezeichnet hatte, als Will vorbeiging.

Im Augenblick drehte sie mit dem Finger eine kleine Strähne ihres Haares, das sicher das Glanzstück ihrer Erscheinung war, zu einer Spirale auf, die fester war als die Feder einer Uhr.

»Tja, Will, ich sage Ihnen, mir gefällt, was ich sehe«, sagte sie. Will konnte hören, wie der freundliche Tonfall ein »ich weiß nicht recht« in ihrem Hinterkopf zu überdecken versuchte. »Das war ein gutes Interview mit Rey. Sie schienen sich vor der Kamera wohl zu fühlen. Haben Sie sich wohl gefühlt?«

Will nickte. »Ja, ich würde sagen, ich fühle mich wohl vor der Kamera, aber sie hatte schließlich die Sache in der Hand. Allein brauche ich wahrscheinlich noch Stützräder.«

Sie lachte ein leichtes, hohes Lachen, das ehrlich und offen klang.

»Wenigstens ist er ehrlich, Bill. Das bekommt man hier nicht oft.« Sie senkte ihre Stimme. »Ich bin zehn Jahre lang Chefreporter für Dan Rather gewesen. Sie haben mich nie gesehen? Ich bin entsetzt!«

»Entsetzt und überrascht«, fügte Sessions ruhig hinzu.

»Ja«, sagte Gooden und kehrte in ihre normale Stimmlage zurück. »Entsetzt und überrascht. Also, Sie sehen, Will«, sagte sie, beugte sich über ihren Schreibtisch nach vorn und breitete die Arme in einer Geste der Offenheit aus, »wir bekommen hier alle Sorten. Was für eine Sorte sind Sie?«

»Ich bin die Sorte, die einen Job braucht.«

Sie lachte wieder. Es war ein schöner Klang. Will fragte sich, wie oft er es hören würde, wenn er erst Angestellter war.

»Wieder gut. Wieder ehrlich. Okay. Jetzt kommt's: Sie haben keine Fernseherfahrung. Das ist schlecht. Und normalerweise würden wir Sie uns nicht einmal ansehen, als achtzehntgrößter Sender im Land. Auf der anderen Seite haben Sie Lebenserfahrung und wir haben eine Lücke.«

»So solltest du das nicht nennen«, gab Sessions zurück.

»Hm«, sagte Gooden, lehnte sich zurück und drehte ihr Haar noch fester ein. »Du hast Recht. Tut mir Leid, Will. Sie haben wahrscheinlich gehört, dass wir gestern einen Reporter verloren haben. Eine Bombe – direkt vor dem Sender hier. Die Polizei meint, sie sollte Angst machen statt zu verletzen, aber das hat ihn nicht gerade beruhigt. Es geht ihm ganz gut. Ein paar Brandwunden. Ein paar Kratzer …«

»Scheitel neu gezogen …«

»Ja«, lächelte sie, »Scheitel neu gezogen. Er ist jetzt ziemlich windschnittig.«

Sie machte eine Pause. Sie und Sessions sahen einander an und brachen in Lachen aus. Will rührte sich nicht. Es war eine Bombe. Eine Bombe vor dem Sender. Man würde meinen, dass das eine ernstere Sache wäre. Will hatte gestern gehört, dass ein Angestellter ernsthaft verletzt worden war. Mein Gott, dachte er, was machen die, wenn einer stirbt?

»Wir sind schrecklich. Unmöglich.« Sie hörte auf zu lachen, hustete noch ein letztes Kichern heraus, dann sah sie Will wieder an. »Es geht ihm gut. Wirklich. Die Polizei sagt, er hat großes Glück gehabt. Es war wohl mehr ein Streich als etwas, worum man sich ernsthaft Sorgen machen muss. Aber es hat ausgereicht, um ihn zu verletzen und uns einen ganz schönen Schrecken einzujagen. Das ist wohl unsere Art, damit fertig zu werden.«

»Entschuldigung, Will«, fügte Sessions hinzu.

Will hob nur die Hand – vorsichtig. Schon gut.

»Jedenfalls hat unser Geschäftsführer die Sicherheitsmaßnahmen verschärft und wir verstärken die Beleuchtung draußen und die Begleitung vom Parkplatz, besonders Nachts. Die Polizei ist sich ziemlich sicher, dass wir zufällig ausgewählt wurden. Es gibt nichts, das darauf hindeutet, dass sie ganz speziell Channel 6 oder Jim treffen wollten.«

»Außer, sie haben seine Sportberichte gesehen«, kam die leise Stimme hinter Will. Sessions und Gooden brachen wieder in Lachen aus.

Sie schluckte ein Kichern herunter und sagte: »Sie haben eine dreimonatige Probezeit, Will. Machen Sie einfach keine mysteriösen Pausenbrotbüchsen auf.«

»Jim – nicht die hellste Birne im Kronleuchter.«

Beide brachen wieder in Lachen aus.

Will war entsetzt. Er konnte spüren, wie sich sein Magen anspannte und umdrehte. Ein Schleimball saß direkt unter seinem

Adamsapfel fest und drohte, auf Barbara Goodens Schreibtisch zu landen, auf ihrem Haar, ihrem teuren Kostüm und der noch teureren goldenen Uhr. Was in Gottes Namen hatte er hier zu suchen, in einem Geschäft, wo man zusah, wie Angestellte fast in die Luft flogen, und dann darüber lachte?

Mensch, der hat seine Hand verloren, hihihihi …

Das Geräusch von Lachen in seinem Gehirn ebbte ab und Will fuhr fort, Barbara Gooden mit halbem Ohr zuzuhören. Was zum Teufel wollte er an einem Ort wie diesem?

Wo zum Teufel lag die Anziehung?

Warum sollte er es tun?

»… dreimonatige Probezeit, sechzigtausend im Jahr. Wenn Sie sich gut anstellen, erhöhen wir Ihr Gehalt auf siebzigtausend und geben Ihnen drei Jahre mit einer Sechs-Monate-Nicht-Wettbewerbsklausel. Was halten Sie davon?«

Wills Augenbrauen hoben sich unwillkürlich und bevor er wusste, was er tat, streckte er seine Hand aus und schüttelte ihre. Barbara Gooden lächelte. In ihrem Lächeln lag etwas, das zu Will sagte, »jetzt haben wir dich!«, aber der Gedanke verschwand so schnell wie ein Juniorfahrer auf einer Abfahrt vom Mount Evan.

»Andy wird Sie heute Nachmittag sehen wollen«, sagte sie geschäftsmäßig. »Er wird die Verträge haben und Sie wahrscheinlich zu Tode erschrecken. Aber warum führst du unseren jüngsten Fang nicht zuerst in die Sportredaktion, Bill, besorgst ihm einen Schreibtisch, und zeigst ihm alles? Ich bringe den Papierkram nach oben, damit die Sache mit den Benefits so schnell wie möglich erledigt wird.«

»Benefits?«

»Ja, Benefits. Wir sind ein Sender des einundzwanzigsten Jahrhunderts. Auf der Höhe der Zeit.« Sie winkte Sessions zu, der schon an der Tür stand. Die Audienz war vorbei. »Nebenbei, zeig ihm auf dem Weg zur Sportredaktion nicht die Webstühle, wo wir die Zehnjährigen sechzehn Stunden am Tag arbeiten lassen.«

»Geht sowieso nicht, die machen gerade ihre Milchsuppenpause«, murmelte Sessions.

Sie lachte wieder. Das ließ Will lächeln und ein wenig entspannen.

Will winkte ihr mit einer kleinen, verlegenen Geste zu und ging hinter dem stellvertretenden Chefredakteur auf den Flur.

»Ihr Büro liegt auf der anderen Seite des Atriums. Das Gebäude ist völlig bescheuert geplant, aber eigentlich ist es jetzt besser als vorher. Der Sport war vorher in einem winzigen Loch hinter der Herrentoilette. Jedes Mal, wenn einer geschissen hat, wussten die Bescheid. Ich hab Flynns Würgen nicht mehr ausgehalten, also haben wir das Büro hierher verlegt.«

Sie gingen hinter Shirley an der Vorderseite des Gebäudes vorbei und auf der der Nachrichtenredaktion gegenüber liegenden Seite um eine Ecke. Bill Sessions packte den Türgriff und öffnete die Tür.

»Seid vorsichtig und fürchtet um euer Leben, alle, die ihr hier eintretet«, intonierte er.

Will lächelte und bemerkte plötzlich, dass der Schleimball jetzt die Größe einer kleinen Melone hatte. Die beiden betraten das Büro. Vier Schreibtische waren in einen Raum gequetscht, der etwa die Größe eines kleinen Mannschaftswagens hatte.

Drei davon waren leer. Auf einem lagen Blumen, die bereits zu welken begannen. Der Schreibtisch des glücklosen Jim, dachte Will. Sein Glück.

Vor dem vierten Schreibtisch saß ein untersetzter junger Mann in einem Hawaii-Hemd, der wie wild auf eine Computertastatur einhämmerte. Will sah, dass er nicht etwa tippte, sondern ein Spiel spielte.

»Ich habe gedacht, wir hätten die alle gelöscht«, sagte Sessions ein bisschen zu laut für die Größe des Raumes.

»Ihr habt die erwischt, die nicht versteckt waren, Sessions, und jetzt lass mich in Ruhe. Ich bin fast bei Level Acht und dem mystischen Drachen von Idor.«

»Tja, also, lass mal den lieben Drachen einen Augenblick in Ruhe, Zorro, und lern deinen neuen Zellengenossen kennen.«

Bei dem Bild zuckte Will zusammen.

»Clyde Zoromski«, sagte Bill, »das ist Will Ross. Der neue Sportredakteur und manchmal Sportmoderator, wenn alles so läuft, wie geplant.«

»Was für ein Plan ist das denn, Bill, mein Junge? Steckt Zorro in eine Kanone und schießt ihn über die Rocky Mountains?«

»Nein, nein, nein, Zorro – die Höflichkeit würden wir Dir nie erweisen. Er wird erstmal Jims Stelle einnehmen. Suchen Sie sich einen Schreibtisch aus, Will«, sagte Sessions. »Ich muss aufs Klo und dann lade ich Sie zum Mittagessen ein. Wenn wir zurückkommen, können Sie Andy kennen lernen.«

»Ah, der Jammerwoch selbst«, brummelte dieser Zorro.

»Machen Sie sich keine Sorgen um Zorro, Will. Er beißt nicht. Und wenn doch, er ist geimpft.«

Zorro verbeugte sich dankbar. Ein hohes Lob, wie es schien.

»Macht euch ein bisschen miteinander bekannt, gib ihm einen Schreibtisch, Zorro, und ich bin in einer Viertelstunde wieder zurück.«

»Ganz schönes Sitzfleisch«, sagte Zorro zu Sessions' Rücken.

»Ohne Sitzfleisch kommt man hier nicht weit«, sagte die Stimme, die schon den Flur entlang verschwand.

Clyde Zoromski wandte sich wieder Will zu und hielt einen Augenblick lang inne. Er musterte ihn von oben bis unten. Hände hinter dem Kopf verschränkt blickte er scharf drein, und Will fühlte sich ein wenig unbehaglich. Er wusste nicht, was er mit seinen Händen machen sollte, ob er lächeln sollte oder nicht, oder ob er sich einfach umdrehen sollte, nach draußen gehen, sich in sein Auto setzen, und zur nächsten Bar fahren.

»Will Ross«, sagte Zoromski leise, »Will Ross. Du bist der Kerl, dem gestern einer eine Wumme in die Nase gesteckt hat, was?«

Will nickte. »Ja. Bin ich.«

»Hm«, grunzte Zoromski, »und wenn ich mich nicht irre, hast du vor 'ner Weile Paris–Roubaix gewonnen und bei der Tour de France ein paar spektakuläre Stürze hingelegt, richtig?«

»Ja. Das stimmt.«

Immer kurz halten, freundlich, auf den Punkt, dachte Will. Gib ihm keine Chance.

»Tja, du denkst vielleicht, du bist die ganz heiße Nummer, aber das hier ist mein Gebiet und mein Büro und mein Job. Glaub ja nicht, dass du die Wochenenden kriegst.«

»Ich will sie gar nicht.«

»Gut. Der alte Jimbo hat sie gewollt. Tut mir Leid, wie er gehen musste, aber nicht, dass er weg ist. Weißt du, was ich meine?«

Herrje, erkannte Will, die Machenschaften in diesem Geschäft, diesem Sender, Teufel, in diesem Büro, waren mindestens so schlimm wie alles, was er je bei einer Mannschaft erlebt hatte. Das ist deins, das will ich haben. Das ist meins, denk nur nicht dran, es mir wegzunehmen.

Scheiße. Jetzt steckte er wieder mitten drin, nachdem er so lange versucht hatte, sich aus solchen Sachen herauszuhalten und einfach nur Rad zu fahren.

»Jimmy-Boy war ein ehrgeiziger kleiner Scheißer«, fuhr Zoromski ungefragt fort. »Ständig hat er versucht, hinter meinem Rücken an meinen Job zu kommen. Aber den habe ich schon lange, und er gefällt mir. Komm also gar nicht erst auf den Gedanken. Wenn du aufsteigen willst, versuch's über Flynns Job. Er ist sowieso ein Arschloch und du kannst den ganzen Montag-bis-Freitag-Scheiß haben. Er muss zu allen Spielen gehen. Broncos. Rockies. Avalanche. All diese Scheiße. Ich kann die meisten Samstage und Sonntage auf meinem Hintern sitzen und einfach nur meinen Freund Roger live im Stadion ansagen. ›Und jetzt zu Ihnen, Roger.‹ Verstehst du?«

Will verstand. Er fragte sich wieder, was zum Teufel er in diesem Büro zu suchen hatte. Bei diesem Sender. In diesem Geschäft.

Plötzlich schlug ihn die Macht einer Erkenntnis beinahe rückwärts in die Blumen auf den Schreibtisch des glücklosen Jim. Du meine Güte! Er würde von all den Sachen berichten müssen! Er würde zu den Football-Spielen gehen müssen, zum Baseball, zum Eishockey und zu allem anderen und herausfinden, was zum Henker da vor sich ging. Das würde er tun müssen. Das war jetzt sein Job.

Es war, als könnte Zoromski seine Gedanken lesen.

»Ja, das stimmt, neuer Kumpel. Du darfst rausgehen und jedes Wochenende mit Roger spielen. Und wenn du denkst, ich sei schlecht gelaunt, dann warte, bis du den kennen lernst.« Der Ausdruck auf Clyde Zoromskis Gesicht war eine Sekunde lang hart und scharf, dann wurde er weicher.

»Jetzt hab' ich's dir wohl schwer genug gemacht. Ich bin Zorro. Außer im Studio hör' ich auf nichts anderes. Nimm den Schreibtisch da. Jimbos Tisch wird bald aufgeräumt, wenn du ihn willst. Der kommt nicht zurück. Der Knaller, der in seinem Gesicht explodiert ist, hat den Mut direkt aus ihm rausgepustet und zurück zu seiner Mama. Er hätte gleich wieder vor die Kamera müssen, ohne Augenbrauen und alles. Gleich wieder auf's Rad steigen.«

»Rad. Ja, apropos. Wie sieht denn unsere Radsportberichterstattung aus?«

Zorro sah ihn völlig entgeistert an.

»Radsport. Hm. Tja. Lass es mich mal so formulieren: NIX!«, rief er, lachte, und wandte sich dann wieder zu seinem Schreibtisch um. »Ich weiß alles über dich, mein Freund, Ex-Radprofi und so weiter, aber Radsport ist hier ungefähr so wichtig wie Pelota. Wenn du zwei Stories pro Jahr über's Radfahren bekommst, dann hast du ein gutes Jahr gehabt.«

»Echt nichts?«

»Gar nichts.«

»Was ist mit dem Rennen demnächst?«

»Oh, das. Ja. Das, äh, na ja, das ist etwas, das irgendsoein Geschäftsfreund von Mister Big uns eingebrockt hat.« Er deutete mit dem Daumen nach oben. »Aber Flynn will's nicht haben. Ich habe keine Zeit. Hey, rate mal – es gehört dir.«

Er lächelte und streckte beide Hände mit den Handflächen zu Will aus, als böte er ihm ein Geschenk an.

»Viel Spaß und bau keinen Scheiß.«

Er drehte sich wieder zu seinem Schreibtisch um. Über die Schulter sagte er. »Nebenbei, du solltest Kris oben in Andys Büro deine Telefonnummer durchgeben, damit die mit den Visitenkarten anfangen können. Du wirst sie brauchen, und diese Blödmänner brauchen immer ewig damit. Und – dank deines Auftritts heute mittag hast du schon deinen ersten Anruf bekommen. Ich hab' ihn zu deiner Voicemail umgeleitet.«

»Muss meine Frau sein.«

»Nur, wenn deine Frau ein Mann ist. Wähl 6400 und dann gib deinen Code ein. Für neue Angestellte ist er immer 6666 – kleine satanische Anspielung.«

»Wie fröhlich.«

»Ich bin eben ein fröhlicher Geselle.« Zoromski kehrte zu seinem Computer zurück und begann, auf die Tastatur einzudonnern, als ob er sie erschlagen und ihr allen Frust heimzahlen wollte, den er jahrelang ertragen musste.

Will wartete einen Augenblick, dann wandte er sich seinem zugewiesenen Platz zu, warf einen Blick auf die Blumen auf dem Schreibtisch des jüngst entschwundenen unglücklichen Jim, und hob den Hörer auf. Er wählte 6400 und wartete, dann gab er den Code ein. 6666. Eine Nachricht. Das rote Licht auf seinem Telefon blinkte weiter.

Also nicht Cheryl. Vielleicht Hootie. In seinem Büro lief immer der Fernseher. Vielleicht Hootie. Das musste er sein.

Bitte komm zurück, Will – alles vergeben und vergessen.

Eine Nachricht. Das rote Licht blinkte ihn weiterhin an.

»Sie haben eine Nachricht«, sagte die Maschine mit ihrer digitalisierten weiblichen Stimme. »Um Ihre Nachricht abzuhören, drücken Sie die Eins.«

Trotz jahrelanger Erfahrung damit, wo auf einer Telefontastatur die Eins lag, warf Will einen Blick auf das Telefon, der andeutete, dass bifokale Gläser nicht allzu weit in der Zukunft lagen, und drückte vorsichtig auf die Eins. Die digitale Stimme sagte: »Erste Nachricht.«

Will lehnte sich in seinem neuen Bürostuhl zurück und legte die Füße lässig auf den Schreibtisch, als sei er schon jahrelang da. Neues Gebiet, sein Gebiet.

Die Stimme war leise, distanziert. Im Hintergrund konnte Will das Brummen einer Autobahn hören. Irgendwo weit weg dröhnte eine Lastwagenhupe.

Als die Stimme ihren einen Satz sagte, schnitt sie durch das Geräusch wie ein Glasschneider durch ein dünnes Glas. Schnell, sauber, und irgendwie tödlich.

Auch wenn er keine Ahnung hatte, was zum Teufel die Nachricht bedeutete, war Will plötzlich gesinnt, den Anrufer sehr ernst zu nehmen.

Die Stimme sagte leise, aber mit Wirkung: »Willst du dich nicht bei mir für deinen neuen Job bedanken?«

Will hörte sich das noch zweimal an.

»Willst du dich nicht bei mir für deinen neuen Job bedanken?«

»Willst du dich nicht bei mir für deinen neuen Job bedanken?«

Er überlegte, ob er die Nachricht noch einmal abhören sollte, aber plötzlich steckte Bill Sessions seinen Kopf durch die Tür.

»Fertig?«, fragte er Will.

»Alles leer?«, fragte Zorro.

»Ja, Zorro, ich bin jetzt entleert. Und bereit, mich wieder zu füllen. Will, kommen Sie mit, gegenüber ist ein Deli, das gar nicht schlecht ist.«

»Ich hoffe, du hast deine Fettration für heute noch nicht erfüllt.«

Will lachte nur. Er fragte sich, ob oder wann er je mitscherzen würde.

Er legte den Hörer auf und vergaß über dem Mittagessen und einem geschäftigen Nachmittag voller Papierkram und einem einschüchternden Treffen mit Andy Andropoulos, dem Geschäftsführer des Senders, den Anruf. Aber später, als er gerade nach Hause gehen wollte, stand Will in seinem Büro, seinem neuen Büro, das er durch das tragische Schicksal eines anderen bekommen hatte, und starrte das Lämpchen an, das immer noch auf seinem neuen Bürotelefon blinkte.

Was bedeutete es?

»Willst du dich nicht bei mir für deinen neuen Job bedanken?«

4
Die Hölle auf dem Papier

Wie viel?«

Cheryls Augen waren groß. Ihre Wangen waren gerötet, ihr Lächeln breit.

»Erstmal sechzig«, sagte Will lächelnd.

»Und anfangen tust du …«

»Morgen«, antwortete er. »Ich kriege so eine Art Orientierung und dann zeigt mir einer von den Typen von der Nachrichtenredaktion, wie man einen Beitrag macht.«

»Ich habe noch nie gehört, dass jemand so einsteigt, Will.«

»Ich habe sie irgendwie beeindruckt.«

»Oder die haben dringend jemanden gebraucht.«

Er grinste sie fies an bevor er sagte: »Ich würde dir einen Schlag versetzen, aber der kleine Beppo da drin denkt dann vielleicht, ich mag dich nicht.«

»Und das würden wir ja nicht wollen.«

»Nein«, antwortete Will, »das würden wir nicht wollen.«

»Aber Himmel nochmal«, sagte Cheryl, ließ sich rückwärts in die Kissen fallen und rutschte hin und her in dem Versuch, in dem viel zu kleinen Bett in dem viel zu kleinen Zimmer in dem viel zu kleinen Haus bequem zu liegen. »Gestern wollte ich dich dafür umbringen, dass du nicht um deinen Job gekämpft hast und dass du dann losgehst, um deinen Frust zu ertränken. Dann wollte ich dich dafür umbringen, dass du dir in einer Bar beinahe den Kopf wegpusten lässt, weil du versuchst, den Helden zu spielen.«

»Ich habe nicht versucht, den Helden zu spielen.«

»VERSUCHT«, betonte sie, »den HEL-den zu spielen. Und dann drehst du dich um und latschst direkt ins Rosenbett.«

»Unglaublich, nicht wahr?«

»Unglaublich ist nicht das richtige Wort.« Sie drehte sich herum in einem weiteren erfolglosen Versuch, bequem zu liegen.

»Wie sehen die Benefits aus?«

»Was meinst du damit?«

»Was ich meine, ist, wie sehen die Benefits aus?« Sie tätschelte ihren Bauch. »Bekommst du Erziehungsurlaub? Wie viel Urlaub überhaupt? Musst du an Feiertagen arbeiten? Wie sieht deine Krankenversicherung aus? Ist der Zahnarzt dabei? Was ist, wenn Beppo eine Brille braucht? Bezahlt das deine Versicherung?«

»Was ist mit Hooties Versicherung?«

»Hooties Versicherung ist ein ganz großer Mist. Die bezahlt ungefähr ein halbes Brillenglas und kein Mensch weiß, was sonst noch. Die Selbstbeteiligung ist gigantisch, den Arzt kann man sich nicht aussuchen, und ich bin damit überhaupt nicht zufrieden.«

»Also, worauf soll ich achten?«

»Du hast schon unterschrieben.«

»Ja, also, worauf soll ich achten?«

»Oh Scheiße, Will. Sag mir nicht, dass du dir das alles nicht mal angesehen hast, bevor du unterschrieben hast.«

»Also weißt du«, sagte er abwehrend, »ich hatte wirklich keine große Gelegenheit dazu. Schließlich werde ich bald Vater und ich war arbeitslos, also hab ich zugeschlagen, als mir jemand leichte sechzig vor die Nase gehalten hat. Ich kann nichts dafür. Das war ganz spontan.«

»Man sollte sich immer die Benefits ansehen.«

»Und was hätte ich machen sollen, wenn die nichts taugen? Verhandeln? Womit denn? He! Ich habe nicht das kleinste Bisschen Fernseherfahrung. Aber ich nehme Ihren Job nicht an, wenn Sie mir nicht eine vergoldete Versicherungspolice geben, die dafür zahlt, wenn ich zweimal die Woche krank werde.«

»Das meine ich doch nicht«, antwortete sie, plötzlich selber abwehrend.

»Was meinst du denn?«

»Herrgott, ich verstehe nicht, warum du so empfindlich bist. Ich will damit doch nur sagen, wenn man sich nicht das ganze Paket ansieht, bevor man unterschreibt – dafür ist jetzt es zu spät, ich weiß –, dann bekommt man am Ende Ärger. Solche Verträge sollen die Firma schützen. Nicht dich.«

»Es gab nicht viel, was ich dazu hätte sagen können.«

»Tja, dann hol einfach die Verträge.«

»Die liegen unten auf dem Esstisch. Der ganze Papierkram.«

»Na, wenigstens hast du ihn mit nach Hause gebracht, Will.«

»Na, ein Hoch auf mich«, sagte er abschätzig.

»Okay, was ist los?«

»Meine Güte. Ich verliere meinen Job und werde beinahe umgebracht, dann ziehe ich einen Sechzigtausend-Dollar-Job aus dem Hut, in ein paar Monaten werden es siebzig sein, und ich höre nichts als Beschwerden über die Krankenversicherung. Tut mir Leid. In dem Augenblick ist mir das eben nicht direkt ins Gesicht gesprungen und hat gesagt, ›nein, warte – lies mich zuerst‹.«

Cheryl sah ihn einen Augenblick lang nachdenklich an.

»Nein. Nein«, flüsterte sie. »Das ist es nicht. Wir ziehen uns ständig gegenseitig auf und das macht dir nie wirklich etwas aus. Das hier schon. Irgendetwas daran stört dich. Was ist es, Will? Es ist nicht die Versicherung. Wir beide wissen, dass wir versorgt sind, egal, wie dein Paket aussieht. Ich hab dich nur aufziehen wollen. Aber jetzt, das ist etwas anderes.« Sie sah ihn an und versuchte, Antworten tief in seinen Augen zu finden, auf seiner Haut, in der Art, wie er atmete, wie er seinen Kopf hielt.

Zu versuchen, in ihm zu lesen, war wie Hieroglyphen zu entziffern.

»Was ist es denn?«

»Nichts.«

»Hast du Angst, du packst es nicht?«

Will seufzte.

»Na ja, ja und nein. Ja, ich glaube, ich kann es packen. Wenn du dich in dieser Nachrichtenredaktion umsehen würdest, dann wärst du erstaunt, was für andere Verrückte es auch können. Und nein, ich weiß, dass ich es nie verstehen werde, weil ich einfach nicht so denke wie die.«

»Was meinst du damit?«

»Die haben so etwas Hartes. Bitteres. Einen ungebremsten Zynismus. Schließlich war gerade einem Kollegen eine Bombe im Gesicht explodiert und die haben Witze darüber gerissen. Mord, Tod, Zerstörung … kicher, prust. Scheiße, ich will nicht so denken. Ich will nicht so leben. Ich will nicht so sein.«

Cheryl war einen Augenblick lang still. Dann sagte sie: »Dann sei nicht so.«

»Was?«

»Dann sei nicht so. Ich habe in der Schule mal ein Buch über Soldaten gelesen. Dass einige töten und zu Killern werden und dass andere töten und Soldaten bleiben.«

»Da komm ich nicht mit.«

»Manchen fängt das Töten irgendwann an zu gefallen. Sie brauchen es. Andere machen Witze darüber, weil es der einzige Weg ist, mit dem Horror fertig zu werden. Und dann gibt es wieder andere, die töten, weil es ihre Pflicht ist, und die doch ihre Menschlichkeit bewahren.«

»Und ich sollte …«

»Deine Menschlichkeit bewahren. Das ist es, worin ich mich verliebt habe. Die Art, wie du die Welt ansiehst und immer wieder aufstehst, egal, was sie getan hat oder versucht, dir anzutun. Du hast Mord und Totschlag gesehen und Freunde verloren und doch bist du immer noch ein anständiger Mensch. Das ist hart. Ich glaube, in diesem neuen Geschäft, in das du da geraten bist, wird es besonders hart, aber am Ende ist es das, was ich an dir liebe, und ich hoffe, du verlierst es nicht. Bleib ein Mensch. Behalte dein Herz. Finde nicht den Witz in der Tragödie anderer Menschen.«

»Oder die Aufmacherqualitäten«, murmelte Will.

»Was?«

»Die Aufmacherqualitäten. Das Sensationelle?«

»Ja. Genau«, sagte Cheryl, schlang ihre Arme um seine Schultern und zog ihn an sich.

Nach einem stillen Augenblick, während die Wärme zwischen ihnen wuchs, flüsterte sie: »Was mach ich nur mit dir?«

»Tja, da gibt es ja immer die Möglichkeit, dass du in neuen und aufregenden Positionen etwas mit mir machst.«

»Das ist ein schrecklicher Gedanke. Beppo wird mit einer Delle im Kopf auf die Welt kommen.«

»Beppa.«

»Beppo.«

»Ich will einen Klon von dir. Ein Mädchen.«

»Und ich will einen Klon von dir. Einen Jungen.«

»Kommt nicht in Frage. Ich werd kein Vorbild.«

»Zu spät. Du hast die Saat gesät, kleiner Bauersmann, und jetzt darfst du ernten.«

»Ich dachte, das wird heute alles im Labor gezüchtet.«

»Nein, du bist mehr der Bio-Typ.«

Er lächelte verführerisch. »Dann lass mich dir mal was in Biologie erklären.«

»Nein, ich hab keine … ah, da … nein, okay, ich rutsch ein bisschen … und … oooooh.«

Das Bürotelefon klingelte. Will wartete einen Augenblick, bevor er antwortete. War das dieser Jemand, der wollte, dass er sich ganz besonders bei ihm dafür bedankte, dass er ihm den Job beim Sender verschafft hatte? Will dachte einen Augenblick darüber nach, dann schob er den Gedanken beiseite. Cheryl hatte es gestern Abend gesagt, als Will das erwähnte, während sie die Spätnachrichten sahen. Die Spätschicht.

Na ja, spät genug. Will wurde alt. Er brauchte seinen Schönheitsschlaf.

»Ein Spinner. Hat dich im Fernsehen gesehen. Das Fernsehen zieht solche Leute an. Ich will dein Freund sein, ich will ins Fernsehen kommen, ich will, ich will …« Ihr Tonfall äffte einen geistig zurückgebliebenen Zungenschlag nach. »Ich will dein Kumpel sein. Ich hab dir deinen Job verschafft.«

»Spinner.«

»Spinner. Bestimmt. Aber in deinem Fall, ein einzelner Spinner.

Ich bin sicher, in ein paar Monaten hast du eine ganze Armee davon, die dich verfolgt. Frag deine Chefin, wie heißt sie nochmal? Barbara Gooden – ist sie das auch?«

»Ist sie was auch?«

»Ist sie eine von den Guten?«

»Mann. Deine Hormone machen dich blöd.«

»Ja. Ich werde mit jedem Tag mehr ein Mann.« Sie rieb ihren Bauch. »Es muss ein Junge sein. Aber der Punkt ist, frag deine Chefin, ob ihr so was auch passiert, und ob du dir darüber Sorgen machen solltest. Frag sie. Sie ist schon im Geschäft, seit Gott das Fernsehen erfunden hat, sagt jedenfalls Nancy. Hey, vielleicht weiß sie es.«

Aber das war gestern Abend. Jetzt war heute, im Sender, und das Telefon starrte ihn an. Dann klingelte es wieder.

Will hatte noch keine Gelegenheit gehabt, Barbara zu fragen, aber vielleicht würde er die heute Nachmittag bekommen. Bis dann konnte er doch nicht Angst davor haben, ans Telefon zu gehen, weil ein Verrückter am anderen Ende ihm vielleicht aus unbekannten Gründen irgendetwas vorsabbeln würde.

»Hallo? Moment. Äh. Ross. Sport. Was kann ich für Sie tun?«

»Mach dir keine Sorgen, Schatz. Immer schön üben, und irgendwann bist du gut genug, dein eigenes Telefon zu bekommen.«

»Was habe ich nur getan, dass ich dich verdient habe?«

»Etwas sehr Gutes.« Cheryl lachte in das Telefon hinein. »Aber da ich dich kenne, würde ich vermuten, es war etwas Gutes in einem früheren Leben.«

»Vielen herzlichen Dank«, antwortete Will sarkastisch. »Wie geht's? Was macht Beppa?«

»Beppo geht's prima. Mir auch. Ich wollte dich nur warnen. Nancy hat mich gerade angerufen. Hootie und deine alte Freundin Lisa Shannon sind auf dem Weg zum Sender. Zu deinem Sender, um darüber zu sprechen, ob er als Sponsor bei diesem Radrennen einsteigt.«

»Du weißt, das ist meine Idee.«

»Ja, ich weiß. Das hast du mir erzählt.«

»Ehrlich wahr«, jammerte er.

»Das bezweifle ich nicht im Geringsten, Will. Aber Lisa nimmt die Idee für sich in Anspruch. Nicht mir gegenüber, wohlgemerkt, aber Nancy sagt, sie kräht, es sei ein ziemlicher Coup und würde gut auf ihrem Lebenslauf aussehen.«

»Auf ihrem Lebenslauf? Herrgott. Das Miststück hat den Job doch erst vor achtundvierzig Stunden bekommen.«

»Stimmt. Aber die meisten Leute hier vermissen dich jetzt schon und bieten ihr bereits an, ihr dabei zu helfen, ihren Lebenslauf aufzupolieren. Wir werden die blöde Kuh hier schon noch so weit die Karriereleiter hochschubsen, dass sie sich woanders nach neuen Chancen umsehen muss.«

»Macht bestimmt Spaß.«

»Tja, der Spaß liegt jetzt bei dir. Sie sind vor ungefähr zehn Minuten von hier los, also sind sie jede Minute bei euch. Vielleicht möchtest du dir ein gutes Versteck suchen.«

»Hinten im Gebäude gibt es einen Makeup-Raum. Ich geh da hin und halte ein Nickerchen.«

»An deinem ersten Tag?«

»Klar. Ist es wirklich fair, sie bis zum Ende der Probezeit warten zu lassen, bis sie sehen, was für einen Arsch sie eingestellt haben?«

»Einen süßen Arsch, wenn ich das hinzufügen darf. Aber eine Sache, Will«, sagte Cheryl, und ihr Tonfall war plötzlich ernst. »Pass auf die Shannon auf. Sie ist wirklich sauer wegen der Geschichte mit der Adressenkartei. Sie hat 'rumgebrüllt, dass sie dich verklagen will.«

»Was hat Hootie dazu gesagt?«

»Er hat den Humor darin erst erkannt, als Nancy gesagt hat, er sieht den Himmel nie wieder, wenn er nicht sofort lacht.«

»Ihres ist ein seltsames und wunderliches Verhältnis.«

»Und hast du nicht Glück, dass es so ist? Also, geh in Deckung. Wir unterhalten uns später. Lass mich wissen, was passiert ist.«

»Mach ich, Schatz«, sagte Will, während ein Lächeln auf seinem Gesicht wuchs. Irgendwie schaffte es diese Person mehr als jeder andere Mensch auf dieser Welt. »Wirf ein wachsames Auge auf Beppa für mich.«

»Muss ich ja wohl. Das ist alles, was ich sehe, wenn ich nach meinen Füßen suche.«

»Ich liebe dich.«

»Ich liebe dich auch, Will. Sei vorsichtig.«

Sie legten auf. Will saß eine Sekunde lang still da. Dann sah er auf die Uhr. Eine halbe Stunde noch, bevor Steve, der Redaktionsassistent zurückkommen würde, um ihm seine nächste Stunde im Nachrichtenschreiben zu geben. Vielleicht wäre es eine gute Idee, zum Hinterausgang hinauszuschleichen. Er konnte Hootie und Lisa aus dem Weg gehen und ein paar Stunden im mittsommerlichen Sonnenschein von Colorado ausspannen.

Er schaffte es nicht einmal bis zur Tür.

»Hey, Bill.«

»Hey, Will. Diese Reimerei ist gut für uns. Äh, Barb möchte, dass Sie zu dem Meeting über dieses Radrennen kommen.«

Will verließ der Mut. Scheiße. Dreißig Sekunden, und er wäre weg gewesen.

»Sie denkt, Sie können ein paar harte Fakten beitragen, auch wenn Sie nicht viel Fernseherfahrung haben. Zum Beispiel, wie viele Kameras wir brauchen, wo wir die Reporter stationieren müssen, und so weiter.«

Erwischt. Will blieb nur noch eine Möglichkeit.

»Sicher doch«, sagte Will und zwang sich zu einem Lächeln, von dem Sessions sofort erkannte, dass es falsch war.

»Wo liegt das Problem?«

Will seufzte. Warum nicht gleich mitten hineinspringen, dachte er. »Die Leute, die mich Anfang der Woche gefeuert haben, werden bei diesem Meeting heute dabei sein.«

»Wirklich? Gut. Streuen Sie ordentlich Salz in die Wunde. Sie arbeiten jetzt für uns.«

»Ich weiß nicht recht.«

»Aber ich. Und wenn Sie es nicht machen, macht es Barbara. Sie lässt nicht zu, dass irgendjemand einem ihrer Reporter Ärger macht. Sie ist wie eine Glucke. Sie macht jeden platt, der Sie auch nur schief ansieht.«

»Wirklich?«

»Ohne Scheiß. Und es macht Spaß, dabei zuzusehen. Warten Sie's nur ab. Kommen Sie.«

Und Will ging mit.

Während er den Flur hinunterging, konnte Will hinter sich das Klingeln eines Telefons hören. Seines Telefons, das konnte er am Ton erkennen.

Er ließ den Anrufbeantworter drangehen. Er folgte Bill Sessions um das Atrium herum zum Konferenzraum der Nachrichtenredaktion. Seltsamerweise empfand er ein komisches Gefühl der Vorfreude.

»Ich sehe, Sie haben eine Freundin«, flüsterte Barbara Gooden in Wills Ohr. Er nickte und sah hinüber zu Lisa Shannon. Wenn Blicke töten könnten, würde er jetzt in einer großen Eiche baumeln und Geier und Krähen würden an sehr unangenehmen Stellen Stücke seines Fleisches aus ihm herauspicken.

Es war nicht ihre Wut darüber, dass sie die Adressenkartei, die Firmen-Adressenkartei, die Adressenkartei, die sie geerbt hatte, so komplett nutzlos vorgefunden hatte, sondern blanker Neid. Sie hatte gewonnen, aber der Mensch, den sie geschlagen hatte, hatte sofort etwas besseres gefunden und dabei auch noch sein Gehalt verdoppelt.

Er hatte das verdoppelt, was jetzt *ihr* Gehalt war.

Es war nicht fair. Sie hatte nicht einmal Zeit gehabt, ihren Sieg zu genießen.

Ihre Augen sagten alles. Und Will fand es unterhaltsam, ihren Blick zu erwidern, während ein kleines Lächeln um seine Lippen spielte.

Selbst wenn er aufgesprungen und mit einem Griff in seinen Schritt gebrüllt hätte, »hier hast du deine Adressenkartei, du Schlampe!«, hätte das nicht annähernd die gleiche Wirkung gehabt wie dieses einfache Lächeln.

Sie starrte ihn wütend an. Er lächelte. Das Leben war plötzlich schön.

Barbara stand auf, um die Besprechung zu eröffnen.

»Wir freuen uns, dass die Vertreter von Bosco Bikes heute bei uns sind. Es ist schön, einen weiteren Sponsor dabei zu haben, ganz besonders einen, der Geld beiträgt.«

Alle kicherten. Will sah nicht weg. Ebenso wenig wie Lisa Shannon. Beide kicherten nichtssagend.

»Ken, würden Sie uns bitte kurz über den letzten Stand der Dinge informieren?«

»Natürlich, Barbara«, sagte der dünne Mann am Ende des Konferenztisches. Sein Aufstehen zog Wills Blick auf sich.

»Es ist schön, dass wir eine solche Unterstützung haben, und es ist wirklich schön, Will Ross hier zu haben, der vor zwei Jahren so eine tolle letzte Saison bei Haven in Europa hatte, und der jetzt zu diesem ersten Zephyr Classic zu uns stößt. Für diejenigen von Ihnen, die es nicht wissen«, und damit zog er einen Packen zusammengehefteter Blätter aus seiner Aktentasche und schob ihn in Wills Richtung, »das Rennen geht über 225 Kilometer und sieben Bergpässe. Es ist ein Etappenrennen, nicht ganz so lang und bunt wie das alte Coors Classic, aber wenn man das Wetter und den Straßenzustand bedenkt, ist es wahrscheinlich eines der schwersten Rennen der Welt.«

Will betrachtete die Landkarte und die darauf verzeichneten Höhenangaben. Ken murmelte im Hintergrund weiter, während Will die Höhenmeter addierte. Es war nur eine grobe Schätzung, aber sie erschütterte ihn.

»Entschuldigung«, unterbrach er Kens Rede.

»Ja, Will?«

»Ist Ihnen klar, dass das dicke über viertausend Höhenmeter an einem Tag sind?«

»Ja.«

»Mit den ersten Anstiegen innerhalb der ersten sechs Kilometer nach dem Start?«

»Hm-hm.«

»Wenn du deine Post gelesen hättest, würdest du das bereits wissen«, sagte Lisa Shannon verächtlich.

Will ignorierte sie.

»Das ist so was wie die erste Tour de France. Unbefestigte Straßen. Keine Leitplanken. Was denken Sie, wie viele Fahrer Sie haben werden?«

»Bis jetzt 120. Es ist noch Platz für fünfzehn weitere.«

»Was denken Sie, wie viele das Rennen beenden werden?«
»Ich bin nicht sicher.«
»Versuchen Sie's mit fünfzehn bis zwanzig.«
»Das werden gute Bilder«, sagte Barbara.
»Ja, außer, Sie sammeln die Fahrer tot aus den Bäumen.«
»Das wird wohl kaum geschehen.«
»Ach wirklich nicht? Sehen Sie sich diese Karte an. Abfahrt ›Oh My God Road‹. Wissen Sie, warum man sie ›Oh My God Road‹ nennt? Sind Sie die mal langgefahren? Versuchen Sie's mal auf dem Rad, ohne die Kontrolle über die Geschwindigkeit zu verlieren. Da ist kilometerweit keine Leitplanke zu sehen. Und es ist alles Schotter. Eine falsche Bewegung und man pult sich noch auf dem Weg zum Himmel die Kiesel aus dem Gebiss.«
»Wir haben ...«
»Guanella Pass. Oben unbefestigt. Der Temperaturwechsel mitten im Sommer alleine bringt einen um. Das sind 3600 Meter, oder? So ungefähr. Was ist mit dem Hoosier Pass am Ende des Tages im späten Juli? Wollen Sie jedem Fahrer einen Blitzableiter mitgeben? Wenn es da oben ein Gewitter gibt, kommt in Breckenridge nichts an außer einer Bande Rostbratwürstchen auf Rädern.«
»Ich verstehe das so, dass dir das Rennen nicht gefällt, Will«, sagte Hootie. »Und das, nachdem du mir diesen Vorschlag gemacht hast.«
Lisa Shannon wurde vor Wut und Ablehnung dunkelrot.
»Das habe ich nicht gesagt«, antwortete Will. Seine Stimme und sein Blick waren fest. »Ich sage nur, dass von der logistischen Seite her besser alles ganz sauber vorbereitet ist und drei Dinge bereitstehen – Alternativpläne, ein verdammt großer Besenwagen, und eine Ambulanz. Ach ja, und mindestens eine mitfahrende, gut ausgerüstete medizinische Betreuung innerhalb der Absperrung.«
»Absperrung?«, fragte Barbara.
»Ja. Ich nehme an, und korrigieren Sie mich, wenn ich Unrecht habe, Ken, dass Sie sich eine bewegliche Absperrung vorstellen, richtig? Die Colorado State Patrol sichert die Straßen anderthalb Kilometer vor den Spitzenreitern und anderthalb Kilometer hinter dem Feld? Etwas in der Art?«

»Wir haben den Zeitrahmen schon abgesteckt. Jeder Fahrer, der fünfzehn Minuten hinter dem Hauptfeld fährt, aus welchem Grund auch immer, wird aus dem Rennen genommen. Aber, ja, Sie sehen das richtig. Wir sperren die Straßen dort, wo das Rennen ist. Die State Patrol sieht das ziemlich gelassen.«

»Wie lange, denken Sie, wird das gesamte Feld brauchen, um an einem Punkt vorbeizufahren?«

»Zum Ende hin werden es irgendwo zwischen zwanzig und fünfundvierzig Minuten sein. Höchstens.«

»Okay.« Will nickte und hüllte sich in Schweigen. Er starrte auf die Karte und das Höhenprofil.

Nach ein paar Minuten ungemütlicher Stille fragte Barbara: »Haben Sie ein Problem mit der Sache, Will?«

»Hm? Nein. Nein. Es wird hart, verdammt hart. Es ist sicher mehr als ich gedacht habe, aber es kann klappen. Hat eine Chance, das Paris–Roubaix von Amerika zu werden, nicht wahr, Ken?«

»Das sollten Sie wissen. Ich kann es nur hoffen.«

»Wir auch«, sagte Hootie leise.

»Kein Zweifel, Hootie. Das ist ein Wahnsinnsrennen, um ein Rad zu testen. Wenn du einen unter den fünf besten platzierst, wirst du was haben, womit du wirklich angeben kannst. Es ist nicht Europa, aber es wird Aufsehen erregen.«

»Das hat mir schon mal jemand gesagt.«

»Wahrscheinlich Lisa«, sagte Will tonlos und deutete mit einem Finger in ihre Richtung.

Sie wurde wieder rot. Will lächelte in sich hinein.

»Was ist mit der Fernsehübertragung? Wie schwierig wird das?«

»Live ist in den Bergen so gut wie unmöglich, außer, Sie haben vor, die Bank zu sprengen und überall Zwischensender aufzustellen.«

»So ein Budget haben wir nicht.«

»Selbst die französische Regierung hat so ein Budget nicht«, murmelte Will. »Was hatten Sie vor?«

»Ein paar Liveschalten während des Tages. Satellitenwagen. Mikrowelle. Eine Sondersendung am Abend.«

»Haben Sie so etwas schon mal gemacht?«

»Nicht seit dem Coors Classic. Aber selbst da hat's nicht immer funktioniert.«

»Wie wäre es mit Folgendem? Eine Motorradkamera im Feld. Eine weitere bei den Spitzenreitern. Das liefert uns die Bilder. Einen Hubschrauber, Sie haben doch einen, richtig?« Barbara nickte. »Der Hubschrauber macht Bilder von Feld und Spitzenreitern, so weit er eben kommt. Auf dem Weg gibt es Landezonen, wo er sich mit einem Boten von TV6 trifft und vielleicht mit einem Tanklaster. Er gibt das Band ab, tankt, verpasst vielleicht zehn Minuten pro Stunde? Ungefähr.«

Einer der Redakteure, den Will nicht kannte, schüttelte den Kopf.

»Doch, das funktioniert. Wie Bockspringen. Ich habe gesehen, wie die das in Europa machen. Die bringen dazu auch noch Liveaufnahmen, aber das lassen wir weg. Jemand, ein Redakteur, nehme ich an, hat die ganze Sache hier unter Kontrolle. Alle Bilder kommen hierher, außer den letzten. Die gehen nach Breckenridge für das Finale. Ken, was denken Sie, wann das Rennen zu Ende sein wird?«

»So zwischen vier und kurz nach fünf.«

»Okay. Wir zeigen das Finale live … nein, besser … wir warten mit dem Finale ab, nehmen uns die Stunde Zeit, um alles zusammenzuschneiden, und zeigen es um sechs, als würden wir das Ergebnis nicht kennen.«

»Das ist Inszenieren«, sagte Sessions mit warnendem Singsang.

»Nein«, sagte Barbara ruhig. »Wir inszenieren gar nichts, wir warten einfach nur ab und bauen die Spannung auf, bis die Zeit besser passt.« Sie warf Will einen verschlagenen Blick zu.

»Das ist das Showgeschäft.«

Will gestattete sich ein stolzes Lächeln.

Barbara sah den Produktionsleiter an. Noch ein Kollege, den Will erst noch kennen lernen musste.

»Könnte es funktionieren?«

Er nickte, langsam und nachdenklich. »Ja, das könnte es. Wahnsinnsidee. Kindermund. Einfach. Klar. Vereinfacht unsere Aufgabe ganz gewaltig.«

Sessions warf einen stolzerfüllten Blick auf Will. »Seht ihr – ich wusste es. Schon beim Zusehen gestern. Überlegt, auf den Punkt, kein Gelaber.«

Und Improvisationstalent, dachte Will. Er hatte während des Redens auf die Karte und das Streckenprofil gekritzelt, was diejenigen, die ihm zusahen, vielleicht für detaillierte Notizen halten mochten, aber von denen er wusste, dass sie nichts als gedankenlose Schmierereien waren. Er hatte in der Tat gelabert. Ideen in den Raum geworfen, die er sich von den Fernsehcrews in Europa abgeschaut hatte, in der Hoffnung, dass die eine oder andere davon vielleicht ankommen würde. Zu seiner Überraschung taten das alle.

Aber er wusste, dass er nur so dahingeredet hatte.

Das würde er in einer Million Jahren nicht mehr hinbekommen. Jeder Schuss ein Treffer. Und alle fiesen Blicke von der kleinen Miss Lisa waren daneben gegangen.

Will ließ seinen Blick lässig in ihre Richtung wandern. Sie sah auf die Karte hinunter und hatte ihren Stift so fest gepackt, dass ihre Knöchel weiß waren.

Sie hob ihren Kopf, sah Will an und begann zu sprechen.

»Auf der anderen Seite denke ich …«

Weiter kam sie nicht. Die Tür des Konferenzraumes sprang mit einem Knall auf und im Türrahmen stand Roger Flynn. Er war gut gebräunt, er schwitzte, und er trug die schrecklichste Golfhose, die Will je gesehen hatte, eine bizarre Farbkombination, die Mutter Natur niemals auch nur ins gleiche Land gesetzt hätte.

»Tut mir Leid, dass ich zu spät komme. Was gibt's zu unserem kleinen Radrennen?«

»Wie schön, dass Sie es klein nennen, Roger«, grummelte Barbara. »Ich freue mich, dass Sie sich überhaupt die Mühe gemacht haben zu kommen.«

»Spät, aber besser als gar nicht. Wie geht's denn so?« Roger langte nach Hooties Hand. »Roger Flynn, freut mich, Sie kennen zu lernen.«

»Freut mich …«, antwortete Hootie, aber er hielt inne, als er bemerkte, dass Roger gar nicht zuhörte, sondern schon bei Lisa Shannon war.

»*Enchanté*, meine Gnädigste«, schleimte Roger, hob ihre Hand und küsste sie direkt auf den Handrücken.

»Die Lippen würde ich abwaschen, wenn ich Sie wäre«, murmelte Will unhörbar.

»Und Sie … Sie sind …« Flynn hatte sich zu Will umgedreht. »Sie sind der Neue, das Frischfleisch, nicht wahr? Roger Flynn, Ihr Boss.«

Oh Herrgott, dachte Will, nicht schon wieder diese Scheiße.

»Will Ross«, antwortete er schnell, »Ihr Leibeigener.«

Bill Sessions verschluckte ein Lachen und verbarg seine Nase in einem Taschentuch.

»Gut, Sie bei uns zu haben, Ross«, sagte Flynn und betrachtete Will abschätzig. »Wir werden die Regeln der Sportredaktion ein bisschen später durchgehen. Was das Rennen hier anbelangt, was für Stories gibt das her? Denn offen gesagt, ich hab ziemlich bald das Broncos Trainingscamp und ich möchte wirklich nicht mit diesem Scheiß zugeknallt werden.«

Barbara Gooden erblasste ein wenig. Bis jetzt war alles so gut verlaufen. Flynn hatte nicht Unrecht. In anderen Sportarten war eine Menge los. Sessions' inspirierte Idee, Will auszuprobieren, konnte die Sache retten. Will konnte dieses Rennen übernehmen und dann später von echten Sportarten berichten, die die Leute wirklich interessierten: Football, Baseball, Basketball, Eishockey und Fußball – als ob in diesem Land irgend jemand über sechzehn sich um Fußball scherte.

Ihre Antwort saß da. Direkt vor ihr. Und er hatte seinen Namen unter ein kleines Dokument gesetzt, auf dem stand, »nach Bedarf einzusetzen.«

Roger Flynn redete immer noch von den Broncos und dem Radrennen, das seiner Meinung nach niemand sehen würde, der bei klarem Verstand war, also warum verschwendeten wir Zeit und Arbeitskraft und …

Barbara hob die Hand. »Genug, Roger. Das reicht jetzt. Ken, kriegen Sie mir jetzt keinen Schlaganfall. Wir haben zu diesem Rennen ja gesagt und der Übertragung zugestimmt. Roger, Sie werden gar nichts damit zu tun haben müssen, abgesehen von ein paar Spots im Vorfeld. Derjenige, der die Übertragung machen wird, sitzt gleich hier.«

Sie deutete auf Will. Sofort fühlte er, wie sich sein Schließmuskel anspannte wie eine Mausefalle.

Alles, was er sagen konnte, war: »Hä?«

»Will kann den Großteil der Übertragung übernehmen. Er kann sich in unser Geschäft hineinfinden, indem er uns seine Einblicke in sein Geschäft gewährt. Sein früheres Geschäft. Einfach so spontan, Will, was wäre Ihre erste Story über das Rennen?«

Er war still. Er hatte keine Ahnung, was er sagen sollte. Die Ideenquelle hatte ausgesprudelt und er saß tief in der Scheiße.

»Na ja, vielleicht ein Hintergrundbericht darüber, wie alles angefangen hat, aber Sie könnten mir auch einen Kameramann geben und mich den Kurs abfahren lassen.«

»Ich kann Ihnen dafür wirklich nicht ein paar Tage Zeit geben«, sagte Sessions.

Will betrachtete noch einmal das Streckenprofil und schluckte.

»Ich schaff das in einem, kein Problem.«

Alle außer Lisa Shannon, die Will mit unvermindertem Hass ansah, nickten. Roger Flynn sah Will mit ebensolchem Hass an, sprang auf, murmelte »ich sehe Sie im Büro«, und stürmte davon.

Klasse, dachte Will, meine Liste von Bürofeinden wächst, und ich hab doch noch kaum angefangen, hier zu arbeiten.

»Im Grunde ist es so, Bürschchen«, sagte Roger Flynn hart und stolzierte in dem kleinen Büro herum wie ein Löwe in seiner Höhle, »hier hab ich das Sagen. Ich habe nicht vor, mir von einem Neuen irgendetwas erzählen zu lassen. Du kannst sie blenden, solange du willst, mit deinem Stil oder was auch immer es ist, was du hast, aber du kommst mir nicht in die Quere, weil ich dich sonst in Stücke hacke. In Stücke. Kleine Stücke. Leicht verdaulich. Ist das klar, junger Mann?«

»Glasklar«, sagte Will und dachte über seinen nächsten Satz nach. Sollte er lieb sein oder zurückschlagen? Bei einem neuen Job sollte man vorsichtig sein und so einen Wutausbruch besänftigen, aber auf der anderen Seite war er jetzt ein Erwachsener, so erwachsen, wie er wohl je werden würde. Auf keinen Fall nannte ihn irgendjemand »Bürschchen«. Nicht einmal, wenn das bedeutete, dass dieser neue Job die Hölle auf Erden würde.

»Ich verstehe Sie, Roger, und ich entschuldige mich, wenn Ihnen das vorhin unangenehm war. Das war nicht meine Absicht.«

»Blödsinn«, murmelte Zorro, der wie gebannt auf seinen Bildschirm starrte, aber ganz offensichtlich genauso gebannt zuhörte, was sich weniger als einen Meter von ihm entfernt abspielte.

Will drehte sich um und sprach Zorro direkt an. »Keine Panik, Leute. Ich versuche nicht, irgendwen schlecht aussehen zu lassen und ich versuche nicht, irgendwem den Job wegzunehmen. Das kann ich gar nicht. Ich habe das hier noch nie gemacht und ich weiß nicht einmal, was die Jobs genau sind, oder worin ich möglicherweise gut bin.«

»Das findest du schon noch heraus«, grummelte Zorro. »Das tun sie alle.«

»Aber«, fuhr Will fort, die letzte Unterbrechung ignorierend, »ich sag euch eins: Ich lasse mich von niemandem anscheißen oder hinter meinem Rücken schlecht machen. Nicht von dir, Zorro, nicht von Ihnen, Flynn. Wenn Ihr wollt, dass ich hier verschwinde, geht zu Barbara oder Mr. Andy und sagt denen, sie sollen mich rausschmeißen. Ansonsten lasst mich in Ruhe.«

Das wurde in einem so kontrollierten Tonfall gesagt, dass Zoromski und Flynn Will reaktionslos anstarrten. Dann gab es ein Flackern in Flynns Augen und Roger öffnete den Mund, um zu reden.

Will stieß einen Finger in die Luft.

»Ah! Denken Sie nicht mal daran, Roger. Sie haben mich schon mindestens zweimal ›Bürschchen‹ genannt. Ich bitte Sie, mich nicht noch einmal herabzuwürdigen.«

»Ohhh«, sang Flynn, »mich herabzuwürdigen. Oooooh.«

»Fordern Sie mich nicht heraus, mein Freund.«

Flynn hob die Hände in gespielter Angst und ging rückwärts, womit er sich genug Zeit verschaffen wollte, sich ein neues Argument auszudenken.

»Also, *Sir*. Ist das genug Respekt, Mister Ross? Also, wir machen quotenträchtiges Fernsehen …«

Zorro lachte kurz auf.

»'Tschuldigung.«

»Wir machen quotenträchtiges Fernsehen«, fuhr Flynn fort. »Was haben Sie also, ein Typ, der keine Ahnung hat vom örtlichen Sportgeschehen, hier als Sportreporter zu suchen?«

»Wie schon Dante gesagt hat, als er die Hölle betrat, ›Glückssache‹.«

»Oh Scheiße«, jammerte Zorro, »schon wieder so ein Komiker im Büro.«

»Tut mir Leid. Klassischer Bezug. Damit können die jüngeren Zuschauer wohl nichts anfangen, was?«

»Ich jedenfalls nicht, verdammt.«

»Ich kapier's nicht«, brüllte Flynn. »WARUM? Warum Sie? Sie sind nicht mal ein Amateur. Die sollten hier Profis einstellen. Ich verstehe es einfach nicht. Ich bin ein Profi, und Sie sind ein Scheiß. Und jetzt muss ich Ihnen dabei helfen, gute Quoten zu bekommen, oder ich werde dafür verantwortlich gemacht.«

»Wie das denn?«, fragte Will.

»Klasse. Jetzt unterrichte ich auch noch Grundsätze des Fernsehens. Quoten, Dumpfbacke, Einschaltquoten. Wenn sie 'runtergehen, wenn den Zuschauern nicht gefällt, was sie sehen, wer wird dann dafür verantwortlich gemacht? Der Neue, Barbaras Busenfreund? Oder ich – das Aushängeschild? Der Typ, der vorne steht. Der Grundpfeiler.«

»Der Chef, der Boss, der große Manitu«, fügte Zorro an.

Will verschluckte ein Lachen und versuchte, sich auf Roger Flynn zu konzentrieren.

»Genau«, fuhr Flynn fort. Will lächelte.

»Und offen gesagt, ich lasse mich nicht dafür verantwortlich machen, dass Sie den Job nicht packen.«

»Das wissen wir doch noch nicht, oder?«, fragte Will ruhig.

»Ich schon. Ich weiß, dass Sie es nicht haben, und es nicht haben werden. Sie haben gar nichts, Freundchen. Sie haben nichts.«

Will blieb eine Sekunde lang ruhig und schätzte den Mann ab. Ein großes Maßband war dafür nicht nötig.

»Doch, ich habe etwas, Flynn. Ich habe tatsächlich etwas. Ich habe ein Leben. Ich habe einen Ruf, ich habe eine Vergangenheit und ich habe eine Zukunft. Ich habe ein Leben. Für mich ist das hier nur ein Job. Das ist alles. Keine Ahnung, was es genau ist, keine Ahnung, wohin es führt. Aber bei Gott, ich find's im Moment ganz okay. Sie wollen mir nicht helfen – fein. Ich murkse mich alleine durch und werde versuchen, Ihnen dabei nicht auf die Füße zu treten. Aber das eine verspreche ich Ihnen, Freundchen, Kumpel: Wenn Sie mir in die Quere kommen – wenn Sie mir ein Bein stellen – wenn Sie versuchen, mich auf irgendeine Art und Weise fertig zu machen, dann reiße ich Ihnen die Ohren ab und benutze sie als Untersetzer.«

»Das würde ich gerne sehen.«

Zorro unterbrach die beiden mit einem Räuspern.

»Äh, Roger, ich würde, äh, hier nur gern mal etwas einwerfen wollen. Ähm, ich hab da mal nachgelesen über unseren Freund hier, und jedenfalls steht im Internet, dass es circa fünfzehn Leute gibt, die diesen Typen kannten, und die jetzt ihre Geburtstage nicht mehr feiern können.«

»Ein harter Knochen, was?« Flynn rückte nah heran und schob seine Brust gegen Will. Was zum Teufel war hier los, dachte Will. Mit so etwas musste er sich nicht mehr befassen, seit er in der sechsten Klasse auf dem Spielplatz gewesen war.

Flynn war sauer. Sein Blutdruck war oben und er atmete heiß und hart in Wills Gesicht. Es war kein angenehmes Gefühl. Will konnte nicht ausweichen und Flynn drückte immer weiter. Schließlich tat Will das Einzige, was er tun konnte und er tat es, ohne nachzudenken. Er hob sein linkes Bein, führte seinen Innenrist direkt unter Roger Flynns Knie und drückte nach unten – fest.

Flynn schrie auf und sprang zurück, sein Bein festhaltend. Der Stoff seiner italienischen Hose war zerrissen und die Haut an seinem Bein aufgeschürft.

»Verdammt! Du mieser Hurensohn! Das war 'ne nagelneue Hose! Oh gottverdammt nochmal! Du Scheiß … au, verdammt.« Er mühte sich um eine aufrechte Position und machte einen Satz zur Tür.

»Sie haben es versaut. Sie haben Ihren Job jetzt schon versaut, Ihr Radrennen, Ihre Zukunft. Das wird ein schönes Leben, wenn ich erst mit Andy fertig bin. Scheiße, Sie kleines Arschloch! Sie sind tot. Sie sind wirklich tot.«

Roger Flynn drehte sich um, humpelte zum Aufzug und trat hinein, bereit, die Axt auf den Nacken des kleinen Mistkerls hinabsausen zu lassen, der in seinem Büro Sauerstoff und Platz verbrauchte.

Will sah ihm hinterher und wandte sich zu Zorro um. Zoromski hielt schnell eine Hand hoch und lauschte. Es gab ein »Rumms!«, als Flynn, oder zumindest nahm Will an, es war Flynn, die Tür zu Andys Vorzimmer direkt über ihnen zuknallte.

»Scheiße.«

Zorro schüttelte den Kopf und hielt seine Hand weiter hoch. Dann durchbrach eine Ansage die Stille des Atriums: »Barbara Gooden, Barbara Gooden, bitte kommen Sie in Andys Büro. Barbara Gooden bitte in Andys Büro.«

Sekunden später lief Barbara eilig durch das Atrium zur Treppe. Sie trat durch die Tür unten und direkt danach öffnete sie die Tür am oberen Ende der Treppe, als habe sie zwei oder drei Stufen auf einmal genommen.

Andys Bürotür öffnete sich leise und schloss dann mit einem Schnappen, das genauso laut durch die Lobby hallte wie Flynns Knallen ein paar Augenblicke zuvor.

Zorro senkte die Hand, lächelte, stand auf, ging zu Will und umarmte ihn fest.

»Oh danke, danke.« Er sah zur Decke hinauf. »Danke, Gott. Du hast mir einen Verbündeten gesandt. Danke, Gott.«

Will schüttelte den Kopf.

»Okay, Zorro, ich gehe dann jetzt mal«, sagte er sanft.

»NEIN!«, rief Zoromski, »du kannst mich jetzt nicht verlassen. Du hast dich bewiesen. Der kleine Jim-Bob war ein Arschkriecher. Er hat versucht, Flynn dazu zu bringen, mich zu feuern und ihn an meine Stelle zu setzen. Ich musste sicher sein, dass du nicht auch so einer bist, Mann. Ich musste sicher sein.«

»Und jetzt?«, fragte Will misstrauisch.

»Jetzt bist du drin. Du gehörst zum inneren Kreis. Zorros Phantomlegion. Die maskierten Reiter. Unser Ziel: den bösen Imperator Flynn zu stürzen. Was hältst du davon?«

Will hatte keine Ahnung, was er davon hielt, aber, verdammt nochmal, man nahm die Freunde, wo man sie finden konnte.

»Ich finde das ziemlich knorke.«

»Gutes Wort, knorke. Sollte ich selbst benutzen, statt geil. Oder obergeil. Oder …«

Der Lautsprecher unterbrach seinen Gedankengang, so klein er auch gewesen war.

»Will Ross. Will Ross. Bitte melden Sie sich in Andys Büro. Bitte melden Sie sich in Andys Büro.«

»Oh nein!«, quiekte Zorro, »gerade finde ich einen neuen Freund und schon bringt ihn jemand um.«

»Danke für das Mitgefühl«, murmelte Will.

»Lass den Scharfrichter nicht warten, Ross. Er ist ein nervöser Typ. Wenn er anfängt, griechisch zu schreien, geh in Deckung.«

Will nickte und ging durch die Tür zum Aufzug. Er drückte auf den Knopf und wartete. Keine Zeit. Er war schon da. Er ging hinein. Die Türen schlossen sich so schnell wie die auf dem Raumschiff Enterprise und der Aufzug schoss nach oben zum ersten Stock. War es überhaupt TÜV-genehm, sich so schnell zu bewegen?

Er hatte kaum Zeit, sich zu überlegen, wie er das alles Cheryl erklären sollte.

Hi Schatz. Erinnerst du dich noch an den neuen Job? Tja, ich auch.

Und noch immer hatte er keine Ahnung von den Benefits.

Die Türen öffneten sich geräuschlos und Will ging vorwärts. Er trat auf den Flur und Andys Chefsekretärin sah auf. Ohne ein Wort zu sagen, deutete sie auf die Tür. Will nickte, ging hinüber und packte den Griff.

Tja, dachte er, Fernsehen war nett. Zwei Tage. Zehn Stunden insgesamt. Schön.

Er öffnete die Tür.

Andy Andropoulos stand hinter seinem Schreibtisch. Beide Hände waren fest auf die Tischplatte gestemmt. Wenn er auch nur annähernd mit der Kraft drückte, die sein Gesicht ausdrückte, würde der Schreibtisch bald durch den Fußboden brechen und zur Sportredaktion hinabsausen.

»Ross, ich will eine Antwort, verdammt nochmal, und ich will sie jetzt.«

Seine Stimme war nicht laut, aber die Kraft hinter seinen Worten ließ Wills Rückgrat klappern, als hinge es an billigen Scharnieren.

»Ja, Sir«, sagte Will so laut er konnte.

Andropoulos kam hinter seinem Schreibtisch hervor, ein Mann mittlerer Größe, aber von beeindruckender Statur. Seine Persönlichkeit bestimmte den Raum. Er war wie eine Naturgewalt und kein einfacher Mann.

»HABEN SIE – haben Sie – das getan?«, er deutete auf die Stelle. »Haben Sie das unserem Sportchef angetan?«

Will sah hinüber. Flynn zeigte sein Bein und seine zerrissene Hose wie ein Ehrenabzeichen.

»Ja, Sir, das hab ich allerdings«, sagte Will, drehte sich um und sah Andy direkt in die Augen.

Andy nickte. »Okay, Roger. Sie können gehen. Den Rest erledigen wir.«

»Danke, Andy«, sagte Flynn mit einem affektierten Lachen. »Ich weiß es wirklich zu schätzen.«

Er grinste Will selbstgefällig an und verließ den Raum.

Als sich die Tür hinter Flynn geschlossen hatte, wandte sich der Geschäftsführer wieder Will zu.

»Warum haben Sie das gemacht, mein Junge?«

Will sah ihm in die Augen. Beide hielten ihren Blick.

»Er hat mich bedroht. Er hat mich in eine Ecke gedrängt, und offen gesagt, Sir, der Geruch dessen, was er zu Mittag gegessen hatte, hat mir nicht gefallen.«

Andy starrte Will eine Sekunde lang an und brach dann in Lachen aus.

»Gut! Gut gemacht, Ross. Bei Gott, gut gemacht! Scheiße, Barbara, es ist wirklich an der Zeit, dass du mal jemanden hierher geholt hast, der den Mumm hat, sich gegen diese Primadonnen zur

Wehr zu setzen. Sie sind doch keine Primadonna, oder, mein Junge?«

»Nein, Sir. Wenn ich eine Donna bin, dann höchstens sekunda oder tertia.«

»Gut. Ein bescheidener Kerl. Genau der Typ, den ich mag. Gut gemacht, Barbara. Das wird alles wunderbar laufen. Ich habe gehört, Sie haben da ein paar gute Ideen für das Radrennen, richtig?«

»Ja, Sir.«

»Werden Sie mir Geld sparen?«

»Aber ja doch.«

»Ich mag ihn. Ich mag ihn. Seien Sie morgen um neun hier, Ross. Ich möchte mich direkt nach der Chefkonferenz mit Ihnen, Barbara und Sessions zusammensetzen und herausfinden, wie wir dieses verdammte Ding drehen, ohne unser letztes Hemd dabei zu verlieren. Sie waren ein großer Star in Europa, nicht wahr? Im europäischen Radzirkus?«

»Nein, Sir. Ich habe nur ein paar Rennen gewonnen. David Hasselhoff ist ein großer Star. Ich war nur ein kleines Licht.«

»HA! Ja. Ich mag ihn. Bring Flynn zum Hinterausgang raus und erschieß ihn, Barbara. Ich habe seine Meckerei satt. Und diese Hose wird nicht mit meinem Geld ersetzt. Sie, Ross. Sie seh ich morgen um neun. Dich auch, Barbara.«

Er setzte sich wieder an seinen Schreibtisch.

»Alles klar, Andy«, sagte Barbara, stand schnell auf und zog Will mit sich. Sie gingen in das Vorzimmer und schlossen die Tür.

»Das war doch nicht so schlimm, oder?«, fragte Barbara.

»Fragen Sie mich noch einmal, wenn meine Knie zu zittern aufhören«, antwortete Will.

Die Chefsekretärin blickte nicht einmal auf. Lächelte nicht. Zeigte keine Reaktion.

Will und Barbara gingen auf den Flur und durch die Tür in das Treppenhaus, das zum Erdgeschoss führte.

»Lassen Sie sich nicht von Flynn einschüchtern«, sagte sie, »aber machen Sie auch nicht seine Anzüge kaputt, wenn Sie wissen, was ich meine. Er hat ein streitbares Temperament.«

Will nickte. »Ich kenne solche Typen. Er hat mich provoziert.«

»Das macht er gern. Sie dürfen das nur nicht zulassen.«

»Verstanden. Hey, diese Geschichte mit dem Meeting bei Andy. Ich habe Computerunterricht und irgend so 'nen Außendreh morgen früh um halb zehn. Sind wir bis dahin fertig?«

»Ich werde die Sache vorantreiben. Machen Sie sich keine Sorgen. Andy redet gern, wenn er einen mag. Bis jetzt mag er Sie.« Sie tätschelte seine Schulter. »Machen Sie das nicht kaputt.«

Sie trennten sich am unteren Treppenabsatz und Will ging zur Sportredaktion zurück, wobei er gründlich sicherstellte, dass Flynn nicht da war. Das Zimmer war leer.

Will sammelte seine Sachen zusammen und machte sich bereit, nach Hause zu gehen. Zuvor bemerkte er, dass das rote Licht an seinem Telefon blinkte. Cheryl. Mehr Tratsch. Was Lisa wohl gesagt hatte, als sie wieder im Büro war?

Konnte nichts Gutes gewesen sein, dachte Will mit einem Lächeln.

Er gab die Nummer ein. Er gab den Code ein.

Er lauschte. Sein Rückgrat verspannte sich.

»Du hast dich immer noch nicht bei mir bedankt«, sagte die Stimme leise, fast flüsternd. »Du hast dich immer noch nicht bei mir für den Job bedankt. Und das – enttäuscht mich. Sehr.«

5
Albträume

Will lag in dieser Nacht lange wach. Er war müde, aber sein Kopf war voller Ideen, Gedanken und Erinnerungen an den Tag. Der Sender, der Job, die Konfrontation mit Flynn, Zorros Meinungsumschwung, das Geld, der Vertrag, Lisa Shannon und das Rennen.

Herrgott, das Rennen.

Das war kein Rennen. Das war die Hölle auf Rädern. Er hatte etwas Ähnliches wie das alte Coors Classic erwartet: hart, anspruchsvoll, lang, viele Anstiege, aber machbar, eine Fahrt durch die Berge von Colorado, bei der jeder aufsitzen und *hallo* sagen würde. Nicht *Mord!* Das Streckenprofil war ein Tag bei der Tour, den keine Mannschaft akzeptieren würde. 225 Kilometer, der Start bei 1500 Metern. Die meisten Anstiege bei der Tour gingen gar nicht erst über 1500 Meter hinaus. Die Höhenluft am Start würde allen das letzte bisschen Sauerstoff aus der Lunge saugen. Selbst ihm, wenn er in irgendeinem Pressewagen saß. Dann kamen über 4000 Meter Anstiege dazu. Wie viele Pässe? Sieben? Acht? Auf jeden Fall zu viele.

Und er hatte angeboten, die Strecke für den Bericht an einem Tag abzufahren.

Hätte er nicht zwei Tage sagen können? Drei Tage? Ein hübscher kleiner Radurlaub? Konnte er es nicht auf einem Motorrad machen? Auf 'ner schönen großen Harley?

Er hätte auch Angst, »Oh My God« auf einer Harley herunterzufahren, aber wenigstens würden ihn so die Anstiege nicht umbringen. Man würde ihn nicht Tage später auf irgendeiner Passhöhe finden, nach Luft japsend wie ein Fisch auf dem Trockenen. Motorisiert würde er wenigstens nicht in einem Abgrund unterhalb von »Oh My God« landen. Er warf sich im Bett herum, härter, als er vorgehabt hatte.

Cheryl rührte sich neben ihm.

»Was hast du denn?«, grummelte sie.

»Keine Ahnung. Nur viele Gedanken. Schlaf weiter.«

»Du hast leicht reden. Erstens springt auf deinen Eingeweiden nicht Skippy das Buschkänguruh herum. Außerdem versuchst du nicht, neben einem Wäschetrockner zu schlafen.«

Will lag einen Augenblick lang still, um sich beide Bilder vorzustellen.

»Du brauchst einen schönen Gedanken«, murmelte sie und drehte sich so, dass sie ihn sehen konnte. Es brauchte einige Zeit.

»Was denn? Tauperlen auf Rosen? Eichelkätzchen?«

»Das heißt Eichkätzchen.«

»Ich könnte einen schönen Gedanken gebrauchen«, flüsterte Will, auch wenn er nicht wusste, warum er so leise redete. Will und Cheryl waren allein im Haus, abgesehen von Rex und Shoe, den Superhunden, die schnarchend und furzend unter dem Bett lagen.

»Schöner Gedanke. Schöner Gedanke«, sagte sie. »Wie wär's mit dem? Ich hab's dir schon beim Abendessen erzählt, aber du hast es anscheinend vergessen: Lisa Shannon kam heute ins Büro zurück und sah aus, als habe sie eine Woche lang ohne Sonnenschutz Urlaub auf Honolulu gemacht. Irgendeine Ahnung, wer ihr das angetan hat? Du hast ihr das angetan.«

»Ich habe ihr gar nichts angetan. Ich habe sie nur angesehen.« Er machte eine kurze Pause. »Mit unverstelltem Hass und der Hoffnung, dass ein Bauernhaus aus Kansas vom Himmel fallen und auf ihr landen würde, und dass dann ihre Füße einschrumpeln und ich die roten Schuhe bekomme.«

»Jetzt redest du irre. Du bist müde. Laut Nancy, und die hat es von Hootie, und der musste mit ihr zurückfahren ...«

»Also ungefähr um acht Ecken herum.«

»Egal, jedenfalls ist es toll. Den ganzen Rückweg hat sie über dich gemeckert. Wie konnten die nur auf dich hören? Wie konnte der

Sender dir einen Job geben? Wie konnten die denken, dass du ein Experte bist, wenn du offensichtlich von nichts eine Ahnung hast?«

»Ist das so offensichtlich?«

»Nur wenn du was getrunken hast. Aber sie ist mit einem Plan für dieses Rennen in dieses Meeting gegangen. Übertragung. Kameras. Sponsoren. Sie wollte Bosco Bikes ganz vorne in der Mitte platzieren.«

»Ein bisschen schwierig, wenn man die Kameras nicht kontrolliert.«

»Ich weiß. Aber – sie hatte einen Plan. Sie wollte das Rennen übernehmen und den Fernsehleuten sagen, wie sie es zu machen haben. Aber sie konnte ihren Plan nicht loswerden, weil du ihr die Show gestohlen hast.«

»Ich habe nur so dahingeredet. Es ist einfach richtig herausgekommen.«

»Dann war es nicht dahingeredet. Will, alle wissen, dass du mehr als jeder andere im europäischen Rennzirkus auf die Medien geachtet hast. Du hast sie beobachtet. Du hast zugehört. Du hast auf das geachtet, was sie getan haben. Deswegen fanden sie dich vor zwei Jahren auch so toll. Du hast sie nicht abgewiesen. Es war dir wichtig, dass sie ihre Stories bekamen.«

»So wichtig auch wieder nicht.«

»Es hat gereicht. Und offensichtlich hast du genug Informationen zusammengesammelt, um einen vernünftigen Plan zu präsentieren.«

»Vielleicht habe ich ja Organisationstalent.«

»Nicht, wenn man sich deine Sockenschublade ansieht.«

Er beugte sich vor und kniff sie in den Arm. »Hey, ich bin auf deiner Seite«, sagte Cheryl. »Denk dran. Und weck Beppo nicht auf. Der kleine Mistkerl hat aufgehört, herumzuhüpfen und ich kann endlich mal auf andere Gedanken kommen.«

»Das hat dich doch gerade in Schwierigkeiten gebracht, oder?«

Jetzt war sie an der Reihe, ihn zu kneifen.

»Auge um Auge.«

Will sank auf sein Kissen zurück und rieb sich den Arm.

»Sie war also sauer, was?«

»Lisa? Total. Ich hab's nicht gesehen. Mich meidet sie, aber Nancy hat gesagt, sie war auf Hundertachtzig.«

»Aber warum? Ich meine, sie hat doch gewonnen, oder? Sie hat den Job bekommen.«

»Ja, aber du bist nicht tot«, sagte Cheryl, drehte sich auf die linke Seite und versuchte, eine bequeme Position zu finden. »Es reicht nicht, dass sie Erfolg hat. Alle anderen müssen versagen. Es ist sozusagen die Daffy Duck-Variante des Lebens.«

»Aber Daffy verliert immer.«

»Genau. Schlaf jetzt.«

Sekunden später schnarchte sie leise. Will lächelte. Bilder von Daffy Duck tanzten durch sein Gehirn. Ducks Gesicht sah allerdings ein wenig so aus wie die Wasservogel-Version von Lisa Shannon.

Er erinnerte sich verschwommen an eine alte Episode. Bugs und Daffy diskutierten, während Elmer mit einer geladenen Schrotflinte und einem dämlichen Gesichtsausdruck daneben stand.

Er brauchte mehr Kabelkanäle, damit er all diese Folgen wiedersehen konnte.

Er brauchte. Er brauchte. Er brauchte …

Augenblicke später schnarchte auch er.

Vor dem kleinen Häuschen stand ein unauffälliger Kleinwagen, einer, den man auf dem Weg zur Arbeit jeden Tag sehen konnte, ohne je das Modell, die Farbe oder den Insassen zu bemerken.

Was natürlich ein Teil des Problems war, dachte er.

Er war nie bemerkt worden. Vom ersten Tag an nicht. Und jetzt das: Er war gezwungen, um Dank zu bitten. Mehr hatte er gar nicht gewollt. Ein kleines Danke für gute Arbeit.

Es hatte wunderschön funktioniert. Besser als wunderschön eigentlich. Es hatte genauso gezündet wie geplant, das Gesicht des Ziels geschwärzt. Auch wenn es nicht das Ziel gewesen war, das er sich ursprünglich erhofft hatte, es war dennoch ein Ziel gewesen. Es hatte ordentlich geknallt und eine Menge unwissender Kommentare im Fernsehen und in den Zeitungen ausgelöst, einschließlich eines netten Fotos des Mechanismus auf der Titelseite der *Post*, das den inneren Aufbau sehr detailliert zeigte.

Aber während die Bombenexperten von Denver sich die Köpfe über diese Innereien zerbrachen, wusste nur er, dass der eigentliche Mechanismus von der Magnesiumflamme verbrannt worden war, die einen Haufen kompliziertes, rätselhaftes Zeug und eine 9-Volt-Batterie hinterlassen hatte.

Das alles realistisch aussehen zu lassen hatte länger gedauert, als das Gerät selbst zu bauen. Jetzt war es in den Händen der Ermittlungsbehörden von Denver oder einer Spezialeinheit, und die nahmen es auseinander und versuchten zu erkennen, was sie da hatten. Wie lange würden sie brauchen, um zu merken, dass es ein Irrgarten ohne Mittelpunkt war?

Nicht allzu lange. Nur lange genug, um Spaß zu machen.

Sie würden sich auch über die Pausenbrotbüchse Gedanken machen. Was bedeutete Bibo auf einem Rad? Die Sesamstraße? Eigentlich gar nichts. Er hatte sie nur zur Hand gehabt und sie hatte seiner Laune entsprochen.

Er fragte sich auch, wie lange es dauern würde, bis sie aus der Beweismittelaufbewahrung verschwand. Wie lange, bis jemand den Sammlerwert der Büchse erkannte und sie klaute? Abgesehen von dem Brandfleck auf der Unterseite schien die Büchse selbst die Sache gut überstanden zu haben.

Eine kleine Reinigung und auf geht's zu einer dieser Sammlerbörsen, die ständig in der Innenstadt stattzufinden schienen. Sie sollte wieder dorthin zurück. Schließlich hatte er sie dort gefunden. Nur, um den Kreis zu schließen.

Er unterbrach seinen Gedankengang und lauschte. Die Nachbarschaft war still. Das war jetzt seit einiger Zeit so, aber er wartete noch. Er spürte Bewegung. Er nahm sich die Zeit, bis sie sich beruhigte.

Sollten sich die Hunde in der Nachbarschaft an seinen Geruch gewöhnen.

Sollte das Auto schlafen. Sollte es ein natürlicher Teil der Nachbarschaft und ihrer nächtlichen Geräusche werden.

Es gab keinen Verkehr. Er hatte sich nicht ein Mal auf die Sitze ducken müssen, seit er hier war.

Er griff hinüber zu der Plastiktüte auf dem Beifahrersitz und zog mit behandschuhter Hand ein einzelnes Blatt Papier heraus. Leise stieg er aus und lehnte die Tür nur an.

Kein unpassendes Geräusch. Nur die Geräusche der schlafenden Nachbarschaft und die entfernten Geräusche der Stadt in den letzten Minuten der Nacht, in den letzten paar Augenblicken vor der Morgendämmerung.

Er überquerte schnell die Straße und blieb auf dem Bürgersteig stehen. Er hörte nichts, abgesehen vom natürlichen Rhythmus der Nachbarschaft, die schlief.

Lässig ging er die paar Schritte bis zum Gartenweg und glitt ihn leise entlang bis zur Tür. Ohne etwas zu berühren, schob er das einzelne Blatt zweimal gefaltet in den Schlitz zwischen Tür und Türrahmen.

Es steckte fest dazwischen.

Ohne Pause wandte er sich um und ging schnell, aber nicht gehetzt, zurück zum Bürgersteig und über die Straße zum Auto. Er rutschte hinter das Steuerrad und ließ den Motor an. Schnell, aber ohne Hast, fuhr er die Straße hinunter. Als er um die Ecke war, drückte er die Fahrertür auf und ließ sie richtig zufallen.

Er hatte alles so getan, dass er nichts als ein weiteres Geräusch der Stadt am Morgen war, der erste Nachbar, der früh zur Arbeit musste, ungewöhnlich, aber möglich, der erste Nachbar, der die nächtliche Stille durchbrach. Der erste Nachbar, der einen neuen Tag begann.

Nur ich. Er lächelte. Nur ein Nachbar.

Mit einer kleinen Erinnerung für einen Freund.

Einen Freund, den er jetzt plötzlich kennen lernen wollte.

Ein neuer Freund.

Das Auto fuhr um eine Ecke und er beeilte sich, um die grüne Ampel an der Colorado zu erwischen. Er fuhr nach Norden in Richtung Museum, dann wieder Richtung Westen zur Stadt, nach Hause, zum Schlaf.

Er lächelte.

Dieser Zettel würde endlich für Aufmerksamkeit sorgen.

Dieser Zettel würde einen Star aus ihm machen.

Dieser Zettel würde ihn an seinen neuen Freund binden.

Dieser Zettel würde eine spektakuläre Karriere zünden.

»Zünden«, sagte er verächtlich. Er lachte laut.

Das Geräusch wurde aus dem Auto getragen und in die Nacht an der Kreuzung Achtzehnte und York hinein. An der Ecke City Park erwischte er eine grüne Ampel und eilte dann nach Hause.

Die leichte Morgenbrise fing sich in dem einzelnen Blatt und ließ es sanft von seinem Ausguck in der Ritze der Tür winken. Es bewegte sich hin und her, aber es lockerte sich nicht. Es blieb dreieinhalb Stunden dort hängen, bis Will Ross, in einer Elch-und-Kiefern-Boxershorts aus der Tür gestolpert kam, um die *Rocky* und die *Post* zu holen. Er übersah den Zettel als er die Tür öffnete und sich das einzelne Blatt plötzlich löste und auf die zweite Stufe fiel, wo es ihm nicht direkt im Blick lag.

Er hob die Zeitungen auf und ging wieder hinein. Den Zettel bemerkte er erst, als er ihm an der Fußsohle kleben blieb. Er löste ihn, hielt ihn in seiner Benommenheit für einen Teil der Zeitung, und stampfte wieder ins Haus. Er machte den größten Lärm, den die Nachbarschaft in den letzten sieben Stunden gehört hatte.

Er ging in die Küche, schenkte sich einen Becher Kaffee ein, setzte sich, und begann die *Rocky* zu lesen.

Als er sie fertig hatte, war auch der Kaffee zu Ende und er schenkte sich nach. Als er sich zurücklehnte, um mit der *Post* anzufangen, bemerkte er das Blatt Papier.

Ohne richtig hinzusehen nahm er es und faltete es mit einem Handschnippen auf. Mit der anderen Hand führte er den Kaffeebecher zum Mund. Als er zu lesen begann, blieb ihm der Kaffee im Hals stecken und er beförderte den Schluck in hohem Bogen auf den Küchenfußboden.

Rex und Shoe kamen angerannt um zu sehen, was diese interessanten Geräusche hervorgerufen hatte.

Will starrte auf den Brief und spürte, wie seine Hände klamm wurden und ihm der Atem stockte.

Er legte den Brief auf den Tisch und entfernte sich vorsichtig, als würde jede Bewegung, jedes Rütteln dieses einzelne Blatt Papier entzünden.

Zuerst wandte er sich in Richung Schlafzimmer, als ob er Cheryl holen wollte. Er hielt inne, dachte nach, rieb sich die Stirn in dem Versuch, den Kopf klar zu bekommen, und dann ging er schnell zum Fenster, um nachzusehen, ob er aus irgendeinem Grund beobachtet würde.

Die Straße war still.

Er rieb sich die Augen, dann die Stirn und die Haare, ging zurück in die Küche, nahm den Telefonhörer in die Hand und rief die Notrufnummer an.

Nachdem er den Hörer wieder eingehängt hatte, hatte er Zeit, die Notiz zwanzig Mal durchzulesen und nach jedem Lesen durch das Wohnzimmer zu laufen, bis der erste Polizeiwagen kam.

An diesem Morgen kam er nicht mehr zur *Denver Post*.

Er schaffte es kaum vor Mittag ins Büro.

Der Brief hatte sein Aufgabe erledigt.

Mein lieber Mr. Ross,

herzlichen Glückwunsch zu Ihrer neuen Position bei TV6 Nachrichten.

Ich würde meinen, es ist ein ziemlicher Coup für einen Mann ohne Erfahrung, eine so wichtige Position bei einem großen TV-Sender zu bekommen.

Auf der anderen Seite kann so eine Position nicht erlangt werden, ohne dass ein Job plötzlich frei wird. Wie Ihrer frei wurde.

Plötzlich.

Sie sollten immer denen danken, die für Ihr Glück verantwortlich sind. Das ist nur höflich. Und es macht mich wütend, wenn Angelegenheiten der Höflichkeit wie diese so ignoriert werden.

Ich lasse mich nicht ignorieren, Mr. Ross. Sie schulden mir Ihren Dank. Genauso, wie Crooked Lake mir seinen Dank schuldet für die spektakulärste Feier zum Nationalfeiertag, die es je erlebt hat.

Denken Sie darüber nach, Mr. Ross.

Denken Sie darüber nach.

6
Ist doch nichts dabei

Um zehn war die Polizei wieder weg, zusammen mit dem Brief und hunderten von Fingerabdrücken, die sie an der Tür zu Wills Haus gefunden hatten. Alles seine, dachte Will. Cheryl benutzte die Vordertür selten, wenn überhaupt.

Der Kaffee war auch weg, aber dabei hatte Will geholfen.

Was Will mehr als alles andere störte, was in seinem Inneren nagte wie jemand, der ihm beim Sprint den Weg abgeschnitten hatte, war, dass ihn niemand ernst genommen hatte, bis er Crooked Lake erwähnte. Dann, und erst dann, wurde es ernst, und auf einmal rannten und brüllten eine Menge Leute herum.

Leute riefen und stapften durch sein Haus, als ob es ihnen gehörte. Es gehörte ja nicht einmal ihm, sondern irgendeiner Bank in Dallas. Er wünschte sich, ein Bankangestellter wäre da und würde ihre Investition schützen. Polizisten saßen an seinem Küchentisch, tranken seinen Kaffee und ließen ihn nicht einmal zu Ishmael's gehen, um sich einen frischen Latte zu holen.

»Haben Sie etwas gehört?«

»Nein.«

»Wo waren Sie?«

»Ich habe geschlafen. Sozusagen.«

»Bitte?«

»Ich habe gestern Nacht nicht gut geschlafen.«

»Haben Sie etwas gehört?«

»Nein.«

»Was wissen Sie über Crooked Lake?«

»Nur das, was ich in der Zeitung gelesen habe.«

»Und das wäre?«

»Dass ein Feuerwerk zum Nationalfeiertag in die Luft gegangen ist und der Feuerwerker getötet wurde. Dass jede Fensterscheibe in der Stadt von der Explosion kaputt gegangen ist. Dass eine Menge Leute durch die Druckwelle und die herumfliegenden Glassplitter verwundet worden sind. Drei oder vier Herzinfarkte. Eine Menge Leute mit Hörschäden. Das ist es, was ich in der Zeitung gelesen habe.«

Detective Raymond Whiteside kam herein und flüsterte einem Beamten etwas zu, der in dem kleinen Vorderzimmer die Überreste des Abendessens untersuchte.

»Also, ich glaube nicht, dass er im Haus war«, rief Will ihm zu.

Whiteside lächelte und kam in die Küche, gab Will die Hand und machte dann eine Geste, ob er sich setzen durfte. Will nickte.

»Guten Morgen, Mr. Ross. Es tut mir Leid, dass wir hier so herumwühlen müssen, aber das hier ist eine ernsthafte Ermittlung. Wir müssen herausfinden, ob das in irgendeiner Weise im Zusammenhang mit der Explosion von Crooked Lake steht.«

»Ich dachte, das war ein Unfall«, meinte Will.

»Tja, das haben wir auch gedacht, aber das war es vielleicht doch nicht.«

»Was bedeutet das?«

»Es bedeutet, dass es vielleicht geplant war, Absicht – eine Bombe. Wir wissen es nicht. Bis heute morgen haben wir ehrlich gesagt gar nichts gewusst, Mr. Ross. Wir hatten nur unsere Vermutungen. Augenzeugenberichte vom See haben uns an den ersten Meldungen zweifeln lassen. Sehen Sie, denen habe ich von Anfang an nicht geglaubt, einfach deswegen, weil das Schießpulver in einem Feuerwerk sich nicht so verhält. Sprengstoff für militärische Zwecke schon, aber Schießpulver und Feuerwerk, selbst private Mischungen, nicht. Die haben nicht die Kraft, den Knall, den Wumm.«

»Den was?«

»Die Explosionskraft. Belassen wir es einfach dabei«, sagte Whiteside. »Hatten Sie noch weiteren Kontakt mit der Person, die den Zettel hinterlassen hat?«

»Nicht, dass ich wüsste, na ja, keinen Zettel, aber ich habe zwei seltsame Anrufe im Büro bekommen …«

»Wo arbeiten Sie?«

»Bei TV6. Ich habe vor zwei Tagen in der Sportredaktion angefangen. Ich hatte an beiden Tagen Anrufe.«

»TV6?«

»Ja.«

»Sport?«

»Ja. Also, ich habe zwei Anrufe auf den Anrufbeantworter bekommen. Jeden Tag einen, und bei beiden hieß es so ungefähr das Gleiche, was auf dem Zettel gestanden hat: ›Sie sollten mir dankbar sein.‹ Als ob ich ohne seine Hilfe den Job nicht hätte.«

Whiteside legte mit seinen Notizen eine Pause ein und tippte mit dem Bleistift auf den Notizblock.

»Hat Ihnen jemand dabei geholfen, den Job zu bekommen?«

»Nicht, dass ich wüsste.«

»Wie hat er geklungen?«

»Was? Wie ein Spinner, so hat er geklungen.«

»Sind die Nachrichten noch auf Ihrem Anrufbeantworter gespeichert?«

Will dachte kurz nach. Er schüttelte den Kopf.

»Die zweite vielleicht. Ich weiß nicht, ob ich die gelöscht habe. Die erste habe ich gelöscht, als ich versucht habe zu verstehen, wie das Telefonsystem funktioniert. Tut mir Leid.«

»Dürfen wir das Telefon überprüfen und Ihre Nachrichten abhören?«

»Gern. Ich habe schon im Sender angerufen und die Situation erklärt. Ich habe gesagt, dass ich später komme. Sie haben gemeint, sie kümmern sich um alles, wenn Ihre Männer …« Will bemerkte, wie sich eine Polizistin in der Küche zu ihm umdrehte. Er wurde rot und stotterte. »Wenn Ihre Leute kommen.«

Die Polizistin lächelte nur und wandte sich wieder ihrem Notizblock zu.

»Wir kennen die meisten Leute bei TV6«, sagte Whiteside, »von unseren Ermittlungen Anfang der Woche.«

»Denken Sie wirklich, das hat etwas miteinander zu tun?«

»Für mein Gefühl ist es ein bisschen zu sauber, aber es könnte sein. Crooked Lake war vielleicht nur ein großes Feuerwerk. Vielleicht war es ein Unfall. Wir sind immer noch nicht sicher, was dort passiert ist. Die meisten Hinweise sind im See und um ihn herum verstreut. Die Rauchbombe im Sender war vielleicht ein Köder, um unser Interesse zu wecken. Könnte auch ein Nachahmer gewesen sein – wozu ich im Augenblick tendiere. Wir wissen es einfach nicht. Wir haben nichts weiter als einen Zettel, und wenn Sie sie gespeichert haben, vielleicht eine Nachricht von jemandem, der dringend Aufmerksamkeit will …«

»Vielleicht ist sie da, ich kann nicht …«

Cheryl kam in die Küche. Am Anfang war sie noch unten dabei gewesen, aber dann hatte man ihr erlaubt, nach oben zu gehen, sich zu duschen und sich für die Arbeit fertig zu machen.

»Haben Sie schon herausbekommen, was los ist, Officer?«, fragte sie Whiteside direkt.

»Nein, Ma'am«, antwortete er und stand auf, als sie eintrat, »noch nicht ganz, nein.«

»Brauchen Sie mich noch?«

»So lange wir Ihre Aussage haben …«

»Haben wir, Ray«, sagte die Polizistin.

»Dann können Sie gehen, Mrs. Ross. Officer Phillips wird Sie nach draußen zum Wagen begleiten, wenn Ihnen das Recht ist.«

»Schon gut.«

»Die Garage ist doch schon überprüft, oder, Phillips?«

»Ja. Und beide Wagen.«

»Dann können Sie gehen, Mrs. Ross, aber«, er zog eine Visitenkarte aus der Tasche, »bitte rufen Sie mich oder mein Büro an, wenn Sie irgendetwas Ungewöhnliches bemerken.«

»Sie meinen, etwas Ungewöhnlicheres als heute früh?«

»Irgendetwas. Jederzeit.«

Will stand auf und umarmte Cheryl lang und eng. Es war für sie und für Beppo, der immer noch in seiner Originalverpackung lag. Er flüsterte ihr ins Ohr: »Sei vorsichtig. Ich weiß nicht, was ich ohne dich tun sollte.«

Sie richtete sich auf und sah ihn an. Zum ersten Mal seit langer

Zeit war die Maske natürlichen Selbstvertrauens, die sie trug, verrutscht. Unter dem Makeup hatte sie rotgeränderte Augen. Sie hatte genau solche Angst wie er, vielleicht noch mehr, denn sie hatte noch mehr zu verlieren.

»Wer das auch ist, er scheint hinter dir her zu sein. Ich halte die Augen offen, aber du, Will, du musst echt aufpassen. Du musst auf alles um dich herum achten. Sei vorsichtig, bitte. Wir, und ich meine wirklich *wir,* brauchen dich. Sehr.«

Er nickte. Sie ging zusammen mit Officer Phillips zur Tür, warf einen letzten Blick auf Will, lächelte, winkte, und trat in den Sonnenschein des Vormittags hinaus.

»Ich passe auf«, sagte er zu ihrem verschwindenden Geruch, ohne im Herzen wirklich zu wissen, was das bedeuten sollte. Das sagte er schon sein ganzes Leben lang, aber anscheinend lief er jeden Tag durch Minenfelder und hatte mehr aus Zufall überlebt, und deswegen, weil das Glücksrad des Lebens nicht bei seiner Zahl gestoppt hatte.

Man hatte auf ihn geschossen, Bomben gelegt, ihn mit Messern aufgeschlitzt, vergiftet, geschlagen und ihm einen gemeinen Tod gewünscht. Und das waren nur die Radgeschichten. Der Rest seines Lebens war eine Reihe von Missgeschicken, die für einen Werbespot einer Versicherung getaugt hätten.

»Lassen Sie nicht zu, dass Ihnen so etwas passiert …«

»Was? Lassen Sie was nicht zu?«

»Nichts. Nur so ein Gedanke. Zu wenig Schlaf, nicht genug Kaffee.«

»Also, wenn dieser Gedanke zufällig etwas mit dem Fall zu tun hat, dann hoffe ich, Sie teilen ihn mir mit.«

»Das mache ich«, antwortete Will. »Versprochen.«

»Hm. In Ordnung«, murmelte Whiteside. »Würde es Ihnen etwas ausmachen, wenn ein paar Beamte mitkommen und diese Nachricht abhören? Und vielleicht heute ein Auge auf Sie werfen?«

»Nein, gar nicht. Die werden sich zu Tode langweilen, aber sie dürfen gerne mitkommen. Ich mache noch nicht so viel im Büro. Zumindest nichts, was interessant ist.«

»Sie sind nicht da, um sich für Ihren Job zu interessieren. Sie haben ihren eigenen Job zu erledigen.«

»Fein. Ich freue mich über die Gesellschaft.«

»Wie es scheint, haben Sie bereits Gesellschaft, Mr. Ross«, sagte Whiteside unheilvoll.

Will lächelte ein unglaublich falsches Lächeln, das nicht verbergen konnte, was er in seinem Inneren empfand.

»Na toll«, murmelte er, schüttelte dem Detective die Hand und führte ihn zur Tür.

An der Tür stoppte er Whiteside, indem er ihm die Hand auf den Ellbogen legte. »Hören Sie, Officer …«

»Detective.«

»Detective, ich muss es wirklich wissen: Werde ich heute eine Autotür aufmachen oder niesen oder pinkeln und dabei in die Luft gehen?«

Der Detective seufzte und wollte nicht preisgeben, was er dachte, aber gleichzeitig auch diesen Mann nicht den ganzen Tag im Unklaren lassen, wenn es wirklich nichts gab, worum er sich Sorgen machen musste.

»Schauen Sie, Ross«, flüsterte Whiteside, legte Will seine Hand auf die Schulter und beugte ihm seinen Kopf entgegen, »ich glaube, wir haben hier einen Stalker. Vielleicht einen Trittbrettfahrer, der von der Sache in Crooked Lake begeistert war, aber am Ende nicht die Expertise besitzt, es ihm nachzumachen.«

»Toll. Ich bin sein Übungsfeld.«

»Nein, nicht wirklich. Er will nur Aufmerksamkeit. Von einem Fernsehstar.«

»Ich hab doch noch gar nichts gemacht.«

»Machen Sie sich keine Sorgen um ihn. Wir überwachen einen oder zwei Tage lang Ihr Haus und den Sender. Sie sollten ein bisschen aufmerksamer sein als sonst. Aber darüber hinaus gibt es nicht viel, was wir tun können.«

»Bis er jemandem etwas antut.«

»Nun ja. Ich glaube nicht, dass das passiert. So kommt mir die Sache einfach nicht vor. Er will Aufmerksamkeit. Er will, dass Sie sich bei ihm bedanken.«

»Also, was soll ich tun?«

»Bedanken Sie sich bei ihm«, sagte Whiteside einfach. Dann lächelte er, wandte sich um, und ging die Stufen hinunter.

»Wir werden unsere Ermittlungen draußen weiterführen, Mr.

Ross«, sagte Officer Phillips. »Wenn Sie zur Arbeit fahren wollen, sagen Sie uns einfach Bescheid und dann werden zwei Beamte mit Ihnen zum Sender kommen und diese Nachricht abhören.«

»Kann ich auch einen Strafzettel kriegen, wenn sie dabei sind?«

»Die werden Ihnen den wahrscheinlich persönlich ausstellen.«

»Danke«, sagte Will, winkte Whiteside zu, der schon halb den Weg hinuntergegangen war, und schloss die Tür. Das Haus, in den vergangenen vier Stunden lang voller Geschäftigkeit, war jetzt plötzlich still.

Trotz der Polizisten, die das Haus umringten, hatte sich Will selten so allein gefühlt.

Aber dann ließ ihn eine Erkenntnis erschaudern. Er war gar nicht alleine, oder? Die dachten vielleicht nicht, dass das eine so große Sache war, aber es ließ eine eisige Hand sein Rückgrat entlang wandern.

Was für eine Art, den Tag zu beginnen.

Barbara Gooden ging in ihrem Büro auf und ab und drehte eine Locke auf der Rückseite ihrer Haarspray-fixierten Frisur ein, bis sie etwa die Größe der Feder in einem Kugelschreiber hatte.

Sie zog den Finger aus dem Haar und unglaublicherweise sauste die Strähne sofort an ihren Platz in der perfekten Frisur zurück.

»Tja, die Frage ist jetzt: Was machen wir?«

Bill Sessions schüttelte den Kopf.

»Hier gibt es mehr als eine Frage, Chefin«, sagte er mit einer dunklen Ernsthaftigkeit in der Stimme, »wir müssen uns fragen, ob Will das Ziel ist, oder der Sender, oder unsere Leute, oder ob wir nur benutzt werden, um diesem kleinen Arschloch so viel freie Sendezeit zu verschaffen, wie sein Ego verträgt. So sieht es für mich aus.«

»Du hast natürlich Recht, es ist eine Menge Holz, allein schon was den Sender betrifft …«

»Und mich«, fügte Will leise hinzu, »und mich.«

»Ja, natürlich, Will«, sagte Bill Sessions zustimmend. »Wir wissen, dass Sie der primäre Kontakt sind.«

»Will, im Augenblick denke ich«, überlegte Barbara, »der Kerl mag Sie. Ich weiß nicht, ob Sie überhaupt ein Ziel sind. Psychologisch betrachtet, denkt er wohl irgendwie, dass Sie sein persönlicher Medienkontakt sind, so etwas wie sein Pressesprecher, wenn er die Sache richtig anpackt.«

Will lächelte.

»Tja, das ist alles schön und gut, aber ich will nicht sein Pressesprecher sein und ich will nicht, dass er mich verfolgt und nur darauf wartet, mir eine Rohrbombe in den Hintern zu schieben, wenn ich ihn wütend mache. Und – entschuldigen Sie, dass ich das frage, aber wo haben Sie denn Psychologie studiert?«

»Die Polizei von Denver scheint ziemlich überzeugt davon zu sein, dass der Kerl nur einer von diesen Typen ist, die Aufmerksamkeit erregen wollen. Sie sind nur zufällig zur richtigen Zeit am richtigen Ort gewesen«, sagte sie, seinen Sarkasmus ignorierend, »so wie wir. Er will ins Fernsehen kommen. Er wird sich Crooked Lake anrechnen und auch noch behaupten, er habe Abraham Lincoln erschossen, wenn das hilft.«

»Wenn es ihm dabei hilft, ein Fernsehstar zu werden? Damit die Leute sein Manifesto zu hören bekommen?«

»Etwas in der Art.«

»Toll.« Will rutschte auf dem Stuhl in sich zusammen und hoffte irgendwie, dass das Leder ihn aufsaugen und dass er verschwinden würde, einfach, zufrieden, für immer. Warum in Gottes Namen schien jeder Irre und komische Typ auf zwei Kontinenten von ihm angezogen zu werden? Was hatte er ihnen jemals angetan? Er hatte nichts weiter gemacht, als Rad zu fahren, beim ersten Mal die Falsche zu heiraten, und dann am falschen Ort zur falschen Zeit zu sein. Zum Henker nochmal. Es wurde langsam lächerlich.

»Die Polizei denkt außerdem«, fügte Bill hinzu, während er mit den Fingern auf sein Kinn trommelte und ausdruckslos in die gleißende Nachmittagssonne von Denver starrte, »dass Sie ihn angezogen haben, allein wegen Ihres Rufes. Als Fahrer sind Sie ein bekannter Name in Europa. Sie hatten eine Menge, na ja, Medienaufmerksamkeit …«

»Mord, Tod und Zerstörung, meinen Sie«, grummelte Will.

»Na ja«, fuhr Bill fort. »Und das sind genau die Dinge, die einen Typen wie den anziehen würden.«

»Na toll. Freud und Jung, die Fernsehpsychologen. Ich bin hier wirklich am richtigen Ort.«

»Reißen Sie sich zusammen, Will«, sagte Barbara scharf. »Wir sind genauso besorgt wie Sie. Wir versuchen, einen Weg durch den Irrgarten zu finden, den dieser Kerl aufgebaut hat, genau wie Sie, und wir machen uns ebenso große Gedanken um Sie wie um uns selbst.«

Will seufzte und machte eine abwehrende Handbewegung.

»Entschuldigung. Es war nur eine lange Nacht. Ein langer Vormittag. Langes alles.«

Barbara nickte zustimmend. »Das geht uns allen so. Ich stimme mit der Polizei überein, dass wir aufpassen sollten, aber wir können nicht zulassen, dass das unser Leben verändert.«

»Außer, ich fliege in die Luft.«

»Das würde Ihr Leben tatsächlich verändern«, sagte Sessions mit einem Lachen. Will lächelte ihn müde an.

»Stalker gehören zum Geschäft, Will. Ich hatte auch solche ›Fans‹, als ich noch auf dem Bildschirm war. Man hat ein Auge auf sie, man passt auf, man macht weiter, einfach so. Wenn so ein Irrer anruft, erschreckt einen das kurz, aber meistens ignoriert man die Typen. Wir müssen weiter aufpassen, aber ansonsten ist unsere große Sorge, Sie auf den Bildschirm zu bekommen. Wir müssen Sie im Sender integriert haben, bevor die Berichte über das Radrennen beginnen. Sie müssen sich mit dem Fernsehen und den Strukturen auskennen, vor dem Rennen. Sie müssen wissen, wie Sie sich auf dem Bildschirm verhalten, wie Sie einen Bericht schreiben, und wie Sie live kommentieren, wenn ich das von Ihnen brauche.«

»Ist doch nichts dabei.« Will hielt einen Moment lang inne und ein Gedanke klapperte durch seinen Kopf. Es dauerte ein paar Augenblicke, bis er sich so weit formiert hatte, dass er ihn tatsächlich packen konnte. »Werde ich wirklich kommentieren müssen?«

»Könnte sein«, sagte Bill. »Flynn macht immer noch Theater. Er sagt, Radfahren ist allen scheißegal, ganz besonders amerikanisches

Radfahren. Selbst die Radfahrer hier interessieren sich mehr für das europäische Renngeschehen. Sie sagen, es hat keine Geschichte bei uns.«

»Das stimmt nicht. Vor hundert Jahren war Amerika das Radsportzentrum der Welt. Die Champions kamen von hier. Alle kamen hierher, um zu fahren. Newark. Salt Lake. New York City. Jede Stadt hatte ein Velodrom. Wir haben nur alles den Bach 'runtergehen lassen. Wir haben aus dem Rad ein Spielzeug gemacht. Das Auto hat übernommen.«

Barbara lächelte. »Sehen Sie? Das ist genau die Art von Antwort, die ich von Ihnen will. Deswegen haben wir Sie für dieses Rennen eingestellt. Sie kennen die wirkliche Geschichte, nicht nur den Sportreporter-Blödsinn, den Flynn von sich gibt. Sie diskutieren das mit Flynn und ich will eine Kamera dabeihaben.«

»Wollen Sie auch, dass ich ihm eine 'reinhaue?«

»Nur, wenn er darum bittet. Darüber hinaus seien Sie einfach nur aggressiv und erzählen ihm, was Sache ist.«

Will schüttelte den Kopf. Gott, wie schaffte er es nur immer wieder, sich in solche Situationen hineinzumanövrieren? Warum konnte er nicht einen hübschen kleinen Job haben, bei dem er für zwanzig Cents die Stunde Joggingschuhe in kleine Kartons legte? Eine langweilige Arbeit am Fließband, bei der er um fünf nach Hause gehen konnte?

Wo waren diese Jobs?

In Mexiko. Scheiß-NAFTA.

»Okay, nachdem ich also Roger Flynn verhauen habe, was soll ich dann machen?«

»Na ja«, lachte Sessions, »dann ist es viertel nach eins.«

Will sah auf die Uhr. Es war zwölf Minuten nach eins.

»Warum werfen wir Sie nicht einfach ins kalte Wasser, Will?«, sagte Barbara nachdenklich. »Warum schicken wir Sie nicht einfach 'raus … sagen wir, na ja, morgen? Was meinst du, Bill?«

»Hast du etwas Spezielles vor?«

»Was wäre, wenn wir unseren Ex-Radrennprofi morgen die Strecke abfahren lassen? Wir schicken ihn mit Dale Dwyer zusammen los und sie fahren von Boulder nach Breckenridge. Wir schicken einen Ü-Wagen mit und senden um zwölf und um vier, und dann, wie er um fünf in Breckenridge ankommt. Wie wäre das?«

»Klingt gut.« Sessions stand auf. »Ich rede mit der Technik und sehe zu, dass wir einen Satellitenwagen mit Besatzung bekommen.« Er ging zur Tür.

»Da gibt es nur ein Problem«, rief Will ihm hinterher.

»Und welches?«, fragte Barbara, überrascht, dass jemand ihren Plan in Frage stellte.

»Na ja, sehen Sie, ich muss das verdammte Ding fahren. 225 Kilometer. Ein halbes Dutzend Bergpässe. Gut 4000 Meter Klettern. Und das alles ohne Training und dafür mit Stopps alle paar Kilometer, um vor der Kamera zu kotzen?«

Barbara und Bill starrten ihn an, als würde er vollkommenen Irrsinn reden.

»Und das Beste – ich muss es bis fünf nach Breckenridge schaffen, frisch und munter? Ist das der Plan?«

»Na ja«, sagte Gooden langsam. »Ja. Das ist der Plan. Dwyer filmt. Sie fahren. Einfach.«

»Einfach«, wiederholte Sessions. »Abgesehen davon kommen Sie so aus der Stadt und weg von Ihrem treuen Fan.«

»Logisch«, lachte Gooden.

»Logisch«, wiederholte Sessions.

»Ich bin ja froh, dass alle hier die Sache so ernst nehmen«, brummelte Will und spürte seinen Magen in Richtung Schuhsohle plumpsen.

Die Pläne wurden bereits in die Tat umgesetzt. Sessions war weg, um den Ü-Wagen anzufordern. Barbara war auf dem Weg zur Dispo, um Dale Dwyer, einen erfahrenen Kameramann, für die Aufnahmen zu buchen.

Wills Arbeit würde nicht wirklich beginnen bis heute Abend, wenn er seine Sachen für die Fahrt packte, während er zur gleichen Zeit versuchte, seine Angst davor niederzuringen.

Zu sagen, dass es Panik war, wäre untertrieben.

Plötzlich verließen alle Gedanken an den mysteriösen Fremden mit einem anscheinend verzweifelten Bedürfnis nach Dank sein Gehirn und wurden ersetzt durch die Herausforderung und die mageneinschnürende Angst vor der Strecke morgen.

Er stand auf und ging hinaus, um nach einem Rad zu suchen.
Er musste nachdenken.
Er musste fahren.

Will starrte die Decke an, sah auf die Uhr. Zwei Uhr früh. Er sah die Decke an, drehte sich um und starrte auf die Wand. Er hörte, wie Rex schnarchte und Shoe furzte.

Er drehte sich wieder um, zurück in seine Ausgangslage.

Cheryl seufzte verzweifelt.

»Kannst du nicht schlafen?«

»Nein«, antwortete er. »Du auch nicht?«

»Nicht so richtig, aber es ist auch schwer, mit einem Elfmeterschützen im Bauch und 'ner Rüttelstrecke neben sich.«

»Tut mir Leid.«

»Ist schon gut«, murmelte sie. »Ich hatte sowieso nicht so gut geschlafen. Dein Sohn oder deine Tochter, such es dir aus, ist schwer beschäftigt, und auch wenn die Polizei die Sache in die Hand genommen hat, fühle ich mich nicht sonderlich wohl bei dem Gedanken, dass dich jemand da draußen liebt.«

»Ja. Das stimmt.«

»Aber da ist noch was anderes, nicht wahr?«

»Ja«, gab Will verlegen zu. »Ja, richtig.« Er machte eine Pause und überlegte, was und wie er es sagen sollte.

»Ich habe wirklich Angst vor dem Kerl, wer auch immer er ist. Dass er uns beobachtet. Dass er uns gefunden hat. Dass er – da draußen ist. Die Polizei nimmt ihn nicht besonders ernst, der Sender auch nicht, aber ich schon. Ich weiß nicht, warum, aber ich tu's. Und außerdem habe ich auch noch Angst vor diesem Job. Ich hab so was noch nie gemacht. Flynn hat doch Recht. Die stellen irgendwelche Trottel von der Straße ein. Ich habe von nichts eine Ahnung. Und dann habe ich Angst vor morgen. Ich muss um sieben im Sender sein und nach Boulder fahren und dann 225 Kilometer durch die Berge gurken.«

»Das kennst du doch.«

»Früher, meine Liebe, früher mal«, sagte er und tätschelte ihren Arm. »Nach monatelangem Training. Ich weiß nicht einmal, ob ich schon mal so eine Strecke gesehen habe.«

»Du schaffst das. Wann musst du am Ziel sein?«

»Irgendwann im Laufe der Fünf-Uhr-Sendung. Live.«

»Du kannst das«, sagte sie schläfrig, rutschte näher an ihn heran und legte ihre Arme um ihn. Sie legte ihre Stirn an seine Schulter und war sofort eingeschlafen.

Sie hatte den Kampf gewonnen. Egal, wie sehr er sich jetzt bewegen wollte, er konnte es nicht. Sie hielt ihn wie in einem Schraubstock und lag selbst gemütlich neben ihm. Er konnte nirgendwohin und hatte keinen Spielraum für Bewegung. Er konnte sich nicht umdrehen. Er konnte sich nicht rühren und er konnte nicht in die Nacht hinausreichen, um Hilfe, Erleichterung oder Rettung zu erlangen.

Die Schatten krochen über die Wände des Zimmers. Ein Auto. Zwei Autos. Er schlief ein. Er wachte auf. Noch ein Auto, und noch eines. Er schlief wieder ein. Und wachte auf. Er sah zu, wie sich die Blätter am Baum draußen bewegten und schlief ein. Er wachte wieder auf, immer noch im Dunkeln, und hörte, wie die Vögel erwachten. Er schwebte und döste dahin und sah Menschen durchs Zimmer gehen: Tomas, Kim, Bresson, Bergalis, und die ganze verdammte Familie Bergalis, von Stephano über Martin zu Henri. Er befand sich in diesem seltsamen Zustand zwischen Wachen und Schlafen, zwischen Leben und Tod, wie der Hohlraum in einer Wand, in der Unterwelt zwischen den Wänden eines Lebens. Wer wusste, ob er sich wirklich zwischen diesen Wänden befand und diese Geister sehen konnte, oder ob er nur träumte? Sie waren da und unterhielten sich am Fuße seines Bettes, gestikulierten, lachten, diskutierten die Situation, in der er sich befand, aber keiner bot auch nur den kleinsten Rat an.

Sie schwebten weg und er schwebte davon.

Und es war morgen.

Plötzlich war es nicht nur einer der üblichen Tage, die man überstehen musste. Es war einfach ein Tag zum Überleben.

7
Ein wilder Ritt

Die ersten paar Kilometer hieß es anhalten und weiterfahren, anhalten und weiterfahren und wieder anhalten. Rote Ampeln, Verkehr, und noch mehr rote Ampeln. Die Teilnehmer am Rennen würden sich nicht damit beschäftigen müssen, aber ein einsamer idiotischer Fahrer, vor dem ein einzelner Nachrichtenwagen fuhr, musste es, auch wenn die Praktikantin am Steuer die ersten paar Sekunden einer roten Ampel als Signal nahm, erst einmal so richtig Gas zu geben.

Will hatte ein Mikrofonkabel unter dem Haven-Trikot. Der Sender steckte hinten, über einer älteren, billigen Radshorts mit schlabberigem Gummi, die ihm das unschöne Gefühl gab, dass er den Einwohnern von Boulder interessante Blicke auf seinen Allerwertesten vermittelte, während er sich über den Lenker beugte.

Zum Glück war Dale Dwyer, der Kameramann – oder Bildjournalist, wie er Will auf der Fahrt nach Boulder ständig gesagt hatte –, vor ihm auf der Strecke und filmte aus dem Rückfenster des Cherokee, nachdem er eine Praktikantin des Senders dazu verdonnert hatte, den Jeep durch die Berge zu lenken.

Er wusste nicht, wie legal das war, aber wenigstens würden sie so Bilder während der Fahrt bekommen, die sie ansonsten nicht hätten.

Will ließ sich Zeit. Es war niemand anders da, der das Tempo bestimmte, und daher war es nicht besonders nötig, sich anzustrengen. Allerdings wusste er, es würde in diesem Tempo ewig dauern, ans Ziel zu kommen. Irgendwie würde er sich dazu bringen müssen, schneller zu fahren, sonst würde er noch auf der Strecke sein, wenn das Rennen stattfand.

Aber Breckenridge um fünf Uhr? Was zum Teufel dachte Barbara denn, wer er war? Moser? Merckx? Bourgoin? Speedy Gonzalez? Vielleicht konnte er sich an den harten Stellen von Dwyer mitnehmen lassen. Er hätte die Strecke abgefahren – auf dem Rücksitz eines Jeep Cherokee.

Er konnte sich ein bisschen Dreck ins Gesicht schmieren und es so aussehen lassen, als habe er die Hölle durchgemacht. Es würde gut aussehen, aber es würde nicht ganz ehrlich sein.

Nein. Er konnte Gooden schon hören – Inszenierung. Dwyer sagte, das sei das Wichtigste bei ihr: Man durfte die Nachrichten nicht inszenieren. Man durfte nicht sagen, dass man etwas getan hatte, ohne es wirklich getan zu haben. Es hatte keine feste Absprache darüber gegeben, wie viel von der Strecke er wirklich fahren würde, bis gestern Abend in den Zehn-Uhr-Nachrichten, als Roger Flynn sagte, dass Will Ross, der neue TV6-Reporter und ein Ex-Radprofi, mit dem Rad die ganze Strecke von Start bis Ziel fahren und um fünf in Breckenridge sein würde, um live über die Schwierigkeiten der Strecke zu berichten.

Vielen Dank, Arschloch, hatte Will gedacht. Bis er die Klappe aufgemacht und das hier in eine Art Live-Reportage verwandelt hatte, hatte Will vorgehabt, nur Teilstrecken des Kurses zu fahren. Niemand hatte etwas anderes gesagt. Jetzt wusste die ganze Welt, dass er die ganze Strecke fahren sollte.

Endlich wurde die Ampel grün.

Will legte wieder los. Das Biest nahm langsam Fahrt auf, dieses uralte Colnago, das er dem Haven Pharma-Team in Europa geklaut hatte, und das genauso unwillig war, diese Fahrt zu machen, wie Will. Räder wussten so etwas. Dieses auf jeden Fall.

Seine Beine wussten es auch, und das war erst der Anfang, die lange Anfahrt auf dem Highway 93, der in südlicher Richtung aus Boulder herausführte. Die nächste Ampel erwischte er bei Grün. Gott sei Dank. Wenigstens konnte er eine Weile lang das hart erarbeitete Tempo beibehalten, zumindest, bis er in die Berge kam, die nur ein paar Kilometer, eine Rechtskurve und ein paar Hügel entfernt vor ihm lagen.

Er drückte auf das Tempo und hörte genau auf die Geräusche des Rades, die sich langsam mit denen seines Körpers zu einem gleichmäßigen Rhythmus verbanden. Klick-klick-klick-klick-krrrk-klick-klick-klick-klick-krrrk … Sein rechtes Knie machte ihm wieder Ärger. Der Muskelriss in seiner Wade, den er damals im Sommer auf dem Mt. Ventoux erlitten hatte, beeinträchtigte so ungefähr alle Funktionen auf seiner unteren rechten Körperhälfte. Sein Knöchel knickte ohne Vorwarnung um, sein Knie knirschte mit einem sandigen Geräusch, das ihn ausgesprochen störte. Gleichzeitig klang sein Rücken wie eine Schüssel Rice Crispies, in die Milch gegossen wurde, und das so oft, dass er die kleinen Puffs und Kricks nur noch dumpf irgendwo in den dunklen hinteren Regionen seines Gehirns wahrnahm.

Er fiel auseinander, kein Zweifel, aber das geschah so langsam, dass er fast achtzig sein würde, bevor er endlich zugab, dass er manche Sachen nicht mehr tun konnte.

Die Abzweigung auf den Highway 72 überraschte ihn und er musste die Kurve sehr weit nehmen. Um ein Haar hätte er der Nachrichtenredaktion wirklich spektakuläre Aufnahmen geliefert, als er fast gegen einen japanischen Kleinwagen knallte, dessen junge Fahrerin Augen bekam, die so groß waren wie eine Pizza, während Will um den Wagen kurvte.

Er kehrte wieder in seine Spur zurück, überzeugt davon, dass er einen weiteren Autofahrer geschaffen hatte, der Radfahrer hasste, und nahm wieder Tempo auf, um eine so große Distanz wie möglich zwischen sich und das Auto zu legen. Er sah nach vorn und erblickte Dwyer hinten im Jeep, Kamera gesenkt, Gesicht blass, Mund rund in einem stillen Schrei.

Dann lachte er.

Hm, dachte Will. Vielleicht war ich ja näher daran gewesen, die Harfe zu spielen, als ich dachte.

Ein paar Kilometer weiter begann der Anstieg ernsthaft, den Coal Creek Canyon hoch Richtung Wondervu.

Will konnte spüren, wie seine Beine an dem zu zweifeln begannen, was sie taten. Er hatte sie in den vergangenen Monaten wohl gedehnt, aber ganz sicher nicht gebeten, auf Weltklasseniveau zu arbeiten, oder – in diesem Fall – ein echtes Wunder zu vollbringen. Aber Will merkte, dass sich trotz der fehlenden Kondition die Muskeln an ihre Aufgabe erinnerten. Er hatte früher harte Anstiege absolviert, und er konnte es wieder schaffen, wenn er sich die Kraft gut einteilte und nicht zu viel versuchte. Egal, was Roger am Vorabend bei seiner subtilen Herausforderung des Neuen während der Sendung gedacht hatte, Will wusste, dass er die Fahrt schaffen konnte.

Er würde ein paar Tage lang nicht gehen oder sitzen können, aber er konnte es schaffen. Er musste nur sein Gehirn richtig einstellen.

Sein Gehirn einstellen.

Finde die Magie.

Sie war da draußen, irgendwo, und entzog sich immer knapp seinem Zugriff, wenn er ihr zu nahe kam. Mal lag sie oben am Gipfel, mal im Tal, und jetzt direkt hinter der Kurve nach dem kurzen, saftigen Stück Wiese da vor ihm. Sie war immer direkt vor ihm.

Will fuhr auf die Magie zu und vergaß den Wagen, die Bäume, die Welt um sich herum. Er hatte kein Gefühl für den Augenblick, als er bei Wondervu den Gipfel überquerte, oder für die Heiterkeit, von der er wusste, dass er sie auf der Abfahrt empfand, oder den Eindruck, das Rad sei aus alten Kaffeebüchsen gemacht, als er am Fuße des Hügels die Eisenbahnschienen überquerte.

Dass er sich kurz vor der Casino-Stadt Blackhawk auf einer Abfahrt befand, wurde ihm erst bewusst, als Dwyer ihn aus dem Fenster des Jeeps anbrüllte, der jetzt auf der Gegenfahrbahn neben ihm her fuhr.

»Wir fahren vor in die Stadt. Du wirst den Jeep sehen und ich stehe dann ungefähr fünfzehn Meter weiter. Fang beim Jeep an zu sprinten.«

»Warum das denn?« Will sah keinen Sinn in einem Sprint. Er hatte den Tag doch kaum begonnen. Er warf einen Blick auf seine Uhr. 11:45. Er saß schon seit mehr als zwei Stunden auf dem Rad.

»Ja. Okay, okay.«

»Vergiss nicht. Du siehst den Jeep, du sprintest. In Blackhawk gibt es einen Preis für den besten Sprinter, also brauche ich Bilder.«

»Klar, kein Problem«, rief Will zurück, während der Jeep davonfuhr. Will hoffte nur, dass er nicht in einen übergewichtigen, angetrunkenen Casinogast hineinsprinten würde, der gerade einen gemütlichen Mittagsspaziergang machte. Das würde den Tag schnell beenden.

Moment mal. Denkst du etwa … wahrscheinlich nicht. Übergewichtige angetrunkene Spieler waren sicher schneller, als er sich plötzlich fühlte. Die würden sich leicht vor ihm auf den Bürgersteig retten können. Er würde die Fahrt vollenden müssen.

Der Cherokee verschwand in Richtung der Casino-Stadt, während Will sich auf dem Rad aufrichtete und auf die Kurve zutreiben ließ, weit oberhalb der Stelle, an der Dwyer und die Praktikantin nun in die Stadt abbogen.

Will trank die Wasserflasche aus und warf sie ohne nachzudenken für die Fans an die Straßenseite. Dann wurde ihm klar, dass überhaupt keine Fans da waren. Er hatte die Umwelt vermüllt, und was noch schlimmer war, er hatte eine von nur zwei Wasserflaschen weggeworfen, die er dabei hatte. Die andere war irgendwo auf dem Rücksitz des Jeeps vergraben. Es gab keine Verpflegungsstation auf dem Weg, nur das, was er selbst mitführte. Er hatte gerade gedankenlos die Hälfte davon weggeworfen. Das würde sich oben am Guanella Pass als ein teurer Fehler erweisen.

Will fuhr um die erste Kurve in die östlichen Ortsteile von Blackhawk. Einen Augenblick lang dachte er, er sei falsch abgebogen, aber dann fiel ihm wieder ein, dass die Strecke kurz vor dem Casino-Sprint ein wenig verwirrend war. Sie führte jetzt in Richtung Innenstadt. Hinter einem großen Casino, das wie eine Fabrik aussah, führte die Strecke wieder auf die Hauptstraße und er sah direkt vor sich den TV6-Nachrichtenjeep. Der Jeep war eine rollende Plakatwand, voller Logos und Farben und Werbung und, so dachte Will in einem plötzlichen, hässlichen Moment, er war ein perfektes, farbiges Ziel.

Er ging aus dem Sattel, legte einen dickeren Gang auf und sprintete los. Er war kein Sprinter. Genau gesagt, war er sich im Augenblick nicht einmal sicher, was für ein Fahrer er war. Ein Sprinter jedenfalls wirklich nicht. Trotzdem hatte er während seiner Zeit bei

Haven Tony Cacciavillani oft genug beobachtet um zu wissen, wie sich ein Sprinter bewegte, wie er seinen Körper einsetzte, um im Fernsehen schnell und entschlossen auszusehen.

Bevor er es wusste, war er an Dwyer vorbei und an der nächsten Linkskurve. Dahinter ging es hoch nach Central City, der armen kleinen Schwester von Blackhawk, und dann zur ›Oh My God Road‹. Von allem, was er heute zu tun hatte, war das der Streckenabschnitt, vor dem er am meisten Angst hatte, zumindest so lange, bis er ihn gefahren war. Dann würde er vor Guanella Angst haben und vor Kenosha und Hoosier, aber jetzt war es die ›Oh My God Road‹. Er war einmal mit dem Auto dort entlang gefahren und wusste, wie sie zu ihrem Namen gekommen war. Er war zu dieser ersten Kurve gekommen, hatte über das Tal hinweg geblickt, die steile unbefestigte Straße ohne Leitplanken gesehen und hatte spontan gesagt »Oh mein Gott.« Das sagte jeder.

Will ging aus dem Sattel und begann den Anstieg nach Central City. Die Straße war schlecht und voller Schlaglöcher, entweder offen, oder notdürftig gefüllt, mit Kanten, die oberhalb oder unterhalb der Straßenoberfläche lagen.

Er hörte ein kurzes Hupen und fuhr an den Straßenrand. Der Nachrichtenwagen raste an ihm vorbei und Dwyer deutete nach vorn, als wolle er Will an irgendeinem Punkt weiter oben aufnehmen. Will nickte. Mach nur, nimm mich auf, sei ein Künstler, aber bitte, bevor ich mit der Abfahrt anfange.

Es sollte nicht sein. Will wand sich in die Stadt hinein, am Opernhaus von Central City vorbei, dann die Spitzkehren hin und her bis zum Gipfel, von dem aus man »Oh My God« und Idaho Springs überblickte, irgendwo … da draußen. Plötzlich war die Straße ein Kiesbett. Wills Magen drehte sich um.

Jetzt war er drin. Und er fuhr bereits abwärts.

Die erste Kurve war gar nicht schlimm, eine lange, weite Linkskurve, die ihn nach außen und unten führte, die nicht abgesicherte Klippe nur einen guten Meter entfernt. Aus dem rechten Augenwinkel wagte Will einen Blick, der ihm sagen sollte, wie tief er fallen würde, bis er auf den spitzen Felsen landete, den Bäumen, der Straße weit unten.

Das Biest bäumte sich auf und versuchte, seine eigene Linie durch den Kies zu finden. Will überquerte eine kleine Anhöhe und fuhr direkt in einen Haufen Sand, der dort aufgeschüttet war, um irgendwann später über die Straße verteilt zu werden. Es war, als hätte er einen Anker ausgeworfen. Er stoppte ab und sein Vorderrad wurde nach rechts gedrückt. Er bewegte sich direkt auf den Abhang zu.

Es war wenig elegant, aber anstatt geradeaus aus dem Sandhaufen heraus und wieder in die Straßenmitte zu fahren, drückte Will die Gabel nach links und warf sein Körpergewicht von der Pobacke aus hinterher, um das Rad in die Ideallinie zurück zu drücken.

Was zum Henker machte er da? Das war ja Anfängerstil. Er fuhr wie ein gottverdammter Amateur. Er war nicht mehr so gefahren seit …

»JA! SUPER!« Dwyer brüllte und stach mit der Faust in die Luft, als Will an ihm vorbeischwankte. »Klasse, Mann! Ich hab gedacht, du gehst über die Kante! Tolle Bilder!«

Will sah die Praktikantin neben der Fahrertür stehen. Ihr Gesicht war aschfahl. Es war offensichtlich, dass sie ebenfalls gedacht hatte, dass Will stürzen würde.

So knapp war es doch gar nicht gewesen, dachte Will. Auf der anderen Seite, vielleicht doch.

Ein Schauer ging durch Rad und Fahrer.

Zu knapp. Amateuer.

In der nächsten Kurve wurde es wieder sehr schnell. Der Jeep raste an ihm vorbei und hüllte ihn in eine Wolke aus Staub und kleinen Steinchen ein. Irgendwann würde er mit Dwyer darüber reden müssen. Die Sache war schwer genug, auch ohne sich den Kies aus den Poren zu popeln. Als der Staub sich setzte, sah Will ängstlich nach vorn. Eine enge Haarnadelkurve ohne Leitplanke kam auf ihn zu. Er packte die Bremsen und warf sein Gewicht instinktiv auf die Innenseite der Kurve. Das hatte er bei der Kurve weiter oben vergessen. Als er zur Absicherung den rechten Fuß aus dem Pedal nahm, rutschte das Hinterrad auf dem Kies locker um die Kurve, vielleicht ein bisschen zu weit, mehr eine Frage der Physik als eine Frage der Athletik.

Mannomann. Er hatte das Tal fast erreicht, als Erster und Schnellster.

Alte Tricks. Alte Hunde. Klappte doch noch.

Will fuhr durch die nächste Kurve und auf die lange, gerade Abfahrt. Weiter unten konnte er den Jeep sehen, der eine Staubwolke aufwirbelte, während Dwyer und seine Fahrerin versuchten, sich für die Einfahrt nach Idaho Springs in Position zu bringen. Will beugte sich über das Lenkrad und nahm vorsichtig Fahrt auf, um auf dem Kies nicht außer Kontrolle zu geraten.

Rechts vor ihm stand ein graues, unauffälliges Auto, das in die falsche Richtung zeigte. Er war sich nicht sicher, was für eine Marke, irgend so eine Kotzschüssel auf Rädern, wie sein Bruder sagen würde. Es hatte offensichtlich eine Panne, oder es war das Fahrzeug eines Naturliebhabers, der am Straßenrand angehalten hatte, um Flora und Fauna zu begutachten und in sie hineinzupinkeln.

Ein Mann kam zwischen den Felsen und dem Unkraut neben dem Auto hervor und trat auf die Straße. In diesem Augenblick bemerkte Will, was ihn an dem Auto gestört hatte: Es hatte kein Nummernschild.

In Colorado waren beide Pflicht, vorne und hinten. Dieses Auto hatte vorne keins. Das sah man nicht sehr oft. Er hob seinen Blick auf den Mann, der jetzt an der Stoßstange seines Autos stand. Er winkte mit den Armen über seinem Kopf, als ob er ein Problem hatte, oder als ob er Will warnen oder ihn zum Anhalten bewegen wollte. Als Will bremste, bemerkte er noch etwas anderes: Das Gesicht des Mannes war nicht real.

Die Stimme klang ein wenig gedämpft und hohl, auf eine glatte, seidige Art bedrohlich. Will starrte ungläubig auf die Maske, ein mattiertes Plastikteil, das zwar durchsichtig war, aber die Gesichtszüge so verzerrte, dass man nichts Genaues ausmachen konnte.

Er versuchte es. Die Augenbrauen waren nicht zu erkennen. Das Haar war vielleicht dunkelbraun, aber bei dem Lichteinfall und dem

Winkel des Hutes konnte Will das nicht genau sagen. Als er sich ihm nähern wollte, trat der Mann zurück und hob eine Hand hoch.

»Ich habe gesagt, das ist nah genug. Sie hören nicht gut zu, was?«

»'Tschuldigung.«

Will warf einen Blick nach links und zog den rechten Fuß mit dem Pedal nach oben. Er konnte sich abdrücken und in Sekunden an dem Kerl vorbei sein und »Oh My God« herunterfliegen, bevor der eine Chance hatte zu reagieren.

Als ob er Wills Gedanken gelesen hätte, sagte der Mann mit der Maske: »Das ist nicht besonders schlau. Sie würden in Panik geraten, und Menschen in Panik machen Fehler. Das ist eine gemeine Haarnadelkurve da unten. Wenn Sie in Panik sind, kommen Sie vielleicht nicht durch.«

Will verringerte den Druck auf das rechte Pedal.

»Besser. Schon besser. Ich will Ihnen nichts tun. Ich bin nur gekommen, um Sie an etwas zu erinnern: Sie können eine Million Polizisten um sich herum haben, aber ich komme trotzdem an Sie heran. Jeden Tag. Jederzeit. Sie sind nie sicher, Mr. Ross. Ich kontrolliere Ihr Schicksal. Ihre Zukunft. Also passen Sie gut auf: Sie sind jetzt meine Stimme. Ich werde durch Sie sprechen, wenn ich in der Zukunft mit der Welt sprechen will. Sie werden alles weitergeben, nicht nur der Polizei, die, da bin ich sicher, gleich bei Ihnen sein wird, sondern auch den Fernsehzuschauern, damit sie wissen, dass ich hier bin, und dass ich real bin. Das wird nicht heute nötig sein. Nicht morgen. Vielleicht wochenlang nicht, aber Sie werden meine Stimme sein, verstanden? Verstanden?«

»Äh, ja«, sagte Will stotternd. »Aber ich, äh, ich weiß nicht, wie …«

»Das werden Sie schon herausbekommen. Schließlich haben Sie eine Menge zu verlieren, oder?«

Als ob jemand einen Knopf gedrückt hätte, spürte Will die Wut in seiner Brust anspringen.

»Was zum Teufel … was zum Henker soll das bedeuten?«

»Es bedeutet nichts. Es bedeutet alles.«

Er wandte sich ab und blickte über das Tal hinweg.

»Sie werden bald zurückkommen, um zu sehen, wo Sie bleiben.«

»Die Polizei wird Sie kriegen.«

»Die Polizei ist völlig unfähig. Aber selbst wenn sie einen Zufallstreffer landen, es wird nicht heute sein. Nicht, bevor die Sache publik geworden ist.«

»Publik?«

»Ich will Anerkennung.«

»Wofür?«

»Für alles, Mr. Ross. Überlegen Sie mal.«

»Ich werde nicht ...«

»Und ob. Sie ganz besonders schulden mir etwas, Mr. Ross.«

Er machte eine Pause, als ob er darauf wartete, dass Will das tat oder sagte, was auch immer Will tun oder sagen sollte.

Will schüttelte den Kopf und hob die Hände.

»Was schulde ich Ihnen?«

Der Mann mit der Maske seufzte, dann schüttelte er langsam und traurig den Kopf.

»Mr. Ross, Sie sind genauso dämlich wie die Polizei. Und die Medien. Sie werden da prima hineinpassen.«

Eine Sekunde lang dachte Will, dass er hinter der mattierten Plastikmaske ein boshaftes Lächeln sehen könnte.

»Denken Sie über alles nach, Mr. Ross. Wir werden uns wieder unterhalten. Aber nicht sehr bald. Bis dahin darf ich hoffen, dass Sie sich ein Gehirn angeschafft haben, ein wenig gesunden Menschenverstand, und ein bisschen Respekt vor Menschen, die Sie und Ihre Umwelt kontrollieren.«

Wieder schien es, als würde der Mann hinter seiner Maske lächeln. Dann nickte er, ging langsam um das hintere Ende des Autos herum, öffnete die Fahrertür, stieg ein, startete den Motor und fuhr ohne ein weiteres Wort davon.

Will stand wie gelähmt da und sah ihm hinterher, wie er den Berg hinauf fuhr, durch die Haarnadelkurve und dann in die Spitzkehre nach Central City. Er konnte schwören, dass der Kerl ihm auf dem Weg nach oben durch die Staubwolke hindurch zuwinkte.

Scheiße. Scheiße. Will hatte sich nicht die Zeit genommen, zu sehen, was für eine Automarke es war, oder sich irgendwelche besonderen Kennzeichen oder Aufschriften zu merken. Der Staub und die Entfernung machten das jetzt unmöglich.

Will drehte sich um und suchte erfolglos das Tal nach Dwyer oder der Praktikantin ab, nach dem Jeep, nach irgendetwas oder irgendjemandem, der ihm helfen konnte. Sein Herz hämmerte. Seine Kehle war trocken.

Er holte die Jacke aus seiner Trikottasche und legte sie unter einen Stein neben der Straße, um den Ort zu markieren, an dem das Auto gestanden hatte. Reifenspuren konnte man identifizieren.

Noch einmal überblickte er die Straße bis zum Horizont, den Nachrichtenwagen suchend, und plötzlich wurde ihm klar, dass er ein drahtloses Mikrofon trug. Er kannte die Reichweite nicht, aber es war irgendein Kontakt.

»Dale! Dale, verdammt nochmal, Dale! Hörst du mich? Komm zurück! Komm zurück zur ›Oh My God Road‹.« Mit einer Dringlichkeit, die selbst ihn überraschte, brabbelte er weiter. Er hatte Angst. Aber er war außer Reichweite. Dwyer und die Praktikantin waren in Idaho Springs oder, schlimmer noch, sie waren schon in Georgetown und machten sich für den Ritt über den Guanella Pass bereit.

Es gab nur eine Sache zu tun.

Der Ort war markiert, also schwang Will sein rechtes Bein über das Oberrohr, klickte den Schuh ins Pedal und drückte sich ab. Er ließ die Hände von den Bremsen, legte die Kette aufs große Blatt, und donnerte den Berghang hinunter, durch die kiesige Haarnadelkurve im Tal, wo er sich hart zur Seite legte. Er war sicher, er würde es nicht schaffen, und man würde seinen Körper in die roten Felsen gepresst finden, die neben der Abfahrt lagen, eine Art modernes Fossil. Aber zum Glück hielt ihn eine unsichtbare Hand fest und er kam um die Kurve, Kies spritzend. Sein Ruf hallte von den Steinwänden wider.

Verlier den Schwung nicht, dachte er, und schoss vorwärts nach Idaho Springs, plötzlich wieder auf Asphalt und sprintend, als sei Cippolini hinter ihm her.

Verlier ihn nicht. Verlier ihn nicht.

Dwyer war irgendwo da vorne. Was noch wichtiger war, irgendwo da vorne war ein Telefon, und mit diesem Telefon die

Möglichkeit, im Sender anzurufen, und Cheryl und die Polizei und alle anderen zu warnen, dass sein Leben und das seiner Frau, und damit auch des Kindes bedroht worden war, und bei Gott, er würde das nicht dulden.

Als er auf die Straßen von Idaho Springs einbog, warf er einen Blick nach vorn. Er sah Dwyer und fuhr schnurstracks auf die Kamera zu. In letzter Sekunde packte er die Bremsen, während der Kameramann sich mit einem Sprung zur Seite rettete.

»Gib mir das Telefon«, rief Will und seine Hand schoss wie eine Lanze nach vorne. »Gib mir das Telefon!«

»Was?«

»Gib mir das Telefon!«

»Das geht nicht – das sind Sendertelefone für Sender- …«

»Gib mir das verdammte Telefon, Dale!«

Dale gab ihm das Telefon, die Augen groß und verängstigt.

Will wählte die Nummer des Senders und wartete auf das Klingeln. Beim achten Klingeln nahm die Dispo ab.

»Ich muss mit Barbara sprechen.«

»Wer ist da bitte?«

»Hier ist Will Ross. Ich muss mit Barbara Gooden sprechen, bitte.«

»Wie bitte, wer?«

»Barbara Gooden.«

»Nein, wer Sie sind.«

»Will Ross. Ich arbeite bei Ihnen.«

»Ach ja?«

»Verbinden Sie mich einfach, verdammt nochmal, es ist wichtig.«

Er wurde in die Warteschleife gelegt, die eine Ewigkeit dauerte. Nicht eine von diesen Ewigkeiten, in denen die Zeit eigentlich schnell vorbei geht und nur ewig zu dauern scheint, sondern eine von diesen echten Ewigkeiten, in denen die Person am anderen Ende hofft, dass du weggehst.

»Wen möchten Sie sprechen?«

»Barbara. Hier ist Will Ross.«

»Tja, es tut mir Leid. Sie ist in einer Besprechung.«

Will spürte, wie der Blutdruck sein Herz in den Hinterkopf drückte.

»Hören Sie. Holen Sie sie. Es ist mir egal, und wenn sie in einer Besprechung mit Gott und allen Heiligen sitzt – holen Sie sie. Es ist eine Frage von Leben und Tod.«

Die Frau am anderen Ende der Leitung seufzte resigniert. »Sind sie das nicht alle?«

Die Fahrstuhlmusik fing wieder an.

Endlich, nach vier Stücken und einer Ouvertüre, klickte das Telefon.

»Barbara Gooden.«

»Barbara, hier Ross«, stotterte Will schnell, in der Hoffnung, die Geschichte herauszubekommen, bevor der Akku des Telefons leer war. »Er war hier. Er war auf der Straße. Auf der ›Oh My God Road‹.«

»Wer?«

»Der Irre. Der Typ, der den Zettel an meinem Haus hinterlassen hat. Er hat mich auf der Straße angehalten.«

»Woher wissen Sie, dass er das war?«

»Er hat es gesagt, scheiße, wie viele Leute würden sich so was ausdenken?«

»Wo war Dale? Haben wir ein Bild von dem Kerl?«

»Nein, wir haben kein Bild. Dale war mit der Kamera vorgefahren. Der Kerl hat mich bedroht«, flüsterte Will mit wachsender Verzweiflung. »Er hat meine Familie bedroht.«

»Hat er den Sender bedroht?«

»Nicht, dass ich mich erinnern kann, nein.«

»Okay. Wir machen Folgendes. Sie fahren weiter und machen Ihren Bericht fertig …«

»Blödsinn. Ich komm nach Hause.«

»Nein. Es gibt nichts, was Sie hier tun können und wir brauchen Sie für die Story.«

»Barbara, wenn es irgendwie nicht klick gemacht hat, im Augenblick fährt ein Kerl zurück in Richtung Denver, der meine Frau und mein Kind bedroht hat. Auf keinen Fall …«

»Machen Sie sich keine Sorgen um sie. Ich rufe die Polizei an und sehe zu, dass jemand dorthin fährt.« Sie war kurz nicht zu hören. »... rede mit ihr. Wir werden sicherstellen, dass Sie und Ihr Haus bewacht werden. Machen Sie einfach die Story zu Ende und kommen Sie zurück. Alles« – wieder brach die Verbindung kurz zusammen – »gut werden.«

»Das reicht nicht, Barbara, das reicht ganz und gar nicht ...«

»Will, sind Sie noch dran? Will? Beenden Sie einfach die Fahrt, Will. Machen Sie die Story fertig. Hier ist alles okay.«

»Barbara, verdammt nochmal ... Barbara ...« Das Telefon war aus.

Die endlose Warterei in der Warteschleife hatte den Akku geleert. Will explodierte. Er schleuderte das Telefon auf die Straße und stapfte zu einer Tankstelle. Hinter ihm schrie Dale Dwyer: »Das ist Geschäftseigentum! Das ist auf meinen Namen ausgeliehen! Das zahlst du mir, Freundchen!«

Will war das egal. Vielleicht würde er ihnen ein Telefon mit einem Akku kaufen, der länger als zwanzig Sekunden hielt.

Direkt vor dem Eingang der Tankstelle war eine Reihe Telefone. Will nahm den Hörer des zweiten, am wenigsten verdreckt aussehenden, in die Hand, wählte seine Zugangsnummer und dann die Nummer von Bosco Bikes. Jenny stellte ihn direkt zu Cheryl durch, die in einer Manager-Konferenz saß.

Siehste, dachte er, kann es nicht immer so laufen?

»Cheryl Ross.«

»Hi. Hör mal. Sei vorsichtig heute Nachmittag. Dieser Typ, der den Zettel am Haus hinterlassen hat, der mich angerufen hat, er hat mich heute auf der Straße abgefangen.«

»Wie hat er ausgesehen?«

»Weiß ich nicht. Er hat eine Maske getragen. Ich konnte auch keine Nummernschilder erkennen.«

»Toll.«

»Ich hab beim Sender angerufen, aber die scheinen nicht besonders besorgt zu sein. Ich aber schon. Wenn ich nicht ein Auto klaue, sieht es so aus, als gäbe es keinen Weg, wie ich vor sieben heute Abend zurückkomme.«

»Mach dir keine Sorgen. Mach die Fahrt zu Ende. Mach dir keine Sorgen um uns. Wir kommen schon klar.«

»Was zum Teufel soll das denn? Außer mir macht sich niemand Sorgen?«

»Hör mal, ich freue mich nicht darüber, Will …«

Bei der Erwähnung seines Namens rief Lisa Shannon von der anderen Seite des Konferenztisches: »Ich will meine Adressenkartei zurückhaben, du Arsch!«

Cheryl hielt Lisa das Telefon hin, die sofort Ruhe gab.

Will hatte das Gefühl, als wären alle verrückt geworden. Er war bedroht worden, er und seine Familie, der Sender, und niemand nahm es ernst. Geh Rad fahren, Will. Mach unsere Story, Will. Lass dich in die Luft sprengen, Will, von einem Kerl in einer mattierten Plastikmaske, der ausgesehen hat wie deine Schwester, wenn sie abends ihr Gesicht mit diesem Glibberzeug eingeschmiert hatte, das die feinen Härchen entfernen sollte.

Er wurde wahnsinnig. Sein Blutdruck stieg, dann sackte er plötzlich ab, und er spürte, wie der Widerstand aus ihm herausfloss. Es war, als habe jemand ein Druckventil an seinem Kopf geöffnet.

Er wollte sich nur noch hinlegen.

»Okay. Okay. Aber tu mir einen Gefallen und geh nach der Arbeit zu jemand anderem nach Hause. Ich hol dich ab und dann können wir zusammen nach Hause fahren. Bitte.«

»Na schön. Ich geh zu Nancy. Wie wär das? Ich gehe zu Nancy und dann können wir dich irgendwo abholen und zusammen nach Hause fahren. Wie ist das?«

»Fein. Okay, gut.«

»Geh Rad fahren, Will. Wenn du wieder nach Denver zurückgerannt kommst, hat er gewonnen. Dann hat er gewonnen.«

»Okay. Pass … pass nur gut auf dich auf, okay? Bitte. Es steht einfach zu viel auf dem Spiel.«

»Ich habe keine Angst vor Verrückten, Will.«

»Er hat gesagt, er war das in Crooked Lake …«

»Du hast gehört, was die Polizei heute früh gesagt hat. Die meinen immer noch, es war ein Unfall, Will. Das ist so, als würde ein Fünfzehnjähriger behaupten, er habe den Eisberg vor die Titanic geschoben.«

»Wirklich?«

Sie seufzte. »Geh Rad fahren, Will. Wir kommen schon zurecht.«

Er seufzte. »Okay. Okay. In Ordnung. Ich fahr bis ins Ziel und komme nach Hause, so schnell ich kann.«

»Nimm das alles nicht so ernst.«

Die Worte ließen eine kalte Hand seinen Rücken herunterlaufen. Dieser miese Scheißkerl hatte es aber ernst gemeint. Er dachte sich das nicht aus. Er hatte Anerkennung gefordert, Dank für einen gut gemachten Job.

Und nur Will nahm ihn ernst.

»Ich liebe dich.«

»Ich liebe dich. Bis heute Abend. Sei vorsichtig.«

»Du auch, Schatz. Beppo und ich kommen schon zurecht.«

Die Leitung war stumm.

Will hängte leise den Telefonhörer wieder ein und drehte sich um. Auf der Einfahrt zur Tankstelle stand ein Bus voller Pensionäre auf dem Weg zu den Casinos in Blackhawk und Central City. Der Bus war vollgepackt.

Eine kleine, dunkelhaarige Frau mit irrem Blick erregte seine Aufmerksamkeit. Sie schüttelte einen Sack voller Münzen durch das halb offene Fenster.

»Ich geh jetzt das Erbe meiner Kinder auf den Kopf hauen!«, rief sie.

Will lächelte und nickte und ging dann schnell zurück zu seinem Rad. Dale kniete neben seiner Kamera auf dem Boden und versuchte, das Telefon wieder zusammenzusetzen.

»Das zahlst du mir, Freundchen.«

»Gerne. Weiter geht's.«

Dwyer schaufelte die letzten Stücke in eine Plastiktasche, als ob ein Techniker mit Zauberhand die Ausrüstung irgendwie wieder reparieren könnte, die auf seinen Namen ausgeliehen war. Er wusste, dass Andy oben in seinem großen gläsernen Büro nicht viel für Leute übrig hatte, die Ausrüstung zerstörten. Er erinnerte sich nur zu gut an das Stativ, das ihm im Pepsi Center während des Basketballspiels eingeknickt war, worauf seine Kamera mitten auf der Treppe auf den Boden geknallt war.

Das hier war Ross' Schuld und bei Gott, Ross würde dafür riesigen Ärger bekommen.

Dwyer sammelte die letzten Einzelteile ein, hob die Kamera und das Stativ auf und ging zurück zum Jeep des Senders, wo die niedliche Praktikantin mit dem unglaublichen Busen und dem Zungen-Piercing saß und auf ihn wartete.

Dale Dwyer lächelte und hoffte, dass die College-Studentin am Steuer die Krähenfüße um seine Augen und das dünner werdende Haupthaar nicht bemerkte.

Hinter sich hörte er einen Ruf.

»Na los doch!«

Er drehte sich um und sah Ross schnell durch die Straßen von Idaho Springs in Richtung Georgetown davonfahren. Na toll, genau das, was der Sender brauchte, noch so ein hypernervöses anstrengendes Sport-Arschloch wie Roger Flynn.

Schnell nahm er seine Ausrüstung auseinander und warf das Stativ hinten in den Jeep. Er zog die Heckklappe herunter und sagte über die Schulter hinweg: »Auf geht's – die Magie erwartet uns in der Ferne.« Er setzte sich auf den Rücksitz und ging in Position, um Ross beim Überqueren des Guanella Passes zu filmen.

Die Praktikantin lachte. Dwyer lächelte. Wer wusste es? Vielleicht dieses Mal, vielleicht.

Der Jeep überquerte die Interstate 70 und nahm dann Fahrt auf in der Hoffnung, sein Ziel einzuholen, einen einsamen Radfahrer, der plötzlich sein Alter und das fehlende Training nicht mehr spürte und über das Flachstück raste in dem verzweifelten Versuch, die Magie der Straße zu finden, bevor die Teufel von Guanella sie ihm wieder entrissen.

Der Jeep fuhr schneller.

Die Praktikantin klackerte mit dem Piercing gegen die Rückseite ihrer Zähne. Niemand konnte so schnell fahren, dachte sie. Nicht auf einem doofen Rad.

Sie fuhr durch eine lang gezogene Kurve und sah ihn. Weit entfernt und davonziehend.

Wieder erhöhte sie das Tempo, um ihn einzuholen, aber der kleine Mistkerl schien ständig davonzufahren.

Georgetown war ein hartes Pflaster. Die Stadtväter hatten ursprünglich zugestimmt, das Rennen direkt durch die Stadt gehen zu lassen, aber dann hatten sie vor kurzem die Strecke doch von der Hauptstraße auf Nebenstraßen verlegt, und viele von denen waren nicht in gutem Zustand.

Will versuchte, eine Linie zu finden, aber er verlor Tempo. Wenn er hier einen Platten bekam oder einen Reifenschaden, würde er das mit einem ruinierten Rhythmus auf dem Guanella bezahlen.

Nicht den Rhythmus verlieren, dachte er, nicht den Rhythmus verlieren. Ich muss fertig werden. Ich muss die Fahrt beenden und nach Hause kommen. Nach Hause kommen und Cheryl und alle anderen davon überzeugen, dass das hier kein Spinner war.

Aber warum? Warum dachte er das? Er hatte nichts weiter als dieses verdammte Klingeln im Hinterkopf. Das war alles. Sonst schien niemand besorgt zu sein. Nicht Whiteside, nicht Barbara oder Sessions oder Cheryl.

Er wurde langsamer. Nur er.

Nur er dachte, dass es wert war, sich Sorgen zu machen. Ignoriere deine Instinkte auf eigene Gefahr, dachte er. Auf eigene Gefahr.

Will stellte sich in die Pedale und erhöhte sein Tempo.

Er stellte das Metronom in seinem Kopf ein und ließ es ticken. Schneller. Schneller. Klick klick klick klick klick klick klick. Er kannte diesen Kurs, auch wenn er ihn noch nie gefahren war, und er ging um Kurven, von denen er wusste, dass die Meute sie nehmen würde, klick klick klick klick. Er sauste ohne eine Pause durch die ruhige Stadt, klick klick klick klick, auf die Anfahrt zum Guanella, eine steile Steigung von um die 2.700 Metern klick klick klick klick, komm in den Kletter-Rhythmus, klick klick klick klick, klick klick klick. Er war jetzt aus dem Sattel herausgegangen, bewegte sich, ohne richtig darüber nachzudenken und versuchte, das richtige Gefühl zu bekommen. Er beobachtete die Straße vor sich, nah, mittel, fern, nah, mittel, fern, klick klick klick klick. Die Kurve kam schneller, als er erwartet hatte, klick klick klick, während ein von vorne herannahender Lastwagen die Kurve weit nahm und in Wills Fahrbahn driftete, klick klick klick klick, er verlor seine Linie, verdammt, verdammt nochmal, klick klick klick, finde den Rhythmus, finde das Tempo, klick klick klick klick, finde sie. Irgendwo hörte er ein Hupen und fuhr instinktiv dichter an den Straßenrand, weiter tretend, sich weiter anstrengend, weiter kletternd. Der Jeep schoss an ihm vorbei. Dwyer filmte Will durch das Rückfenster. Einen Augenblick lang war Will abgelenkt von dem, was wie ein einsamer Mittelfinger aussah, der gegen die Kamera gestützt nach oben zeigte. Es störte seine Konzentration, aber Will drückte den Gedanken weg und fing sich wieder.

Fein, dann eben, dachte er. Wen kümmert denn überhaupt dein verfluchtes Telefon? Nicht verlieren, nicht verlieren, finde die Linie, finde das Zentrum, finde den Aufzug auf den Gipfel. Es liegt in dir. Es liegt in dir. Klick klick klick klick. Er fing sich gerade noch, bevor er in den Dreck am rechten Straßenrand rutschte, da, wo kleine Kiesel, loser Straßenbelag, Baumrinde und scharfe Steinchen innerhalb von Sekunden einen Reifen zerfetzen konnten. Finde die Linie, finde die Linie. Ein Diesel überholte ihn, schaltete direkt vor ihm herunter und stieß eine schwarze Rauchwolke aus, direkt in Wills Gesicht.

Er würgte und hustete, dann hielt er eine Sekunde lang die Luft an, pustete, und fand ein wenig saubere Luft vor sich. Finde die Linie. Finde die Linie. Ignoriere den Diesel. Ignoriere den Verkehr. Finde die Linie.

Es war schwer zu atmen. Die Höhenluft und die Dieselabgase brannten, als habe er Feuerzeugbenzin eingeatmet und es dann angezündet. Er griff nach der Wasserflasche.

Die, die er nicht ersetzt hatte. Scheiße. Irgendwo brauchte er bald etwas zu trinken. Zu essen und zu trinken. Irgendwo da vorn.

»Dale – warte oben am Guanella auf mich. Herrgott, ich hoffe, diesmal hörst du mich. Du musst mir die blau-weiße Tasche hinhalten, wenn ich vorbeifahre. Warte oben auf mich, oder ich fahre nicht viel weiter.«

Wer wusste, mit wem er sprach? Vielleicht mit Dale. Vielleicht mit der Luft. Vielleicht mit einem Lastwagenfahrer irgendwo unten auf der Interstate, der zufällig auf der gleichen Frequenz war.

Vielleicht mit dem Mars.

Der Anstieg ging weiter, steil, weniger steil, steiler, aber nie flach. Nie wirklich flach. Finde die Linie. Finde die Linie. Klick klick klick klick. Nicht ablenken lassen. Lass das Rad nicht treiben. Lass deine Gedanken nicht abwandern. Bleib auf der Linie. Bleib auf der Linie.

Klick klick klick klick.

Eine Kurve, noch eine und noch eine, und Will sah ein wenig weiter nach vorn und erkannte, dass er auf der oder in der Nähe der Passhöhe war. Dale Dwyer und die Praktikantin standen vor ihm und Dwyer hielt einen Beutel fest.

Will setzte sich auf, unterbrach seine Konzentration kurz, und streckte den Arm zur Seite. Er rief Dwyer zu, ihm den Beutel hinzuhalten. Dwyer tat es und Sekunden später hatte Will den Beutel gepackt, war davongebraust, und hatte den Beutel über die Schulter geworfen. Sein Inhalt suchte sich bereits eine neue Heimat in den Taschen seines Trikots und in seinem Mund.

Er stopfte den leeren Beutel in die Rückseite seines Trikots.

Nachdem er vorhin die Wasserflasche weggeworfen hatte, machte ihn die Vorstellung, irgendetwas wegzuwerfen, ein wenig nervös.

Mit dem Moment, in dem er trank, spürte er, wie die Kraft in ihm wieder anstieg. Die verdünnte Gatorade war genau das, was er brauchte. Aber er wusste trotzdem, dass es nicht genug Flüssigkeit sein würde.

Der Jeep schoss wieder an ihm vorbei und dieses Mal filmte Dale mit einem aufgestellten Daumen an der Kamera.

Will konnte ihn nicht hören, aber er sah seine Mundbewegung: »Cool. Sehr cool.«

Dann deutete er auf die Kamera. Will schüttelte den Kopf. Dwyer drehte sich zu der Praktikantin um und rief ihr etwas zu. Das Auto fuhr sofort langsamer. Als sie näher kamen, konnte Will Dale rufen hören: »Das war echt COOL, so verdammt COOL. Ich will das nochmal von vorne haben. Eine Aufnahme von vorne. Machen wir das nochmal?«

»Ja, in Fairplay«, rief Will zurück, während er mit der hinteren Stoßstange des Wagens auf gleiche Höhe kam. »Wenn wir den Kenosha Pass überquert haben, könnt ihr nach Fairplay vorfahren.

Besorgt mir mehr Gatorade und Wasser und stellt euch in Position. Stopft die Flaschen in meinen nächsten Verpflegungsbeutel und gebt sie mir. Ich trockne hier total aus.«

»Verstanden. Verstanden. Das ist echt cool. Die Berge und die Bäume und die Fahrt und all das, das wird garantiert ein Emmy.«

Er brabbelte weiter, aber Will lenkte seine Konzentration wieder auf die Straße. Irgendetwas weiter vorne ließ sein Rückgrat kribbeln und er wusste nicht genau, was. Er ließ sich ein wenig zurückfallen, während Dale mit seinem Monolog fortfuhr, dann packte er die Bremse, als er sah, wie der Jeep vorne vom Asphaltbelag auf die unbefestigte Straße fuhr, die vom Guanella Pass herabführte. Dwyer und seine Kamera hopsten hinten im Jeep herum, und er rief der Praktikantin etwas zu, das Will nicht verstehen konnte.

Trotz des Staubes und der Kieselwolke, die der Jeep aufwarf, während die Praktikantin versuchte, ihn unter Kontrolle zu bekommen, fand Will eine Linie am Rand des Straßenbelags auf einem etwas glatteren Teil der Straße.

Obwohl ihm immer noch die hinteren Plomben klapperten, war es etwas, das er bewältigen konnte.

Der Jeep dagegen rutschte den Berg hinab, schwankte nach rechts und links und versuchte, mit den Rädern einen Halt zu finden, während die Praktikantin, die offensichtlich nicht auf das geachtet hatte, was vor ihr lag, versuchte, die Sache wieder unter Kontrolle zu bringen.

Dwyer, das konnte Will sehen, hopste auf dem Rücksitz herum wie Popcorn in der Pfanne. Er versuchte, die Kamera zu schützen, aber sie rutschte hin und her, obwohl sie von einem 80-Kilo-Kameramann festgehalten wurde.

Will konnte hören, wie Dwyer die Praktikantin anbrüllte, langsamer zu fahren.

Er hätte gelacht, aber er hatte seine eigenen Probleme. Die Straße war der letzte Mist, voller Schlaglöcher und seltsam geformter Steine. Manche waren spitz, manche rund, und manche sahen aus wie Gottes erster Versuch, eine Karte von Idaho anzufertigen. Er konnte nicht zu sehr abbremsen und musste trotzdem eine Linie durch das Schlimmste hindurch finden. Die Praktikantin hatte wieder die Kontrolle über den Jeep erlangt und verschwand schnell, um irgendwo weiter vorne eine weitere Aufnahme vorzubereiten. Will fragte sich, ob er es überhaupt so weit schaffen würde, mit dem Satz Reifen und Felgen und Hintern, den er dabei hatte. Was würde er jetzt nicht für ein Mountainbike geben, voll gefedert und mit dicken Reifen, oder dafür, dass jemand anders darauf fahren würde, während er ihn vom Rücksitz des Jeeps aus beobachtete.

Während er die richtige Linie suchte und betete, keinen Platten zu bekommen, dachte Will kurz über Dale nach. Es war schon ein komischer Kerl, dachte Will, der sich wegen einer Verpflegungsstation so aufregte. Es war einer der grundlegendsten Bestandteile eines Rennens: Aufsetzen, Weitertreten, Zupacken, Essen, und der Typ drehte völlig durch. Es gab andere Dinge, die gefährlicher waren, aufregender und interessanter, aber aus irgendeinem Grund ließ die Erhabenheit des Vorgangs, einen alten Futterbeutel zu packen, so wie man früher vom fahrenden Zug aus die Postsäcke eingesammelt hatte, Dale von Ruhm, Ehre und Fernsehpreisen träumen.

Will wusste, dass er das Fernsehgeschäft oder die Leute, die damit zu tun hatten, nie im Leben verstehen würde.

Seine Gedanken wandten sich wieder der Straße zu. Es war eine haarige Abfahrt. Bei der Neigung und der Straßenoberfläche kam es ihm vor, als würde er auf Murmeln eine Glasplatte hinabsausen. Es war schwer, das Tempo zu kontrollieren, es war unmöglich, eine reifenschonende Linie zu finden und man musste schon göttliche Geschicklichkeit auf dem Rad besitzen, um die Kurven zu packen. Sie kamen schnell. Zu schnell.

Will spürte, wie er zu weit durch eine hindurchrutschte und sah sich schon über die Kante fliegen. Niemand würde ihn sehen, niemand würde ihn hören, tage-, wochen- oder monatelang, während die Geier ihm die Augen auspickten und sich mit den weichen Stellen in seiner Bauchgegend amüsierten.

Er lehnte sich in den Berghang, weil er dachte, es wäre leichter, sich mit Abschürfungen auseinander zu setzen als mit dem Tod, und instinktiv nahm er den linken Fuß vom Pedal und setzte ihn in letzter Sekunde rettend auf die Straße.

Um ein Haar stürzte er dann doch noch. Plötzlich tauchte direkt vor seinem Fuß ein zwanzig Zentimeter großer Stein auf. Er erwischte ihn am linken Knöchel und der Schmerz ließ ihn kerzengerade im Sattel aufsitzen. Sein Mund formte ein Zeichentrick-»O« und eine Sekunde lang war die Straße, die Fahrt, die Drohungen, und die ganze verdammte Geschichte vergessen, während Will seinen Fuß hinter sich herzog. Der Schmerz stach wie eine Nadel im Gelenk.

Vorsichtig bewegte er es. Es fühlte sich an wie Matsch, aber anscheinend war nichts gebrochen. Mann. Das würde einen ordentlichen blauen Fleck geben.

Hinter der nächsten Kurve schoss er an Dwyer vorbei, der sich für eine Abfahrtsaufnahme in Position begeben hatte. Aber anstatt einen aufregenden Ritt einzufangen, bekam er nichts weiter als Will, der auf dem Rad saß und mit dem linken Fuß herumwackelte.

»Mach was!«, schrie Dwyer von der Seite, aber Will bewegte einfach nur weiter seinen Knöchel.

Das wird eine bessere Aufnahme, als du dir vorstellen kannst, Meister, dachte Will. Die Gefahren der Strecke. Dinge, mit denen jeder Fahrer zu kämpfen hatte. Damit würde er die endlosen Bilder von der Fahrt auflockern können.

Der endlose Höllenritt.

Will blickte nach unten. Sein linker Knöchel war voller Blut. Der Stein hatte seine Socke und die obere Hautschicht zerfetzt. Nicht schlimm, aber doch packendes Bildmaterial. Wenn der Trottel es aufgenommen hatte, dann würde es heute Abend eine gute Story abgeben.

Das TV6-Rennen – Gefahr, Spannung, blutende Fahrer, Idioten in Stretch! Der Gedanke führte ihn wieder zurück zur Abfahrt. Flynn. Er sah nach vorne und begann, von Asphalt zu träumen. Flynn hasste dieses Rennen. Hasste Will. Hasste alles daran.

Die Fahrer. Den Sport. Die Ausrüstung. Die Strecke. Die Anforderungen.

War es die natürliche Abneigung des amerikanischen Sportreporters gegen alles, das ihm kein Lunchbüffet anbot und direkt vor seiner Nase stattfand? Ein Fall von Stadionhintern, Stadionblick, Stadionhirn?

Oder war es die Tatsache, dass Amerikaner, von einigen spektakulären Ausnahmen abgesehen, seit dem letzten Jahrhundert in diesem Sport nicht viel erreicht hatten? Im letzten Jahrhundert, als Radfahren prominent war und die Autos noch langsamer als die Radfahrer.

Oder lag es an Will? Will hatte selbst Hochleistungssport betrieben. Und dann hatte er die Frechheit, sich in Flynns Leben einzumischen, sein Territorium, sein Lehensgut. Flynn war sicher eines von den Kindern gewesen, das auf der Tribüne gesessen und von sportlichem Ruhm geträumt hatte. Einer aus dem Videoclub.

»Hallo, ich bin Roger, und ich bringe den Projektor für den heutigen Film, ›Weizen – Das Gold von Kansas‹.«

Will schnaubte verächtlich. Rotz rann ihm über die Lippe. Er nahm ihn mit den Fingerspitzen ab und schnickte ihn in die Kiefern, die seine Abfahrt säumten.

Achte auf die Linie, achte auf die Linie. Seine Konzentration war so wackelig wie ein Hundebaby auf einem frisch gebohnerten Fußboden.

Er spürte die ersten Anzeichen von Flüssigkeitsmangel, aber er wollte die Hände nicht vom Lenker nehmen, bevor er wieder auf Asphalt war. Mann, er brauchte eine Pause und eine weitere Verpflegungsstation.

Will warf einen kurzen Blick nach unten auf die Wasserflasche, die er noch bei sich hatte. Sie war staubig, an der Spitze beinahe matschig, und ungefähr halb voll. Wenn er sie bald auffüllen konnte, sollte es reichen. Sollte!

Herrgott, er brauchte Leute, die sich nur auf ihn konzentrierten. Ha! Konzentrieren. Schau auf die Straße. Achte auf die Linie.

Geh nach rechts. Die Straßenmitte war voller Kiesel, die von den Autos dorthin geschoben worden waren. Wer zum Henker fuhr diese verteufelte Straße überhaupt entlang? Im Winter war sie bestimmt nicht offen. Unmöglich. Fahr nach rechts. Bleib da. Will umrundete eine Kurve, noch eine, und eine dritte, lang gezogene, weite Kurven, die ihm den Eindruck vermittelten, dass der Abhang flacher wurde. Er umfuhr in panischer Furcht ein Schlagloch und nahm instinktiv so viel Gewicht vom Vorderrad, wie er konnte, um die Kante des plötzlich wieder auftauchenden Asphalts zu nehmen.

Trotzdem rüttelte sie ihn durch.

Der Jeep war hinter ihm auf dem Kies, relativ langsam, wie Will mit einem Blick über den Arm nach hinten bemerkte. Auf dem Asphalt beschleunigte er aber, überholte ihn und fuhr vor ihm her, während sie den Guanella Pass hinter sich ließen und Kenosha in Angriff nahmen. Der war nicht so hart wie der Guanella, sicher nicht, aber trotzdem war es ein Anstieg.

Will nahm die Wasserflasche, flippte die Kappe ab und trank gierig den Rest des Energy-Drinks, das letzte von dem Haven-Zeug, das er vor zwei Jahren von der Mannschaft hatte mitgehen lassen. Jetzt war die Verbindung offiziell und für immer gelöst. Er spürte, wie sein Körper hungrig nach allem lechzte, was er in der wissenschaftlich ausgetüftelten Mischung fand, während er im Kopf etwas spürte, was schon an gefühlsduselige Trauer grenzte.

Schau nach vorn. Schau nach vorn. Du hast eine Zukunft, und sie liegt vor dir.

Beinahe warf er die Flasche wieder weg, aber er beugte sich hinunter und steckte sie zurück in den Halter. Über das drahtlose Mikrofon rief er Dwyer. Der Kameramann im Wagen vor ihm zuckte mit dem Kopf vom Sucher der Kamera weg.

»Dale, nimm meinen linken Fuß auf. Im Moment ist er voller Staub und Matsch, aber er blutet. Sie werden wissen wollen, dass die Strecke gefährlich ist.«

Dwyer streckte den Daumen nach oben.

»Vergiss das mit Fairplay. Fahr nur bis Grant vor und bau da die Verpflegung auf. Ich steig vielleicht sogar ein paar Minuten vom Rad. Fahr vor und warte auf mich. Hol mir was zum Trinken. Gatorade, oder was du findest.«

»Budweiser?«, rief der Kameramann aus dem Wagen.

Will konnte ihm das Wort mehr von den Lippen ablesen, als dass er es hörte. Er nickte, dann antwortete er: »In Breckenridge gibst du einen aus.«

Dwyer schüttelte den Kopf und deutete mit dem Daumen hinter sich auf die Praktikantin. Will lachte und nickte, dann schickte er ihn mit einer Geste nach vorne. Dwyer erwiderte den Salut, sagte etwas über die Schulter, und dann war der Jeep weg.

Das Haven-Sportgetränk tat seinen Job. Will fühlte seine Energie zurückkehren und streckte sich über das Oberrohr in dem Versuch, den Knoten zu lösen, der auf der rechten Seite entstanden war, während er auf der Abfahrt wie ein Besessener die Bremsen festgehalten hatte.

Auf diesem Teilstück würde es eine Million Platten geben. Nicht weniger als eine Million. Warum hatte er es geschafft? Wer wusste das schon? Vielleicht hielt Gott seine Hand über Idioten und Radprofis mit kaputten Beinen und ohne Jobaussichten. Moment, er hatte Jobaussichten. Er hatte den Job hier. Wenn er sich anstrengte, konnte er es beim Fernsehsport schaffen.

Er konnte den Kerl aus dem Videoclub schlagen.

Er würde über viele Sportarten berichten müssen, die er nicht besonders mochte, Football, Baseball, Basketball – College Basketball war allerdings lustig –, Eishockey. Halt, Eishockey mochte er, aber es würde keinen Fußball und keinen Radsport geben, bis das Rennen wiederkehrte. Konnte er das schaffen? Konnte er das ganze andere Zeug ertragen, elf Monate im Jahr den Radsport ignorieren und nur für dieses eine Rennen und die paar Sekunden pro Abend während der Tour de France leben?

Die Tour. Es war nicht einmal mehr Le Tour. Herrgott.

Er duckte sich tief und holte die Geschwindigkeit aus Beinen, die nichts sehnlicher wollten als ein Dampfbad, eine Dusche und ein Bier.

Er raste vorwärts in Richtung Grant.

Grant war wenig mehr als ein paar Gebäude und eine Kreuzung, aber Dwyer hatte Wort gehalten. Zusammen mit dem Verpflegungsbeutel hielt er eine Plastiktüte von einem örtlichen Supermarkt, die schwer aussah. Die Praktikantin stand auf der anderen Straßenseite und starrte in die Kamera. Dwyer hatte sich so postiert, dass er im Bild zu sehen sein würde. Hitchcock ließ grüßen.

Will beschloss, die Aufnahme cool aussehen zu lassen, also richtete er sich im Sattel auf und legte ein wenig Tempo zu. Dann streckte er seine Hand fernsehwirksam wie einen Haken zur Seite aus.

Er packte die Tüte und ruinierte die Aufnahme sofort.

»Verdammter Mist.«

Es fühlte sich an, als würde er die Einkäufe für eine Woche heben. Insbesondere die Plastiktasche zog ihn zum Straßenrand und er musste darum kämpfen, wieder in die Straßenmitte zurückzukehren, um für die Kurve Richtung South Park bereit zu sein.

Er verlor die Kontrolle, beugte sich nach vorn und begann zu bremsen. Langsam kam er zu einem wackeligen Halt und fiel beinahe wie in Zeitlupe auf die Seite in die Disteln am Straßenrand.

»Was war das denn? Was ist los?«

Dwyer kam angerannt, eher ängstlich als besorgt. Die Ausrüstung, die er in seinem Batman-ähnlichen Gürtel trug, klingelte mit jedem Schritt.

»Ich bin hingefallen.«

»Ja, das sehe ich. Ich habe gedacht, als Profi fällt man nicht mehr hin.«

Will schnaubte verächtlich und dachte einen Augenblick lang an all die viel spektakuläreren Stürze, die er in seiner Karriere schon hingelegt hatte. Das war gar nichts. Es war nur eine andere Art, vom Rad zu steigen.

»Was zum Henker hast du denn in die Tüte gepackt? Die ist ja steinschwer.«

»Ich hab dir 'ne Gatorade besorgt«, sagte Dywer verlegen.

»Danke. Toll. Musstest du …« – er sah in der Tüte nach – »… gleich 'ne zwei-Liter Flasche nehmen?«

»Ich hab gedacht, du hast Durst.«

Langsam erhob sich Will vom Boden, stand auf und zog die Flasche aus der Tüte.

Auch allein, ohne die Tüte oder den Überraschungsfaktor, wog sie eine Tonne.

»Außerdem war es die einzige Größe, die sie hatten.«

»Ist schon gut. Schon gut.« Will ließ den Verpflegungsbeutel neben das Rad fallen, machte die Flasche auf und begann, das Zeug in sich hineinzuschütten. Normalerweise verdünnte er es fünfzig-fünfzig mit Wasser, damit er danach auf der Strecke nicht diesen Nachgeschmack hatte und dieses süß-salzige Sodbrennen bekam, aber es war eben kein Wasser da. Will gluckerte ein Drittel der Flasche hinunter, bevor er Dwyer wieder ansah.

»Wo ist dein Telefon?«, fragte er und streckte die Hand aus. »Ich will zu Hause anrufen.«

Dale Dwyer sah ihn an, als habe er völlig den Verstand verloren.

»Es ist in Einzelteilen. Wenn du dich erinnerst. In Idaho Springs.«

»Oh ... ja. Idaho Springs. Ja.« Will erinnerte sich an seinen Wutausbruch. »'Tschuldigung.« Er erinnerte sich auch an den Grund dafür, aber die Fahrt, der Anstieg und die Abfahrt hatten den Frust aus ihm herausgetrieben.

Er dachte an den Rest der Fahrt, der noch vor ihm lag. Er sah auf die Uhr. Es war einfacher, weiterzumachen und das Beste zu hoffen, als in Panik zu geraten und nach Denver zurückzusausen. Mittlerweile lag das Ziel näher als der Start. Es würde schneller gehen, weiterzufahren, als zurückzugehen und sich mit denen über die fehlende Liveschaltung zu streiten. Darüber würde es Mitternacht werden, bevor er Cheryl wiedersah.

Mitternacht und kein Job, das war sicher.

Er trank ein weiteres Drittel der Gatorade. Die wissenschaftlich zusammengesetzte Erfrischungsformel füllte seinen Magen und legte Energie in seinem Körper auf wie ein Maurer Ziegel.

»Weißt du, ich bin gar nicht mehr wütend wegen des Telefons«, sagte Dale leise. »Es war ein Scheißteil, und der Sender kauft uns nächste Woche sowieso neue. Dualband. Der Akku hat nie länger gehalten als zehn Minuten.«

»Trotzdem, es tut mir Leid. Es war ziemlich doof von mir. Ich werd mich an Barbara verpetzen, okay?«

»An Mrs. Eisberg? Scheiße, Mann. Das ist, als würdest du in den Löwenkäfig marschieren. Die hackt dir die Eier ab und trägt sie als Kette um den Hals.«

»Wirklich? So ist sie mir bis jetzt noch nicht vorgekommen.«

»Wirst es schon noch sehen, mein Freund. Zu den Neuen ist sie immer nett, bis sie weiß, ob du auf ihrer Seite bist oder nicht.«

Ohne darüber nachzudenken, trank Will die Flasche Gatorade aus. Jetzt fühlte er sich irgendwie schlabberig. Das Zeug schwappte in seinem Magen herum wie Wasser in einem Aquarium.

»Ich muss wieder auf's Rad, sonst werd ich ganz steif und fahr nie wieder.«

»Wir kommen auf dem Flachstück ein paar Mal vorbei und dann sehen wir dich in Fairplay auf der Anfahrt zum Hoosier Pass wieder.«

»Okay«, nickte er und gab Dwyer die leere Gatorade-Flasche zurück. Dann ging er zum Biest. Er wollte nicht aufsteigen, aber die Strecke war zu zwei Dritteln geschafft, nur noch eine wirklich schlimme Steigung und eine Liveschalte.

Er schlang sich den Verpflegungsbeutel über die Schulter, ohne sich auch nur die Mühe zu machen auszupacken. Die schäumende, fermentierende Gatorade nahm seinem Hunger die Schärfe. Er warf ein Bein über den Sattel, klickte den rechten Fuß im Pedal ein und fuhr los. Er konnte es spüren. Nur ein paar Minuten nicht im Sattel und der Rhythmus war verloren. Alles war steif. Nichts wollte arbeiten, klettern, sprinten, treten.

Alles wollte nur auf einem Stuhl sitzen und ein Bier trinken.

Und fernsehen. Egal, was lief. Selbst diese langweilige Beziehungsratgeber-Tussi, die anderen Leuten schlaue Tipps zum besseren Leben gab. Teleshopping um zwei Uhr früh. Australischer Football um drei.

Er fuhr los und jeder Muskel protestierte. Seine Lust am fahren hatte er irgendwo auf dem Guanella Pass hinter sich gelassen. Vor ihm lag nur Qual. Und Zuhause.

Cheryl. Der Gedanke daran, dass sie im Flüsterton bedroht worden war. Sein rechtes Knie tat weh, ein scharfer Schmerz lief sein rechtes Bein entlang, wahrscheinlich das Resultat der ganzen Zerrungen und Risse und beschädigten Muskeln, die ihn daran erinnern wollten, dass er nicht mehr mitspielen, nicht mehr mit den großen Jungs mitfahren konnte. Überhaupt nicht mehr fahren konnte.

Er stieg aus dem Sattel und begann, ein wenig Tempo aufzubauen. Langsam, ganz langsam, begann der Protest zu verstummen. Die Wärme begann zu fließen und die Fahrt war wieder im Gang, erst langsam, dann schneller, ein langer Anstieg zu der Magie, die vor ihm auf der Straße lag.

Flachstück, Anstieg, Abfahrt, Breckenridge.

Liveschalte machen. Nach Hause fahren.

Cheryl.

In der Reihenfolge. Auf geht's, sagte er zu sich selbst.

Er begann, wieder seinen Rhythmus aufzubauen.

Klick klick klick …

Die Hölle, beschloss Will, lag in den Bergen von Colorado und trug den Namen Hoosier Pass.

Er war nicht so steil wie der Guanella Pass, aber er war lang, elend lang, mit endlosen Anstiegen, die hinter South Park begannen und hochführten, nach oben und immer weiter nach oben bis zur Sohle von Gottes Schuh.

Für einen trainierten Fahrer, jemanden, der tatsächlich in Form war, wäre das der Moment, in dem er versuchen würde, diejenigen abzuhängen, die noch an ihm dran waren. Für Will ging es nur ums Überleben.

Die Kiefern zu beiden Seiten wogten sanft. Zuerst dachte er, das sei eine Art Hommage an ihn, dass er es überhaupt so weit geschafft hatte. Was er nicht erkannte, war, dass nach einem langen, heißen, und sehr trockenen Sommer eine Wetterfront durchkam, und dass der Regen, der normalerweise im Juni kam, jetzt auf seinen Kopf, sein Gesicht, seine Beine, und durch sein Trikot hindurch prasseln würde.

Plötzlich fiel ihm seine Jacke wieder ein. Die Jacke, die außerhalb von Blackhawk und Central City am Straßenrand lag, um einen Treffpunkt zu markieren, um den sich niemand außer Will so wirklich zu kümmern schien. Wenn man das bedachte, wäre es eine Freude, seine Jacke wiederzuhaben. Vielleicht sollte er zurückfahren und sie holen. Wenigstens würde der erste Teil der Fahrt bergab gehen.

Eine kurze Abfahrt. Er rutschte auf dem Sattel nach hinten und versuchte, durchzuatmen. Er konnte es nicht. Das Tempo war zu schnell oder zu langsam, er war sich nicht sicher. Er wusste nur, es war nicht richtig.

Die Temperatur sank, der Nebel verschwand, und die Regentropfen begannen durch das Trikot hindurch auf ihn einzutrommeln. Der Stoff war sowieso schon schweißdurchnässt gewesen, und jetzt fühlte er sich an wie ein kalter, nasser Waschlappen.

Der Wind war kalt. Er war kein Waschlappen – er war ein Eiswürfel.

Lieber Gott, lass mich das überstehen, und ich bin nie wieder böse, dachte er. »Ich weiß, dass ich das schon mal versprochen habe, aber dieses Mal meine ich es wirklich ernst. Ganz bestimmt, Gott. Ich lüge nie wieder. Wirklich.«

»WAS?« Dale Dwyer filmte durch das Rückfenster des Jeeps, kaum sieben Meter vor ihm. »Was redest du da?«

»Nichts, gar nichts«, antwortete Will und machte eine abwehrende Handbewegung. Er durfte das Mikrofon nicht vergessen. Der Jeep spritzte Regenwasser und kleine Steinchen in sein Gesicht. Er wollte ihn mit einer Handbewegung nach vorn schicken, aber Dwyer winkte nur zurück.

Er stand im Sattel auf und kam ein bisschen näher, bevor er in das Mikrofon flüsterte: »Dale.« Er sagte es ruhig und leise und freundlich, dachte er. Trotzdem schreckte Dale Dwyer auf dem Rücksitz auf, als habe ihn jemand mit einer 220-Volt-Leitung angefasst. »Ihr macht mich hier fertig mit den Steinchen, die eure Reifen hochschleudern. Du hast doch eine Menge Bilder von mir beim Klettern. Warum machst du nicht noch eine lange Einstellung bei der Anfahrt und fährst dann nach Breckenridge vor, um die Zieleinfahrt zu filmen und alles für fünf vorzubereiten?«

Dale starrte kurz vor sich hin, nickte, rief etwas über die Schulter nach hinten, und die Praktikantin stieg aufs Gas. Weg sausten sie, mit einer kleinen blauen Abgaswolke in der frisch geschrubbten Bergluft, über eine Kuppe und aus Wills Augen.

Kaum waren sie weg, vermisste Will sie. Er hasste den Dreck in seinem Gesicht, aber die Gesellschaft war angenehm gewesen, ebenso wie der Windschatten, den er bis jetzt nicht wirklich bemerkt hatte.

Jetzt schon. Er war nass und voller Matsch gewesen. Jetzt war er nass und voller Matsch und zusätzlich fror er und wurde vom Gegenwind zurückgedrückt. Für drei Umdrehungen, die er nach vorn machte, ging es eine zurück.

Der Wind war wie eine gigantische Hand, die auf das Haven Logo auf seiner Brust drückte. Oh, es wäre so leicht, so furchtbar leicht, umzudrehen und sich von der Hand zurück nach Fairplay drücken zu lassen.

Komm und hol mich, Dale. Die Fahrt ist aus und ich bin hier.

Aber nein, vor ihm lagen Dale, Breckenridge, und seine erste Liveschalte. Er beugte sich tief herunter und versuchte, trotz allem Tempo zu machen und dem Wind keinen großen Widerstand entgegenzusetzen. Seine allererste Liveschalte. News at Five bei TV6. Die große Show. Zorro nannte sie den Dampfer, obwohl Will sich nicht sicher war, was das bedeutete. Der Dampfer. Was sollte das heißen?

Eine volle Stunde Nachrichten. Ein Nachrichtendampfer.

Er wusste es nicht. Er hielt sich gebückt und trat weiter. Das war nicht die richtige Haltung, da war er sich sicher. Er quetschte sein Zwerchfell und schnitt sich die Luft ab. Er schaltete wieder und ging aus dem Sattel. Wie als Antwort verschärfte sich der Wind und eine Böe schlug gegen ihn und drückte ihn zurück in den Sattel.

Wenn er nicht die Hände am Lenker gehabt hätte, würde er jetzt mit seinem Kopf die Mittellinie ausradieren, während er nur noch an den Pedalen am Rad hing. Er trat weiter. Das hier war kein Rennen, war es nie wirklich gewesen, aber es war nicht einmal mehr eine Fahrt. Es war eine Qual, eine echte Qual durch die Berge von Colorado.

Er warf einen Blick nach links. Irgendwo da draußen war eine wunderschöne Bergwiese, eine Landschaft, die einem den Atem nehmen konnte. Aber er sah nichts als eine graue Wasserwand, die sich wie ein hässlicher Duschvorhang über die Szenerie gehängt hatte. Wenigstens wäre es eine Ablenkung gewesen, aber Gott gab ihm heute keinen Ausblick. Die Qual ging weiter.

Hoch, hoch, immer weiter hoch, immer wieder zu einem falschen Gipfel. Das Metronom war weg. Was ihn betraf, lag es irgendwo zerbrochen am Straßenrand. Kein Rhythmus. Keine Pace. Nur Qual. Herum mit dem Pedal, herum, und noch mal herum. Sein Tritt war nicht mehr rund. Wegen der angeschlagenen rechten Wade bestimmte sein linkes Bein das Tempo. Ein starker Tritt, ein schwacher, ein starker, ein schwacher, den Anstieg hoch zu noch einem falschen Gipfel. Hinter ihm hupte es und ein Lastwagen überholte ihn. Der Rückspiegel wischte knapp an seinem Helm vorbei. Der Fahrer brüllte etwas, das er nicht verstehen konnte. Bestimmt etwas Nettes.

Na ja, der Mann hatte sein Gründe, dachte Will. Will nutzte die ganze Breite der Straße aus. Er fuhr erst ganz rechts, dann auf der Mittellinie, dann rechts, dann links, dann wieder in der Mitte. Er fuhr, als würde die Strecke von Polizeiwagen abgesichert, und das war überhaupt nicht der Fall. Er hatte Glück, dass mitten in der Woche nicht viel Verkehr war. Ganz besonders, da sein Gehirn langsam einen Abgang zu machen schin.

Genug. Genug. Genug von diesen Ablenkungen, genug von dem Anstieg, genug von der Fahrt und diesem Tag. Dieser Quälerei. Herum und wieder herum und noch einmal herum. Er fuhr so schlecht wie nie zuvor in seinem Leben. Als Siebenjähriger auf dem Eisenrad auf der Landstraße von Michigan war er besser gefahren.

Zip zip zip ging es damals, und schneller, als er je zuvor gefahren war. Schneller als er rennen konnte. Und er konnte schnell rennen. Schneller, als er es je für möglich gehalten hatte, abgesehen vielleicht in Opas Auto, mit hundertvierzig Sachen auf dem Michigan Highway Nummer 43, während Opa lässig zwei Finger auf dem Lenkrad liegen hatte und ebenso lässig eine Camel aus dem Mundwinkel hängen ließ. Schneller und schneller, als er je zuvor gefahren war und jetzt, jetzt …

EINE KURVE! DA WAR EINE KURVE!

Will packte die Bremsen und schlitterte mit dem Hinterrad gegen die Leitplanke. Auf einmal führte die Straße nach unten und nicht mehr nach oben. Er hatte irgendwo den Pass überquert und es nicht einmal bemerkt. Jetzt bemerkte er nur, dass er einen schrecklichen, kalten Tod sterben würde, ganz allein, während Dale und die TV6-Zuschauer geduldig in Breckenridge auf seine Kommentare warteten.

Ein Wackeln, die Reifen hatten wieder Kontakt, ein Zur-Seite-Legen, und er hatte die Kontrolle wiedererlangt und das Rad wieder in die Mitte der rechten Fahrspur gebracht. Einen Augenblick lang richtete er sich auf, um durchzuatmen. Er warf einen kurzen Blick über die Schulter zurück, um die Passhöhe zu sehen, die er vollkommen verschlafen hatte. Mit wieder erstarkter Energie, die leicht zu haben war, jetzt, wo der Wind irgendwo über ihn hinwegbrauste, über den riesigen Kiefern, die ihm Windschatten gaben, schaltete er hoch, duckte sich, konzentrierte sich auf die Straße und begann eine schnelle Abfahrt auf dem nassen Asphalt.

Endlich war er auf der Abfahrt, dachte er, also bringen wir diesen Mist hinter uns. Er trat hart, lehnte sich in die nächste Kurve, spürte einen kleinen Rutscher und richtete sich ein wenig auf.

»Bringen wir die Sache zu Ende«, sagte er zu niemandem.

In Breckenridge regnete es stetig, aber zum Glück gab es keinen Wind, der den Regen unter die Heckklappe des Jeeps treiben konnte. Dwyer hatte die Klappe geöffnet und benutzte sie als Schutz, um die Kamera trocken zu halten, während er auf Wills Ankunft wartete.

Während er wartete und den schweren Parfümgeruch der Praktikantin vom Vordersitz roch (warum trugen die immer so viel Parfüm auf, fragte er sich), dachte er darüber nach, wie er wohl reagieren würde.

Jeder reagierte unterschiedlich auf die Nachricht. Flynn, der würde ausrasten. Er würde wütend herumstampfen und alle gottverdammte Arschlöcher nennen und dann irgendwohin rennen und einen Hund treten, zurückkommen und Dale anschreien und dann

Barbara Gooden und jedes ihrer Körperteile einzeln verfluchen, Haarspitzen bis Fußzehen, in einer Sprache, die jedem Bierkutscher zur Ehre gereichen würde.

Zorro dagegen würde grinsen und lachen, mit der Faust in die Luft stoßen und »jippie!« schreien, weil es bedeutete, dass er weniger arbeiten müsste. Tun Sie, was Sie wollen, Barbara. Sie sind die Herrscherin und ich, ich bin ein bescheidener Hofnarr, der nichts will, als zu amüsieren. Tun Sie, was Sie wollen, Mylady.

Dwyer lachte. Er arbeitete gern mit Zorro zusammen.

Dieser Typ jedoch war eine unbekannte Größe. Die Geschichte mit dem Telefon ließ Dale vermuten, dass er es mit einem von der Sorte Flynn zu tun hatte. Außerdem war er ein Ex-Profi, und trotz ihres netten Images in den Medien waren das normalerweise große Idioten. Ihr ganzes Leben lang waren sie besonders behandelt worden, und das erwarteten sie weiterhin.

Was für einer war der hier? Wer war dieser Ross? Die Geschichte mit dem Telefon konnte er ignorieren. Da hatte er wirklich einen Grund gehabt. Jemand bedrohte seine Frau. Das Telefon war sowieso nichts wert gewesen. Er hatte selbst schon oft daran gedacht, es »fallen zu lassen.« Es war sogar besser, dass dieser Ross es auf den Boden gefeuert hatte. Das machte es leichter für Dywer, ein neues zu bekommen, ohne, dass er vor Sessions und Gooden und den großen Boss mit der schlechten Laune und dem unaussprechlichen Namen zitiert wurde.

Der große A. A wie Arschloch. Er lachte. Er selber hatte nie einen Ausbruch des Geschäftsführers direkt abbekommen. Frank Makarios schon mehrere Male, und zwar dafür, dass er nie ein Stativ benutzte. Frankie Boy stand auf Handkamera und seine Beiträge sahen immer aus wie dänische Experimentalfilme.

Er lachte und sah die Straße hinauf. Vor einiger Zeit hatte er eine Figur am Berg gesehen, aber er konnte nur hoffen, dass das Ross war, der den Tag endlich beendete. Er brauchte ein Klo, einen Drink, und etwas zu essen. Und dann die Heizung voll aufgedreht, während sie nach Denver zurückfuhren.

Komm schon, Mann, dachte er, komm schon. Komm her und lass mich mit dem Rest meines Lebens anfangen.

Will kam um eine Ecke geschossen, bevor Dale Dwyer den Gedanken zu Ende bringen konnte. Er fummelte an seiner Kamera herum, fand Will im Sucher, stellte scharf, stellte wieder scharf, weil sich die Distanz veränderte, dann passte er die Blende an das verblassende Licht an, stellte noch einmal scharf und drückte auf den Start-Knopf in dem Moment, in dem Will am Jeep vorbeibrauste, Arme im Triumph erhoben.

Dwyer kletterte aus dem Jeep, nahm die Kamera vom Stativ und rannte, so gut er konnte, die Straße hinunter, um einen kurzen Kommentar von Will direkt am Ende der Fahrt einzusammeln.

Will stand etwa sieben Meter von ihm entfernt, immer noch auf dem Rad, auf den Zehenspitzen balancierend und nach Luft ringend.

»Gut gemacht, Mann, gut gemacht«, japste Dale. Die Höhe machte ihm mehr aus, als er zugeben wollte. »Gute Fahrt.«

»Danke, danke«, japste Will zurück, einfach nur verdammt froh, dass er nicht mehr treten musste. Die letzten paar Kilometer waren saukalt gewesen. Außer dem Fahrtwind war es zwar windstill gewesen, aber es war kalt und nass und was auch immer für körperliche Abwehrkräfte er heute früh noch gegen das Wetter gehabt hatte, sie waren mittlerweile verschwunden. Er begann zu zittern. Ein Königreich für eine Jacke. Warum zum Teufel hatte er nicht einen Stein oder so etwas benutzen können? Ein Stöckchen? Nie, niemals sollte man Kleidung weggeben.

Lektion gelernt.

Er warf einen Blick auf seine Uhr. 17:01. Er hatte es geschafft. Er hatte die Fahrt beendet und noch genug Zeit für die Liveschalte. Er wollte nur kurz im Wagen seine Gedanken sammeln, sich aufwärmen, eine Jacke und etwas zu essen besorgen, einen Schirm, eins von den Ohr-Dingern, damit er die Moderatoren im Studio hören konnte, und dann konnte es losgehen.

»Dreh die Heizung im Wagen auf, Dale. Ich muss mich aufwärmen.«

»Gut. Gut. Äh, Will …«

»Du hast sicher schon Filmausschnitte zurück zum Sender geschickt.«

»Bildmaterial, meinst du.«

»Ja, Bildmaterial.« Er lächelte. Dwyer hoffte, dass das ein gutes Zeichen war.

»Lass mich nur einen Moment ausruhen und dann machen wir uns fertig für die Liveschalte. Übrigens, das mit dem Telefon tut mir wirklich Leid, Mann.«

»Mach dir keine Gedanken über das Telefon. Aber ich habe dir etwas zu sagen.«

»Was?« Der Ausdruck auf Dwyers Gesicht gefiel Will gar nicht. Es war eine Mischung aus Furcht und Neugier, als ob er Will eine diffizile Frage zur Etikette stellen würde.

»Die Liveschalte ist 'rausgeschmissen. Es regnet seit Wochen zum ersten Mal. Sie haben also einen Wetterfrosch im Sender und haben den ganzen Ablauf geändert, um über den Regen zu berichten.«

Will starrte ihn an. Verblüfft. Einfach nur verblüfft. Er hatte nicht die geringste Ahnung, wie er reagieren sollte.

»Dale, du sagst mir, dass ich eben 225 Kilometer gefahren bin wie ein Bekloppter, nur, damit man mir sagt, dass meine Story nicht mehr zählt, weil ein bisschen Wasser von oben kommt?«

»Na ja, jedenfalls nicht bis morgen. Sie haben dich auf morgen verlegt. Ein Bericht und eine Liveschalte vom Start in Boulder.«

»Was ist, wenn es morgen auch regnet? Oder schneit?«

»Wenn es regnet, dann macht das keinen großen Unterschied, weil es der zweite Tag sein wird. Das wird ›TV6, Ihre Wetterzentrale‹ regeln«, intonierte er halb komisch. »Aber wenn es aus irgendeinem Grund schneit, tja, dann kann ich nichts voraussagen, denn jeder Schnee, wo auch immer in Colorado, löst in der Nachrichtenredaktion glatte Hysterie aus. Schneeflocken geben ein prima Bild ab. Wetter verkauft sich gut in dieser Stadt.«

»Warum nur?«

»Keine Ahnung. Die Leute verfolgen das eben. Wir bekommen dreimal im Jahr ordentlichen Schnee und jeder fährt einen Vierradantrieb. Die ganze Stadt ist ein einziger Geländewagenpark. Frag mich nicht, wieso.«

»Also, nach all dem, keine Liveschalte?«

»Keine Liveschalte. Ich habe dreißig Sekunden von dir zurückgeschickt, wie du durch den Regen über den Hoosier Pass fährst. Das ist alles, was sie gebrauchen konnten. Tut mir Leid, Mann.«

»So läuft das eben, denke ich. Tja, ich sage dir, wenn ich das gewusst hätte, hätte ich entweder in Fairplay aufgegeben oder wäre sehr viel langsamer gefahren.«

Er lachte bitter und Dwyer lächelte ihn an.

Dale konnte Ross immer noch nicht einschätzen. Er drehte nicht durch, aber er war auch nicht glücklich über die Sache. Er sollte einfach nur froh sein, dass Ross nicht sein Rad auf die Kühlerhaube seines Wagens donnerte, dachte Dwyer sich.

»Willst du, äh«, Dwyer suchte nach Worten, »willst du was zu essen besorgen und dich ein bisschen aufwärmen, bevor wir zurück fahren?«

Der ganze Tag stürmte wieder zurück in Wills Kopf. Die Fahrt, die Klettertouren, die Schmerzen, die Drohung, die Anrufe, die abwertenden Reaktionen.

Ausgelaugt sah er Dwyer an. Der Tag hatte ihn einfach erledigt.

»Ja, aber machen wir schnell, ja? Ich muss zurück nach Denver.«

»Kein Problem«, antwortete Dwyer mit einem Lächeln. Er drehte sich um und eilte zurück zum Jeep. Mit der Hand winkte er der Praktikantin zu, um ihr anzudeuten, sie sollte auf den Beifahrersitz rutschen. Er würde nach Hause fahren, ohne sich um Geschwindigkeitsbeschränkungen zu kümmern. Als er die Kamera im Heck verstaute, dachte er: »Das ist ja ganz gut gelaufen. Das hat er gut weggesteckt. Stille Resignation. Er sollte sich besser daran gewöhnen. So läuft das eben in der Nachrichtenredaktion.«

Will schob das Biest neben den Jeep und hob es mit einigen Schwierigkeiten, da seine Muskeln schon steif wurden, auf den Halter auf dem Dach. Er machte es fest und wickelte für zusätzlichen Halt noch zwei Bänder darum. Es war ein gutes Gerät. Das wollte er nicht verlieren. Er rüttelte einmal am Rad, um sicherzugehen, dass es fest saß. Dwyer ging an ihm vorbei und setzte sich hinter das Steuerrad.

»Hamburger?«

»Hamburger sind okay. Mach nur die Heizung an.«

»Leichte Übung«, antwortete Dale.

Er schloss die Fahrertür und eine Sekunde lang stand Will alleine auf den Straßen von Breckenridge. Der Regen fiel mit schweren, harten, kalten Tropfen. Zum ersten Mal seit Wondervu konnte er die Kiefern in der Luft riechen. Er konnte spüren, wie der Tag ihn einholte. Morgen würde er einen Muskelkater haben.

Er musste nach Hause zu Cheryl und Beppo und sicherstellen, dass alles okay war.

Der kleinste Teil des Tages, der unwichtigste, wenn man wirklich darüber nachdachte, war die Liveschalte gewesen. Die Live-Story aus Breckenridge am Ende der Fahrt.

Es war gar nichts. Zwei Minuten leeres Fernseh-Blabla. Es gab keinen Grund, den Ausfall zu bedauern.

Und doch tat er es. Er hatte ein Ziel gesetzt, er hatte es erreicht, und der Triumph war ihm entrissen worden.

Er hob das Gesicht dem kalten Regen entgegen und ließ ihn auf die Augenlider prasseln, die Wangen, die Lippen, den Hals. Er spuckte einmal zur Seite, sah zurück auf die Straße, die zum Hoosier Pass und zum Kenosha Pass davor und davor zum Guanella Pass führte, flüsterte leise »scheiße« und machte die hintere Tür auf. Er kletterte in die Wärme, die sich bereits im Jeep ausbreitete.

8
Danke, Peter

Er schlug mit der Hand auf den Tisch, und noch einmal, frustriert.

Was hatte er erwartet? Eine Marching-Band? Konfetti? Eine Parade?

Er hatte es nicht bekommen. Er hatte nichts davon bekommen. Gar nichts. Sein Angebot der Freundschaft, die Chance, die er ihm gegeben hatte, sich zu bedanken, und nichts hatte er bekommen.

Ross war sogar zu blöd, um sich bei ihm zu bedanken. Zu blöd für ein direktes, offenes, ehrlich gemeintes Dankeschön und einen Händedruck.

Es war nicht in Ordnung.

Er hatte Will Ross seinen Job beim Fernsehen verschafft. Hatte ihn berühmt gemacht, Herrgott nochmal. Aber der Kerl verdiente es offensichtlich nicht. Es war völlig klar: Er verdiente es nicht. Wie viele Ex-Sportler kommen ohne das winzigste bisschen Erfahrung direkt zu einem großen Fernsehsender? Keine. Gar keine. Keine, von denen er wusste.

Er schüttelte den Kopf.

Da er der Mann war, der Mr. Will Ross die Tür geöffnet hatte, war er auch der Mann, der Dank verdiente. Ein Händeschütteln. Ein Dankeschön. Eine kleine Verbeugung und ein Kratzfuß … Verbeugung und Kratzfuß. Meine Bemühungen, meine Bemühungen haben dir ein Leben gegeben, dachte er. Im Rhythmus seiner Worte donnerte er mit der Faust auf die Werkbank.

Er zitterte. Er musste aufhören. Die Werkbank wackelte. Alles auf der Werkbank wackelte. Das war nicht gut. Du kannst nicht anständig arbeiten, wenn du zitterst.

Das RDX fliegt durch die Luft und legt sich auf alles. Das C-4 läuft aus. Das Nitroglyzerin explodiert. Dem Semtex war es egal. Du konntest zittern wie deine alte Tante Hannah, und dem Semtex war es egal.

Aber im Augenblick arbeitete er nicht mit Semtex. Er arbeitete mit Nitroglyzerin. Und er musste sich beruhigen. Nitroglyzerin mochte es nicht, wenn man es schüttelte oder rührte oder sonstwie in Unruhe versetzte.

Er betrachtete die Flasche. Die durchsichtige Flüssigkeit schwappte noch etwas darin hin und her.

Er hielt den Atem an. Sie beruhigte sich wieder. Und er beruhigte sich. Vorsichtig hob er die Flasche hoch und stellte sie in das Regal mit dem komplizierten Verschluss-System zurück.

Lass dir Zeit, dachte er. Lass dir Zeit und mach es richtig. Ein Projekt nach dem anderen. Und wenn er auch darauf versessen war, das Projekt zu realisieren, in dem Nitroglyzerin eine tragende Rolle spielte, so war er doch zufrieden damit, zunächst an den anderen zu arbeiten. Den schwierigeren. Den kreativeren. Denjenigen, die für sein Stück zentraler waren.

Seine Wut und sein Groll stiegen wieder an. Es war nicht in Ordnung.

Nein, es war nicht in Ordnung. Das war es nie gewesen. Aber jetzt kam seine Chance, alles wieder gutzumachen. Die Sache mit Ross und dem Fernsehen und Sport und dem Bundesstaat Colorado und der Stadt Denver und allen, die sich sein ganzes Leben lang geweigert hatten, sich für die Momente zu bedanken, in denen er ihr Leben besser gemacht hatte.

All die miesen Leute, die ihn auf dem Weg inspiriert hatten.

»Danke, vielen Dank«, flüsterte er mit einem selbstzufriedenen Lächeln und verbeugte sich vor einer unsichtbaren Menge, die das Zimmer hinter ihm füllte. »Danke für mein Schicksal. Wollt ihr euch nicht bei mir für eures bedanken? Was? Kein Dankeschön? Keine Ohren zum Hören, kein Mund, um Danke zu sagen?«

Tante Hannah. Die entzückende alte Tante Hannah. Und Ron Warner in der High School. Oh ja, auch du verdienst meinen Dank, Ron. Und ich verdiene Dank von dir, denn ich habe dir das Fliegen beigebracht.

Er lachte boshaft. Oh ja, Ron, du wolltest fliegen. Und du bist geflogen.

Willst du dich nicht bedanken, Ron? Dafür, dass ich dein Auto in ein Flugzeug verwandelt habe?

Seine Fäuste waren geballt. Seine Augen starrten auf die Werkbank. Er presste die Kiefer fest aufeinander und ein verzerrtes Lächeln verzog sein Gesicht.

Nur ein kleines Dankeschön. War das zu viel verlangt?

Ist das jemals zu viel verlangt? Aber lasst mich die Dinge geraderücken. Lasst mich nur machen.

Jetzt gab es eine Chance.

Wenigstens für ihn. Für die anderen war es schon ihr ganzes Leben lang richtig gelaufen. Jetzt war seine Chance, sein eigenes Leben geradezurücken.

Wieder hieb er mit der Faust auf die Werkbank. Die Chemikalien rund um ihn herum hüpften in die Luft, neben dem Werkzeug und den Flammen und den Lötkolben und den Zeitschaltern.

»Ruhig bleiben«, sagte er laut, »ruhig.«

Er packte den Tisch, um seine Wut zu kontrollieren. Rache ist süß und am besten kalt zu genießen. Warte. Warte auf den richtigen Augenblick. Trotz der Tatsache, dass er sein Essen gerne warm aß, würde er dieses Mal abwarten. Abwarten und planen, und sichergehen, dass nichts, absolut nichts, den zweiten Akt verhinderte.

Andere Dankeschöns. Danke für den Kopf in der Kloschüssel. Danke für das Gesicht gegen die Wand. Danke für den Schlag. Danke für das Kichern. Danke für den Ausdruck des Angewidertseins. Danke. Danke. Vielen, vielen Dank.

Sie hatten so sehr versucht, ihn klein zu halten, sicherzustellen, dass er seinen Platz in der Welt kannte. Aber sie hatten ein paar wichtige Faktoren übersehen – er war besser als sie. Er war intelligenter als sie. Er war größer als sie.

Und er hatte sie für ihre Ignoranz bezahlen lassen, für ihre Unhöflichkeit – und jetzt würden noch mehr Menschen bezahlen.

Crooked Lake war der Anfang. Das Rennen würde der zweite Akt sein. Sie würden ihn kennen lernen. Danach würden sie wissen, wer er war.

Und sie würden den dritten Akt fürchten.

Oh, sie würden den dritten Akt fürchten.

Und das sollten sie auch.

Er lächelte.

Sie würden wissen, wer er war.

Und sie würden sich ewig an ihn erinnern. Sie würden wissen, dass Crooked Lake und das Rennen nur ein Abglanz seiner Begabung waren, seiner Genialität und seines Talents. Dann würden sie den dritten Akt fürchten. Sie würden den dritten Akt seines ersten Dramas fürchten.

Also, auf zum Rennen. Auf zum zweiten Akt.

Konzentriere dich jetzt. Lass Wut und Groll verebben. Wut und Groll störten. Sie zerstörten den Effekt. Sie ließen ihn zittern. Es würde gar keinen Akt geben, weder einen zweiten oder einen dritten, wenn er mit seinem Zittern etwas in die Luft jagte. Wenn das, was auf seiner Werbank lag, außer Kontrolle geriet.

Er summte.

Nitroglyzerin, RDX, C-4, Semtex – alles würde in die Luft fliegen – kabumm. Er kicherte.

Wenn das geschähe, würde das ganze Wohnviertel nicht mehr existieren. Er würde in Atome zerfetzt sein. Es gäbe eine ungefähr zehn Meter tiefe Grube. Und Mrs. Rand, die nebenan wohnte, tja, die würde in ihrem Hausmantel an einer Pappel im nächsten Landkreis hängen.

Er würde in die Materie des Universums eingehen und man würde nicht genug von ihm finden, um einen Fingerhut zu füllen.

Also, Konzentration. An die Arbeit. Er zog das Vergrößerungsglas heran und lötete einen winzigen Draht fest.

Planung. Aufbau.

Verdrahtung.

Klein und sorgfältig.

Keine großen Explosionen dieses Mal.

Nur eine kleine.

Eine gezielte. Jede mit einem Hintergedanken. Jede hatte eine winzige Aufgabe. Nur genug, um Aufmerksamkeit zu erregen und seine Vielseitigkeit zu demonstrieren.

Seine Vielseitigkeit. Den Umfang seines Talents. Die Reichweite seiner Kreativität.

Sie würden merken, dass sie mit Crooked Lake die ganze Zeit falsch gelegen hatten. Das war kein Unfall gewesen. Es war Teil eines großen, pyrotechnischen Dramas. Und es war nur der erste Akt.

Sie würden sich ewig an dieses Rennen erinnern. Akt zwei.

Und sie würden in den Geschichtsbüchern von Akt drei erzählen.

Sein Blick fiel auf den rosafarbenen, übergroßen Tennisball, den er in einer Zoohandlung gefunden hatte. Es war ein Nebenschauplatz, wirklich zweitrangig. Einfach. So einfach.

Aber kreativ. Oh, diesen Teil des Spiels mochte er besonders.

Fangt mich doch, wenn ihr könnt, ihr Trottel.

Er lächelte und beugte sich wieder über den Tisch. Zurück an die Arbeit. Der Lötkolben rauchte. Das Metall schmolz. Die Verbindung war hergestellt.

Wieder einmal schuf er etwas Lebendiges.

Und er fühlte sich deswegen lebendig.

Er konnte hören, wie es sagte: Danke, Peter.

Vielen Dank.

Und er lächelte.

9
Ein spitzer Bleistift und seine Folgen

Was hast du heute vor?«, fragte Cheryl, wischte sich eine Wimper von der Wange und glättete das Makeup, das dabei ein wenig in Unordnung geraten war.

»Ich glaube, ich werde den Tag stehend verbringen, so, wie sich mein Hintern anfühlt. Sag mal – wir haben so was mal als Beruf gemacht, oder?«

»Ja.«

»Waren wir vielleicht bescheuert.«

Er drückte das rechte Bein gegen das Brett am Fußende des Bettes und versuchte, die Muskeln zu dehnen, die sich im Verlauf der 36 Stunden seit seinem Ritt über die Berggipfel verhärtet hatten. Alles, von seinen Zehen über seinen Hintern bis zur Mitte seines Rückens schmerzte teuflisch, aber heute konnte er sich wenigstens bewegen, ohne wie die Marionette eines betrunkenen Puppenspielers auszusehen.

»Also, was machst du heute wirklich?«

»Ich schneide meinen ersten Bericht. Über die Fahrt. Er wird drei Minuten lang sein und in der Fünf-Uhr-Sendung laufen. Dwyer hat die Bänder gestern schon gesichtet und es ist alles bereit. Ich habe ein Treatment geschrieben, das Gooden umgeschrieben hat und das ich umgeschrieben habe und das Gooden dann nochmal umgeschrieben hat. Ich werd jetzt wohl bei ihrer Version bleiben.«

»War es schwer?«

»Nicht besonders. Ich habe nur erzählt, was passiert ist. Das heißt, doch, es war schwer, in gewisser Weise, weil beim Fernsehen alles so verdammt kurz sein muss. In einem Buch oder in der Zeitung kann man sich endlos auslassen. Bei 'nem Fernsehbericht heißt es immer nur, streichen, streichen, streichen.«

»Streichen?«

»Streichen. Jedes Mal, wenn ich Barbara gestern gesehen habe, hat sie nur zu mir gesagt, ›alles Überflüssige streichen.‹«

»Alles Überflüssige ...«

»Ja, also, die überflüssigen Worte. Die Wiederholungen. Schnell, knackig, zackzackzack.«

»Also«, sagte Cheryl und weitete die Augen in gespieltem Sarkasmus, »wenn du alles gestrichen hast, ist dann überhaupt noch was übrig?«

»Überhaupt noch was?«

»Inhalt.«

»Keine Ahnung. Ich bin zu sehr mit Streichen beschäftigt, um darauf zu achten. Frag mich heute Abend nochmal.«

»Mach ich. Kommt mir ein bisschen dünn vor, das alles. Aber ich schau's mir an.«

»Wie liebenswürdig von dir«, brummelte er.

»Hey, abgesehen davon, wie geht's dir?«

»Prima, warum?«

»Nein, ich meine, wie fühlst du dich?«

Einen Moment lang wusste Will nicht, was sie wollte. Dann wurde ihm der Sinn der Frage und der Grund für die Geheimniskrämerei klar. Sie hatten beschlossen, im Haus nicht über ihn zu reden. Aber es gab trotzdem Momente, in denen solche Fragen gestellt werden mussten.

»Oh ja, also.« Er dachte eine Sekunde lang nach. »Eigentlich okay. Ich meine, ich habe nichts gehört. Er hat nicht angerufen, ist nicht mehr aufgetaucht, und je länger ich darüber nachdenke, desto schwieriger wird es, mich an das zu erinnern, was er auf der Straße zu mir gesagt hat, verstehst du? Also, ich weiß nicht. Ich glaube, wir haben es einfach mit einem Irren zu tun.«

»Bist du sicher?«, fragte sie mit leiser Sorge.

»Ja. Zumindest glaube ich das. Wir werden sehen, ob er mir weiter auf die Nerven geht. Auch Barbara ist ziemlich sicher, dass es nichts ist. Die Polizei war überrascht, dass wir uns von Angesicht zu Angesicht gesehen haben, aber sie scheinen die Sache nicht allzu ernst zu nehmen. Und deshalb, deshalb … wie du bemerkt hast, hat es meinen Schlaf gestern Nacht nicht gestört.«

»Und deinen Appetit auch nicht, Dickerchen«, sagte Cheryl und piekste ihm mit der Haarbürste in den Bauch.

»Herzlichen Dank. Ich versuche immer noch, die Verluste von der Fahrt auszugleichen.«

»Das war ein Tag. Du isst, als seist du bei der Tour.«

»Alles Teil meines Erholungsplans.«

»Dann pass mal auf, dass du dir bei deiner Erholung nicht die Arterien verstopfst. Ich brauch dich noch 'ne Weile.«

»Wie lange denn?«

»Lange genug, um mich am Stichtag ins Krankenhaus zu fahren. Dann kannst du abdanken und ich werde mir mit deiner fetten Lebensversicherung ein schönes Leben machen.«

»Nett zu wissen, dass du mich so liebst. Aber nur dass du es weißt: Ich habe mein Testament geändert. Es geht alles an diesen Fernseh-Pfarrer.«

Sie schlug ihn mit der Haarbürste.

Das Schneiden schien ewig zu dauern. Wie jemals ein Bericht in eine der täglichen Nachrichtensendungen gelangte, konnte er sich nicht vorstellen. Passende Atmo suchen. Ton pegeln. Markierungen setzen. Ton ausstoppen. Einstieg markieren auf dem Player, dann auf dem Recorder, Ausstieg markieren, wenn es sein muss. Preview drücken, um zu hören, ob alles passt. Alles wieder ändern, weil der Cutter es anders haben will. Immer wieder gegenchecken, bis man sich sicher ist, dann den roten Knopf drücken, auf dem »Auto-Edit« steht, und dann ist die Sache tatsächlich geschnitten.

Außer, man musste sie wieder ändern.

Dann musste man natürlich wieder von vorne anfangen. Atmo, Bilder, Text, alles in einem sorgfältig zusammengesetzten Paket, dessen Verpackung ewig dauerte. Wenn Will selbst die Knöpfe bedient hätte, dann wäre die Zeit vielleicht schnell vergangen und der Tag hätte mehr Spaß gemacht. Der Bericht würde zwar aussehen wie eine Legoburg nach einem Erdbeben, aber er wäre wenigstens fertig gewesen. Doch obwohl er jeden Schnittvorgang genau beobachtete, konnte er die Abfolge der Knöpfe nicht behalten, bis Dale auf den roten Knopf drückte, um eine Nachwelt-taugliche Version zu erstellen. Will versuchte es, aber jedes Mal bereitete Dwyer alles sorgfältig vor, um in der letzten Sekunde wie ein Irrer auf sämtliche Knöpfe gleichzeitig zu dreschen.

Will war völlig verwirrt.

Der Tag schlich voran, bis sie zwei Minuten des Berichts fertig hatten. Gerade fügten sie eine Karte ein, auf der ein Zeichentrick-Will über den Guanella Pass schnaufte, als Bill Sessions den Kopf durch die Tür des Schneideraums steckte.

»Hemdenfarbe?«

»Ich trage heute ein Broncos-Hemd in zarten Orange- und Blautönen, wie du sehen kannst, Billy«, kicherte Dwyer ohne den Blick von den Bildschirmen zu nehmen.

»Nicht du.«

»Blau-weiß gestreift«, sagte Will.

»Haben Sie eine Krawatte, die dazu passt? Ein Jackett?«

»Nein. Ich habe nicht gedacht, dass ich heute vor die Kamera muss.«

»Man sollte sich immer so anziehen, als ob man vor die Kamera muss.«

»Okay. Warum?«

»Weil Sie heute vor die Kamera müssen. Dale, du wirst das allein fertig machen müssen. Will, Sie kommen mit mir.«

Dwyer sah mit großen Augen auf Will und nickte.

»Viel Glück. Immer rein ins kalte Wasser. Mach dir wegen dem hier keine Sorgen, ich schaff das schon.«

Will bedankte sich und folgte Sessions aus dem Schneideraum und quer durch das Atrium. An der Eingangstür konnte Will einen

Krankenwagen sehen. Der Anblick jagte ihm einen kalten Schauer über den Rücken und er musste an den Mann mit der Maske denken.

»Kommen Sie, wir haben nicht besonders viel Zeit.«

Will folgte Sessions in die Nachrichtenredaktion. Die Belegschaft stand in kleinen Grüppchen herum und diskutierte ernsthaft etwas. Will wusste nicht, was, aber instinktiv erkannte er, dass es ihn irgendwie berühren würde.

Sessions warf einen Blick auf Will und sein Hemd, sah sich unter den Mitarbeitern um und sagte dann zu einem der Reporter: »Elliott, geben Sie mir Ihren Schlips.«

Der Entertainment-Reporter, ein kleiner, runder Mann mit Schnurrbart, roter Brille und einem abgesehen vom Schlips überraschend faden Kleider-Geschmack, deutete auf seinen knallroten Schlips, seufzte, knotete ihn auf und hielt ihn Sessions hin.

»Ich will ihn wiederhaben.«

»Sie bekommen ihn um sechs wieder.«

Der Mann weigerte sich, das Ende des Schlipses loszulassen.

»Ich will keine Kaffeeflecken drauf haben. Das ist mein Mark Twain-Schlips.«

»Herrgott nochmal, Elliott, geben Sie mir das Ding einfach.« Sessions riss ihn ihm ungeduldig aus der Hand und warf ihn Will zu.

»Umbinden«, sagte er knapp.

Will begann, seinen Kragen hochzuklappen, während Elliott stumm die Lippen bewegte: »Keine Kaffeeflecken.«

Will nickte.

Als sie in Barbaras Büro kamen, klappte Will gerade seinen Kragen herunter. Sessions drehte sich zu ihm um und richtete ihm den Schlips wie eine Mutti, die ihre Kinder für den Sonntagsgottesdienst fertig machte.

Gooden legte den Telefonhörer auf und sah Will an.

»Netter Schlips. Einer von Elliotts?«

»Ja«, antwortete Sessions.

»Machen Sie keine Kaffeeflecken drauf«, sagte sie zu Will.

Will nickte und fragte sich immer noch, was heute los war.

»Wir haben hier ein kleines Problem, Will. Roger Flynn ist für das Spiel am Sonntag in San Diego bei den Broncos. Und Zorro …«

»Und Zorro«, sagte Bill und rieb sich die Augen.

»Ja, Zorro«, fuhr Barbara fort, »der hat sich gerade einen Bleistift ins Auge gestochen.«

»Er hat was?«, fragte Will ungläubig.

»Er hat sich gerade einen Bleistift ins Auge gestochen. Er hat in der Dispo gesessen, mit einem Bleistift in der Hand, Spitze nach oben auf dem Tisch. Dann hat jemand etwas zu ihm gesagt, und er hat gesagt ›Oh scheiße‹ und hat den Kopf auf den Tisch fallen lassen. Jetzt ist er mit einem Bleistift im Kopf auf dem Weg ins Krankenhaus.«

»Herrgott. Und wie geht's ihm?«

»Wie es eben jemandem geht, der einen Bleistift im Kopf stecken hat.«

»Heilige Scheiße.«

»Tja, heilige Scheiße, in der Tat. Sind Sie bereit?«

»Bereit wofür?«

Barbara stand auf, kam um ihren Schreibtisch herum, legte eine Hand auf Wills Schulter und sah ihm tief in die Augen.

»Sind Sie bereit, in die Bütt zu steigen? Denn wir haben nur noch Sie.«

»Für was?«

»Da wir die Leitung von Roger Flynn nicht verlängern können, kann er den Sportbericht nicht von San Diego aus machen. Sie moderieren heute Abend den Sport. Um fünf und um zehn.«

»Oh scheiße.«

»Oh scheiße ist richtig. Es ist fast alles fertig geschrieben, was, Bill?«

»Ja, Zorro hatte fast alles fertig, als er den Trick mit dem Bleistift versucht hat. John macht gerade den Rest. Er war mal Sportredakteur in Minneapolis.«

»Okay. Also, haben Sie ein Jackett dabei? Nein?«, fuhr Barbara eilig fort. »Dann werden wir für Sie ein Jackett finden. Bill, fragen Sie Elliott. Er hat immer ein Jackett über der Stuhllehne hängen. Seine ›kleine, runde Leute‹-Klamotten passen so ungefähr jedem.

Und während wir Ihnen ein Jackett suchen, machen wir eine kleine Probe mit Ihnen. Die fangen im Studio gerade mit den Vier-Uhr-Nachrichten an. Ist die Deko für ›Zuschauer fragen – TV6 antwortet‹ noch im kleinen Studio aufgebaut, Bill? Gut. Mach die Beleuchtung an und wir setzen ihn da rein. Ich komme in fünf Minuten und sehe zu. Bereite ihn vor und dann drillen wir ihn.«

Sie drehte sich um und ging hinaus, eine Frau auf einer Mission. Bill vergeudete keine Zeit. Er nahm Will am Ellbogen, von dem Will bemerkte, dass er im Moment wahrscheinlich der trockenste Teil seines Körpers war, und zerrte ihn in die Nachrichtenredaktion.

Während sie durch den Raum gingen, blickte Bill hin und her, als ob er etwas suchte. Schließlich hatte er es gefunden.

»Elliott, ich brauche Ihr Jackett.«

»Oh Mann, Bill. Kann sich hier denn niemand anziehen, bevor er zur Arbeit kommt?«, jammerte er.

»Klappe. Dies ist ein Notfall.«

Elliott warf Bill das Jackett zu und der gab es Will.

Elliott öffnete den Mund, um etwas zu sagen, aber Bill kam ihm zuvor.

»Keine Kaffeeflecken. Schon kapiert, Elliott.«

Und damit brauste Sessions mit Will im Schlepptau davon, der dem wütend und halbnackt an seinem Schreibtisch stehenden Elliott Green noch ein Dankeschön zuwinkte. Sessions' Geschwindigkeit beeinträchtigte Wills Seelenfrieden doch ein wenig. Entweder das, oder das Tempo in der Nachrichtenredaktion wuchs in der Vorbereitung auf die Fünf-Uhr-Sendung langsam, oder Will begann jetzt langsam richtig zu begreifen, was ihn in knapp einer Stunde erwartete.

Er würde die Sportnachrichten präsentieren. Eine große Sendung. Bei einem großen Sender. Ohne das kleinste bisschen Erfahrung. Was für ein Business übergab einen so wichtigen Job einem so kompletten Anfänger?

»Hey – gute Neuigkeiten – wir haben zwei Tote«, rief der junge Mann, der den Polizeifunk abhörte, als Sessions und Will vorbeigingen. Als Will Sessions auf den Flur folgte, konnte er den Jungen hinter sich rufen hören: »Noch besser! Drei Stück!«

Was für ein Business? So ein Business, dachte Will. So ein Busi-ess setzte aus keinem anderen Grund als der unglücklichen Platzierung eines spitzen Bleistifts einen unerfahrenen Newcomer vor die Kamera.

Als sie um die Ecke auf das kleine Studio zugingen, fragte Will sich, ob die Herstellerfirma jetzt wohl Warnschilder auf ihren Bleistiften anbringen würde: »Gespitzten Bleistift nicht ins Auge pieksen. Kann zu Verletzungen führen!«

Er schüttelte den Kopf. Er versuchte nur, den Gedanken an das Unvermeidliche zu verschieben. Er befand sich jetzt auf der Abfahrt einer Achterbahn und er war sich nicht sicher, ob die Schienen im Dunkel vor ihm um die Kurve weitergingen oder im tiefen Tunnel auf eine Backsteinmauer zuführten.

Wie auch immer, er saß jetzt im Wagen, er rollte vorwärts, und er konnte nicht mehr aussteigen.

Sessions schob ein paar Regler auf dem Mischpult hin und her und in dem kleinen Nachrichtenstudio gingen die Lichter an. Es war beinahe eine Miniaturversion der Deko im Nachrichtenstudio. Bill deutete auf einen Stuhl.

»Setzen Sie sich. Fangen wir an. Wir haben nur knapp eine Stunde, um aus Ihnen einen Star zu machen.«

Will konnte nichts anderes hören als Cheryls Stimme in seinem Kopf, die Sessions mit einem fröhlichen und sehr sarkastischen »Na dann, viel Glück« antwortete.

Auf dem Weg ins Nachrichtenstudio versuchte Will verzweifelt, sich an irgendetwas zu erinnern, was Sessions und Barbara ihm in ihrem Crashkurs erzählt hatten, so etwas wie »100 Sachen, an die man denken muss, wenn man Nachrichten präsentiert«.

»Flynn und Zorro improvisieren gern viel. Wir haben gedacht, dass Sie das an Ihrem ersten Abend wohl lieber nicht machen wollen. Also steht alles auf dem Prompter.«

»Dem was?«, fragte Will aus dem dumpfen, schockähnlichen Zustand heraus, in dem er sich zur Zeit befand.

»Dem Teleprompter. Das ist das Glas vor der Kameralinse. Darauf können Sie Ihren Text sehen, aber nicht die Linse. Die Zuschauer können Sie sehen, aber nicht den Text. Cool, was? Lesen Sie einfach nur ab, wenn Sie dran sind. Das ist alles.«

»Ja. Aha. Ja.« Wenn Will nicht geführt worden wäre, wäre er in die Wände hineingerannt. In Pfosten. In Türen, die nach draußen in die Freiheit führten.

Dann war jede Chance zur Flucht vorbei. Sie standen im Studio, die Sendung fing an, und Sessions hielt ihn an der Hand fest. Irgendjemand schmierte Makeup auf Wills Stirn, Wangen und Kinn. Sessions ging mit Will hinter den automatischen Kameras vorbei und wartete neben dem Platz des Sportmoderators, links auf dem Bildschirm, rechts in der Deko, bis Tom Blakely den ersten Nachrichtenblock ansagte.

Danach war es ruhig im Studio. Niemand sprach miteinander. Tom Blakely sagte kein Wort zu Martine, Martine sprach nicht mit Tom. Will war sich nicht sicher, ob die beiden sich nicht leiden konnten, oder ob es einfach nur professionelles Verhalten war.

Will sagte nichts. Er war zu nervös. Er würde zu plappern anfangen. Er wusste, er würde zu plappern anfangen.

Er sah nach unten und las wieder und wieder seinen Text, um ihn sich einzuprägen, um einen Sinn für die Worte und den Rhythmus zu bekommen, für den Inhalt und die Emotionen, die er in jede Story einbringen musste. Er dachte an die »100 Sachen, an die man denken muss, wenn man Nachrichten präsentiert«, und an das Buch, das er in etwa 45 Minuten schreiben können würde, »100 Arten live zu kotzen.«

In der Stille des Studios, unterbrochen nur durch gelegentliche Einleitungen und was sonst noch live eingesprochen wurde, betrachtete Will die Uhr, wie sie auf den magischen Moment von 17:12:34 zustrebte, als die Studiotür aufsprang. Fred March, der Meteorologe, kam lässig hereingeschlendert, schaltete sein kabelloses Mikrofon ein und setzte sich Will gegenüber. Die Ankündigung für den nächsten Block begann – »Bleiben Sie dran und dann erfahren Sie, was wir sonst noch alles für Sie haben«. Zuerst Blakely, dann Martine, dann Fred. Alle locker, knapp, auf den Punkt. Abgesehen von Fred, der das jetzt seit dreißig Jahren machte, waren sie alle locker, knapp, und auf den Punkt, weil es locker, knapp und auf den Punkt auf der Kameralinse geschrieben stand.

Dann drehte sich die Kamera zu Will. Das rote Licht ging an. Der Aufnahmeleiter machte eine übertriebene Geste und zeigte auf die Kamera. Will starrte auf die Linse und suchte nach den Worten, die er sagen sollte.

Sie waren nicht da.

Der computergestützte Teleprompter war abgestürzt.

Will öffnete den Mund, um die ersten Worte zu sagen, und sagte gar nichts. Er saß einfach nur da, mit offenem Mund, wie ein Fisch auf dem Land. Sein Gehirn war so leer wie der Teleprompter vor ihm. Eine Ewigkeit lang saßen sie da, Mensch und Kamera, und beide hofften, der andere würde zuerst etwas unternehmen.

Keiner von ihnen tat es.

Und nachdem die Ewigkeit zu Ende war und eine weitere begann, wurde der Bildschirm dunkel, das rote Licht ging aus, und irgendein Typ, der Sofas verkaufte, erschien auf dem Bildschirm. Werbung.

Es war vorbei. Mann, es war vorbei. Und er war geliefert. Fertig, aber gerettet in die sichere Zone der Werbepause.

Einen Augenblick lang sagte niemand etwas, bis Tom Blakely sich zu Will umdrehte und flüsterte: »Rotes Lämpchen – sprechen.«

Will nickte. »Ich weiß. Ich weiß. Tut mir Leid. Ich habe nur erwartet, dass da Worte erscheinen, und als sie nicht erschienen sind, war mein Gehirn völlig leer. Sorry.«

»Hier ist nicht viel Platz für Sorry«, sagte Blakely kalt.

Martine warf Will einen Blick und ein mitfühlendes Lächeln zu. Er hatte das Gefühl, dass sie von Zeit zu Zeit in der gleichen Situation gewesen war und dass Blakely ihr den gleichen tollen Rat gegeben hatte.

Fred March grinste. Will war davon überzeugt, dass dieses Band bei »Die dümmsten Moderatoren der Welt« wieder auftauchen würde.

Die Studiotür ging auf und Sessions marschierte hinein. Will fragte sich, ob er wohl aus dem Studio geworfen würde. Sessions winkte ihm zu. Will machte das Mikrofon ab und stand auf. Zum ersten Mal wurde ihm bewusst, dass sein Jackett schweißnass war. Seine Hände hatten zwei nasse Spuren auf der Walnussholz-Imitat-Oberfläche des Tisches hinterlassen.

Das war schlimmer als der Ventoux.

Sessions kam herüber und legte eine Hand auf Wills Schulter. »Das war ... wirklich interessant. Sie werden froh sein zu erfahren, dass Sie nicht plötzlich erblindet sind. Wir hatten nur vergessen, einen Teaser für Sie zu schreiben. Die Verantwortung nehmen wir auf uns. Aber jetzt möchte ich, dass Sie sich hier drüben in die Interview-Ecke setzen und sich einfach entspannen. Sehen Sie Tom und Martine zu. Beobachten Sie, wie die es machen. Beobachten Sie, wie sie miteinander umgehen. Beobachten Sie, wie sie ablesen. Und entspannen Sie sich einfach.«

»Ich weiß nicht, ob ich das kann, Mann. Ich habe eben live ›Fisch auf dem Trockenen‹ gespielt.«

»Das passiert uns allen. Fred March da drüben, der so cool und locker scheint? Der war mal einen Abend so schlecht drauf, dass er was von einem Schnebelbeinwerfer erzählt hat. Martine, sonst so ruhig und professionell, hat einmal Johann Sebaldrian Bachs H-Mess-Molle angesagt, und sich dann auf H-Moss-Melle korrigiert. Das ganze Studio konnte sich vor Lachen nicht mehr halten.«

Will biss sich auf die Lippe, um nicht loszuprusten.

»Ja, sehen Sie?«, sagte Sessions mit einem Nicken. »Das ist jedem schon mal passiert. Jedem. Selbst Barbara hatte schon richtige Hänger. Es ist eine Livesendung und da kann alles passieren. Selbst bei Mr. Blakely. Fragen Sie ihn mal nach Anna Nicole Smith. Das war gut. Sagen wir einfach, Sie haben Ihren ersten Hänger gleich als Erstes hinter sich gebracht. Von jetzt ab entspannen Sie sich einfach und erledigen den Job. Okay?«

Will nickte. »Okay.«

»Setzen Sie sich einfach dort auf einen Sessel und beobachten Sie die beiden bei der Arbeit.« Er deutete auf Blakely und Martine. »Die beiden können extrem nerven. Sie sind echte Diven, aber sie wissen, was sie tun. Sie können von niemand Besserem lernen.«

Will nickte. Er ging zur Interview-Ecke hinüber, zog sich das nasse Jackett aus und hängte es über die Sessellehne. Er setzte sich, um zuzusehen und um seine Atmung wieder zurück auf normal zu bringen.

Die Sendung ging weiter und Tom und Martine begannen mit einer lockeren »Plauderei« und dem zweiten Block. Alles ging glatt. Sie unterhielten sich mit Reportern draußen oder im Studio. Sie wussten, was sie sagen wollten, und sie sagten es einfach. Alles vermittelte »ich bin gerne Gast in Ihrem Wohnzimmer.«

Will las sich seine Moderationstexte wieder durch. Was hatte Barbara gesagt? Eine von ihren 100 Regeln? Beherrschung. Es ist Ihre Story. Ihre Arbeit. Beherrschen Sie sie. Lassen Sie die Zuschauer wissen, dass Sie das Gezeigte für so wichtig halten, dass Sie den Text geschrieben und den Bericht geschnitten haben und ihn für die Zuschauer ausstrahlen.

Beherrschung. Beherrschen Sie sie. Die nächste Werbeunterbrechung begann. Die wievielte? Vierte? Oder fünfte? Egal. Der Aufnahmeleiter lächelte Will an und winkte ihn zu seinem Stuhl hinüber. Er stand auf, zog das feuchte Jackett an, ging hinüber, setzte sich, machte das Mikrofon fest und sortierte die Texte vor sich auf dem Tisch. Wenn dieses Mal der Teleprompter ausging, dann wusste er, wohin er schauen musste, auch, wenn das bedeutete, dass Denver für den größten Teil der Sportberichterstattung nur seinen Kopf sehen würde.

Der Aufnahmeleiter rief: »Zehn Sekunden!«

Tom Blakely beugte sich herüber.

»Wenn Sie wieder so ein Ding wie beim Teaser drehen, dann stelle ich sicher, dass Sie nie wieder im Nachrichtengeschäft arbeiten.«

»Achtung!«

Will saß eine Sekunde lang stumm da, von der Drohung wie betäubt.

Er wandte sich Blakely zu.

»Danke. Ich weiß das zu schätzen.«

Das rote Licht ging an. Will wandte sich der Kamera zu und öffnete den Mund.

Dieses Mal kamen tatsächlich Worte heraus.

Die Rockies hatten heute frei, aber der Rest der Baseballteams war gut beschäftigt. Will ging die Ergebnisse durch und hatte nur bei einem Probleme, Seattle gegen New York, als ein kurzer Film über einen großartigen Fang die Ergebnisse unterbrach. Er musste ständig auf den Telepromter starren, um sicherzugehen, wer den Fang gemacht hatte. Egal, wie oft er den Namen las, er konnte ihn sich nicht merken, und das machte ihn so nervös, dass er ihn falsch aussprach. Aber er machte einfach weiter. Nach der American League kamen die Ergebnisse der National League.

Dann Eishockey und der Spielertausch bei den Avalanche. Die Nuggets versprachen wieder einmal eine tolle Saison, aus der wahrscheinlich doch nichts werden würde. Dann zur Liveschalte nach San Diego mit Roger Flynn.

Will las die Anmoderation und wandte sich dann einer zweiten Kamera zu. Auf dem Bildschirm steckte jetzt sein Kopf in einem Rahmen neben Roger Flynn in Südkalifornien. Er sagte hallo. Aber Flynn konnte ihn entweder nicht hören, oder er passte nicht auf, denn er war mitten in einer Rede und machte keine Pause, um seinen Bericht über die Broncos und ihre Vorbereitungen auf das Spiel abzuliefern.

»... ich hab's auch nicht glauben können. Ist das zu fassen, so ein Blödsinn, diesen kleinen Nichtskönner da hinzusetzen. Es wäre besser, sie würden das Blakely oder Schnuckelchen machen lassen.«

»Roger ...,« sagte Will scharf. Er warf einen Blick zu Martine hinüber und sah, wie sie tiefrot wurde.

»Ist doch echt unmöglich, für einen so billigen Laden zu arbeiten. Kein bisschen professionelle ...«

Blakely bewegte sich nach vorn, als ob er etwas sagen wollte. Will hob schnell die Hand, um ihn zu stoppen.

»Roger!«, rief er. Flynn reagierte mit einer überraschten Bewegung zur Kamera.

»Was denn nun?«, fragte er überheblich. Offensichtlich dachte er, er würde mit jemandem in der Regie sprechen.

»Roger, hi, alter Knabe. Hier ist Will Ross LIVE im Studio mit Ihnen LIVE in San Diego. LIVE.« Flynn hatte kapiert. Er blickte zu Boden, dann zur Seite, dann in die Kamera und lächelte. Er hatte seine professionelle Ruhe wiedergefunden. Will machte weiter, als sei nichts passiert und nichts gesagt worden. »Was machen die Broncos diese Woche und sind sie dieses Mal wirklich gut vorbereitet? Das Spiel am Sonntag müssen sie wirklich gewinnen, nicht wahr?«

Will hatte nicht die geringste Ahnung, ob das stimmte. Er verfolgte die Broncos nicht so genau, auch wenn er als Steuerzahler von Denver ihr neues Stadion mitfinanzierte. Aber trotzdem interessierte es ihn nicht sonderlich. Es war einfach nicht seine Sportart. Baseball war ganz nett, an einem sonnigen Tag mit einem Bier und einem Hot Dog. Eishockey, das war ein Spiel. Eishockey liebte er. Irrsinn auf Kufen. Männer, die wie im Schnellvorlauf hin und her rasten und mit Stöcken aufeinander eindroschen.

Also, das war ein Sport.

Flynn plapperte jetzt etwas von Verletzungen und Zeitplänen und Rekorden und wichtigen Siegen und irgendetwas von einer »roten Zone,« was Will überhaupt nicht verstand, dann spielte er einen Bericht ein. Während der lief, konnte Will sehen und hören, wie Flynn auf dem Vorschaumonitor komplett ausflippte.

»Was für ein Scheißladen ist das hier eigentlich? Ich brauche ANSAGEN, Leute, ANSAGEN! Hat irgendjemand in dem Scheißhaufen da mal dran gedacht? ANSAGEN! Kann mir vielleicht jemand mal Bescheid sagen, dass ich gleich drauf bin? Ich muss das wissen, damit ich nicht aussehe wie ein totaler Vollidiot!«

»Zu spät«, murmelte Martine.

Tom Blakely lachte und tätschelte ihre Hand.

Flynn tobte bis zum Ende des Berichts weiter. Dann hörte er auf, wandte sich wieder der Kamera zu, fuhr sich mit der Hand durch das Haar, lächelte, und legte los wie der wahre Profi, von dem er dachte, dass er es war. Er beendete seinen Livebericht und gab zurück zu Will ins Studio.

»Zurück zu Ihnen, Will. Schön, Sie an Bord zu haben.«

»Schön, hier zu sein, Roger. Und danke für den warmen Empfang.«

Tom Blakely neben ihm schnaubte verächtlich.

»Bis morgen kurz vor dem Spiel, Roger.« Jetzt zeigten die Kameras statt den Kästchen mit Roger und Wills Köpfen eine Einstellung mit allen drei Leuten im Studio: Will, Tom und Martine.

»Das war ja wirklich interessant«, sagte Will mit einem Lächeln. »Es sollte ein gutes Spiel werden.«

»In der Tat«, sagte Tom mit sonorer Stimme. Wie er mit nur zwei Hoden eine so tiefe Tonlage haben konnte, überstieg Wills Verstand.

Will wandte sich der Kamera zu.

»Schalten Sie morgen wieder ein und ich bin sicher, Roger wird weitere Einsichten haben.« Er machte eine kleine Pause. »Über das Spiel.«

Martine wandte sich ab. Blakely fror das Lächeln auf dem Gesicht ein und er machte eisern weiter.

»Apropos Einsichten, Will, Sie haben als Radrennprofi einen Ruf wie Donnerhall, nicht wahr?«

»Ich bin eine Zeit lang in Europa gefahren.«

»Und das recht gut, wenn ich mich richtig erinnere.«

Will war sich ziemlich sicher, dass Tom sich an nicht viel erinnerte, was vor dem Mittagessen lag, aber er nickte höflich.

»Ja. Ich habe ein paar Mal die Tour de France mitgemacht, auch Paris–Roubaix und ein paar andere Rennen, in verschiedenen Mannschaften. Es war ein harter Job.«

Er sah direkt in die Kamera.

»Aber nicht so hart wie der hier«, sagte er und wandte sich wieder Blakely und Martine zu. »Wie Sie beide das jeden Tag schaffen, wie dieses Team das schafft, ist mir unbegreiflich.«

Er drehte sich wieder zur Kamera.

»Es ist schwerer, als es aussieht, Freunde.«

»Tja«, sagte Martine, »Rad fahren ist auch nicht eben leicht, jedenfalls nicht, wenn man durch die Berge von Colorado auf der Strecke fährt, die für das in zehn Tagen stattfindende Zephyr Classic geschaffen wurde. Will, Sie sind die Strecke diese Woche abgefahren. Was denken Sie?«

»Denken? Denken hatte nichts damit zu tun.«

Bevor er noch etwas mehr sagen konnte, begann der Bericht und alle im Studio sahen auf die Monitore, um ihn zu sehen. Der Aufnahmeleiter ging zur Wand hinüber und stellte den Ton an.

Will war ein wenig überrascht. Er hatte keine Chance bekommen, die Anmoderation so abzulesen wie geplant, aber da ihn niemand anbrüllte war es anscheinend trotzdem okay.

Er wandte seine Aufmerksamkeit dem Bildschirm zu und betrachtete, wie er sich nach Wondervu hinaufquälte, dann im Tal über die Eisenbahnschienen holperte, durch Blackhawk sprintete, und dann die ›Oh My God Road‹ herunterbretterte. Martine verzog das Gesicht und wandte sich ab, überzeugt, dass Will aus der Kurve getragen und durch die Luft fliegen würde, um unten auf den scharfen, spitzen Felsen einen schmerzhaften Tod zu sterben. Er war zwar selbst gefahren, aber wandte sich ebenfalls ab, nachträglich von seinem Tod überzeugt.

Dynamische Musik begleitete den Kampf hoch zum Guanella Pass, die Abfahrt auf der Kieselstrecke, die Fahrt über den Kenosha Pass. Dann kam irgendetwas Rhythmisches bei dem Flachstück von South Park, und dann dunkle, hämmernde Musik bei der Qual über den Hoosier Pass. Der Film konzentrierte sich ebenso sehr auf das Mistwetter wie auf Wills Nase, die lief wie ein aufgedrehter Wasserhydrant.

Martine sah wieder weg.

Will überquerte die imaginäre Ziellinie in Breckenridge und sauste im Regen die Main Street entlang, Dwyer mit der Kamera hinterher, während Will ausrollen ließ und sich über den Lenker beugte.

Will beobachtete die Bilder aufmerksam.

Daran konnte er sich gar nicht erinnen.

»Wie war die Fahrt?«, konnte man Dwyer hinter der Kamera rufen hören.

Das Bild zeigte Wills müdes Gesicht, von dem Schweiß und Regen tropften. Er wandte sich zur Kamera und machte eine kurze Pause, bevor er flüsterte: »Nie wieder, nie wieder.«

Die Kamera zeigte ein paar Sekunden lang sein erschöpftes, dreckiges, nasses Gesicht. Dann wurde das Bild schwarz. Kurz darauf kam die Besatzung im Studio wieder ins Bild. Alle drei starrten immer noch wie gebannt auf die im Tisch eingebauten Monitore.

Tom Blakely sah auf, schüttelte scheinbar erstaunt den Kopf und sagte ruhig: »Wir sind gleich wieder für Sie da.«

Danach erschien der Kerl mit den Sofas wieder. Werbung.

Will lehnte sich zurück. Die plötzliche Erleichterung und die Entlastung von dem Druck gaben ihm das Gefühl zu schweben.

Martine blinzelte ihm zu. Tom Blakely sah ihn an und sagte ganz ernsthaft: »Holperiger Start. Gute Arbeit. Gute Story. Sie schaffen das schon.«

Will nickte dankbar und stand auf, um zurück in die Nachrichtenredaktion zu gehen.

Sein Rücken war völlig durchnässt. Das Jackett war so feucht, dass es ganz dunkel geworden war. Seine Hände waren nass und seine Beine wollten sich nicht bewegen. Er stolperte in Richtung Studiotür.

Er lockerte den Schlips, aber der Knoten war so nass vom Schweiß und dem Makeup, das ihm den Hals hinabrann, dass das nicht einfach war. Alleine ging er zurück in die Nachrichtenredaktion und zur Nachbesprechung, die vor ihm lag. Er stand vor der Tür, atmete einmal tief durch, drückte sie auf und ging in das Geräusch eines lang anhaltenden Applauses hinein.

Überall, wo er hinsah, lächelten die Leute. Barbara. Bill. Dale. Jim Terry. Frank Makarios. Shirley, die Empfangsdame. Sogar Andy Andropoulos, der große weiße Häuptling des Senders.

Andy nickte heftig.

Nur ein Mensch in der Nachrichtenredaktion applaudierte nicht. Das war Elliott, der Entertainmentreporter. Mit unverhohlener Abscheu zuckte er vor Will zurück.

»Mein Jackett! Mein schönes Jackett! Was zum Teufel haben Sie damit gemacht? Gebadet!?!«

10
Das Auge des Zorro

Zorro hatte Glück gehabt. Er hatte den Kopf direkt auf die Spitze des Bleistifts gesenkt, aber statt im Auge stecken zu bleiben, war er in den rechten Rand der Augenhöhle gerutscht und hatte den Augapfel nur an der Seite leicht angekratzt. Er hatte wirklich ungemein Schwein gehabt.

Jetzt saß er in der Sportredaktion und starrte mit dem gesunden Auge auf den Computerbildschirm. Das andere Auge war mit einem riesigen Verband aus Mull und Heftpflaster zugeklebt.

Als er an diesem Morgen zurückgekommen war, war jeder Bleistift im Gebäude mit einem Stück Styropor an der Spitze versehen gewesen. Er hatte nicht gelacht.

Alle anderen lachten, er aber nicht. Er hatte ein ganz anderes Problem.

»Du denkst, jetzt hast du es geschafft, was?«, murmelte er nach einer halben Stunde Stille in der Sportredaktion zu Will.

»Was meinst du damit?«

»Du hast es geschafft. Ich bin verletzt. Du machst die Sendung. Prima.«

Will nickte. Er hatte sich schon gefragt, wann sich das hässliche Gesicht des Fernsehgeschäftes zeigen würde. Verdammt nochmal. Wo sonst auf der Welt gab es solche unglaublich egoistischen Mimöschen?

Er blickte zu Zorro hinüber, der zusammengesunken auf seinem Stuhl saß und mit dem guten Auge auf den Bildschirm starrte, die Unterlippe schmollend nach vorn geschoben.

»Jetzt reicht's aber«, flüsterte Will. »Hör mal zu, Zorro. Ich mag dich. Wirklich. Mir hat man gerade den Job weggenommen. Gestohlen. Genauso, wie du denkst, dass ich es jetzt mit dir mache. Er wurde mir von jemandem gestohlen, der die ganze Zeit hinter meinem Rücken intrigiert hat. Ich mache so was nicht. Ich versuche es nicht, und ich will es nicht. Mit Tom und Martine da herumzusitzen war eines der langweiligsten Ereignisse meines Lebens. Am Wochenende arbeiten zu müssen widerspricht meiner Religion. Tat's schon immer.«

Auch wenn ich es jahrelang gemacht habe, dachte er.

»Nie im Leben will ich deinen Job. Ich kenne noch nicht mal meinen. Ich schwitze im Studio wie ein Schweinebraten. Es langweilt mich zu Tode. Und ich will nur wieder zurück an den Schneidetisch und den Bericht fertig machen, an dem ich gerade arbeite.«

»Wirklich?«

»Wirklich, Mann. Ich will ihn nicht. Macht keinen Spaß.«

»Ohne Scheiß?«

»Ohne Scheiß. Ich weiß nicht genug über dieses Geschäft, um dir den Job wegzunehmen. Ich bin live nicht gut genug. Ich will den Job nicht dringend genug. Und außerdem ist es deiner. Du bist zu gut.«

Er machte eine Pause.

»Und ich stehle nicht von Freunden.«

Zorro starrte einen Augenblick lang auf den Bildschirm, dann drehte er sich um und bot Will seine Hand an. Sein eines Auge glänzte.

»Danke. Danke, dass du so denkst. Danke, dass du das gesagt hast.«

»Kein Problem. Es ist dein Job. Du musst ihn behalten.«

Er lachte. »Die in der Nachrichtenredaktion haben gesagt, du warst gut.«

»Nein. Was die wirklich meinen ist, dass ich gerade noch einmal davongekommen bin. Abgesehen von einer kleinen Toter-Fisch-Nummer im Teaser habe ich es durchgestanden, ohne auf den Tisch zu kotzen. Das ist anscheinend ein Grund zum Feiern. Qualität hat heutzutage viele Gesichter.«

»Kann sein, aber du hast Barbaras kleines Herzelein richtig zum Pochen gebracht. Du bist die Wiederauferstehung von Steve Montoya.«

»Von wem?«

»Das ist ein Reporter, der vor ein paar Jahren mal hier gearbeitet hat. Kam von einem kleinen Sender. Hatte Stil. Sah gut aus. Hatte eine Menge Selbstvertrauen und eine gute Stimme. Eine tolle Stimme, tief und sonor. Hat zwei Jahre lang hier gearbeitet und dann hat ihn ein Network abgeworben, für ein Nachrichtenmagazin. Jetzt ist er Anchorman in Atlanta.«

»Nicht schlecht.«

»Genau. Also, Barbara ist davon überzeugt, dass sie ihm nicht nur einen Start verschafft, sondern ihn regelrecht geschaffen hat. Und seit diesem Augenblick, seit dem Augenblick seines Erfolges, versucht sie, die Sache zu wiederholen.«

»Wie das?«

»Indem sie uns immer wieder jemanden vor die Nase setzt. Du verstehst also, warum ich dachte, du würdest das Gleiche machen, alle Stationen überspringen, und so weiter.«

»Sei nicht so paranoid, mein Freund.«

Zorro kicherte bitter.

»Das gehört zum Geschäft, Will. Es wird dich auch noch vereinnahmen. Du erfährst nie was. Niemand sagt dir was. Du hast so ein Gefühl. Ein Gefühl, dass irgendetwas nicht stimmt. Es läuft alles nicht so, wie es laufen sollte – die Manager streiten sich mit dir wegen deiner Ideen für Berichte, sie schließen dich aus ihren Unterhaltungen aus, du willst sie sprechen und sie haben nie Zeit. Du fängst an, Gerüchte zu hören und neue Gesichter zu sehen, und selbst deine Freunde in der Nachrichtenredaktion kommen dir irgendwie komisch vor, und dann, peng, stehst du hinter dem Gebäude auf der Straße. Schnell und schmerzlos. Verschwinde. Und all die Leute, die deine Freunde waren, sehen dir durch die großen Glasfenster zu, wie du gehst, und winken traurig, während sie denken: 'Gott sei Dank, besser du als ich, mein Freund, besser du als ich.'«

Will kannte das Gefühl. Die gleiche eiskalte Hand der gleichen Realität hatte sein Herz in der Vergangenheit mehrfach gepackt.

»Also, ob es dir gefällt oder nicht, Will Ross, das ist das Geschäft, das du dir ausgesucht hast. Oder, in deinem Fall, das dich ausgesucht hat. Wenn dir die Bombe auf den Kopf fällt, dann verspreche ich dir, ich werde dir traurig hinterhersehen. Aber ich werde mir auch denken: ›Besser du als ich, mein Freund, besser du als ich.‹ Und ich hoffe, du machst das Gleiche, wenn das Fallbeil auf mich herabsaust.«

Will saß einen Augenblick lang still da und streckte dann die Hand aus.

»Alles klar, Zorro.«

Sie schüttelten die Hände und die Atmosphäre in dem kleinen Raum wurde sofort freundlicher.

Will wandte sich wieder seinem Bildschirm zu und starrte auf die Planung für die samstägliche Fünf-Uhr-Sendung. Ein weiterer einstündiger Nachrichtendampfer, eine weitere endlose Stunde auf dem Fluss des Lebens, wo nichts den Fortgang der Zeit beschleunigte und kleine Sandbänke aus Werbung ihn noch mehr verlangsamten.

Es war Samstag. Samstag passierte nie etwas.

Dann lächelte er. Bis nächste Woche.

Nächste Woche war das Rennen.

Da würde etwas passieren. Es würde ihn aus dem Studio heraus zurück in die wirkliche Welt bringen.

So wirklich, wie Radfahren eben sein konnte.

Er warf einen Blick auf das rote Nachrichtenlämpchen auf seinem Telefon. Es war aus. Keine Anrufe von dem mysteriösen Fremden, seit Tagen nicht. Kein Kontakt. Will war mittlerweile an einem Punkt angelangt, wo er lange Zeit gar nicht mehr daran dachte.

Aber er war da, sagte irgendetwas in einem primitiveren Teil seines Gehirns. Er war immer noch irgendwo da draußen. Und er war eindeutig jemand, den man ernst nehmen sollte, so sehr Will auch versuchen mochte, ihn zu vergessen.

Drei Kreaturen aus Licht.

Drei Kreaturen aus Klang.

Drei Kreaturen des Todes.

Drei Verkündigungen.

Der Lötkolben war zu heiß und unterbrach die Verbindung.

Er fluchte.

Der Primärschalter war fertig.

Die besondere Attraktion musste nur noch fertig gestellt werden.

Aber der Sekundärschalter machte ihn wahnsinnig. Vielleicht war er heute einfach müde und fahrig geworden. Vielleicht war er zu ehrgeizig. Wenn man allzu viel wollte, litt eben doch die Qualität. Vielleicht. Vielleicht war das Ding auch einfach zu klein. Es würde sowieso schwer zu platzieren sein. Zu viele Menschen. Egal. Er lehnte sich zurück und schob sich die Lupe auf die Stirn. Zu viele Menschen. Lass gut sein. Es ist im Moment einfach zu viel.

Du hast noch eine Woche Zeit, dachte er. Noch eine Woche.

Sorgfältig deckte er das RDX ab. Er wollte nicht, dass es durch den Raum schwebte. Er packte das Semtex weg und den Rest C-4. Irgendwann würde er mehr davon brauchen. Leider war sein letzter Kontaktmann verhaftet worden und jetzt für die nächsten fünfzehn oder zwanzig Jahre irgendwo in Kansas in einer Zelle.

Er würde eine neue Quelle finden müssen. Sollte nicht allzu schwer sein. Es gab sie, wenn man wusste, welchen Stein man umdrehen musste. Sie waren da draußen.

Er deckte alles ab und wandte dann seine Aufmerksamkeit dem Nitroglyzerin zu.

Das hatte einen besonderen Aufbewahrungsort. Langsam und vorsichtig schob er es in seine gepolsterte Kiste zurück. Jede kleine Flasche mit dem Glasstöpsel wurde von einem Stoffrahmen festgehalten. Keine Bewegung. Keine Hitze. Keine Kälte. Keine Störung.

Nicht bis um diese Zeit nächste Woche, wenn er es dazu bringen würde, seine schreckliche, fantastische, wunderschöne Macht zu entfalten.

In der Vergangenheit hatte er selten Nitroglyzerin benutzt. Zu instabil. Zu unelegant, dachte er. Ließ nie wirklich viel Kreativität zu.

Ah, aber Kreativität gehörte zur Seele eines Schöpfers, nicht wahr? Und er war der Schöpfer. Er konnte Leben geben und nehmen, mit Liebe oder mit Schmerzen.

Genau wie Daddy.

In seinem Kopf öffnete sich die Tür und er sah die Betonstufen, die hinunter in den Keller führten. Er konnte die Schreie emporsteigen hören, während sein Vater seiner Mutter und seiner Schwester drohte. Als er schlug, und schlug, und wieder schlug.

»Verdammt nochmal – vergesst es ja nicht wieder! Ich reiße mir den Arsch auf und ich erwarte ein wenig Dankbarkeit für all das, was ich tue! Jeden Tag arbeite ich in dieser gottverdammten Mühle und ich erwarte Dankbarkeit dafür. Von den überheblichen Studierten in ihren gläsernen Büros bekomme ich das nicht, aber von euch erwarte ich es!«

»Daddy! Nein, bitte nicht!«

»Carl! Hör auf!«

»Ich kann und ich werde euch umbringen, wenn ich das will! Ich hab dich in diese Welt gebracht und ich kann dich wieder aus ihr 'rausnehmen! Ich« – *klatsch* – »erwarte« – *klatsch* – »etwas« – *klatsch* – »Dankbarkeit, verdammt nochmal!«

Er bewies seine Macht. Er bewies sie bei Bobbi und bei Mama, wann immer sie versuchte, ihre Tochter zu schützen.

Und so war es an ihm, sie zu schützen, sie zu befreien.

Und das hatte er getan. Alle drei. Er befreite Bobbi von ihren Schmerzen. Mama von ihrer Schande. Daddy von seiner Bosheit.

Ich habe meine Hausaufgaben vergessen, hatte er gesagt, und er war aus dem Auto gesprungen und hatte es gerade nach drinnen und durch die Küche geschafft, als Daddy den Zündschlüssel umdrehte, um den Motor anzulassen, und das riesige Oldsmobile aus der Einfahrt zu manövrieren.

Das Auto hob sich in die Luft und Daddy begann seine lange Fahrt in die Hölle.

Der Schöpfer war gestorben, dank dreier Drähte, zweier Sprengkapseln, und vierer Dynamitstäbe, die er von dem Bauernhof auf der anderen Seite des Hügels gestohlen hatte.

Der Schöpfer war tot. Lang lebe der Schöpfer. Und doch musste jemand da sein, der seinen Platz einnahm.

Es musste immer einen Schöpfer geben.

Und dieser Jemand, das war er.

Und dieses Mal hatte der Schöpfer den perfekten Ort und den perfekten Behälter und das perfekte Ziel gefunden.

Perfekt.

Also, du willst dich nicht bei mir bedanken, Will Ross? Du willst dir nicht die Zeit nehmen, dich anständig bei mir zu bedanken für all die harte Arbeit? Du ignorierst meine Nachrichten? Du nimmst meine Anrufe nicht entgegen?

Du leitest sie zur Polizei um oder lässt sie zurückverfolgen?

Nicht gut. Gar nicht gut.

Du willst dich also nicht bei mir bedanken.

Dann wirst du mich verdammen.

Du wirst mich bis ans Ende deiner Tage verfluchen.

Und wirst niemals wissen, warum du dir das alles selbst eingebrockt hast.

Er machte das Licht aus und ging die Treppe hoch, auf das Geräusch eines Fernsehers zu, in dem eine *Simpsons*-Wiederholung lief.

11 Auf die Plätze

Die Ruhe im Sender hatte eine fast narkotische Wirkung. Die Aufregung der letzten paar Tage hatte sich gelegt, die Sommertage blieben lang, heiß und ruhig, und das Nachrichtentempo kam langsam zum Stillstand.

In ein paar Tagen würde alles anders aussehen, aber im Augenblick stellte Will nur Berichte zusammen, ohne besondere Eile. Ab und zu ließ er alles fallen, um für Flynn oder Zorro einzuspringen. Danach ging er wieder zu seinen Stories zurück – über das Rennen, die Berge und die Geschichte des Radrennsports in Colorado. Features über Davis Phinney und Connie Carpenter Phinney und die Räder selbst. Ein Nachrichtenredakteur wollte unbedingt einen Beitrag über Doping haben. Will sah nicht ein, warum, und Barbara zum Glück auch nicht. Sessions hatte eine Augenbraue angehoben, aber er hatte glücklicherweise nichts weiter gesagt.

Bilder und Requisiten zu finden stellte sich als gar nicht so leicht heraus, wenn Will nicht zurück auf die Strecke ging, was er ganz sicher nicht wollte. Wie sollte man diesen Augenblick oder jenen Anstieg illustrieren? Ein paar Aufnahmen von der Fahrt letzte Woche waren brauchbar, aber sie sahen sieben Tage nach der Tat schon irgendwie alt aus.

Der Schlüssel lag darin, etwas Neues zu bringen, etwas Anderes, etwas Interessantes. Will wusste nicht, was daran interessant sein sollte, wenn jemand sich irgendwelche Berge hinaufquälte und sich dabei fast die Lunge aus dem Hals kotzte. Vielleicht Aufnahmen von der Lunge, wie sie seinen Körper tatsächlich verließ. Oder vielleicht nicht. Trotz seines Alters benutzte Will das Biest für einen Bericht, aber dann gab er seinen Widerstand auf und nahm ein schickes Teil, für das einer der Kameramänner den Gegenwert eines Kleinwagens ausgegeben hatte, nur, weil es auf dem Design eines Rades basierte, das bei der Tour gefahren worden war.

»Aber das hier ist tatsächlich bei der Tour gefahren«, jammerte Will und hielt das Biest am Oberrohr hoch. »Es basiert nicht auf einem Design, es ist ein Design.«

»Ja, ein Design aus der ersten Tour«, gab der junge Mann zurück und bestand auf seinem U.S. Postal Trek.

Was soll's, dachte Will und nahm das neue Rad. Es war wirklich ein tolles Rad und der Kameramann liebte es zu Recht, wenn man den Preis bedachte. Will erschauerte. Er hatte noch nie in seinem Leben den Ladenpreis für ein Rad bezahlt. Das würde sich ändern. Er würde es lernen müssen. Hohe Preise erwarteten ihn überall, von seinem persönlichen Rad bis zu den Kinderfahrrädern, die Beppo brauchen würde. Hunderte von Kinderfahrrädern. Ein neues für jede zwei Zentimeter Wachstum.

Er bekam wieder eine Gänsehaut und brachte die Story zu Ende.

Seltsamerweise wurden seine Berichte umso besser, je mehr er davon machte und je weniger er über sie nachdachte, während er sie machte.

Er stand herum, interviewte jemanden, sah sich sein Bildmaterial an, tippte einen Text, strich ihn zusammen, nahm den Kommentar auf, gab alles dem Kameramann oder dem Cutter und trat zurück, in der Hoffnung, dass der wieder einmal Hühnerkacke in Hühnchensalat verwandeln konnte. Meistens war das der Fall. Will merkte sich diejenigen, auf die er sich verlassen konnte, wenn es darum ging, ihn besser aussehen zu lassen, als er eigentlich war.

Es lag eine Art von Magie darin, wie im Radfahren, wie in allem, was es wirklich wert war. Es musste für diejenigen, die sich täglich dieser Herausforderung stellten, eine Magie darin liegen, etwas richtig zu tun.

Er sah die Story am Bildschirm, sah Barbara in ihrem Büro nicken, dann Sessions den Kopf aus der Tür stecken, sich umsehen,

Wills Blick erhaschen und ihm ein schnelles Daumen hoch zuwerfen. Ah, die sofortige Belohnung, ohne Wartezeit.

Will nickte Sessions zu, fragte in der Nachrichtenredaktion nach, um sicherzugehen, dass er nicht mehr gebraucht wurde, dann nahm er seine Tasche, ging in die Toilette und zog sich seine Radklamotten an.

Der Sender lag nahe genug an der Innenstadt, um mit dem Rad zur Arbeit zu kommen, direkt südlich von Downtown in einer Gegend, in der sich sechs verschiedene Fernsehsender tummelten. Vier an Networks angeschlossene Sender, ein unabhängiger Sender und eine Public Broadcasting Station, alles innerhalb von acht Blocks. Es war wahrscheinlich genug Strahlung in der Gegend, dass man damit einen Phaser laden konnte.

Es konnte nicht gesund sein, aber Will hielt es für eine der Gefahren des modernen Lebens.

Wenn einen die Strahlung nicht erledigte, dann würde es die Kugel eines Kriminellen tun. Wenn es die Dieselabgase nicht schafften, dann eine zu fettreiche Ernährung. Wenn einen der Straßenverkehr nicht plattmachte, dann würde man als Vorbau eines Lokalzuges enden.

Willkommen im 21. Jahrhundert.

Während er niemand bestimmtem zuwinkte und sein Rad zur Eingangstür trug, dachte Will ehrlich, dass er lieber das Risiko mit der Strahlung und den koronaren Erkrankungen einging. Um 1900 herum konnte einen eine Erkältung töten. Jetzt bekam man davon nichts weiter als eine verstopfte Nase und ein Rezept, das man nicht brauchte.

Er klopfte an Shirleys Fenster und winkte ihr zu.

»Schönen Abend, Will«, rief sie hinter ihm her, als er durch den Haupteingang das Gebäude verließ.

Er setzte den Helm auf, warf sein Bein über den Sattel und senkte vorsichtig seinen Hintern darauf. Er hatte wieder den weichen Ledersattel draufmontiert, aber als er ihn berührte, wurde ihm klar, dass »weiches Leder« eine falsche Bezeichnung war. Es gab so etwas nicht mehr.

Sein Hintern war alt und komfortbedürftig geworden. Er wollte jedenfalls mehr Komfort als das hier. Außerdem zwackte alles noch ein wenig von letzter Woche. Sieben oder acht Tage zuvor, als er die Strecke abgefahren war, hatte sie ihn fast umgebracht. Knie, Knöchel, Rücken und Hinterteil. Jetzt beschwerte sich nur noch das *derriere*. Und zwar nachdrücklich.

Er dehnte sich ein wenig, sicher nicht so gründlich, wie er eigentlich sollte, und fuhr los, die Einfahrt hinunter und um die Parkplatzecke herum.

Er schaltete hoch, fuhr durch die Hauptstraßen, die im Nachmittagsverkehr dicht befahren waren, und durchquerte ein paar Wohngebiete. Es war keine lange Fahrt nach Hause, maximal fünfzehn bis zwanzig Minuten, wenn er es nicht übertrieb.

Aber heute Abend fühlte er sich nach ein bisschen Übertreibung.

Die Arbeit lief gut. Er war glücklich. Das Leben hatte sich schlagartig gewandelt und alles sah von der neuen Startlinie hell und voller Hoffnung und Möglichkeiten aus. Er hatte Erfolg, mehr Erfolg als je zuvor in seinem Leben.

Job. Geld. Bekanntheit. Er wurde respektiert, in einem limitierten Rahmen zwar, aber es war immerhin ein Anfang. Innerhalb einer Woche war er von Flynns »neuem Arschgesicht« zu einem Mitglied der Sportredaktion von TV6 aufgestiegen, trotz der Tatsache, dass Flynn ihn immer noch abgrundtief zu hassen schien und dass Zorro zwischen »du bist mein bester Freund« und »du willst meinen Job, du Mistkerl« schwankte.

Links nach Hause. Rechts auf große Fahrt.

Er fuhr nach rechts. Heute war ein guter Abend, um sich ein bisschen anzustrengen, die Muskeln zu bewegen, seine Mitte zu finden, die Magie zu spüren und sie zu verfolgen. Während die Sonne am Himmel sank und die Schatten länger wurden, konnte Will spüren, wie die Brise abkühlte und der brütenden Hitze des Spätsommertages das Drückende nahm. Es gab wirklich keinen anderen Ort wie diesen, dachte er, keinen Ort auf der Welt.

Er packte die Bremsen, als ein Auto ein Stoppschild missachtete, über die Kreuzung raste, und Will nur um Zentimeter verfehlte. Der Fahrer zeigte ihm im Vorbeifahren den Mittelfinger.

Na ja, selbst verzauberte Äpfel enthielten ab und zu einen Wurm, dachte er. Er fuhr weiter. Fast wäre er wie ein Fliege auf die Windschutzscheibe des Ford geklatscht. Mit Hilfe des wie immer zu spät kommenden Adrenalins nahm er Tempo auf, hinunter zum Radweg am Cherry Creek und dann am Speer Boulevard entlang zum University Boulevard.

Wohin soll ich heute reisen? Wohin soll es gehen? Weiter den Cherry Creek Radweg entlang? Das würde ihn so weit östlich von der Stadt bringen, dass er nach Kansas spucken konnte. Er könnte auch Richtung Süden in die Vorstädte fahren und dann auf dem Platte River Greenway zurück. Viele Möglichkeiten, verschiedene Entfernungen, Gegenden, Strecken.

Wo war sie?

Wo versteckte sie sich heute?

Er warf einen Blick über die rechte Schulter zurück auf die Sonne. Neunzig Minuten bis zwei Stunden waren noch übrig, dachte er, bevor er sich mit einem Blindenstock würde nach Hause tasten müssen. Vielleicht würde Cheryl Rex und Shoe losschicken, um ihn zu finden.

Wohin?

Hier entlang. Er bog links ab und fuhr auf einen engen unbefestigten Radweg, der an der Straße entlang führte. Niemand schien ihn zu bemerken. Auf der Rennstrecke von der Arbeit nach Hause rasten die Autos dicht an ihm vorbei. Nach ein paar Querstraßen bemerkte er sie gar nicht mehr. Nach einer Weile, das wusste er, spürte man Veränderungen im Verkehr, spürte die Gefahren, die von rechts und links, vorne oder hinten kamen, aber über diesen Instinkt hinaus fuhr man einfach weiter. Es war der einzige Weg, irgendwohin zu gelangen.

Über den Campus der University of Denver und über die Evans hinweg fuhr er über Hampden, Belleview, Orchard und Dry Creek zur County Line. Die County Line nach Westen und den Santa Fe Drive hoch, eine Straße, wo alle fuhren, als seien sie beim Autoscooter und hätten ihre fünfzig Cent bezahlt und würden verdammt nochmal auf ihre Kosten kommen wollen. Ein kurzer Ausflug zum Platte River und zum Fahrradweg, Richtung Norden und weg vom Verkehr, während die Sonne langsam im Westen unterging und sich erst in den Bergen, dann in den Ausläufern der Berge, und dann den

Neubaugebieten am Fuß der Rocky Mountains verlor. Er fuhr weiter, längst nicht mehr gemütlich herumgondelnd, sondern jetzt auf der Suche nach der Macht der Straße und nach der Magie. Er spürte irgendwo tief in sich das brennende Verlangen, weiter zu fahren, schneller, länger, das Verlangen, zu gewinnen und wieder zu gewinnen, zu fahren und sie zu finden, zu verfolgen, sie festzuhalten.

Finde die Magie. Die südlichen Vorstädte verwandelten sich in die südliche Stadt und sein Weg führte hin und her über den Platte River zum Confluence Park, wo er wieder zum Cherry Creek führte. Er wandte sich gen Osten, überrascht vom geringen Verkehr, aber dann wieder doch nicht überrascht, denn es war im August nie wirklich voll hier. Im Mai, Juni, und teilweise auch im Juli kam man kaum vorwärts. Hier und überall sonst war alles voller Radfahrer und Fußgänger und Inlineskater. Jetzt, Mitte August, während der Sommer sich langsam dem Ende zuneigte und bis zum nächsten Mai niemand mehr Lust auf Bewegung hatte, hatte er den Weg fast für sich allein.

Für sich und die Obdachlosen.

Er achtete auf sie. Man wusste nie, wann sie einem den Weg versperren würden, unabsichtlich oder absichtlich, und er war sich nie sicher, wie er auf sie reagieren sollte. Wie sein Dad und brüllen »geht arbeiten« oder wie seine Mom, und ihnen den ganzen Hausstand schenken.

Heute hatte er nichts dabei, also war die Frage bereits beantwortet, aber das hielt ihn nicht davon ab, sie sich zu stellen, wie jeden Abend, jeden Tag, jedes Mal, wenn er durch die Stadt fuhr oder lief.

Und nach all diesen Gedanken war der Weg heute leer. Die Frage war überflüssig.

Das Leben rollte vorwärts, der Wind kam von hinten, und die Sonne warf lange, dünne Schatten vor ihm, dunkle Pfeile, die nach Hause deuteten, letzte Abschiedsgrüße bis morgen früh.

In der Nähe von Channel 7 bog er vom Weg ab und fuhr die Siebte bis zur Pennsylvania und dann bis zur Colorado Avenue, die sechzehn Stunden am Tag wenig mehr als ein Parkplatz war, und nahm die Abkürzung hinter dem Unikrankenhaus vorbei.

Zuhause lag direkt vor ihm.

Als er das Tempo verlangsamte, um die letzten Kurven zu nehmen, jetzt aufrecht auf dem Rad sitzend, lächelte er wieder. Er hatte die Magie gefunden.

»Wirst du es ihm sagen?«

»Werde ich ihm was sagen?«

»Wirst du ihm sagen, was die Polizei gesagt hat?«

»Was die Polizei worüber gesagt hat?«

»Was die Polizei über diesen Irren gesagt hat. Dass es vielleicht doch etwas gibt, wovor man Angst haben muss? Die ganze Geschichte mit Crooked Lake?«

Barbara sah zu, wie das Sonnenlicht verblasste und die Lichter in den Gebäuden in der Innenstadt von Denver angingen. Sie zog sich eine Strähne nach der anderen aus der Frisur und drehte sie langsam und sinnlich ein, als läge die Lösung ihrer Probleme irgendwo in den Follikeln.

Bill Sessions schüttelte den Kopf.

»Ein Pilot muss wissen, in was für einen Sturm er hineinfliegt, Barbara. Das ist eine deiner ersten Regeln.«

»Ich weiß. Ich weiß«, sagte sie und drehte ihre Haarsträhnen noch fester ein, den Blick irgendwo außerhalb des Gebäudes auf einen Punkt und ein Problem gerichtet, das weiter weg lag als sie dachte.

Sie ließ ihr Haar los und wandte sich wieder Sessions zu, beugte sich auf ihren Schreibtisch vor und sah ihn mit festem Blick an.

Das, dachte er, das war die Barbara Gooden, die er kannte und liebte, die Frau, die eine Entscheidung treffen würde, von der er wusste, dass es die richtige war. Eine, die mit dem hellen Schein journalistischer Moral leuchten würde und an der sie dann in dem Wirbelsturm festhalten konnte, der ganz sicher kam.

»Es ist doch nur ein Verdacht. Niemand weiß etwas Genaues. Richtig?«

Sessions antwortete nicht.

»Richtig?«, wiederholte sie.

»Richtig«, sagte er resigniert.

»Fein. Sie sind sich nicht sicher. Es sind nur Verdachtsmomente. Vermutungen. Sie raten nur. Halten wir die Augen offen, beobachten Will dieses Wochenende, überstehen dieses Rennen und hoffen auf das Beste. Ich glaube immer noch, dass es nur ein Verrückter ist, der auf Fernsehleute steht. Der ins Fernsehen kommen will. Ich glaube nicht, dass hier in Denver ein irrer Pyromane herumläuft.«

»Okay«, sagte Sessions leise.

»Bill, das klingt nicht so, als würdest du zustimmen. Tja, es tut mir Leid. Ich mache mir durchaus Gedanken um Will und seine Sicherheit. Wir werden ihn das ganze Wochenende an der kurzen Leine halten und dann am Montag, nach dem Rennen, werden wir ihm sagen, was die Polizei meint.«

»Und so tun, als hätten wir es gerade eben erst gehört, richtig?«

»Bill, die Polizei hat mir gesagt, dass ich nichts sagen soll. Ich sollte das eigentlich alles gar nicht wissen – aber ich habe halt Kontakte bei der Polizei. Ich kann sie nicht wegen eines Verdachts aufs Spiel setzen. Und um die Wahrheit zu sagen, der Sender hat eine Menge in dieses Rennen investiert. Will ist Teil dieser Investition. Wir können es nicht einfach an Roger und Zorro abgeben, weil wir denken, dass irgendein besessener Fan Will etwas antun will. Und offen gesagt, ich glaube nicht, dass Will das gut finden würde. Oder?«

»Wahrscheinlich nicht.«

»Was ist es dann? Irgendetwas stört dich doch.«

»Es ist nichts.«

»Spuck's aus.«

Bill sah sie einen Augenblick lang unverwandt an und versuchte, den Gedankenverlauf hinter diesen eisigen blauen Augen zu erkennen. Er hatte es noch nie gekonnt. Warum er also dachte, dass es ihm jetzt gelingen würde, war ihm auch nicht klar.

Aber er versuchte es. Er hoffte, er schaute, aber er sah nichts. Er drehte sich um, ging zum Fenster und betrachtete die Berge, wo die Gipfel jetzt im Schatten lagen und von hinten mit einem Licht beleuchtet wurden, das er gern als »Gottes Licht« bezeichnete, goldene Strahlen und beeindruckende Wolkenformationen.

Es war ein wunderschöner Ausblick von hier. Von der anderen Seite aus sah es überhaupt nicht schön aus.

»Was? Komm schon, Bill.«

»Offen gesagt, Barbara«, sagte er und drehte sich ruckartig um, »das nervt. Ich hasse es, wenn du so argumentierst. Ehrlich. Es kommt nicht sehr oft vor, aber wenn, dann ist es wirklich sehr unschön. Auf einmal denkst du nur noch ans Geld und an das Programm, egal, wer dabei zu Schaden kommt. Normalerweise sind deine Gefühle für die Leute da draußen«, und er zeigte mit der Hand auf die Tür, die zur Nachrichtenredaktion führte, »stärker als die von sonst jemandem, den ich beim Fernsehen kenne, aber manchmal, verdammt nochmal, manchmal machst du mich wahnsinnig.«

»Ach ja?«

»Ja. Ich weiß nicht, was es auslöst – Andy oder ein Anruf von einem Kunden, aber auf einmal wirst du total schlipsig. Darum geht es bei den Nachrichten nicht, und das weißt du. Du – DU hast mir das beigebracht. Nachrichten sind eine lebendige Sache, die verlangen, dass man dabei nicht ans Geld denkt.«

»In gewissen Grenzen.«

»Vergiss die Grenzen. Wenn's dir darum geht, dann arbeite für irgendein Boulevardmagazin. Die machen ein irres Geld mit irren Geschichten. Hier muss man fair sein, man muss hart sein und Mumm haben. Und man muss seinen Leuten sagen, was los ist, selbst wenn das bedeutet, dass diese Leute dann sagen, ›vergessen Sie's, ich mach Ihr verdammtes Radrennen nicht.‹«

Erschöpft ließ er sich auf einen Stuhl vor ihrem Schreibtisch fallen.

Stumm betrachtete sie ihn einen Augenblick lang. Dann lehnte sie sich in ihrem Chefsessel zurück, nahm wieder eine Haarsträhne in die Hand und begann, sie aufzudrehen.

»Du hast wirklich Glück, dass ich Gewalt verabscheue. Für diese Rede sollte ich dich zum Fenster rauswerfen.«

Sessions seufzte. »Tut mir Leid, aber ich habe Recht. Und das weißt du.«

Sie starrte ihn an. Es kam ihm wie eine Ewigkeit vor. Ihre Augen tanzten, während die Gedanken in ihrem Kopf wüteten. Sie wusste es. Sie wusste, was getan werden musste, für den Sender, für das Programm und die Firma, aber nichts davon schien wirklich wichtig zu sein. Wo lag die Antwort? Wo lag sie?

Sie hatte es die ganze Zeit gewusst. Barbara nickte. Der Damm war gebrochen und sie fühlte, wie ihre Argumente von einer Flut aus moralischen Bedenken hinweggespült wurden. Sie wusste, was getan werden musste. Nicht aus geschäftlichen Gründen, sondern aus den richtigen.

»Danke, Bill«, sagte sie leise.

Er rührte sich nicht.

»Du hast Recht. Er hat es besser verdient. Die«, sie deutete in Richtung Nachrichtenredaktion, »die haben es besser verdient. Danke, dass du mich ab und zu daran erinnerst.«

Bill Sessions entspannte sich. Er nickte.

»Danke, Barbara.«

»Nein, ich danke dir.«

»Lassen wir das. Ich möchte nur, dass du weißt, dass ich dich für eine tolle Chefin halte, eine ausgezeichnete Journalistin und eine gute Managerin, aber mehr als alles andere halte ich dich für einen anständigen Menschen.«

Sie waren einen Augenblick lang still.

»Danke. Es tut mir Leid, wenn ich es ab und zu vergesse.«

»Deswegen muss man sich nicht schämen. Ganz besonders du nicht. Für dich ist das ein Balanceakt zwischen geschäftlichen und menschlichen Aspekten, und du schaffst es, die Balance zu halten. Du machst das gut.«

»Aber ich sehe furchtbar aus im Gymnastikanzug.«

»Brad und die Jungs denken da anders – und die sind die Einzigen, die zählen, oder?«

Sie lächelte bei dem Gedanken an ihre Familie und betrachtete das Foto des großen Mannes mit dem lichter werdenden Har und den zwei blonden Jungen, das auf ihrem Schreibtisch einen Ehrenplatz einnahm. Sie nickte.

»Da hast du wohl Recht.«

»Überleg mal, wenn es um dich ginge. Wenn es um sie ginge.«

Tränen stiegen ihr in die Augen. Sie machte eine Geste mit der Hand, als wolle sie ihn zum Schweigen bringen und begann zu nicken.

»Ich werde gleich morgen früh mit ihm reden.« Sie wischte mit einem Finger unter der Nase. »Verdammt. Und ich habe keine Taschentücher mehr.«

»Erste Regel des Fotojournalismus: Lass sie nicht die Nase putzen. Das gibt bessere Bilder.«

»Du bist heute voller erster Regeln, was?«

»Und wie. Hier ist noch eine. Sessions' erste Regel der Nachrichtenredaktion: Wenn deine Mission beendet ist, geh nach Hause.«

Er stand auf und streckte die Hand aus. Sie stand auf und schüttelte sie.

»Danke«, sagte er.

»Ich danke dir.«

»Wir sehen uns morgen.«

»Gleich als Erstes, Bill. Gleich als Erstes.«

Er lächelte und ging hinaus. Sie sah ihm hinterher, wie er seine Sachen zusammenpackte, das Licht in seinem Büro ausmachte und die Tür hinter sich schloss. Er winkte ihr ein letztes Mal zu.

Barbara setzte sich und betrachtete wieder die Berge, die jetzt in der hereinbrechenden Dämmerung dunkel da lagen. Morgen würde sie es Ross sagen müssen.

Es war die richtige Entscheidung.

Sie würde ihm sagen müssen, dass es vielleicht mehr als ein Versager war, der sich in einen Nachrichtensprecher verliebt hatte, der dachte, eine Fernsehsendung sei echt oder Berühmtheit färbe durch Nähe ab.

Sie würde ihm sagen müssen, dass die Drohung vielleicht real war. Sie würde Will erzählen müssen, dass etwas, das man auf dem Grund von Crooked Lake gefunden hatte, die Polizei denken ließ, dass sie es mit etwas anderem zu tun hatten als mit einem Unfall, einem Trittbrettfahrer oder einem Möchtegern-Terroristen.

Sie würde ihm sagen müssen, dass vielleicht an diesem Samstag sein Leben in Gefahr war, dass das Radrennen ein Ziel war und dass

Will Ross von der TV6-Sportredaktion im Fadenkreuz eines Attentäters stand.

Vielleicht.

Sie würde ihm das alles erzählen müssen.

Vielleicht.

Morgen.

Vielleicht.

12
Fertig

Den Freitag verbrachte er mit zusammensammeln.
Er packte seine Ausrüstung zusammen. Er holte letzte Informationen über das Rennen am Samstag ein. Er rannte durch den Sender und überprüfte, wo der Übertragungswagen heute Abend und dann morgen an der Strecke stehen würde, er fragte bei den Ablaufredakteuren nach, wo und wann sie ihre Liveberichte haben wollten, er checkte bei der Dispo, wer ihn nach Boulder mitnehmen würde und wie er aus Breckenridge zurückkommen konnte.

»Wir haben dir ein Zimmer gebucht.«

»Richtig, in Boulder, für heute Abend.«

»Ja, aber wir haben dir auch für Samstag Abend ein Zimmer in Breckenridge gebucht.«

»Nein. Ich komme Samstag Abend nach Hause. Schau mal nach, wer nach der Liveschalte zurückkommt und sag ihm, er soll mich mitnehmen. Ich bleibe auf keinen Fall da, wenn ich zu Hause in meinem eigenen Bettchen schlafen kann.«

»Ein freier Abend – na?«

»Nein danke. Bringt mich nur irgendwie nach Hause.«

»Auf Firmenkosten.«

»Nein, bringt mich einfach nur nach Hause.« Himmel nochmal, was war nur mit diesen Leuten los? Spart das Geld, bringt mich nach Hause. Es gab keinen Grund zu bleiben, und mit Leuten einen draufzumachen, die er gar nicht so gut kannte, nachdem er den ganzen Tag im Pressewagen die 225 Kilometer lange Strecke abgefahren war.

»Nach Hause. Verstanden? Mach's einfach. Bitte.«

Der Schlussredakteur warf einen Blick auf das Brett.

»Nach Hause. Verstanden, Will. Tony C. bringt dich heute Nachmittag nach Boulder und wird der Kameramann für die Liveschalte an der Startlinie sein.«

»Wer?«, fragte Will, so überrascht, dass er einen Schritt vom Tisch zurück machte und den Kopf schüttelte.

»Tony C. Tony Carver. Dwyer ist mit Flynn unterwegs. Hast du ein Problem mit Tony?«

»Nein. Nein. Wirklich nicht. Ich habe nur gerade ... an jemand anderen gedacht.«

»Wann willst du losfahren?«

»Was schlägst du vor?«

»Boulder live um vier. Bei dem Verkehr ... ich würde sagen, nicht später als halb drei.«

»Okay, sag einfach Tony«, Will zögerte und dachte an einen anderen Mann, »Tony C., er soll sich bei mir in der Sportredaktion melden. Wir machen uns von dort aus auf den Weg.«

»Wird gemacht, Will.«

Liveberichte. Liveberichte. Er durfte nicht vergessen, den Ohrhörer für den kleinen Sender mitzunehmen, der ihm den Rückton zuspielen würde. Dann konnte er seine Ansagen hören und die Stimme des Ablaufredakteurs, der ihm sagen würde, was zu tun war. Kleine Dinge. Er musste an massenweise Kleinigkeiten denken.

In diesem Geschäft ging es nur um Kleinigkeiten. Dreh dich hier hin. Oder da hin. Augenbrauen hoch, um etwas zu betonen, Augenbrauen wieder runter. Streichen. Rede in die Kamera. Sei persönlich, aber glaubwürdig. Denk an deine Frisur, deinen Ohrhörer, dein Makeup. Keine Sonnenbrille, auch wenn das grelle Licht dein Gesicht aussehen lässt wie eine zwei Jahre alte Dörrpflaume. Vokale betonen für's Gefühl. Konsonanten betonen, wenn du einen logischen Punkt machen willst.

Ach ja, und denk an deine Story. Vergiss nicht, deine Story 'rüberzubringen. Vergiss nicht, den Einsatz für den Bericht zu geben. Ansonsten lachen sich die Leute in der Regie kaputt, während du dir da draußen einen Wolf redest, und haben erst dann

Mitleid mit dir, wenn ihnen die Zeit ausgeht und sie zu irgendetwas anderem in der Sendung übergehen müssen. Dann, und erst dann, starten sie deinen Bericht ein. Und lachen die ganze Zeit.

Er ging hinüber zur Sportredaktion, um noch einmal seine Tasche durchzuchecken, ob er auch an all die kleinen Dinge gedacht hatte. Wenn er erst einmal auf dem Weg nach Boulder war, würde er nicht mehr umkehren können, um etwas zu holen, das er vergessen hatte.

Scheiße. Das war ja schlimmer, als für die Tour zu packen.

Als er das Atrium durchquerte, sah er Barbara Gooden, wie sie auf dem mit Teppich ausgelegten Teil in die entgegengesetzte Richtung ging, in ein Dokument vertieft.

»Hey, Chefin«, rief er und winkte.

»Hallo, Will«, sagte sie, sah kurz auf und wandte sich dann wieder dem Dokument zu.

Er ging weiter. Sie ging weiter. Beide gingen in ihre Büros auf gegenüberliegenden Seiten des Atriums.

Und diesen Augenblick war das Atrium still, abgesehen vom Geräusch des Besuchermonitors, auf dem leise die Bilder und Töne von TV6 liefen.

Carver flitzte über den Highway 36, eine Kampfansage an alle Gesetzeshüter, ihn zu stoppen. Er fuhr wie Wills Großvater, zurückgelehnt, die Finger kaum das Lenkrad berührend, 140 Stundenkilometer. Will zog seinen Gurt fester und biss die Zähne zusammen in Vorbereitung auf die Kollision mit irgendetwas – Auto, Tier, Betonpfeiler –, die ganz sicher kommen würde.

»Also, du warst mal Profiradrennfahrer, was?«, fragte Carver.

»Ja, zwölf Jahre lang.«

»Bist überall in Europa unterwegs gewesen, hat Dwyer erzählt.«

»Ja.«

»Hast du auch was gewonnen?«

»Ein paar Rennen. Hauptsächlich war ich Kanonenfutter für die großen Namen.«

»Was bedeutet das?«

Will war mittlerweile besser darin geworden, solche Dinge Leuten zu erklären, die wenig oder gar keine Ahnung davon hatten, worum es beim Radfahren ging.

»Das bedeutet, dass ich den großen Stars die schwerste Arbeit abgenommen habe, damit die gewinnen konnten.«

»Mann, das ist ja scheiße.«

»Stimmt.« Will kicherte bitter. Er hielt sich am Armaturenbrett fest, als sie die rückwärtige Stoßstange eines langsameren Wagens nur um Millimeter verpassten. »Was ist mit dir, Tony? Machst du viel Sportberichterstattung?«

»Nein. Nicht viel. Ich bin geschieden und meine Jungs leben bei mir. Ich habe also nicht mehr viel Gelegenheit, zu Auswärtsspielen zu fahren. Ab und zu mache ich Sachen in der Stadt. Aber ich reise nicht viel. Ich mach hier nur die Liveschalte und dann fahre ich nach Hause und spiele Super-Papi.«

»Das muss schwer sein.«

»Es ist nicht leicht. Aber es sind tolle Jungs.«

Beide Männer nickten und verstummten. Will dachte über die Herausforderung nach, der sich dieser Mann stellte: Vollzeitjob, allein erziehender Vater. Er fragte sich, was da wohl passiert war.

Und er fragte sich, was mit ihm passieren würde. Konnte er Vater sein? Würde er es schaffen? Es war eigentlich zu spät, darüber nachzudenken, aber die Frage stellte sich trotzdem. Konnte er überhaupt Vater sein? Die Verantwortung erschien ihm manchmal überwältigend, aber es gab kein Zurück mehr. Er würde Vater werden. Er würde es lernen müssen. Genau wie Tony und sein eigener Vater und jeder andere Vater, der je existiert hatte. Man entschloss sich einfach dazu, es zu tun. Und dann tat man es.

Schluss, aus.

»Was?« Tony wandte sich von dem Videospiel ab, das er Auto fahren nannte, und sah Will an. »Was hast du gesagt?«

»Nichts. Gar nichts. Bist du gern Vater?«

»Es ist das Schönste auf der Welt. Es gibt nichts Vergleichbares. Nichts Besseres.«

»Wenn ich das fragen darf, und du kannst gern sagen, dass mich das nichts angeht, aber wie hast du deine Frau verloren?«

Tony schnaubte.

»Das klingt ja so, als hätte ich sie im Einkaufszentrum vergessen.«

»'Tschuldigung.«

»Ach was. Ist schon gut. Kein Problem. Sie hat mich verlassen. Hat plötzlich beschlossen, dass sie nicht mehr verheiratet sein will.«

»Warum hat sie die Kinder bei dir gelassen? Normalerweise bleiben sie bei der Mutter.«

»Na ja, sie liebt sie, aber sie wollte auch nicht mehr so gern Mutter sein. Und als ich mich quergestellt und gesagt habe, ›sie bleiben bei mir‹, hat sie gesagt, ›okay‹ und ist gegangen.«

»Scheiße, das ist hart.«

»Die harte Wahrheit. Du wirst auch bald Vater, oder? Hat mir jemand im Sender erzählt.«

»Ja. Es dauert nicht mehr lange. Vier, fünf Wochen.«

»Klasse. Sehr schön. Es wird dir gefallen. Glaub mir, was ich auch sonst noch im Leben schaffe, mit den Kindern habe ich wirklich etwas erreicht. Zusammen mit Maria oder allein, das ist egal. Die Kinder sind wunderbar. Sie sind das Beste in meinem Leben.«

»Das ist gut zu wissen.«

»Das brauchst du nicht vorher zu wissen. Junge, Mädchen, es ist egal. Du wirst es lieben.«

Will lächelte. Das wusste er jetzt schon.

Das Boulderado ist ein einhundert Jahre altes Hotel in der Innenstadt von Boulder, direkt nördlich der Pearl Street Mall gelegen, dem Zentrum allen Lebens in der Volksrepublik Boulder. Es liegt in der Nähe von allem, abgesehen vom Unistadion, und hat genug Stil und Atmosphäre, um es zu einem Hotel zu machen, wegen dessen Ausstrahlung die Leute nach Boulder kommen.

Es gefiel Will von dem Augenblick an, in dem er durch die Tür trat.

Er checkte ein und brachte sein Gepäck auf sein Zimmer, leider eines im neuen Teil des Hotels. Es war ein tolles Zimmer, aber er hätte einen der Klassiker haben wollen, eines der Zimmer, in denen Teddy Roosevelt übernachtet hatte oder so etwas. Dann wanderte Will zurück in die Lobby, wo die Rennorganisatoren eine Pressekonferenz abhielten. Sie war für alle Medienvertreter offen, aber nur TV6, der Sponsor, hatte Kameras da. Es war, als würde das Rennen nur auf einem Kanal der Realität stattfinden.

Und das würde anscheinend so bleiben.

Die Mannschaften waren nicht besonders auskunftsfreudig, was ihre Strategie oder die Strecke anbetraf. Die wenigen Fahrer, die gekommen oder in Sponsorenfarben von den Teams geschickt worden waren, wollten erst recht keine Insiderinformationen preisgeben, und anscheinend auch keine Persönlichkeit zeigen.

Will saß deprimiert in der zweiten Reihe und stellte jedem der fünf Fahrer, die vorne aufgereiht saßen, seine Fragen, in der sinkenden Hoffnung, dass einer von ihnen die Maske fallen lassen und Charakter an den Tag legen würde. Leider vergeblich. Der jüngste Fahrer, ein Amateur, war eine Möglichkeit. Er schien begeistert, bei einer Pressekonferenz in der Gesellschaft der Profis zu sitzen. Er war sehr aufgeregt, aber auch ein wenig überfordert. Wann immer eine Kamera auf ihn gerichtet war oder eine Frage gestellt wurde, ratterte er eine vier oder fünf Worte umfassende Antwort herunter, hektisch wie ein tasmanischer Teufel, und überließ dann den erfahrenen Fahrern am Tisch den Rest der Unterhaltung.

Will konnte nichts anderes denken als: Kommt schon, Jungs, ich muss das Ding hier Zuschauern schmackhaft machen, denen ein Hund, der auf das Spielfeld im Mile High Stadium kackt, wichtiger ist als dieses Rennen. Man muss selbst gespannt sein, um Spannung zu erzeugen. Wenn man überheblich war, ignorierten sie einen und warteten auf die Baseball-Ergebnisse und die Hundekacke. Man musste schon etwas bieten, und keiner dieser Typen tat das.

»Wie werden Sie sich das Rennen einteilen?«

»Was sind die besonders harten Abschnitte?«

»Wie kann man das hier mit anderen Eintagesrennen im Land vergleichen?«

Der Holländer biss nach ein paar Fragen an. Er gab zu, dass er ein Sprinter war und kein Kletterer, und dass ihm diese Art von Strecke nicht besonders lag, aber dass die Herausforderung – und das ausgelobte Preisgeld – etwas war, was er nicht ablehnen konnte.

»Schließlich«, sagte er mit einem Lächeln, »wer von uns wollte nicht schon immer mal einen Tag lang durch die Hölle fahren?«

Will lächelte und nickte. Er hatte seinen O-Ton. Den musste man nur noch mit dem Kommentar des Renndirektors verbinden, der nicht müde wurde zu betonen, dass dies das amerikanische Gegenstück zu Paris–Roubaix war, 250 Kilometer schlechte Straßen und in diesem Falle auch noch schwere Anstiege, und Will hatte seinen Bericht.

Er hatte nichts erfunden, hatte die Tatsachen, die er vorgefunden hatte, nicht verdreht, jedenfalls nicht allzu sehr, sondern hatte nach dem Pfeffer in der Story gesucht, nach der Spannung, die in diesem Rennen existierte, und die niemand im Sender oder bei dieser Pressekonferenz zu sehen schien. Man musste sie sichtbar machen, sie entfesseln. Nein, es war nicht so leicht zu verstehen wie ein Haufen Kerle, die in einem geschlossenen Stadion einen Ball hin und her warfen. Vier Spielzüge, Pause, vier Spielzüge, Pause. Stadionsportarten waren für das Fernsehen gemacht und dafür, Geld zu verdienen.

Aber das hier, das war etwas für Leute, die nach mehr verlangten, die wollten, dass die Herausforderungen an sie brutal waren und dass sich das Drama über Stunden entfaltete. Dass es einen Charakter entfaltete wie ein guter Wein. Es war nicht leicht, aber das Drama war da, das wusste Will aus erster Hand. Und irgendwie würde er das den Fernsehzuschauern auch klar machen, Zuschauern, die einmal gewusst hatten, was Radfahren war, früher, in den Tagen des Red Zinger und des Coors Classic, und die es scheinbar für immer vergessen hatten.

Es war wieder da und, bei Gott, Will würde es interessant machen. Nie im Leben würde er bei einem Job als Sportreporter bleiben, wenn er nur noch über Baseball, Football, Basketball und Eishockey berichten durfte.

Es gab noch anderen Sport.

Die Pressekonferenz war zu Ende. Will markierte seine O-Töne, nahm Carver das Band ab und ging zum Techniker im Ü-Wagen.

»Haben wir schon eine Leitung zum Sender?«

»Klar doch. Ist ganz leicht von hier. Man muss nur die Schüssel auf Bow Mountain ausrichten, den richtigen Knopf drücken und ab geht die Post.«

»Danke.« Will kroch in den Wagen und setzte sich an den digitalen Schnittplatz. Er legte das Band ein und fuhr zu den O-Tönen zurück, die er brauchte. Ken, der Renndirektor, mit seiner Eröffnungsrede, dann Kurnitz, der holländische Sprinter, der zur Hölle und zurück fahren wollte. Er notierte die Zeiten, riss den Zettel ab und hinterließ ihn auf dem Schneidetisch für Carver, der in diesem Augenblick neben dem Ü-Wagen auftauchte, seine Ausrüstung schleppend.

»Hast du deine O-Töne gefunden?«

»Jawohl. Alles gesichtet und fertig für den Schnitt.«

»Was willst du als extra Bildmaterial benutzen? Auch Bilder von draußen? Bei 'ner Pressekonferenz gibt's ja nie viel zu sehen.«

»Die haben Archivmaterial vom Coors Classic im Sender, und außerdem die Sachen, die Dwyer und ich auf der Strecke gedreht haben. Das schneiden sie im Sender zusammen.«

»Okay. Lass mich rein und sieh zu, wie der Meister zaubert.«

Sie tauschten die Plätze und Carver begann, auf den Schnittplatz einzudreschen. Er hieb auf Knöpfe und wechselte Bänder aus. Es machte Spaß, ihm zuzusehen, aber es konnte nicht gut für das Material sein.

Carver schlug fünf Minuten lang auf die Maschine ein, drehte Jog-Shuttles hin und her, dann donnerte er auf einen Knopf und das fertige Band kam heraus. Er lächelte.

»Zauberei. Was hab ich gesagt? Zwei knappe O-Töne, Bildteppich, und über den Ausstieg sollen die sich im Sender Sorgen machen. Billy, ich muss das überspielen.«

Billy Royal nahm die Kassette und nickte. Dann schob er sie sanft in die Maschine zurück, drückte auf ein paar Knöpfe und wählte stumm eine Nummer auf dem Handy.

»Hier ist EJ-3. Ross in Boulder. Wir können ausspielen, Cathy.« Er wartete kurz bis Cathy, die Technikerin, die Kassette in den Recorder eingelegt hatte und das Band lief. »Los geht's«, sagte Royal und berührte zart einen Knopf, als würde er ihn streicheln.

Das Startband begann, die Bilder wurden gesendet, und das war's.

»Siehst du, Tony«, sagte Royal mit einem Anflug von Sarkasmus, »man muss die Geräte nicht prügeln. Es geht auch, wenn man schonend mit ihnen umgeht.«

»Ja, ja«, brummelte Tony und klappte sein Stativ auf.

»Nein, verstehst du, ich habe jetzt endlich diesen Ü-Wagen so, wie ich ihn haben will. Nachdem ich fünf Jahre daran gebastelt habe, ist er jetzt offiziell perfekt. Und ich möchte, dass es so bleibt. Und es bleibt nicht so, wenn du mit deinen Patschehändchen darauf herumhaust. Okay?«

»Ist ja gut«, murmelte Carver und richtete den Stativkopf aus.

Will hatte das Gefühl, dass dies ein eingespieltes Ritual zwischen den beiden war, dass jede Liveschalte das Hauen auf das Gerät und die folgende Predigt mit einschloss.

»Will, nimmst du bitte meine Kamera?«, fragte Carver.

»Mach ich.« Will trug die digitale Panasonic, die leichter war als er erwartet hatte, zu Tony hinüber und setzte sie neben dem Stativ ab.

»Das darfst du eigentlich nicht machen, aber ich bin zu faul für solche Feinheiten.«

»Stimmt«, rief Royal vom Ü-Wagen herüber.

»Gewerkschaftsvorschriften«, flüsterte Carver. »Wir haben keine besonders fitte Gewerkschaft, aber die Vorschriften besagen, dass ihr die Ausrüstung nicht tragen dürft. Bei einem größeren Sender mit einer stärkeren Gewerkschaft hättest du ganz schön Ärger kriegen können – da reicht es schon, wenn du nur das Stativ trägst.«

»Echt wahr?«

»Echt wahr«, antwortete Carver. »Die nehmen so was ernst. Wir hier nicht so sehr, außer, wir sind sauer auf das Management. Dann machen wir Stunk. Aber ansonsten sind wir dankbar für die Hilfe.«

»Ich werd's mir merken«, antwortete Will.

Er begann, sich für die Liveschalte fertig zu machen. Es würde eine kurze Geschichte in den Vier-Uhr »Lite News« werden, wie sie sie im Sender nannten. Es war Elliotts Sendung mit Berichten aus Hollywood und der Show-Branche allgemein.

Außerdem gab es da noch den Tele-Doktor und den Heimwerker-Ratgeber und den Mann, der mit »nützlichen Nachrichten« –

Produkttests und Kauftipps – regelrecht aus dem Bildschirm gesprungen kam. »Nachrichten mit Biss« schrie er immer. Die Sendung enthielt außerdem Wetterberichte und Verkehrsdurchsagen, als ob die Leute, die im Stau auf der Boulder Turnpike saßen, vom Fahrersitz aus fernsähen. Wills Bericht war reine Werbung für das Rennen und für die Fünf-Uhr-Nachrichten.

Mach die Zuschauer heiß auf die nächste Story, hatte Gooden ihm gesagt.

Er schob sich den kleinen Plastik-Ohrstecker ins rechte Ohr, führte das durchsichtige Kabel über das Ohr hinweg und machte es hinten am Kragen fest. Er verband den winzigen Empfänger mit dem Ohrhörer und ließ das Kabel dann an seinem Rücken herunter zu dem drahtlosen Empfänger laufen. Er schaltete ihn ein und hörte Eddie Slezak, wie er eine Geschichte von einem Autodiebstahl verlas, der damit geendet hatte, dass der Dieb mit dem gestohlenen Auto auf dem Colorado Boulevard einen Unfall gebaut hatte. Der Schnelle Eddie war deswegen wohl heute länger geblieben.

Will nahm Tony das drahtlose Mikrofon ab. Er machte den Sender an seiner rückwärtigen Hosentasche und das Mikrofon an seinem Hemd fest und führte das Verbindungskabel durch sein Hemd und an seinem Hosenbund entlang. Mit einem Griff nach hinten schaltete er es ein und drehte den Kopf weit nach hinten um sicherzustellen, dass das rote Lämpchen an war. Das Mikrofon zu vergessen, warum und wie auch immer, war eine fernsehtechnische Todsünde.

Will konnte hören, wie die Kennmelodie der Sendung begann und Eddie mit seiner »und als Nächstes sehen Sie«-Nummer begann. Dann kam Sylvia Merrill, die wie üblich die Sendung moderierte. Das war der Super Teaser, das Ende des ersten Teils, und als Nächstes würden sie dran sein. Will hörte die Werbung nicht, aber da jemand einen Schalter angelassen hatte, konnte er die Unterhaltung in der Regie hören, ohne, dass sie es wussten. Ein Lauschangriff aus 50 Kilometern Entfernung.

»Sag Elliott, er soll aufhören zu jammern und auf seine Kiste steigen«, rief Amanda, die Regisseurin, jemandem zu. »Nein, sag ihm, das ist mir scheißegal«, sagte sie mit fast komischer Verzweiflung.

»Es ist mir egal, ob er im Licht steht oder nicht. Wenn er nicht jeden Tag am gleichen Platz stehen kann, dann zeige ich Amerika eben nur seine rechte Hälfte. Mir ist es doch egal.«

Will konnte Kichern und zustimmendes Gemurmel im Hintergrund hören.

»Sag Ross, noch zwei Minuten«, sagte Amanda.

»Will, zwei.« sagte Carver.

Will nickte.

Im Hintergrund, noch weiter entfernt als das andere, konnte Will hören, wie Elliott sich beschwerte, dass die Liveschalte von seiner Zeit abging und dass niemand, absolut niemand, in SEINER Sendung SEINEN Hollywood-Teil kürzte.

»Sag doch bitte jemand Elliott, er soll die Klappe halten«, sagte Amanda. Die Belegschaft um sie herum kicherte. Will konnte alles hören.

»Eine Minute, Ross.«

»Eine Minute, Will.«

Will nickte und deutete mit erhobenen Daumen auf die Kamera.

»Alles klar.«

»Kann dieser Typ das wirklich?«, fragte Amanda.

»Er macht das ganz okay«, hörte Will jemanden antworten.

»Aber er ist auch wieder so eine Barbara-Entdeckung, oder? Kommen Sie rein und ich mache Sie zum Fernsehstar? Dreißig Sekunden.«

»Dreißig Sekunden, Will.«

Will nickte.

»Ich meine – kann er das wirklich? Das hier ist schließlich kein Kindergarten. Wir stellen Profis ein … ist er ein Profi?«

»Nein, Amanda«, antwortete Will mit einem Lachen. »Aber Zorro meint, ich sei ein begabter Amateur.«

In der Regie brachen sie in Gelächter aus und Will konnte hören, wie Amanda gleichzeitig lachte und fluchte: »Okay, okay, was für ein Volltrottel hat den Ton aufgelassen …«

Die Regie verschwand aus seinem Ohr und er hörte das Ende der Werbepause. Die Kennmelodie begann wieder und die Sendung ging weiter.

»Gleich kommen Elliotts *Hollywood News*«, sagte Sylvia fröhlich, »aber zuvor schalten wir einmal nach Boulder, wo Will Ross am Start des morgigen ersten Zephyr Classic steht. Will, wie ähnlich ist dieses Rennen dem alten Coors Classic?«

Will wusste, dass diese Frage kommen würde. Sie war geplant worden, damit die Zuschauer von Eddie und Sylvia im Studio zu Will auf den Straßen von Boulder umdenken konnten. Sehr wenig wurde hier dem Zufall überlassen. Ein Reporter sollte bei einer Liveschalte sowieso nicht von einer Frage überrascht werden, auf die er keine Antwort wusste.

»Tja, Sylvia, es ist so – das Coors ging über mehrere Tage, während dieses Rennen hier an einem Tag über das hinterhältigste Terrain führt, das Colorado zu bieten hat.«

Der Bericht begann, eine zweiminütige Version von Wills Fahrt über die Strecke.

»MAZ läuft«, sagte Tony und entspannte sich.

Will rutschte ein wenig in sich zusammen und hörte zu. Alle standen herum und warteten darauf, dass das Ende kam. »Eine Minute«, hörte Will im Ohr.

Halb durch.

Er hörte weiter entspannt zu und blickte sich um, bis er »noch fünfzehn« in seinem Ohr hörte, sich aufrichtete und in die Kamera blickte. Tony Carver richtete die Kamera aus. Will hörte die letzten Töne seines Berichts und ohne ein Zeichen aus dem Studio fuhr er mit seinem Bericht fort.

»... und um fünf gibt es noch mehr. Wir bringen Ihnen Kommentare der Fahrer und einen Einblick in die Hoffnungen der Veranstalter. Eddie? Sylvia?«

»Will, Sie sind die Strecke abgefahren«, fragte der Schnelle Eddie. »Ist sie wirklich so hart, wie alle sagen?«

Das war eine Frage, auf die Will nicht vorbereitet gewesen war. Eine Sekunde lang überlegte er, aber dann dachte er sich, was soll's, und legte los.

»Also, es gibt Strecken in Europa, die länger sind. Es gibt Strecken in Europa, bei denen die Straßen in schlechterem Zustand sind. Es gibt Strecken in Europa, da sind die Anstiege genauso hart und lang und brutal. Aber es gibt kein Rennen in Europa, das alle diese Dinge kombiniert, so wie dieses Rennen. Es ist die Hölle auf Rädern. Wenn man dazu noch die Höhenluft bedenkt, ist es die größte Eintages-Herausforderung auf diesem Planeten.«

»Wirklich?«

»Wirklich.« Das war übertrieben, das wusste er. Aber was sollte es. Wenn er die Zuschauer dazu brachte, einzuschalten … hey, er fing schon an, wie Gooden zu denken.

»Also, was ist der schwerste Teil des Rennens?«

Bei dieser Frage musste er nicht nachdenken.

»Eddie, es ist die Überwindung. Man muss sich auf den Wettkampf einlassen. Auf der Hälfte der Strecke werden 120 Fahrer denken, sie hätten zu Hause bleiben sollen. Und trotzdem müssen sie weiterfahren.«

»Da hören Sie es, von einem Mann, der die Strecke gefahren ist. Will Ross live in Boulder, wo morgen das erste alljährliche Zephyr Classic gestartet wird. Wir sehen uns um fünf, Will.«

»Bis dann«, antwortete Will und stand lächelnd da, bis Tony nickte und sagte, »und raus.«

Will entspannte sich.

Die Regie meldete sich in seinem Ohr.

»Gut gemacht, Will«, sagte Amanda.

»Danke, Amanda«, antwortete er mit einem Lächeln. Er zeigte der Kamera die erhobenen Daumen und ging aus dem Bild.

Er drehte sich um und versicherte sich, dass sein Mikrofon aus war, bevor er ein einziges weiteres Wort sagte.

Der Rest der Sendungen lief glatt. Zwei Liveschaltungen in der Fünf-Uhr-Sendung, und dann eine in der Zehn-Uhr-Sendung, und in beiden beantwortete er Roger Flynns Fragen zur Strecke. Will hatte sich Gedanken gemacht, ob Flynn die Berichte gesehen und die Informationen gelesen hatte, die er ihm über das Rennen hinterlassen hatte. Er wollte die Stunde nicht alleine tragen. Er hatte so etwas noch nie gemacht. Aber Flynn war ein Profi. Mehr als jeder andere wusste er, wie man vor der Kamera gut aussah – mit Stil und Kompetenz und Haltung. Das verkaufte sich im Fernsehen und Will erkannte, dass er nichts weiter tun musste, als sich zu entspannen und Flynns Fragen zu beantworten.

Es würde alles gut gehen.

Um zwanzig vor elf war er zurück in seinem Zimmer im Boulderado und legte sich die Kleider für den Samstag zurecht, packte die zusätzliche Ausrüstung zusammen und hoffte, die Sache im Pressewagen möglichst unkompliziert gestalten zu können. Er zog sich um und streckte sich im Bett aus.

Er hatte eine Liveschalte in den Samstagmorgen-Nachrichten, aber glücklicherweise erst um zehn nach sieben. Und es war das Gleiche, was er heute um zehn schon einmal gemacht hatte. Wiederholung tut der Seele gut. Keiner erwartete mehr.

Er rief Cheryl an.

»Wie war's?«

»Uns hat's gefallen. Mir und Beppo. Ich muss sagen, Will, du wirst immer besser.«

»Danke.«

»Du bist besser als dieser Flynn. Du solltest die ganze Sendung moderieren.«

»Fang bloß nicht damit an. Wenn Zorro das hört, ist er wieder beleidigt.«

»Tut mir Leid, aber es stimmt. Du kommst irgendwie natürlich 'rüber. Flynn erinnert mich an diesen Typen in Michigan, als ich noch klein war, der so gebrüllt hat. Er hatte immer so ein helles kariertes Jackett an, dass das Fernsehbild richtig geflimmert hat.«

»Hey, das ist eben ein bestimmter Stil. Außerdem lieben die Sportsender so was – alles, womit man die Zuschauer eben erreicht.«

»Ah ja, die Zuschauer.«

»Jetzt reg dich nicht über die Zuschauer auf. Ich höre das den ganzen Tag im Sender. Die Zuschauer kapieren das nicht. Die Zuschauer sind blöd. Die Zuschauer wissen Qualität nicht zu schätzen. Du und Zorro, ihr solltet euch zusammentun. Oder du und Elliott, der Entertainment-Mann. Der beschwert sich ständig, dass niemand seinen feinen Sarkasmus versteht.«

»Na ja, manchmal sind sie doch blöd.«

»Nein, sind sie nicht. Sie hören nur nicht zu. Niemand widmet dem Fernsehen seine volle Aufmerksamkeit. Wir lassen es einfach so im Hintergrund laufen. Nachrichten oder Zeichentrickfilme, es kommt alles aus der gleichen Kiste. Denk doch mal darüber nach, wie wir beiden die Spätnachrichten gucken. Weswegen gucken wir sie?«

»Wegen der Wettervorhersage, normalerweise.«

»Richtig. Überleg doch mal, wie oft wir uns die ganze Wettervorhersage ansehen und uns dann fragen, was die überhaupt gesagt haben.«

»Das ist mir eben erst passiert«, sagte Cheryl verlegen. »Ich musste Beppo fragen, aber der hat auch geschlafen.«

»Siehst du? Es ist kein Wunder, dass die Leute brüllen und karierte Jacketts tragen und verrückte Sachen sagen und die schockierendsten Bilder zeigen, die sie zeigen können. Sie schreien alle ›bemerkt mich, bemerkt mich, bemerkt mich, bemerkt mich‹, und das zu Leuten, die gar nicht richtig aufpassen.«

»Hm. Du bist morgen vorsichtig?«

»Ja. Ich muss nichts tun als Streckenfunk zu hören, Notizen zu machen und dann um sechs die Sendung zu überstehen. Wirst du zugucken?«

»Nein. Auf Channel 4 läuft parallel Teleshopping.«

»Danke.«

»Warum hast du nicht da einen Job bekommen? Ich mag die Leute da.«

»Danke. Die haben wohl nicht mein Potenzial als Fernsehstar erkannt, das Barbara drüben beim guten alten TV6 gesehen hat.«

»Und manche sagen, dein Ego sei an diesem Tag um drei Größen gewachsen.«

»Nochmal danke. Du bist heute gut drauf, was?«

»Ja, bin ich.« Sie machte eine lange Pause.

»Wirst du es morgen vermissen?«, fragte sie.

»Hm. Schwere Frage«, sagte Will langsam. »Ich weiß es nicht. Ich hatte Angst, dass ich es vermisse, und irgendwie noch mehr Angst, dass ich es nicht vermisse. Dass ich froh bin, nicht mehr dabei zu sein. Wenn ich nicht gerade auf dem Rad sitze, bin ich verdammt froh, dass ich nicht mehr dabei bin, aber es gibt andere Momente, wenn ich sehe, wie jemand toll fährt, dann tut es wirklich weh. Man will ewig weitermachen. Aber das geht nicht. Es geht einfach nicht.«

»Ich weiß.« Sie gähnte.

»Geh ins Bett«, sagte er. »Schlaft ein bisschen, du und Beppa.«

»Du auch, Schatz«, seufzte Cheryl. »Wann bist du morgen zu Hause?«

»Ungefähr halb neun. Die Sendung ist um sieben zu Ende und dann haue ich ab. Eine Produktionsassistentin fährt zurück in die Stadt und nimmt mich mit.«

»Okay. Bis dann also?«

»Bis dann. Schlaf gut.«

»Bezweifle ich. Dein Kind spielt in letzter Zeit gern mit meinen Nieren Fußball. Aber schlaf du gut. Du wirst es morgen brauchen.«

»Na ja, ist ja nicht so, als würde ich wirklich arbeiten, aber danke. Ich liebe dich, Cheryl.«

»Ich liebe dich, Will. Mehr als du je wissen wirst.«

»Danke.«

»Wofür?«

»Dafür, dass du mich liebst.«

»Ist meistens ganz leicht. Gute Nacht.«

Beide waren einen Augenblick lang still und legten dann auf.

Will drehte sich um, streckte sich, machte das Licht aus und legte sich auf den Rücken. Er starrte die Decke an. Den Schlaf zu finden, würde heute Abend fast so schwer werden, wie es langsam wurde, die Magie auf der Straße zu finden.

Zur gleichen Zeit legte Barbara Gooden zu Hause in Aurora zum dritten Mal den Hörer auf.

Immer noch keiner da. Sie hatte nur eine Nachricht hinterlassen. Barbara zu Hause anrufen.

Der Tag war einfach zu schnell vorbei gewesen. Sie hatte ihn mit solcher Entschlossenheit begonnen, entschlossen, Will anzurufen und es ihm zu sagen, auch wenn ihr Kontakt bei der Polizei sie inständig gebeten hatte, es nicht zu tun. Aber das Leben hatte sich dazwischen gedrängt. Da war der wöchentliche Manager-Jour fixe und dann eine Nachrichtenbesprechung und ein Treffen mit den Anwälten, weil eine der jüngeren Reporterinnen jemanden des Mordes bezichtigt hatte. Sie hatte es zwar nicht selbst gesagt, aber sie hatte es die Schwester des Opfers sagen lassen, und so war es über den Sender gegangen. Es war ein juristisches Minenfeld, wenn jemand klagen wollte.

Dann war Andy kurzfristig durchgedreht. Er war aus dem Sales-Meeting herausgekommen und wollte irgendwie, dass ein bestimmter Kunde bedient wurde und Barbara musste ihn daran erinnern, dass dies ein Nachrichtensender war und dass man nicht vor den Kunden buckeln durfte. Wenn wir wegen einer Story einen großen Werbekunden verlieren, Pech, aber niemand hört uns mehr zu, wenn sie denken, wir tun, was die Kunden sagen. Er brummelte, aber er gab nach. Normalerweise überließ er die Leitung der Nachrichtenredaktion allein Barbara.

Er war ein guter Chef. Manchmal war der Umgang mit ihm so, als würde man mit Dynamit umgehen, aber er hielt seinen Leuten die Stange und mischte sich selten ins Tagesgeschäft ein.

Will. Jedes Mal, wenn sie versucht hatte, ihn anzurufen, hatte irgendetwas nicht geklappt. Er war auf Sendung. Die Regie hatte die Nachricht nicht weitergeleitet. Produzenten vergaßen, ihn anzurufen.

Für ein Geschäft, das mit Kommunikation zu tun hatte, waren sie ziemlich lausig darin, miteinander zu kommunizieren.

Sie sah auf die Uhr. Viertel nach elf. Wahrscheinlich schlief er schon.

Sie würde ihren Wecker vorstellen und sicherstellen, dass sie ihn direkt vor der Liveschalte morgen früh am Ü-Wagen erreichte.

Sessions hatte Recht gehabt. Anfangs hatte sie es Will zwar wirklich nicht sagen wollen, aber jetzt war sie davon überzeugt, dass es nur die Umstände gewesen waren, die verhindert hatten, dass sie ihn erreichte.

Sie legte ihre Stirn in die Hand.

Nein, das konnte man so auch nicht sagen. Sie wusste, dass sie irgendwo tief in sich Angst gehabt hatte, es ihm zu erzählen. Nicht nur wegen seiner möglichen Reaktion, sondern auch wegen dem, was vielleicht auf der Strecke passieren würde. Auf der Strecke eines Rennens, das ihr Sender sponserte. Über das ihre Nachrichtenredaktion berichten würde.

Jetzt war es zu spät. Zu spät, um einen Rückzieher zu machen. Zu spät, um Will anzurufen. Zu spät, um Warnungen auszusprechen.

Zu verdammt spät für alles. Sie ging auf ihr Bett zu, wissend, dass sie nicht würde schlafen können, wissend, ihre erste Aufgabe am Morgen, egal, was passierte, würde sein, Will Ross zu erreichen.

Das würde sie tun.

Trotz der Tatsache, dass die Aussichten auf den Rest des Tages ihr schreckliche Angst einjagten. Sie würde es tun.

Ein anderer Mensch hatte kein Problem damit, in dieser Nacht zu schlafen.

Er schlief tief, und das seit acht Uhr.

Er musste früh aufstehen.

In der Nacht vor einer Show schlief er immer gut.

13
Los!

Der Himmel blitzte in Colorado-Blau.

Die Sonne zwang Wills Gesicht zu einer verkrumpelten Grimasse, die Nase gekräuselt, als er aus dem Hotel trat. Er stand auf den Eingangsstufen des Boulderado und grub in den Tiefen seiner Schultertasche nach seiner Sonnenbrille.

Herrgott aber auch, das hätte er wissen sollen. Ein so blauer Himmel war hier ein Zustand, der an dreihundert Tagen im Jahr herrschte. Warum es heute früh anders sein sollte, wusste er auch nicht. Trotzdem hatte es ihn überrascht, als er aus der mit dunklem Holz getäfelten Lobby in das helle Blau des Morgens trat. Es hatte seine Netzhaut irreparabel geschädigt.

Und er hatte nicht einmal einen Kater.

Tief in der Tasche fand er die Sonnenbrille, versteckt zwischen einem kleinen Reporter-Notizbuch und einer Rolle Magenpillen. Er setzte sie auf und rückte sein Gesicht wieder zurecht, sodass es ungefähr entspannt aussah. Mann, das tat weh.

Er warf einen Blick über die Straße und suchte seinen Kontaktmann, einen Kameramann oder einen Techniker, einen Wagen oder sonst irgendetwas, das ihm bedeuten könnte, wohin er gehen musste.

Die Liveschalte war spät in der Sechs-Uhr-Sendung dran. Er warf einen Blick auf die Uhr. Er musste sich beeilen, sonst würde der Typ, der im Sender für die Wochenendsendungen zuständig war, einen Schreikrampf bekommen.

Langsam sah er noch einmal über die Menge hinweg und bemerkte, was er vorher übersehen hatte: Eine Kamera, und daneben eine kleine Frau mit dichten Locken. Will beschloss, dort anzufangen. Richtiger Sender oder nicht, zumindest würde die kleine Kamerafrau wahrscheinlich wissen, wo die anderen waren.

»Guten Morgen«, sagte Will.

»Morgen. Du bist Will Ross, richtig?«

»Ja«, antwortete er, ein wenig überrascht darüber, dass diese Person, diese Kamerafrau, ihn kannte.

»Hallo, ich bin Sarah. Deine Kamerafrau heute Morgen.«

»Hi.« Er schüttelte ihre Hand. »Tut mir Leid, ich habe dich nicht erkannt.«

»Gibt auch keinen Grund dafür. Wir kennen uns nicht, ich arbeite zu Unzeiten, und du bist neu im Sender. Drei Gründe. Reicht das?«

»Kann sein.«

»Na dann. Ich bin Sarah.«

»Und ich Will. Freut mich.«

»Mich auch. Du wirst im Sender noch von mir hören. Man nennt mich Schlumpf.«

»Schlumpf?«

»Schlumpf. Ich bin nur knapp über einsfünfzig, ich habe eine hohe Stimme, und ich kann unglaublich nerven, wenn mich jemand ärgert. Schlumpf eben.«

»Okay. Macht's dir was aus, wenn ich dich stattdessen Sarah nenne?«

Sie wurde sichtlich lockerer. Ihre Schultern senkten sich, während sie sich gleichzeitig aufrichtete.

»Äh – da wär ich dir sogar dankbar.«

Sie schüttelten einander noch einmal die Hände.

»Danke, Ross.«

»Will.«

»Will. Es tut mir Leid, wenn ich gleich so aggressiv war. Als Frau in einem männerdominierten Teil des Fernsehgeschäfts zu arbeiten macht mich manchmal ein bisschen vorschnell.«

»Seltsam. Ich bin schon ein bisschen vorschnell geworden, nachdem ich nur zwei Wochen beim Fernsehen arbeite.«

Sie lachte. »Touché.« Sie warf einen Blick auf die Uhr. »Wo wollen wir uns hinstellen? Wir haben nicht mehr viel Zeit.«

»Das ist deine Entscheidung. Du bestimmst das Bild.«

Sarah lächelte.

Sie sah kurz, wo die Sonne stand und dann überprüfte sie, mit der Hand ihre Augen abschirmend, verschiedene Hintergründe. Sie schob die Kamera, an der ein schwarzes Kabel hing, das die Straße entlang und um eine Ecke verschwand, etwa zwei Meter nach rechts.

»Da. Hier sollte dein Gesicht gut ausgeleuchtet sein, und die Startlinie ist im Hintergrund. Gefällt dir das so?«

»Ich find's okay.«

»Wir sollten dich besser verkabeln.«

Will sah auf die Uhr. Er hatte noch fünfzehn Minuten Zeit.

»Das brauchst du nicht mal zu denken«, sagte Sarah. »Du hast es hier mit Cassie zu tun, dem Tyrann des Morgens. Sie kommt um ein Uhr früh rein, hat ihre Sendung um halb drei fertig, und erträgt es nicht, wenn ihr jemand reinpfuscht, nicht du, nicht Jassir Arafat, keine Katastrophen, kein gar nichts. Seit fünf Minuten nach Sendebeginn schreit sie schon nach dir.«

»Tut mir Leid, dass ich nicht mit mir dienen konnte.«

»Na ja, rede mit ihr. Sie würde sicher gern was von dir hören.«

Will verband sein Ohrstück mit dem drahtlosen Empfänger und machte dann das Mikrofon am Reißverschluss seiner TV6-Windjacke fest. »Hey, Cassie, sind Sie da?«

In seinem Ohr antwortete der Techniker aus dem Sender. »Nein, ist sie nicht. Ich bin's. Ich muss den Ton pegeln. Sag mal was, ja, Will?«

»1-2-3-4-5 …«

»Sag was Richtiges.«

»Ein herzliches Willkommen allen Sportfans zum ersten Lauf des 21. alljährlichen Kakerlakenrennens hier im sonnigen Pamplona.«

»Ich hab's, danke. Jetzt zu Cassie.«

Es gab ein Klicken in seinem Ohr und Will hörte ein Kratzen, ein Ploppen und ein Quietschen. Das Quietschen war Cassie.

»Sind Sie das? Wird auch langsam Zeit.«

»Ja, Ma'am. Ich bin bereit.«

»Es sind nur noch zehn Minuten.«

»Verstanden.«
»Was haben Sie geplant? Wann soll ich die MAZ einspielen?«
»Was für eine MAZ?«
»Die MAZ, die zu Ihrem Bericht gehört.«
»Keine Ahnung. Wenn wir über das Rennen sprechen, drücken Sie einfach irgendwann auf den Knopf.«
»So arbeite ich nicht gern.«
»Den Eindruck habe ich auch. Es ist doch alles in Ordnung. Ich rede nur mit Steve, richtig?«
»Na ja … stimmt.«
»Dann entspannen Sie sich. Wenn wir anfangen, über das Rennen zu sprechen, drücken Sie auf den Knopf. Es ist alles nur Hintergrund.«
»Ich hasse es, das so zu machen.«
»Und ich promote hier nur ein Rennen. Auf geht's.«
So früh am Morgen und schon war seine Laune zum Teufel. Verdammt.
Will stand auf seinem Platz und betrachtete, wie das Renngeschehen um ihn herum seinen Anfang nahm. Es waren noch keine Fahrer da, nicht einmal die nervösen, übereifrigen, ganz jungen Fahrer, sondern nur Organisatoren, die Absperrungen aufbauten. Der Medienkoordinator, selbst einmal früher Renndirektor, rannte hin und her, um sicherzugehen, dass er auf seine hektische, nervige, witzige Art und Weise mit jedem gesprochen hatte. Die ersten Zuschauer, die noch das letzte Coors Rennen vor zwölf Jahren gesehen hatten, waren bereits am Start, um sicherzugehen, dass sie die Wiedergeburt des Rennsports in Colorado miterleben würden.
Sie trugen vorsintflutliche Trikots, die Eddie Merckx abgelehnt hätte, alte Dinger mit Logos von Firmen, die den Radsport gar nicht mehr sponserten, wenn sie überhaupt noch existierten. Oder sie trugen alte Sachen vom Coors Classic, die so aussahen, als hätten sie das vergangene Jahrzehnt zerknittert in einer Kiste im Heizungskeller zugebracht.
»Zwei Minuten«, sagte Schlumpf.
»Alles klar«, antwortete Will.

In seinem Ohr konnte er die Werbung eines Autohändlers hören.

Noch einmal sah er sich kurz um, damit er noch so viel wie möglich vom hektischen Treiben mitbekam, dann wandte er sich zur Kamera, hörte seine Ansage, lächelte, und legte los.

Fernsehen. Er hatte erkannt, dass es Zeiten gab, in denen er wirklich etwas sagte, und Zeiten, in denen er nur Blabla erzählte. Im Augenblick ging es nur darum, Blabla zu erzählen. Er hatte schon alles gesagt, was ihm zu diesem Rennen einfiel, und jetzt versuchte er nur noch, ein letztes Mal eine Vorschau zu geben, damit sie endlich richtig loslegen konnten.

Blablabla. Das war alles, blablabla.

Nicht immer. Aber er wusste, wann er es hörte. Und im Augenblick hörte er es.

Er verabschiedete sich von Steve. Steve verabschiedete sich von ihm. Er hörte das magische »und raus« im Ohr, während Steve die Information über das Rennen herunterrasselte. Das Rennen dauert den ganzen Tag. Das Rennen endet heute Abend in Breckenridge. TV6 bringt heute Abend eine Sondersendung über das Rennen. TV6 bringt nächste Woche noch ein Special. TV6 ist der Top-Sportsender in Colorado.

Will lächelte. Das würde für Green bei 7, Zarrella bei 9, Soicher bei 4, Conrad bei 2 und Treadwell bei 31 aber einen ziemlichen Schock auslösen. Wenn Flynn einem von diesen Leuten mit irgendetwas voraus war, dann bei der Ego-Größe.

»Wir sind durch«, sagte Sarah. »Gut gemacht.«

»Na ja, was war's denn schon?«, gab Will zurück.

»Hör mal, ich hab schon alles gesehen. Manche können es und manche können es nicht. Das hier war keine große Sache, aber du hast eine gemütliche Unterhaltung geführt, ein Band gezeigt, ein paar Fakten an die Leute gebracht. Du hast vielleicht gedacht, das ist alles Quatsch, weil du seit drei Wochen nichts als diese Story machst, aber ich sag's dir, für die Zuschauer war es echt. Du hast die Leute näher an den Start gebracht. Du hast den Job erledigt. Was willst du sonst noch?«

»Reich und berühmt sein.«

»Eile mit Weile. Sei einfach Will Ross.«

Sie legte ihr Stativ zusammen.

»Sei Will Ross. Und gib mir mein Mikrofon zurück.«

Will zog das Mikrofonkabel und den Sender aus der Jacke, wickelte das Kabel sorgfältig auf und gab es ihr zurück.

»Ich hoffe, ich habe das richtig gemacht.«

»So ungefähr. Du bist einer der wenigen, die das überhaupt machen. Die meisten lassen es einfach da zerknäuelt liegen, wo sie gestanden haben.«

Er half ihr beim Abbauen. Der Techniker kam um die Ecke und zog an dem schwarzen Kabel, um sicherzustellen, dass es frei lag. Dann verschwand er wieder und Sekunden später schlängelten sich Kabel und Stecker wie eine vielköpfige Hydra die Straße entlang und verschwanden ebenfalls.

»Danke für die Hilfe. Ich nehme noch den Start auf und dann bin ich weg. Wo soll ich mich hinstellen?«

»Nimm die Fahrer bei den Startvorbereitungen auf und dann stell dich an die Ecke da drüben.« Will deutete auf einen Punkt etwa eine halbe Straße weiter. »Von da aus kannst du sehen, wie sie losfahren.«

»Das ist alles?«

»Das ist alles. Nimm so viel von den Vorbereitungen auf, wie's geht. Wer weiß, wenn nichts funktioniert, ist das vielleicht alles, womit ich arbeiten kann.«

»Alles klar.« Sie blickte zur Seite. »Entweder hast du einen Fan, oder da drüben muss jemand wahnsinnig dringend auf's Klo.«

Will drehte sich um und sah den Medienkoordinator heranhüpfen.

»Der Kerl ist wirklich zu nervös.«

»Das sind so Leute immer. Danke für alles, Sarah.«

»Ich danke dir, Will. Hat Spaß gemacht.«

Sie sammelte ihre Sachen zusammen und ging zu den Mannschaftswagen hinüber. Statt ihrer stand auf einmal Mark Sistrom, der Medienkoordinator, neben ihm.

»Hey, Will Ross, wie geht's denn so?«

»Ganz prima, Mark, was liegt an?«

»Ich habe hier Ihren Medienausweis und ein Infopaket. Ich habe für Sie auch einen Platz im Pressewagen besorgt. Sie können im

TV6-Wagen mitfahren, aber der fährt hinter dem Rennen her und mit dem Pressewagen sind Sie mittendrin.«

»Ich bin lieber mittendrin.«

»Wir könnten Ihnen auch ein Motorrad besorgen.«

»Nein. Das hält mein Hintern nicht aus.«

»Verstehe ich. Meiner schafft das auch nicht mehr. Okay. Es ist der rote Lincoln Navigator da drüben. Und damit Sie während des Rennens in Verbindung bleiben können, habe ich Ihnen die Genehmigung für ein Satellitentelefon verschafft. Haben Sie schon mal so was benutzt?«

»Nein.«

»Ist ganz leicht. Es wird Ihnen gefallen.« Mark gab ihm etwas, das aussah wie ein großes Walkie Talkie.

»Klasse. Wo ist der Haken?«

»Es gibt keinen Haken. Ihr Sender sponsert das Rennen. Es ist wichtig, dass Sie in Verbindung bleiben. Erwähnen Sie in Ihren Stories nur ein paar Mal MerdTech, dann sind sie glücklich.«

»Das ist allerdings ein Haken.«

Er schüttelte den Kopf.

»Ja, vielleicht, aber kein großer. Benutzen Sie es heute mal. Sagen Sie mir, was Sie davon halten. Sehen Sie es als Produkttest. Sie werden den ganzen Tag in den Bergen sein. Ihr Handy ist da nutzlos.«

»Ja, stimmt wohl.« Will fragte sich, ob er es mit Barbara abklären sollte, bevor er das Telefon annahm oder in seinen Berichten einen Firmennamen erwähnte.

»Okay. Klasse. Drücken Sie einfach nur auf die Knöpfe und richten Sie das Ding direkt nach oben. Der Satellit nimmt das Signal auf, schickt es nach San Francisco und verbindet Sie dann mit einer Landleitung. Bis dann.« Und er verschwand in die wachsende Menge hinein.

Will sah auf seiner Uhr nach. Zwanzig nach sieben. Ein paar Fahrer sprangen neben ihren Rädern auf und ab. Will lächelte. Anfänger.

Er erinnerte sich. Er hatte das auch durchgemacht. Die Erinnerung wärmte ihn.

Er ging zurück zum Hotel und setzte sich zum Frühstücken ins Straßencafé. Während er in seinem Omelette herumstocherte und

Kaffee schlürfte in der Hoffnung, dass er nicht den ganzen Tag alle zwanzig Minuten würde pinkeln müssen, schob ihm jemand ein Klemmbrett vors Gesicht.

»Will Ross? Haben Sie Ihr Satellitentelefon schon bekommen? Das hat hier niemand eingetragen.«

Will blickte hoch, aber da die Sonne direkt hinter dem Kopf des Fragestellers stand, konnte er nur eine Silhouette erkennen.

»Ja. Ich hab's hier.«

Will bückte sich und begann, in seiner Tasche nach dem Telefon zu suchen. Er warf einen Blick auf die Schuhe des Mannes, abgetragene Arbeitsschuhe, an deren Kanten sich weißer Staub gesammelt hatte. Darüber waren khakifarbene Hosenbeine zu sehen. Das überraschte ihn. Alle anderen trugen heute morgen Turnschuhe und Shorts.

Will wühlte weiter und fand das Telefon. Dann hielt er inne.

»Ich habe gedacht, Mark hätte die Nummer notiert.«

»Also, ich hab sie nicht. Welche Nummer haben Sie?«

Will las die Zahlen ab und dann blickte er wieder zu dem Mann mit dem Klemmbrett hoch. Er konnte sein Gesicht immer noch nicht sehen, aber er konnte erkennen, dass sein Haar hellbraun war. Vielleicht. Er blinzelte und sah wieder auf sein Frühstück hinunter, um die kleinen blauen und gelben Punkte aus seinen Augen zu bekommen.

»Das ist das Falsche. Verdammt nochmal. Mark hat Ihnen das Falsche gegeben. Sie haben das, das auf den Renndirektor eingetragen ist, auf Len …«

»Ken.«

»Ken. Ja. Ich brauche Ihres wieder. Bleiben Sie noch ein paar Minuten hier?«

Will sah auf die Uhr. 7 Uhr 45.

»Ja, ungefähr bis viertel nach acht.«

»Gut. Ich bin sofort mit Ihrem Telefon wieder da.«

Er verschwand. Einen Sekundenbruchteil lang fragte Will sich, ob er das hätte tun sollen, einem Typen, den er nicht kannte, ein mehrere Tausend Dollar teures Satellitentelefon in die Hand zu drücken, aber jetzt war es zu spät. Er war weg.

Er konnte nichts machen als warten und hoffen, dachte Will. Er wandte sich wieder den Eiern und dem Toast zu und nickte, als ihn der Kellner fragte, ob er noch Kaffe wollte.

Er würde pinkeln müssen, aber wenigstens würde er dabei wach sein.

Er las die Schlagzeilen der *Denver Post* und dann die Comics in der *Rocky Mountain News*. Um fünf vor acht kam der junge Mann zurück und legte das Satellitentelefon neben Wills Teller mit den hart gewordenen Eiresten und den Brotkrusten.

»Alles klar. Die haben wohl doch gewusst, was sie taten. Hier ist Ihr Telefon wieder.«

Will lehnte sich erleichert zurück. Es war gut gegangen.

Er blickte zu dem jungen Mann auf, der sich seltsamerweise wieder genau so postiert hatte, dass die Sonne hinter ihm stand. Weder die Tatsache, dass sein Gesicht im Schatten lag, noch Wills Sonnenbrille halfen. So, wie die Morgensonne stand, und mit einem knallblauen Himmel hinter dem Kopf des Mannes, konnte er keine Gesichtszüge erkennen.

»Danke, dass Sie es zurückgebracht haben«, sagte Will.

»Kein Problem. Sie sind eingetragen und alles.«

»Soll ich es Ihnen heute Nachmittag zurückgeben?«

»Mir oder dem, der es Ihnen gegeben hat.«

»Mark?«

»Mark ist prima. Wir werden alle da sein, um uns das spannende Finale anzusehen. Sie können es jedem von uns geben.«

»Wird gemacht.«

»Viel Spaß.« Der junge Mann wandte sich abrupt um und ging davon. Will bemerkte das langärmelige Arbeitshemd, die khakifarbene Hose und wieder die Arbeitsschuhe. Kein Aufzug, den die meisten Menschen an einem Sommertag in den Bergen tragen würden, außer natürlich, man war schon seit drei Uhr früh auf den Beinen und baute Tribünen auf.

»Danke. Äh, wie heißen Sie denn?«, rief Will.

»Peter«, sagte er ohne sich umzudrehen. »Fragen Sie einfach nach Peter.«

»Danke«, antwortete er.

»Na klar doch. Klar doch.« Wieder verschluckte ihn die wachsende Menschenmenge.

Das Rennen begann mit einem neutralisierten Start. Ein Haufen Männer in bunten Trikots, die lachten und dahinrollten und versuchten, sich auf den ersten paar Meilen in Position zu bringen. Eine kleine Parade durch Boulder, bis sie die Markierung auf dem Highway 93 erreichten, wo der Offizielle mit der Flagge winkte und das Zephyr-Rennen wirklich begann.

Zusammen mit den anderen Reportern im Wagen kniete Will nach rückwärts gewandt auf dem Rücksitz, um den Start zu sehen.

Als es losging, sauste ein kleiner elektrischer Schock sein Rückgrat hinauf und eine Erinnerung zischte durch ihn hindurch, eine Erinnerung an hundert Augenblicke wie diesen, wenn die Flagge den Start freigab und das Rennen begann und die Scherze und das freundschaftliche Gerangel aufhörten und die Fahrer ihren Job auf einmal wirklich ernst nahmen.

Sekunden nach dem Start sprang ein Fahrer mit furiosem Antritt davon. Eine tolle Idee, nur ungefähr acht Stunden zu früh. Direkt dahinter ging ein Mitglied seines Teams hinterher.

»Das ist der Sieger. Wir können auch gleich zurück in die Bar«, sagte ein Radioreporter aus einem der Bergstädtchen.

Der Rennfunk knirschte.

»Fluchtversuch – Big T Texas-Volkswagen-Team.«

Es gab eine Pause, dann krachte das Radio wieder.

»Volltrottel.«

Will lächelte, während die anderen lachten. Sicher war es dumm. Diese Leute hatten keine größere Chance auf den Sieg als Dustin Hoffman auf die Rolle von Rübezahl. Aber es war eine Chance für sie, zu glänzen, es war der eine Augenblick, in dem sie nach vorn springen und führen konnten. Nach ein paar Kilometern würden sie sterben, wahrscheinlich am Guanella Pass, aber sie würden immer sagen können, »ich habe einmal geführt«.

Er kannte das Gefühl. Er wusste, was dahinter steckte.

Er lächelte. Die anderen lachten.

Und sie hatten keine Ahnung, worüber sie lachten.

Er kritzelte ein paar Notizen über den frühen Rennverlauf auf seinen Block, dann warf er wieder einen Blick nach hinten, wo das Feld die beiden Fahrer langsam einholte, die jetzt schon ausgebrannt waren. Guanella? Verdammt, die würden froh sein können, wenn sie es bis Wondervu schafften, dachte er.

Der Hubschrauber des Senders brauste vorbei. Die Rotoren durchschnitten die Luft mit dem charakteristischen schwupp-schwupp-schwupp. Der Hubschrauber flog vor, dann wendete er in Richtung Rennen. Die Zuschauer am Straßenrand interessierten sich mehr für ihn als für die Räder.

Da war das Problem, dachte Will.

Je mehr Krach eine Maschine machte, desto interessanter war sie. Vielleicht würde es helfen, wenn jeder im Feld sich mit einer Wäscheklammer einen Herzbuben zwischen die Speichen klemmte. Er schüttelte den Kopf und griff in seine Tasche. Das Handy fand er zuerst und machte es an. Sie waren noch nicht in den Bergen und er sah keinen Grund darin, seine Gehirnmasse mit den Strahlen eines Satellitentelefons zu backen, wenn es nicht unbedingt nötig war. Er wählte die Nummer der Dispo und wurde mit Billy Canton verbunden, dem Sportredakteur, der die Ereignisse des Tages in eine zusammenhängende Form schneiden sollte.

»Hallo, ich bin's, Will. Bevor wir in die Berge kommen, wollte ich dich nur wissen lassen, das Rennen ist pünktlich gestartet worden. Neutralisierter Start in Boulder. Als die Fahne hochging«, er blickte kurz auf seine Notizen und nannte die genaue Startzeit, »gab's einen Fluchtversuch. Fahrer 145 und 146 vom Texas Team. Wir kommen jetzt nach Wondervu und sie sehen aus, als würden sie jeden Moment eingehen.«

»Verstanden. Hab ich«, antwortete Canton. »Hey, gib deine Notizen Gene mit. Er filmt das Rennen, wenn es Wondervu passiert und dann kommt er hierher zurück.«

»Ja, kein Problem.«

Das Telefon zischelte und ploppte.

»… ey, hat Barbara dich erreicht?«

»Gooden? Was gibt's denn?«

»Sie will schon seit gestern mit dir sprechen. Sie ist jetzt im Sender und stinksauer, weil du keine von ihren Nachrichten beantwortet hast.«

»Ich weiß nicht, wo sie die hinterlassen hat, aber ich habe keine bekommen.«

»... sie ... gesagt ...«

»Ich verlier dich, Mann, wir kommen in die Berge.«

»Ruf sie halt an ... ruf sie ...«

Das Telefon ploppte, quietschte, und war aus. Will machte es aus und legte es zurück in die Tasche. Das war's, bis wahrscheinlich für zwanzig Minuten in Idaho Springs und Georgetown, dann in South Park zwei Stunden später, und dann Breckenridge eine Stunde darauf. Er betrachtete das Satellitentelefon, nahm es und richtete die Antenne in den Himmel.

Er drückte auf den An-Knopf und sah, wie die Anzeige aufleuchtete. Es piepte und verlangte eine Nummer. Will drückte auf einen zweiten Knopf und das Telefon schaltete in Bereitschaftsmodus. Er legte es auf den Schoß, dann überlegte er es sich anders und legte es oben in die Tasche, die Antenne zum offenen Fenster gerichtet.

Wer weiß, dachte er, vielleicht brauche ich meine Eier eines Tages noch einmal.

Er wandte sich wieder dem Rennen zu, wo sich auf dem Anstieg nach Wondervu ein weiterer Fahrer vom Feld absetzte. Das, wusste Will, war kein Versuch, sich nur zu zeigen. Das war jemand, der vorausdachte, zum Anstieg und zur folgenden Abfahrt und nach Blackhawk, wo der erste Sprint jemandem einen Scheck über fünftausend Dollar bescheren würde.

Nicht schlecht für eine Stunde totaler Verausgabung. Solange man sich nicht so verausgabte, dass man das Rennen nicht beendete. Kein Zieleinlauf, kein Geld, kein gar nichts.

Der junge Mann sah stark aus. Er kletterte zuversichtlich.

Will lächelte. Er hatte das auch einmal getan.

In der Zwischenzeit hatte er völlig vergessen, Barbara anzurufen.

Der junge Mann löste ein, was er versprochen hatte und sprintete als erster durch Blackhawk, bevor er sich schnell wieder ins Feld einreihte. Er würde niemals den Tagessieg davontragen, schließlich war er ein Sprinter, eine sehr spezialisierte Kunst in einem Sport voller spezialisierter Künstler, aber jetzt musste er nur noch das Rennen beenden, um sein Preisgeld abzuholen.

Der Pressewagen wühlte sich auf den engen Straßen von Blackhawk und Central City durch das Fahrerfeld, überholte die Spitzenreiter und raste durch die engen Kurven aus der Stadt hinaus in Richtung ›Oh My God Road‹.

»Ich fahre vor zur Haarnadelkurve – hat jemand was dagegen?«, fragte der Fahrer.

»Nein, fahren Sie nur«, sagte Will und der Rest der Reporter brummelte Zustimmung. Es wurde langsam stickig im Wagen und es war Zeit, auszusteigen und sich kurz die Beine zu vertreten.

Will machte sich weitere Notizen und zog dann das Satellitentelefon aus der Tasche. Er würde Canton anrufen müssen, um ihm die Zeiten durchzugeben. Ach ja, und er musste Barbara anrufen, das fiel ihm jetzt wieder ein.

Was hatte er schon wieder angestellt?

Weswegen würde sie ihn anschreien?

Warum machte er sich Gedanken? Er war achtzig Kilometer von ihr entfernt. Er musste nichts weiter tun, als das Telefon auszuschalten, und dann war er frei. Zumindest bis Montag.

Als der Wagen in der Nähe der Haarnadelkurve am Straßenrand anhielt, stieg Will hastig aus, stolperte, und stürzte beinahe den Abgrund hinunter. Er fand sein Gleichgewicht wieder, wählte den Satellitencode und dann die Nummer von TV6 und wartete darauf, dass Canton sich meldete.

Als er das tat, war Will entzückt. Tolle Sprachqualität, lückenloser Empfang.

»Hallo, ich habe den Sprintsieger für dich und die Reihenfolge, wie sie in die ›Oh My God Road‹ reingehen.«

»Schon gut. Dank Robin in Blackhawk habe ich den Sprintsieger und der Hubschrauber sendet gerade live auf Mikrowelle, also hab ich die Reihenfolge auch. Hast du jetzt mal mit Barbara gesprochen?«

»Nein, hab ich vergessen.«

»Vielen Dank, Mensch, die nervt andauernd, weil sie nicht weiß, wo du bist. Ich stell dich durch. Bleib dran.«

Das Telefon klickte. Diese Satellitentelefone sind eine tolle Sache, dachte Will. Vielleicht sollte er ein paar Aktien kaufen.

Schon beim ersten Klingeln hob jemand ab.

»Will?«

»Barbara. Hi.« Es gab eine Pause. »Was hab ich falsch gemacht?«

»Herrgott, Sie sind ja überhaupt nicht zu erreichen.«

»Wenn ich der Herrgott wäre, würde das stimmen. Was ist los?«

»Will«, und ihre Stimme wurde sehr ernst, »wir müssen uns unterhalten. Haben Sie eine Minute Zeit?«

Er sah die Straße hinauf. Die Spitzenreiter waren wie eine Perlenkette auf der abschüssigen Straße aufgereiht und das Feld folgte dicht dahinter. Auf der ›Oh My God Road‹ ließen sie sich alle Zeit.

»Na ja, nicht wirklich. Sie kommen. Wir müssen ziemlich bald losfahren.«

»Okay«, seufzte sie. »Dann mache ich es kurz und schmerzlos. Das Colorado Bureau of Investigations und die Bundesermittler haben auf dem Grund von Crooked Lake einen Schalter gefunden. Einen Schalter und eine Abschussvorrichtung. Beide waren voller Reste von PETN. Wissen Sie, was das ist?«

»Keine Ahnung.«

»Das ist ein Sprengstoff. Ein militärischer Sprengstoff. Ein Sprengstoff, der nichts bei einem Feuerwerk zu suchen hat.«

Will sah die Straße hoch. Das Feld rückte näher. Der Fahrer saß bereits wieder hinter dem Steuer und die anderen Reporter bewegten sich zum Wagen zurück. Will stolperte hinterher und eine kalte Hand meldete sich an seinem Rückgrat.

»Okay.« Er schluckte. »Was bedeutet das?«

»Das bedeutet, dass Crooked Lake kein Unfall war.«

»Okay.«

»Es bedeutet, dass es unser Mann vielleicht doch ernst gemeint hat. Es bedeutet, dass Ihr Mann, Ihr Mann am Telefon, die Wahrheit gesagt hat. Es bedeutet, dass die Polizei sich nicht sicher ist, was los ist. Es bedeutet, dass Ihr kleiner Freund, derjenige von der ›Oh My God Road‹, vielleicht … vielleicht …«

»Echt ist?«

»Echt ist. Ja. Er ist vielleicht echt.«

»Herrgott.« Will fuhr sich mit der Hand durchs Haar. »Nach all dem, was Sie getan haben, um mich davon zu überzeugen, dass er das nicht ist. Er ist mehr als jemand, der nur Aufmerksamkeit will?«

Sie machte eine lange Pause, bevor sie antwortete.

»Vielleicht, Will. Nur vielleicht. Es war zu ausgefuchst, zu professionell für einen Typen, der Fernsehreportern nachstellt. Aber die Polizei weiß es nicht genau, Will. Es ist nur eine Möglichkeit. Eine von vielen. Sie wissen nicht, was es wirklich bedeutet.«

Das Feld war da. Die Meute raste in einer Staubwolke an ihnen vorbei, mit klackernden Rädern und leisen Flüchen. Wie irgendjemand diese Haarnadelkurve voller Kiesel am unteren Ende der Abfahrt schaffte, war unglaublich. Der Fahrer sah Will an und hupte.

»Okay, was mache ich also?«

»Im Moment machen Sie einfach weiter«, sagte Barbara. »Die Polizei ist sich nicht sicher, was es ist, und das Rennen ist zu groß, um es zu stoppen. Aber sie ermitteln. Sie treffen Vorkehrungen. Sie wollen am Montag wieder mit Ihnen sprechen. Sie kümmern sich um die Sache und es sollte alles in Ordnung sein.«

»Sollte.«

»Sollte.«

»Cheryl. Was ist mit meiner Frau?«

»Machen Sie sich keine Sorgen. Ich werde mich mit ihr in Verbindung setzen. Die Polizei erwartet keinen Angriff auf sie. Sie erwartet auch keinen Angriff auf Sie oder das Rennen. Es gibt nur eine mögliche Verbindung, das ist alles. Also passen Sie gut auf sich auf. Passen Sie auf, was um Sie herum vor sich geht. Geben Sie auf diesen Kerl Acht.«

»Ich weiß doch noch nicht mal, wie er aussieht«, bellte Will. »Scheiße, ich komm nach Hause.«

Der Fahrer hupte wieder.

»Nein. Nein. Wie denn, Will? Sie sind da im Nirgendwo. Bleiben Sie beim Rennen. Die Polizei kümmert sich darum. Ich hätte

Ihnen das nicht einmal sagen sollen. Wenn die Polizei Wind davon bekommt, ist mein Kontakt in die Abteilung zum Teufel. Ich rufe Cheryl an. Ich werde sichergehen, dass sie weiß, dass sie vorsichtig sein muss. Passen Sie nur gut auf. Das ist alles. Passen Sie auf.«

Der Fahrer hupte und gestikulierte wütend.

»Das ist alles. Sie kommen nach Breckenridge und dann bringen wir Sie sofort nach Hause.«

Sie legte auf. Will starrte einen Moment lang auf das Display, dann drückte er auf den »Ende«-Knopf und ging zum Wagen.

Das Rennen lag jetzt vor ihm.

Und es war Will egal.

Barbara saß an ihrem Schreibtisch und starrte auf die Berge hinaus. Sie hatte sich selbst davon überzeugt, dass jede Sekunde Mount Evan oder Guanella oder irgendetwas an der I-70 entlang explodieren und die Innenstadt von Denver mit Trümmern überschütten würde.

Die Polizei war sich nicht sicher, womit sie es zu tun hatte, das stimmte. Sie hatten nichts als eine Reihe von Möglichkeiten zusammengesammelt.

Aber eine Sache blieb wahr.

Der Schalter voller PETN, der am Grund des Sees gefunden worden war, war ein Duplikat desjenigen, der in einer Pausenbrotbüchse vor dem Eingang von TV6 teilweise von einer Magnesiumladung verbrannt aufgefunden worden war.

Zufall oder Zusammenhang?

Sie wusste es nicht. Die wussten es nicht.

Ein Beamter namens Whiteside hatte gesagt, es gäbe keinen Grund zur Panik. Sie wüssten immer noch nicht sicher, womit sie es zu tun hätten, aber sie würden sich um die Sache kümmern. Der Sender wurde überwacht. Will Ross sollte jeden weiteren Kontakt melden.

Es hatte keinen gegeben. Niemand kannte den nächsten Schritt.

Sie konnten nur auf ihn warten. Auf den nächsten Schritt.

Barbara starrte auf die Berge hinaus und zuckte bei jedem lauten Geräusch zusammen.

14 Die Freuden der Telekommunikation

Der Fahrer war stinksauer.

Er hatte seine Chance verpasst, sich zwischen die Spitzenreiter und das Feld zu schieben, weil Will ihn mit seinem Telefonat aufgehalten hatte. Jetzt verfolgte er den Besenwagen die ›Oh My God Road‹ hinunter nach Idaho Springs, ein paar Flachstücke entlang, und nach Georgetown hinein, auf dem Weg nach oben zum Guanella Pass.

Der Fahrer überlegte seine Möglichkeiten, sah eine Chance, und beschloss, sie zu ergreifen, egal, was seine Passagiere wollten.

In Idaho Springs bog er in eine nicht abgesperrte Straße ab, brauste durch ein Viertel mit Einfamilienhäusern, kam auf eine Hauptstraße, und von dort aus in Richtung Autobahn.

Das Rennen würde auf der alten Landstraße bleiben, während er auf der parallel verlaufenden Autobahn nach Georgetown vorausfahren konnte. Er fuhr auf die Auffahrt und stellte den Fuß aufs Gaspedal. Der Navigator machte einen Satz nach vorne und als er sich in den Verkehr einfädelte, fuhr er schon 140 Sachen.

Will sah über die Gegenfahrbahn hinweg und entdeckte einen einsamen Fahrer auf der Straße, der sich mächtig anstrengte und über die Schulter nach hinten schaute, um zu sehen, wer ihn verfolgte. Es musste ein Spitzenreiter sein, dachte er. Er benahm sich wie ein Spitzenreiter. Entweder ein Spitzenreiter oder ein Fahrer, der entschlossen war, vor dem Besenwagen zu bleiben.

Er blickte weiter nach hinten. Niemand kam ihm hinterher, noch nicht.

Das hier war der Spitzenreiter.

Er würde auf dem Guanella Pass nicht mehr vorne liegen, aber wenn er Glück hatte, konnte er in der Spitzengruppe bleiben. Es war keine besonders gute Strategie, aber es war eine Strategie, besser als die der Jungs, die direkt nach Boulder nach vorne gegangen waren.

Es würde interessant sein zu sehen, ob er durchhalten könnte. Oder wie lange.

Will betrachtete die anderen Leute im Innenraum des Wagens. Alle machten sich Notizen, warfen Blicke aus dem Fenster und kritzelten dann in ihren Reporter-Notizbüchern herum. Mit der Verachtung eines Sportlers für die Presse fragte Will sich, ob sie auch nur die geringste Ahnung hatten, was sie da sahen. Ein einsamer Fahrer, der zweieinhalb Minuten vor dem Hauptfeld lag und noch zwei harte Anstiege vor sich hatte. Was sahen sie?

Was kümmerte es ihn?

Es kümmerte ihn, weil das jetzt seine Kollegen waren. Er fuhr in einem neuen Peloton. Das Spiel lautete, wer kann als Erster die wichtigen Erkenntnisse bringen, wer kann als Erster die Zuschauer erreichen, um der Story einen eigenen Stempel aufzudrücken. Es kümmerte ihn, weil er Erfolg haben musste. Er hatte bereits eine Karriere in den Sand gesetzt. Er war aus der Scheiße in ein Rosenbett gefallen. Wenn er jetzt nur noch den Dornen aus dem Weg gehen konnte.

Die Dornen.

Trotz ihrer Worte hatte er eine Spannung in Barbara Goodens Stimme hören können.

Da war noch etwas anderes. Scheiß drauf, er rief jetzt zu Hause an.

Er griff nach dem Satellitentelefon, überlegte es sich anders, und nahm dann sein Privat-Handy. Im Korridor zwischen Idaho Springs und Georgetown würde er Empfang haben. Er wusste nicht, wer die Rechnung für das Satellitentelefon bekam, aber er wusste, dass die sehr viel glücklicher sein würden, wenn auf der Rechnung keine privaten Nummern auftauchten.

Abgesehen davon wurde so der Anruf sein eigener. Er besaß ihn, es war ein persönliches Statement und hatte nichts mit dem Sender zu tun, mit dem Rennen, und dem endlos großen Einflussbereich von Barbara Gooden. Er wählte die verschiedenen Nummern und lehnte sich zum Fenster hin. Es gab ein Zischen und ein Ploppen. Er nahm das Handy vom Ohr und betrachtete das Display. Es suchte nach einem Netz. Die Anzeige fiel auf eins, dann ging sie hoch auf fünf, fiel wieder auf drei, und sprang dann wieder hoch.

Er lauschte. Es klingelte. Sie hob ab.

»Hi, ich bin's. Wie geht's dir?«

»Mir geht's gut. Die Frage ist, wie geht es dir?«

»Warum?«

»Ich habe gerade mit deiner Chefin telefoniert«, sagte Cheryl. »Die ist ganz schön anstrengend.«

»Ist das gut oder schlecht?«

»Es ist Management. Sie ist eine Vorgesetzte, die gleichzeitig deine Freundin sein will. Ich weiß nicht, ob das möglich ist.«

»Was hat sie dir erzählt?«

»Sie hat gesagt, sie hätte mit dir gesprochen. Es gäbe irgendwelche neuen Hinweise.«

»Was hältst du von der ganzen Sache?«, fragte er.

»Ich bin mir nicht sicher. Sie schien nicht allzu besorgt zu sein. Aber ich weiß nicht, ob das daran liegt, dass sie sich eingeredet hat, dass nichts passieren kann, oder ob sie denkt, dass die Polizei Unrecht hat, oder ob sie nur nicht will, dass deine Frau sich Sorgen macht. Ich weiß es nicht, Will. Ich weiß es einfach nicht.«

»Was soll ich tun?«

»Na ja, ich habe darüber nachgedacht, und mir fällt nichts ein. Uns geht's gut, wenn du das meinst. Beppo und mir geht's gut. Aber du ... hör mal, Will ... du kannst nicht dein ganzes Leben ändern und dich verstecken, nur weil irgendein Arschloch mit dir ›Wer hat Angst vorm schwarzen Mann‹ spielen will. Du musst weitermachen. Tu ...«

Das Netz brach kurz zusammen.

»... und pass auf dich auf. Ich mach mir Sorgen um dich. Beppo auch. Er tritt jedes Mal, wenn er deine Stimme hört.«

Will lächelte und ihm wurde warm ums Herz.

»Das gefällt mir.«

»Hab ich mir gedacht. Mach die Sache zu Ende und komm zu uns nach Hause. Dann überlegen wir weiter.«

»Okay. Okay. Ich brauche einen freien Tag. Vielleicht können wir Montag frei machen und irgendwohin fahren.«

»Klingt gut, Will. Ich liebe dich.«

»Oh Gott, Cheryl, ich liebe dich auch. Mehr als du je wissen wirst.«

»Das ist schön«, sagte sie. »Das ist schön.«

»Sei vorsichtig.«

»Du auch. Ich sitze gemütlich zu Hause und du gurkst den ganzen Tag durch die Berge. Pass auf dich auf.«

»Ich werd's versuchen. Ich liebe dich.«

»Ich liebe dich auch, Will.« Sie legte auf.

Will drückte auf den Ende-Knopf und starrte das Display an. Seine Nummer von Zuhause blinkte noch. Er würde fast alles dafür geben, nicht mehr in diesem Wagen zu sitzen und weg vom Rennen und bei dieser Nummer zu sein.

Aber das war er nicht. Er war auf dem Weg zum Ziel, ob ihm das gefiel oder nicht.

Er machte das Handy aus und warf es zurück in die Tasche. Bis Fairplay würde es so gut wie nutzlos sein. Er hörte, wie es mit einem »Klack« neben dem Satellitentelefon landete. Er griff in die Tasche, nahm es und rief im Sender an. Er gab Canton die neuesten Meldungen durch, die er auf dem Notizblock des Mannes entziffern konnte, der neben ihm saß – Fahrernummern, Positionen, Zeiten der Spitzenreiter. Es war nicht leicht.

Der Typ bewegte ständig seinen Notizblock hin und her und Will konnte nicht immer alles lesen, während er so tat, als würde er etwas anderes machen.

Ich muss mir meine eigenen verfluchten Notizen machen, dachte er. Ich muss den Job erledigen.

Er schloss die Augen und kratzte sich am Kopf. Er sagte Canton, er solle einen Augenblick warten, während er sich das Rennen bildlich vorstellte. Er beschrieb es so gut er konnte und sagte ihm, dass er ihn oben vom Guanella Pass wieder anrufen würde, denn da und auf der Abfahrt würde sich das Rennen wirklich formieren. Hier ging es noch um die Positionen, während der Guanella Pass das Feld in seine Schlusskonfiguration aufteilen würde.

Guanella war der Schlüssel.

Seine Gedanken begannen, zu dem Irren abzuwandern.

Tu deinen Job. Bring die Zeit rum. Beende deine Mission. Mach den Bericht. Geh nach Hause. Das hier musste jetzt getan werden. Das andere später.

In Georgetown verließ der Wagen die Autobahn und fuhr durch die engen Straßen der Stadt zum Anfang des Anstieges zum Guanella Pass. Die Zuschauermengen waren beeindruckend. Die Leute verbrachten wohl wirklich einen Tag mit diesem Rennen. Ab und zu konnte man es fast mit Europa verwechseln.

Der Fahrer fuhr etwa ein Viertel des Weges die Passhöhe hinauf zu einem Parkplatz an einer Kurve.

»Wir vertreten uns hier die Beine und warten. Aber sobald die Spitzengruppe vorbeikommt, will ich alle im Wagen haben. Alle«, fügte er scharf hinzu und warf einen Blick auf Will. »Dann reihen wir uns direkt dahinter ein und folgen ihnen.«

Will kletterte aus dem Wagen und lehnte sich dagegen. Damit war ich gemeint dachte er, hundertprozentig ich.

Er wandte sein Gesicht zur Sonne. Du kannst mich mal, Freundchen. Du hast schließlich keinen Fan, der Dankbarkeit verlangt, während er neben einer Garage voller Dynamit mit Streichhölzern spielt. Er rieb sich das Gesicht und fuhr mit dem Finger unter die Sonnenbrille, um sich auch die Augen zu reiben.

Was für eine Scheiße. Was für eine gottverdammte Scheiße.

Das Satellitentelefon in seiner Hand klingelte.

Vor Überraschung ließ er es beinahe fallen. Er betrachtete die Anzeige, auf der nur »eingehender Anruf« stand, und suchte nach einem Knopf, mit dem er den Anruf entgegennehmen konnte. Er sah einen kleinen grünen Knopf, drückte ihn, und hob das Telefon an sein rechtes Ohr.

»Hallo?«

»Ihre magische Zahl heute ist vier.«

»Bitte?«

»Hören Sie zu, Mr. Ross«, zischelte die Stimme. »Ihre magische Zahl ist vier. Es gibt vier Geräte, mit denen Sie heute zu tun bekommen werden. Sie müssen sie finden, Sie müssen sie entschärfen.«

»Wer …?«

»Unterschätzen Sie mich nicht, Will. Sie wissen genau, wer ich bin. Niemand nimmt mich ernst, Will, nicht Sie, nicht die Rennorganisation, nicht die Polizei, nicht Ihr Sender, niemand. Also muss ich das ändern. Die magische Zahl ist vier. Es sollte eigentlich sechs sein, zu Ehren Ihres Senders, aber ich hatte nicht die Zeit. Aber Sie werden sehen, alle sind teuflisch clever. Die magische Zahl lautet vier, Will, vier.«

Wenn Will atmete, dann wusste er es nicht. Es war, als sei sein ganzer Körper plötzlich tiefgefroren und als läge sein Gehirn separat im kältesten Teil des Tiefkühlfaches.

»Wo? Wann?«, war alles, was er sagen konnte.

»Ich gebe Ihnen einen Tipp, Will, ich gebe Ihnen einen Tipp. Was ist, wenn ein Baum im Wald umfällt, und nur das Rennen kann es hören? Würde es wirklich ein Geräusch geben?«

»Ich verstehe nicht.«

»Das werden Sie schon. Ich melde mich.«

»Warten Sie.«

»Sie hätten Danke sagen sollen, Will. Sie hätten Danke sagen sollen.«

»WARUM?«, rief Will. »WARUM? SAGEN SIE MIR WARUM?«

Das Telefon klickte und war aus, aber Will war wie gelähmt. Er hielt es immer noch ans Ohr und rührte sich eine Sekunde lang nicht. Dann drehte er sich um, blickte die Straße auf und ab und begann dann nach oben zu marschieren, zu einem Motorradpolizisten, der etwa sieben Meter entfernt stand.

Außer Atem kam er bei ihm an, entsetzt darüber, dass ein so kurzer Weg ihm dermaßen den Atem genommen hatte. Es war ja fast anstrengender zu gehen als mit dem Rad zu fahren.

»Hi, wie geht's?«, japste Will.

»Prima«, sagte der Polizist. »Was kann ich für Sie tun?«

»Ich bin Will Ross. Ich arbeite für TV6. Rufen Sie Ihre Zentrale an. Setzen Sie sich mit der Polizei in Denver in Verbindung, mit einem Beamten namens Whiteside. Sagen sie ihm, sein Verdächtiger hat sich bei mir gemeldet. Haben Sie das verstanden?« Will hustete und spuckte. »Er hat mich auf dem Ding hier angerufen.« Er hielt das Satellitentelefon hoch. »Ich weiß gar nicht, wie er an die Nummer gekommen ist.«

»Also, wenn Sie ein Telefon haben, warum rufen Sie diesen Whiteside dann nicht selber an?«

»Hören Sie. Wenn der Kerl sich hier irgendwie eingeloggt hat, dann weiß ich nicht, wozu er sonst noch Zugang hat. Rufen Sie einfach nur Whiteside an. Sagen Sie ihm, er soll sich mit mir in Verbindung setzen.«

»Und wie?«

»Weiß ich nicht. Keine Ahnung.«

»Was ist die Nummer von dem da?« Der Polizist deutete auf das Satellitentelefon. Ohne nachzudenken gab ihm Will die Nummer, dann hielt er inne. »Warten Sie. Nicht das. Geben Sie ihm meine Handy-Nummer.« Er ratterte sie herunter. »Sagen Sie ihm, er soll mich auf dem Handy anrufen. Er ruft auf dem anderen Ding hier an. Ich weiß nicht. Ich will diese Leitung offen halten. HÖREN SIE ZU! Er sagt, es gäbe vier Geräte auf der Strecke. Sagen Sie das Whiteside. VIER. Er hat mir einen Hinweis gegeben, irgendwas mit einem Baum im Wald …«

Der Motorradpolizist hob die Hand.

»Ich sag der Zentrale, sie soll diesen Whiteside anrufen. Erzählen Sie ihm das alles. Okay?«

Hinter Will konnte er Rufe und Hupen hören. Er drehte sich um und sah den ersten Fahrer die Kurve heraufkommen. Der Fahrer des Pressewagens war derjenige, der hupte und Will den Berg hinunterwinkte. Will winkte ihn hoch und drehte sich wieder zu dem Motorradpolizisten um.

»Rufen Sie ihn an. Rufen Sie Whiteside bei der Polizei in Denver an. Bitte. Sagen Sie ihm, er muss sich mit Will Ross in Verbindung setzen. Es gibt vier Geräte, denken Sie daran, bitte, vier.«

»Verstanden. Ich rufe sofort durch.« Er nahm sein Funkgerät in die Hand und zeigte es Will. »Sofort.«

Der Pressewagen hielt neben Will und er rannte um ihn herum auf seine Seite. »Rufen Sie ihn an. Melden Sie es.«

»Das mache ich. Vertrauen Sie mir.«

Der Pressewagen fuhr hinter einer Gruppe von acht Fahrern auf die Straße und setzte seinen Weg nach Breckenridge fort.

Bei seinem Motorrad hängte der Polizist das Mikrofon wieder ein und wandte sich dem Rennen zu.

Diese Spinner, mit denen man es in den Bergen zu tun bekam. Diese Spinner, mit denen er es zu tun bekam.

Er beobachtete, wie das Peloton auf der engen Bergstraße auf ihn zukam. Ziemlich beeindruckend, dachte er, aber mit Harleys sähe es besser aus.

Er dachte gerade darüber nach, wie er auf seiner Maschine durch diese klapperigen Radfahrer hindurchbrausen würde, als er – BUMM! – von einem Geräusch erschreckt wurde, das so klang, als würde ein doppelläufiges Zwölfkalibergewehr abgefeuert. Er erschrak. Dann drehte er sich um und sah, wie eine zehn Meter hohe Kiefer umfiel, einen nebenstehenden Baum traf, die Richtung änderte, und direkt auf ihn zukam.

Zumindest war er geistesgegenwärtig genug, sich aus ihrer Flugbahn und in Sicherheit zu bringen. Sie fiel auf seine schicke Kawasaki und plättete das Motorrad.

Nach kurzem Zögern, das sowohl von der Explosion als auch von dem umstürzenden Baum ausgelöst worden war, umfuhr das Peloton den Baumwipfel auf der Straße, während Officer Ted Burns entgeistert auf sein Motorrad starrte und sich fragte, wie zum Teufel er das seinem Vorgesetzten erklären sollte.

Will entspannte sich ein wenig, als sie den Guanella Pass überquert hatten und auf die unbefestigte Straße auf der anderen Seite fuhren. Der Knoten in seinem Magen löste sich und er wandte seine Aufmerksamkeit wieder dem Rennen zu. Es waren jetzt acht Fahrer direkt vor ihnen, drei vom Chartwell Team, eine gemischte Mannschaft mit guten Fahrern aus Europa und Amerika, und Team Hermes, eine starke amerikanische Mannschaft, die von einem Autohersteller gesponsert wurde.

Er machte sich ein paar Notizen, auch wenn er nicht wirklich mit dem Herzen dabei war, und nahm dann das Satellitentelefon in die Hand. Eine Weile lang starrte er es an, überzeugt davon, dass es irgendwie schmutzig geworden war, und rang sich dann schließlich dazu durch, die Nummer zu wählen. Will wusste nicht, was für eine Verbindung der Irre mit dem Telefon hatte. Die Nummer hatte er, aber konnte er auch Gespräche abhören? Vielleicht. Bei der modernen Technologie war das eine reale Möglichkeit, aber die Sportredaktion bei TV6 hatte er sowieso schon auf dem Ding angerufen, also würde ein weiterer Anruf keinen großen Unterschied machen. Wenn er erst einmal im Telefonsystem des Senders drin war, dachte Will, konnte er wohl zu jeder anderen Nummer weitergestellt werden, ohne dass die auf dem Satellitentelefon aufschien.

Er wählte Cantons Nummer. Er antwortete beim zweiten Klingeln.

»Canton. Schnitt.«

»Hi, hier ist Will.«

»Heilige Scheiße! Wo bist du denn gewesen, Mann?«

»Hör mir zu, ich habe die Spitzenreiter ...«

»Zum Teufel mit denen. Hast du den Baum gesehen?«

»Was für einen Baum?«

»Auf der Anfahrt zum Guanella Pass ist ein Baum im Wind umgefallen und direkt auf die Straße gekracht. Wäre ein ganz schönes Gemetzel geworden, wenn er auf die Fahrer gefallen wäre.«

»Was ist passiert?«, fragte Will, und die Frage kam so seltsam heraus, dass er sowohl vor ihr als auch vor der Antwort Angst bekam.

»Mannomann, wir haben tolle Aufnahmen von dem Ding auf der Straße. Nicht wie er umgefallen ist, Hühnerkacke, verdammte, aber ansonsten tolle Bilder. Er ist in Richtung Straße gefallen, hat einen anderen Baum getroffen, hat sich dann komisch abgedreht und ist auf das Motorrad von 'nem Polizisten gekracht. Flach wie ein Pfannkuchen.«

»Was ist mit dem Polizisten?«, flüsterte Will.

»Was? Der Polizist. Scheiße, dem geht's prima. Er ist ein bisschen überrascht.« Canton lachte. »Mann, ich wünschte, ich hätte sein Gesicht sehen können.«

»Wie … wie … wie ist das passiert?« Es machte ihm Mühe zu reden, als ob ihn die Höhenluft anstrengte.

»Was? Herrgott, keine Ahnung. Ein paar Leute haben gesagt, sie hätten so was wie einen großen Silvesterkracher gehört. Andere meinen, es war nur ein abgestorbener Baum und ein Windstoß. Ganz schön irrer Zufall, wenn das nur der Wind war. Das Feld ist drumherum gefahren, die Zuschauer sind weg, das Motorrad ist platt, und ich bin mir nicht sicher, wie ernst die das nehmen.«

»Gib mir Barbara.«

»Ich brauche die Spitzenreiter von dir.«

»Gib mir Barbara.«

»Ich brauche …«

»SCHEIß AUF DIE SPITZENREITER! GIB MIR BARBARA!«

Sowohl am anderen Ende der Leitung als auch im Pressewagen wurde es still.

»Gib mir Barbara. Bitte.«

»Okay. Ich brauche die …«

»Ich geb sie Barbara durch. Gib mir Barbara.«

»Sie ist hier. Ich stell dich …«

Das Telefon klickte und klingelte dann zweimal. Am Beginn des dritten Klingelns hob Barbara ab.

»TV6 Nachrichten. Barbara G …«

»Barbara, hier ist Will. Er hat angerufen. Er hat angerufen.«

»Wer?« Sie machte eine Pause, während Wills Worte einsickerten. »Oh mein Gott.«

»Hören Sie zu. Ich weiß nicht, ob er dieses Gespräch abhören kann. Ich dreh hier langsam durch.«

»Beruhigen Sie sich, Will. Was hat er gesagt?«

»Er hat gesagt, es gäbe vier Geräte. Vier Bomben, nehme ich an. Irgendwo auf der Strecke. Er hat mir einen Tipp für die erste gegeben. Was wäre, wenn ein Baum im Wald umfällt … Sie kennen den

Spruch doch. Na ja, Canton hat mir gerade erzählt, dass ein Baum auf die Strecke gefallen und auf dem Motorrad von einem Polizisten gelandet ist. Von einem Polizisten, glaube ich, mit dem ich kurz davor gesprochen hatte … er war also nicht nur da, er hat mich beobachtet und das alles extra für mich inszeniert.«

»Okay, Will, erzählen Sie mir genau, was passiert ist. Und was er gesagt hat. Zuerst einmal – wie hat er sich mit Ihnen in Verbindung gesetzt?«

»Er hat mich auf dem Satellitentelefon angerufen, das ich von der Rennleitung bekommen habe.«

»Woher kennt er die Nummer?«

»Weiß ich nicht. Ich weiß es nicht.«

»Denken Sie nach. Überlegen Sie genau. Die Polizei wird das wissen wollen. In Ordnung. Wann hat er Sie angerufen? Und was genau hat er gesagt?«

Will schloss die Augen, um besser nachdenken zu können, und wiederholte alles, an das er sich erinnern konnte. Wo er gestanden hatte, wann der Anruf hereingekommen war – das musste er raten – und was gesagt worden war. Er bemühte sich, in seinem Kopf die Stimme wieder zu hören, das Zischen, die Warnung, die Gefahr. Der Irrsinn. Herrgott nochmal, warum hatte er nicht einfach »Danke« gesagt? Warum hatte er sich bei dem Kerl nicht einfach ein bisschen eingeschleimt? Warum hatte er ihm nicht einen gottverdammten Schrein gebaut, als er die Chance dazu hatte?

»Will, sind Sie noch dran? Wie war nochmal die Sache mit dem Baum?«

Er konzentrierte sich wieder und erzählte ihr die ganze Geschichte so detailliert, wie er konnte.

»Das ist alles.«

»Okay. Hören Sie. Halten Sie das Satellitentelefon frei. Dass er es abhört, stört mich nicht so sehr wie die Vorstellung, dass er mit Ihnen sprechen will und nicht durchkommt. Ich frage mich immer noch, wie er die Nummer herausbekommen hat …«

»Glauben Sie mir, das frage ich mich auch.«

»… aber ich werde das der Polizei erzählen, diesem Officer, wie hieß er doch gleich …«

»Ich habe mit einem Whiteside gesprochen …«

»Whiteside, genau. Von jetzt ab rufen Sie mich mit dem Handy an. Sie werden bald in Grant sein. Da kriegen Sie ein Netz. Lassen Sie mich wissen, ob er wieder angerufen hat, und ich sage Ihnen, was die Polizei gesagt hat.«

»Okay. Ich halte das Satellitentelefon frei.«

»Gut.«

»Was ist mit dem Rennen?«, fragte Will.

»Vergessen Sie das Rennen«, antwortete Barbara. »Wir denken uns in Breckenridge etwas aus, wenn es sein muss. Sie stecken jetzt mittendrin, Will. Ihre Aufgabe ist es, sicherzustellen, dass Sie alles weitergeben, was Sie von dem Kerl hören, in der Hoffnung, dass niemandem etwas geschieht.«

Er hatte nie erwartet, das aus dem Mund von Barbara Gooden zu hören, Nachrichtenchefin, Vizepräsidentin, zuständig für Nachrichten und Kommunales, Angestellte, und allgemeines Symbol für Licht und Güte in der Stadt Denver.

»Verstanden. Verstanden.«

»Machen Sie sich keine Gedanken um das Rennen, Will.«

»Nein. Nur um alles andere.«

»Genau.«

»Ich melde mich.«

»Ich rufe jetzt die Polizei an.«

Sie legte auf. Will drückte den roten Knopf und die Leitung war wieder frei.

Er lehnte seinen Kopf zurück, schloss die Augen und versuchte, den wachsenden Schmerz in seinem Kopf zu kontrollieren. Er öffnete die Augen und sah die anderen Journalisten an, die seinem Telefonat zugehört hatten, aber so taten, als ginge es sie gar nichts an. Sie wandten sich wieder dem Rennfunk zu, der über das Walkie-Talkie des Fahrers kam.

Auch gut, dachte er, legte seinen Kopf zurück und verfiel in unruhige Gedanken. Er ging den ganzen Tag noch einmal durch. Der Anruf. Der Baum. Was ist, wenn ein Baum im Wald umfällt, und niemand ist da, der ihn hört, hatte das etwas mit ihm zu tun? Er musste da gewesen sein. Wer auch immer dieser Kerl war, er musste da gewesen sein, in Wills Nähe. Nah genug, um zu sehen, wie er sich mit dem Motorradpolizisten unterhielt. Nah genug, um sich einen Baum auszusuchen und einen Sprengsatz anzubringen. War das einer von den Vieren, oder war es ein zusätzlicher Bonus? Und die Nummer? Woher hatte er … woher hatte er diese Satelliten- … heiliger Stohsack.

Will richtete sich auf, die Augen weit geöffnet, sie starrten auf den Hinterkopf des Fahrers, ohne ihn wirklich zu sehen.

»Heiliger Strohsack!«

»Was?«

Der Fahrer sah ihn besorgt im Rückspiegel an. Will schüttelte den Kopf.

»Nichts. Nichts.« Er lehnte sich wieder zurück und warf einen Blick nach draußen auf die unbefestigte Straße, die von einem wichtigen Pass über die Wasserscheide des Kontinents herunter führte.

Wolken schoben sich über den Himmel und über Will.

Jetzt hatte er kapiert.

Er hatte ihn gesehen.

Er hatte ihm ins Gesicht gesehen.

Khakifarbene Hose. Arbeitsschuhe. Staub. Weißes Pulver auf seinem Hosenbein.

Er hatte ihn gesehen.

Wie er die Nummer des Satellitentelefons bekommen hatte?

Will hatte sie ihm gegeben.

Scheiße nochmal, er hatte ihm das ganze gottverdammte Telefon gegeben.

»Scheiße.«

Es war die einzige Reaktion, die auch nur annähernd passend schien.

Einer der führenden Fahrer hatte oben auf dem Guanella Pass sein Straßenrad gegen ein Mountainbike getauscht. Will fragte sich ohne großes Interesse, ob das wohl den Regeln entsprach, aber da sich keiner der Offiziellen beschwerte, dachte er nicht weiter darüber nach. Er war der einzige Fahrer, der auf der Abfahrt voller Kiesel und Schlaglöcher keinen Platten hatte.

Er machte sich ein paar Notizen, aber er war nicht mit dem Herzen dabei. Neben den Worten »Hermes/Tausch gegen Mountainbike« hatte er das Wort »WARUM« geschrieben und fuhr die Buchstaben mit dem Stift immer und immer wieder nach. Das Fahrerfeld lag jetzt hinter ihm. Grant war voraus. Und alles, was er tun konnte, war warten.

Aus ihm war eine Spielfigur geworden, mit einem gesichtslosen Mann in Khakis auf der einen Seite des Schachbretts und der Polizei und Barbara Gooden auf der anderen. Er war nicht weiß, nicht schwarz, sondern ein seltsames grau, und sie dachten, sie könnten ihn über das Brett schieben, wie sie wollten.

Plötzlich war er nichts als eine Schachfigur, die keine Kontrolle über ihr eigenes Schicksal hatte. Es machte ihn wahnsinnig, aber er konnte nichts dagegen unternehmen, jedenfalls nicht bis Grant. Nicht bis zum nächsten Anruf. Nicht bis, nicht bis, scheiße. Er konnte gar nichts tun.

Er lehnte den Kopf zurück, schloss die Augen und ließ seine Gedanken ziellos durch einen Wald knirschender Synapsen wandern. Ein Gesicht, ein Wort, das Klingeln eines Telefons, Barbara, er, die Silhouette, Cheryl, das Klingeln eines Telefons, eine Stimme, leise und tödlich, das Klingeln eines Telefons.

Er schüttelte wild den Kopf und setzte sich auf. Das Klingeln kam aus seiner Tasche. Das Satellitentelefon war von seinem Schoß herunter in die Tasche gefallen. Er grub darin herum, fand das Telefon, richtete die Antenne aus, lehnte sich zum Fenster hin und drückte auf den grünen Knopf.

»Ja?«

»Sie sind schwer zu erreichen«, flüsterte die Stimme.

»Tut mir Leid. Ich habe das Telefon nicht so schnell gefunden.«

»Oh, ist schon gut. Was mich überrascht hat, war, dass ich es vor ein paar Minuten schon einmal versucht habe, öfter sogar, und einfach nicht durchgekommen bin. Haben Sie etwa mit der Polizei gesprochen?«

»Nein. Mit dem Sender.«

»Oh, ich dachte, es sei vielleicht die Polizei gewesen. Oder Ihre Frau.«

»Was ist mit meiner Frau?«

»Nichts. Ich denke mir nur, dass Sie sie sicher oft anrufen. Das erwarte ich einfach irgendwie.«

»Lassen Sie sie aus der Sache raus.«

»Natürlich. Natürlich. Ich habe mit Ihnen ein Problem, Will. Undankbarer Mistkerl, der Sie sind …«

»Hey!«, sagte Will scharf. »Hey. In Ordnung. Herrgott nochmal. Es tut mir Leid. Es tut mir Leid, was auch immer ich Ihnen angetan habe. Oder was auch immer ich nicht gesagt habe. Okay? Aber, Mann, tun Sie das nicht … es wird noch jemand verletzt.«

»Oh, natürlich. Natürlich. Haben Sie von meinem ersten Streich gehört? Hat nicht ganz so funktioniert, wie ich geplant hatte. Ich hätte mehr Zeit darauf verwenden sollen, mir zu überlegen, in welche Richtung der Baum fällt … aber ich hatte es eilig. Sie waren schon wieder auf dem Weg.«

»Ich? Sie waren also wirklich dort …«

»Mann, sind Sie blöd. Ja, Mr. Ross, ich war dort. Und wenn ein Baum im Wald umfällt … sind Sie immer so langsam?«

»Was kommt als Nächstes? Was kommt als Nächstes? Werden Sie mir nicht irgendeinen Hinweis geben? Ist das nicht Ihr Spiel?«

»Das hier ist kein Spiel, mein Freund. Es ist todernst. Ich habe es geschafft. Heute habe ich es geschafft. Von heute an wird Denver, ach was, ganz Colorado – wenn nicht das ganze Land – mich ernst nehmen. Crooked Lake war nur der erste Schritt in einer langen und großartigen Karriere.«

Wills Wut wuchs.

»Was soll der Quatsch? Was kommt als Nächstes? Wollen Sie keine Drohung aussprechen? Mit Ihrer Maus spielen? Na los. Was kommt als Nächstes?«

»Geduld, Geduld, Mr. Ross. Als ob Sie überhaupt die Ohren haben werden, es zu hören. Sie haben noch ein wenig Zeit. Innerhalb einer Stunde wird alles bereit sein, hergerichtet mit dem Auge eines Hollywood-Szenenbildners. Und dann werde ich es Ihnen vielleicht sagen. Wenn Sie Augen haben, um zu sehen, und Ohren, zu hören.«

Dann war die Leitung tot. Will riss das Telefon vom Ohr und starrte auf die Anzeige. Der Akku war noch nicht leer. Der Kerl hatte einfach aufgelegt.

Und jetzt? Und jetzt? Als Nächstes kam Grant. Und Grant war der Schlüssel für das, was Barbara plante. Was immer das war.

Will legte das Satellitentelefon vorsichtig in die Armbeuge und richtete die Antenne nach oben zu dem halb offenen Fenster hinaus. Es hatte wenige Augenblicke in seinem Leben gegeben, in denen er sich so nutzlos, so hilflos gefühlt hatte. Er sah sich im Wagen um. Er war gefangen, sowohl räumlich als auch psychisch, in einer Situation, die sich völlig seiner Kontrolle entzog.

Er schloss die Augen und spielte vor seinem inneren Auge den Tag noch einmal ab. Er konzentrierte sich auf den jungen Mann beim Frühstück, der sich so sorgfältig vor die Sonne gestellt hatte. Es war unmöglich, sein Gesicht zu sehen. Aber was noch, was sonst noch?

Die Art, wie das Sonnenlicht durch sein Haar geschienen hatte. Nicht hellblond. Hellbraun bis blond. Wie hoch hatte er über den Tisch aufgeragt? Will dachte an den Winkel, in dem der Kopf über ihm gestanden hatte. Einssiebzig, einszweiundsiebzig. Ungefähr einszweiundsiebzig. Dünn war er. Die Kleider hatten an ihm heruntergehangen. Ein durchgeknöpftes Arbeitshemd. Blauer Jeansstoff. Nicht solche schicken Polohemden, wie sie die Mitarbeiter des Rennens trugen, sondern ein Jeanshemd. Gebügelt. Die Hose. Khakifarben. Schmutzig. Nein, sauber. Nur ein bisschen zerknittert. Sauber, abgesehen von dem Streifen weißen Puders über dem Umschlag. Puder. Nein. Nicht wie Mehl. Körnchen. Wie Maismehl, nur weiß. Weißes Maismehl. Körnig. Aber fein.

Schuhe. Schuhe. Arbeitsstiefel? Nein. Arbeitsschuhe. Wie diese Dinger mit den Stahlkappen, die ihm sein Vater in dem Sommer geschenkt hatte, als er als Fliesenleger gejobbt hatte. Keine Stiefel. So komisch rotbraun.

Er konnte spüren, wie der Wagen wieder langsamer fuhr. Den Berg hinab waren sie gerast, dann wieder hinauf und herunter. Der Fahrer hatte den Fuß wechselweise auf das Gaspedal und die Bremse gestellt, Gas, Bremse, Gas, Bremse, Gas, Bremse, bis Will den

Punkt der Seekrankheit überschritten hatte und mit dem unregelmäßigen Rhythmus rechnete.

Dieses Mal jedoch hielt der Wagen ganz an.

Will öffnete seine Augen und sah einen Polizisten der Colorado State Patrol mit seinem Mountie-Hut durch das Fenster beim Fahrer in den Wagen blicken, auf verschiedene Journalisten in unterschiedlichen Stadien der Wachheit.

»Wer von Ihnen ist Will Ross?«

Der Streifenwagen raste den Highway 285 entlang durch South Park in Richtung Fairplay. Felder und Bauernhöfe sausten verschwommen vorbei, verschwommen nicht nur wegen der Geschwindigkeit, sondern auch, weil Will nicht richtig fokussieren konnte. Er war hier, er war da, er war absolut nirgendwo.

»Ja, ich hab ihn«, sagte der Officer und reichte Will das Handy.

»Will? Raymond Whiteside hier. Wir haben uns bei Ihnen zu Hause kennen gelernt?«

»Sicher. Ja. Ich weiß.«

»Hören Sie, Will, es tut mir Leid, wie das alles gelaufen ist, aber wenn wir Glück haben und wenn Sie mitspielen, dann können wir diesen Mistkerl vielleicht heute noch schnappen.«

»Ja, okay. Was muss ich tun?«, fragte Will ohne großen Enthusiasmus.

»Hat er Sie seit dem Guanella Pass noch einmal angerufen?«

»Er hat mich auf dem Kenosha Pass angerufen, kurz vor Grant.«

»Haben Sie eine Zeit?«

»Nein.«

»Von jetzt ab schreiben Sie sie auf. Was hat er gesagt, ganz genau?«

Will atmete tief durch und sagte Whiteside alles, woran er sich erinnern konnte. Einmal sah er in seinen Notizen nach, aber das musste er nicht wirklich. Er konnte sich sehr gut an die Bemerkungen über Cheryl erinnern, über seine Ohren, und einen Hollywood-Szenenbildner.

»Einen was?«

»Hollywood-Szenenbildner. Das hat er gesagt.«

»Der spielt mit uns.«

»Ja, und das macht er prima.«

»Geben Sie nicht auf. Das Spiel hat kaum begonnen.«

»Für ihn nicht. Er ist schon im zweiten Akt.«

»Crooked Lake war ein Zufallstreffer. Das wird er nicht nochmal versuchen.«

»Da haben Sie wahrscheinlich Recht. Wahrscheinlich wird er etwas Größeres versuchen.«

»Verlieren Sie nicht die Hoffnung. Ich melde mich wieder. Ich bin jetzt auf dem Weg nach Breckenridge. Ich treffe Sie dort. Sagen Sie Bescheid, falls er wieder anruft. Benutzen Sie ein Handy oder das Festnetz. Lassen Sie das Satellitentelefon offen, damit er Sie anrufen kann.«

»In Ordnung. Hey, Whiteside, Sir, können Sie mir einen Gefallen tun?«

»Was denn?«

»Schicken Sie jemanden zu meiner Frau. Bitte. Würden Sie das tun?«

Whiteside zögerte eine Sekunde, bevor er sagte, »Sicher, kein Problem. Ich schicke jemanden ’rüber, der sich umsieht. Aber ich glaube wirklich nicht, dass er sie im Visier hat. Es scheint das Rennen zu sein.«

»Und ich.«

»Ich glaube, es ist das Rennen. Sie können ihm gar nicht so viel bringen. Wenn er das Rennen unterbricht, bekommt er eine Riesen-Publicity. Vielleicht schafft er es sogar auf das Titelblatt von *Time Magazine*.«

»Sehen Sie einfach nach ihr.«

»Wird gemacht. Bis Breckenridge.«

Die Leitung war still. Das Auto raste vorwärts. Die Landschaft verschwamm. Trotz der Gesellschaft fühlte sich Will unglaublich allein.

Das Peloton war jetzt auf den Flachstücken von South Park. Vier Fahrer machten abwechselnd an der Spitze Tempo. Team Hermes hatte seinen Topfahrer dabei, während das Chartwell Team zwei Fahrer an der Spitze hatte. Klasse würde sich zeigen. Der junge Kerl von dem Mountainbike-Team, der vor dem Guanella Pass davongesprungen war, war auch noch dabei und zeigte mehr Durchhaltevermögen, als ihm in Georgetown irgendwer zugetraut hätte. Er hätte jetzt alleine in Führung liegen können, wenn er nicht bei der Abfahrt vom Guanella Pass zwei Platten gehabt hätte, aber auch ohne die wäre er wahrscheinlich von den Straßenfahrern geschluckt worden. Obwohl, wer wusste das? Der Junge zeigte Kraft. Die Profis zeigten Erfahrung.

Noch ein paar Rennen und der Junge würde schwer zu schlagen sein.

Will rieb sich beinahe zwanghaft die Augen, während er im Polizeiwagen dem Rennfunk zuhörte. Er schaffte es nicht, die Kopfschmerzen zum Abklingen zu bringen, nicht heute, an einem Tag voller Telefonate und drohender Stimmen, nicht in diesem Wagen, der schwach nach Benzin roch, nach Schweiß und nach einer ab und zu gerauchten Zigarette.

Er öffnete das Fenster einen Spalt breit und lauschte dem Pfeifen des Windes, der ab und zu einen kleinen Regentropfen hereinwehte, der Will auf der Stirn traf. Er öffnete die Augen. Die Kiefern glänzten nicht mehr in der Sonne, sondern duckten sich vor den Wolken. Mit dem herannahenden Regen wurde es kalt.

Mit einem Blick nach Norden sah Will, wie die Wolken größer und dunkler wurden. Sie kamen in ihre Richtung. Der Hoosier Pass würde eine wirkliche Sauerei werden. Kalt, windig und regnerisch.

Er beneidete wirklich niemanden, der jetzt auf der Strecke war.

Aber sich selber beneidete er auch nicht gerade.

Um die Wahrheit zu sagen, selbst bei diesem Wetter würde er lieber auf dem Rad sitzen.

Wie ein Besessener rieb er sich die Augen.

Auf dem Hoosier Pass klingelte das Satellitentelefon gedämpft in seiner Tasche. Die Antenne des Telefons piekste aus einer Jacke heraus, die anscheinend von ganz alleine in der Tasche herumgekrochen war. Will zog das Telefon heraus, suchte schnell auf den Knöpfen herum, und fand den grünen Knopf.

»Ja.«

»Ich konnte Sie nicht erreichen«, sagte die Stimme kalt.

»Wir sind gerade auf dem Hoosier Pass.«

»Das Feld ist doch noch gar nicht da. Mit wem sind Sie zusammen?«

Will spürte, wie kalter Schweiß auf seiner Stirn ausbrach. Verdammt. Er musste aufpassen. Er musste immer aufpassen.

»Ich bin in einem Wagen von TV6. Wir mussten vorfahren, wegen der Sendung. Das Wetter hält das Peloton auf.«

Es gab eine Stille.

»Hm. Vielleicht. Ich wollte mich nur nach Ihnen erkundigen. Wollte herausfinden, wie es Ihnen so geht, Mr. Ross. Wie geht es Ihnen so?«

»Prima. Ganz prima.«

»Gut zu wissen. Es sind noch drei übrig, Mr. Ross, drei. Der Baum, na ja, der Baum war einfach ein bisschen zu clever, selbst für mich. Da waren zu viele Dinge dem Zufall überlassen. Aber die nächsten drei«, und seine Simme hellte sich auf, »auch wenn sie clever sind, das will ich nicht abstreiten, sind sehr viel vernünftiger. Schwer zu finden und sehr vernünftig. Aber der Baum hat Sie aufgeweckt, was?«

»Ich war gar nicht dabei. Ich habe erst später davon gehört.«

»Ja, wie schade. Bei den nächsten drei werden Sie dabei sein. Da werde ich sichergehen.«

»Danke«, sagte Will leise. »Wirklich nett.«

»Ja. Tschüssi.«

Die Leitung war wieder tot und Will Ross ließ seinen Kopf auf die Brust sinken. Er wog eine Tonne.

Martine würde sagen, »Tausend Kilo oder eine Tonne? Leute! Entscheidet euch!«

Als der Streifenwagen nach einer haarigen, nassen Abfahrt vom Hoosier Pass, bei der das Heck des Wagens wild um die Haarnadelkurven herumgeschlittert war, in Breckenridge ankam, hörte Will, wie der Rennfunk das Rennen in Fairplay kommentierte, dem kleinen Städtchen auf der anderen Seite des Passes. Die vier Spitzenreiter waren immer noch zusammen. Einer von Hermes, zwei von Chartwell, und der junge Mountainbiker, der sich wie eine Klette an sie geheftet hatte.

Will lächelte. Schön für ihn. Schön für ihn.

Raymond Whiteside von der Polizei Denver wartete an der Ziellinie auf Will. Er hatte eine zu dünne Jacke um sich gewickelt und zog an einer Zigarette.

Als Will aus dem Streifenwagen ausstieg und Whiteside betrachtete, bemerkte er, wie die Leute um ihn herum die Zigarette mit Abscheu musterten. Will warf sich die Tasche über die Schulter und trug das Satellitentelefon in der Hand. Die Antenne war gen Himmel gerichtet.

Kein Risiko mehr. Kein Risiko.

Whiteside sah Will. Er überquerte das Kommentatorenpodium, eine Rauchwolke hinter sich her ziehend, gefolgt von Blicken, die beinahe töten konnten. Normalerweise würden diese Leute laut und vernehmlich protestieren, wenn ihnen etwas nicht passte, aber irgendwie hatte Whiteside bereits geantwortet, ohne etwas zu sagen.

Polizist eben.

Er konnte rauchen, wo es ihm passte.

»Mr. Ross …«

»Will.«

»Will. Schön, Sie zu sehen. Ich freue mich, dass Sie es geschafft haben. Wir haben das Rennen sorgfältig beobachtet. Haben das Feld zusammengehalten und jeden aus dem Rennen genommen, der zu weit zurückgefallen ist. Haben alle in der Straßenmitte gehalten. Keine Probleme, also …«

»Ich glaube nicht, dass er auf das Rennen zielt.«

»Was meinen Sie damit?«

»Ich hatte eben wieder einen Anruf von ihm. Oben auf dem

Hoosier Pass. Er hat gesagt, dass ich bei den nächsten drei dabei sein würde. Ich bin nicht mal in der Nähe des Rennens.«

»Das weiß er nicht.«

»Vielleicht nicht, aber – vergessen Sie doch mal für einen Augenblick Ihre Theorie. Was ist, wenn das Rennen gar nicht das Ziel ist? Er hat immer gesagt, es geht ihm darum, dass ich mich nicht bedankt habe. Das Rennen ist eine Show, ein Hintergrund. Ich bin das Ziel, weil ich nicht dankbar bin. Denken Sie darüber nach.«

»Tja, das würde bedeuten …«

»Das würde bedeuten, er ist hier. Irgendwo in Breckenridge. Drei weitere Sprengsätze sind hier, irgendwo in meiner Nähe. Wo immer ich hingehe und was immer ich mache … sie werden irgendwo in meiner Nähe sein.«

»Das könnte überall sein.«

Will schnaubte.

»Ach nein. Das Podium. Ich soll das Ende des Rennens von dort aus kommentieren. Ein Klo in der Nähe der Aufbauten für die Sendung. Die Deko. Das Auto, mit dem ich nach Hause gefahren werde.«

»Wir werden alles überprüfen.«

»Seien Sie sich darüber im Klaren«, sagte Will, »dass er ziemlich deutlich gemacht hat, dass die Dinger schwer zu finden sein werden. Was hat er gesagt?« Will sah weg und kniff die Augen zusammen, als ob die Antwort irgendwo auf der Rückseite seiner Augenlider geschrieben stünde.

»Vernünftig. Das hat er gesagt. Er hat gesagt, das mit dem Baum war zu clever. Es war zu viel dem Zufall überlassen.«

»Was für ein Baum?«

»Der Baum am Guanella-Pass, der das Motorrad plattgemacht hat.«

»Davon hat mir niemand was gesagt.«

»Er war da. Er muss da gewesen sein. In meiner Nähe«, sagte Will leise, während er über alles nachdachte. »Er hat mich beobachtet. Er hat mich dabei beobachtet, wie ich zu dem Polizisten gegangen bin und hat dann den Sprengsatz an der Kiefer angebracht, während ich da stand. Aber bevor er ihn auslösen konnte, waren schon die Spitzenreiter da. Der Medienwagen hat mich eingeladen. Wir sind den Berg hoch und waren außerhalb der Reichweite. Die Spitzenreiter sind vorbeigefahren. Dann hat er den Sprengsatz ausgelöst. Der Baum ist umgefallen, aber er hatte es nicht richtig kalkuliert. Er ist nicht auf die Straße oder das Peloton gefallen, sondern hat einen anderen Baum getroffen, die Richtung geändert, und ist auf dem Motorrad des Polizisten gelandet.« Will machte eine Pause und betrachtete Whiteside, als würde er aus einem Traum aufwachen.

»Deswegen hat er gesagt, es war zu clever. Es sei zu viel dem Zufall überlassen gewesen. Timing. Winkel. Alles musste genau stimmen. Bei den nächsten dreien nicht. Sie würden einfach sein. Einfach und direkt. Vernünftig. Sie würden vernünftig sein.«

Whiteside nickte.

»Und ich habe ihn vielleicht gesehen.«

»Was?«

»Ich habe ihn vielleicht gesehen. In Boulder. Am Start. Er wollte die Nummer von dem Satellitentelefon. So hat er mich den ganzen Tag erreichen können.«

»Wie hat er ausgesehen?«

»Ich habe kein Gesicht erkennen können. Er hat die ganze Zeit vor der Sonne gestanden. Ich konnte keinen guten Blick auf sein Gesicht werfen. Aber er war jung. Anfang zwanzig vielleicht. Und das Haar, die Haarfarbe war sandig. Irgendwie sandig braun, von dem, was ich sehen konnte, als er davonging.«

»Was hatte er an?«

»Abgetragene Arbeitsschuhe. Khakifarbene Hose. Zerknittert. Aber nicht schlecht. Sie hatten weiße Streifen. Irgendwie körnig weiß. Wie gemahlener Kaffee, nur eben weiß. Und – und – ein blaues Arbeitshemd. Eines dieser hellblauen Jeans-Arbeitshemden. Lange Ärmel.«

Will machte eine kurze Pause und schüttelte dann den Kopf.

»Das ist alles, woran ich mich erinnern kann.«

Whiteside wandte sich ab und holte sein Funkgerät aus einem Halter in seinem Gürtel. Statt dem Colt ein Funkgerät – der moderne Sheriff.

»Hier Whiteside. Wir suchen nach drei Sprengsätzen. Überprüft alles, was mit dem Fernsehen zu tun hat. Kameras. Stühle. Mikrofone. Alles. Ich brauche jemanden hier an der Ziellinie. Überprüft jeden Millimeter des Kommentatorenpodiums. Und redet mit den Leuten. Findet heraus, ob jemand was gesehen hat, und ich meine, alles, was irgendwie ungewöhnlich war. Jeden, der hier nicht hingehört. Wir suchen nach einem jungen Mann Anfang zwanzig. Hellbraunes Haar. Möglicherweise khakifarbene Hose, blaues Arbeitshemd, abgetragene Arbeitsschuhe. Haltet die Augen offen und haltet Kontakt.«

Er drehte sich zu Will um.

»Alles klar?«

»Nein. Offen gesagt, es macht mir nichts aus, Ihnen zu sagen, dass gar nichts klar ist. Ich habe brüllende Kopfschmerzen. Ich werde herumgeschubst, und das mag ich gar nicht. Ich muss pinkeln und ich habe keine zehn Minuten von dem ganzen gottverdammten Rennen gesehen, über das ich in, na, neunzig Minuten eine Stunde lang reden soll.«

»Sie wollen die Sendung machen?«

»Na ja«, sagte Will. »Ich weiß nicht, was wir sonst tun können. Sie machen schon die ganze Woche lang Werbung dafür. Wenn der Sender keine einstündige Dauerwerbesendung als Ersatz parat hat, müssen wir es machen.«

»Könnte spannend werden«, sagte Whiteside.

»Das können Sie laut sagen. Sie bleiben hier, um mich von der Kameralinse zu kratzen, oder?«

»Sagen Sie nicht so etwas«, sagte Whiteside.

»Sie haben leicht reden.«

Will drehte sich um und ging über die Straße zu den Aufbauten, die wegen des einsetzenden Regens gerade hektisch abgedeckt wurden.

Es würde eine tolle Show werden, dachte er. Das letzte Bild würde ein Blitz sein, ein Knall, eine Rauchwolke, und Wills Bauchnabel, wie er gegen die Linse klatschte.

Ich schau dir in die Augen, Kleines.

Er stolperte über die Bordsteinkante und stapfte mit gesenktem Kopf gegen den Wind hinüber zur Deko.

Von 120 Fahrern beendeten nur zwanzig das Rennen. Der Sprintsieger von Blackhawk bildete das Schlusslicht, aber zumindest würde er ankommen und seinen Scheck abholen dürfen.

Der Mountainbiker hatte bis zum ersten Angriff auf der Fairplay-Seite des Hoosier Passes mitgehalten, aber dann konnte er das Tempo nicht mehr mitgehen. Die beiden Chartwell-Fahrer fielen bei Attacken Nummer drei und vier ab, sodass der Topfahrer vom Team Hermes loslegen konnte, den Pass überquerte und nach einer irren, nassen Abfahrt als Erster in Breckenridge ankam.

Eine Runde um den Park, und der Sieg gehörte ihm.

Will warf einen Blick auf seine Uhr. Das Rennen war vierzig Minuten hinter dem Zeitplan, was ihnen nur knapp fünfzig Minuten Zeit ließ, bis die Sendung begann. Eine ganze Reihe Leute würden fluchen und mit dem heißen Eisen schneiden, damit alles rechtzeitig fertig würde.

Aber die Sendung würde stattfinden, kein Zweifel. Diejenigen, die den Sender erst am Nachmittag verlassen hatten, erzählten, dass der Regisseur schon um zwei völlig durchgedreht war. Das war ein gutes Zeichen. Je früher Boswell durchdrehte, umso besser wurde normalerweise die Sendung.

Der Regen nahm zu. Der Wind drückte ihn herunter, seitwärts, und wieder herunter, und machte aus ihm einen eisigen Schauer.

Will konnte seine Füße nicht mehr spüren.

Er beobachtete die Polizisten, wie sie unter jedem Stuhl nachsahen, Mikrofone, Stecker, Kameras, Scheinwerfer und Tribünen überprüften, von oben und unten. Dann wurde die Deko mit einem gelben Band abgesperrt. Zwei Beamte postierten sich an gegenüberliegenden Ecken, um jeden aufzuhalten, der sich der Deko näherte.

Er warf einen Blick zurück zur Ziellinie, wo er nichts kommentiert hatte.

»Keine gute Idee«, hatte Whiteside gesagt.

Eine Gruppe von Polizisten suchten unter dem Podium herum.

Andere trieben die Zuschauer auseinander und schickten sie aus der Innenstadt hinaus. Es war eine leichte Aufgabe, da sowieso niemand im kalten Bergregen herumstehen wollte.

Die Fahrer waren verschwunden. Die Sieger waren interviewt und weg. Es war niemand mehr da außer den Polizisten, den jungen Leuten, die das Kommentatorenpodium auseinander nahmen, und ein Haufen Fernsehleute, die im Regen vor Kälte schlotterten, um eine Sendung zu machen, die nur mit der gütigen Hilfe Gottes klappen würde.

Will rief Cheryl von seinem Handy aus an und erklärte ihr die Situation. Sie war besorgt.

»Kannst du nicht einfach gehen?«

»Nein. Ich wünschte, ich könnte es«, sagte Will. »Aber die wollen, dass ich hier bleibe und die Sendung mache. Ich soll Lockvogel spielen.«

»Ich mag das nicht, dass du der Lockvogel bist.«

»Ich auch nicht. War jemand von der Polizei da und hat nach dir gesehen?«

Ein Polizist war da gewesen, hatte ein wenig mit ihr geplaudert und sich umgesehen, sagte sie, aber er war nicht lange geblieben und hatte ihr nichts erzählt. Seitdem war ihr Tag so dahingeplätschert.

»Ich habe Angst um dich.«

Will lächelte. »Danke. Das weiß ich zu schätzen. Ich schaff das schon, glaube ich. Aber du pass auf dich auf. Es gefällt mir nicht, dass der Kerl dich ständig erwähnt.«

»Er will dir nur Angst machen. Sag ihnen, sie sollen die Deko nochmal überprüfen, ja? Bitte.«

»Mach ich«, sagte er, obwohl er wusste, dass die Polizei ihm sagen würde, er solle sich jetzt mal abregen.

»Ich liebe dich.«

»Ich liebe dich auch, Cheryl. Tätschel Beppas Kopf von mir.«

»Mach ich.«

»Ich liebe dich.«

Es gab eine lange Pause. »Ich liebe dich auch, Will. Sei vorsichtig. Bitte.«

Mit einem Knopfdruck beendete er das Gespräch und starrte lange auf sein Handy. Lass mich ruhig in die Luft gehen, aber lass mich Beppa sehen, bevor ich abdanke.

Er hustete und spuckte in den Rinnstein. Sein Magen war ein

einziger Knoten, zu fest, um mit konventionellen, nicht-alkoholischen Mitteln gelöst zu werden. Verdammt, er wünschte, es wäre alles vorbei.

Will drehte sein Gesicht gen Himmel und ließ den Regen seine Stirn kühlen, seine Augen, seine Lippen.

Lieber Gott, lass es einfach nur vorbei sein.

Das Satellitentelefon, das er ständig in der Hand trug, klingelte. Er erschrak.

Will atmete tief durch, hob das Telefon ans Ohr und drückte mit dem Daumen auf den grünen Knopf.

»Ja?«

»Die Show beginnt«, war alles, was gesagt wurde. Dann war die Leitung tot.

Will atmete tief durch und blickte auf seine Uhr.

In der Tat.

Will konnte Whiteside nicht finden, bis er bereits zusammen mit Flynn und Morgan Farrenty, einem Typen, der das Rennen analysieren sollte, in der Deko saß. Die Mikrofone auf der Innenseite ihrer Hemden fesselten sie sozusagen an ihre Stühle. Gefangen wie Ratten, und wie auf dem Präsentierteller.

Er sah den Polizisten vom Kommentatorenpodium zur Deko gehen und seinen Kopf mit einem Stück nasser Zeitung schützen.

»Whiteside«, rief Will.

»Zwanzig Sekunden«, sagte der Aufnahmeleiter.

Whiteside kam angerannt.

»Fünfzehn Sekunden.«

»Ich habe wieder einen Anruf bekommen«, sagte Will.

»Was denn dieses Mal?«, fragte Whiteside.

»Er hat nur gesagt, die Show beginnt. Sehr dramatisch.«

»Zehn Sekunden, Achtung.«

»Das ist alles?«

»Das ist alles.«

»Sonst nichts, kein Hinweis?«

»Nein, nur, dass die Show beginnt. Das war alles.«

»Dann sind wir nah dran. Nah dran, das Rennen zu verlieren.«

«Das ist ja beruhigend.«

»Wir sind gleich drauf!«

Whiteside verließ Will und lief zu zwei Polizisten hinüber. Will wollte sie beobachten, aber er hörte bereits die Titelmusik im Ohr und wandte sich in die Kamera.

Ein Farnwedel blockierte den unteren linken Rand seines Gesichtsfeldes. Er beugte sich vor, um ihn zur Seite zu schieben, aber sein Mikrofonkabel hielt ihn zurück. Er konnte die Vase nur ganz unten mit den Fingerspitzen berühren. Sie war schwer. Er konnte sie nicht bewegen.

Er lächelte und lehnte sich zurück. Sie waren live auf Sendung. Das einzige Wort in seinem Gehirn in diesem Augenblick war das Wort »Scheiße.«

Man musste es Roger Flynn lassen. Er war ein widerlicher Vollidiot und ausgesprochen nervtötend, aber wenn das rote Licht anging, war er so glatt wie frische Farbe auf einer Glasscheibe. Er wusste, was zu sagen war, er wusste, wie es zu sagen war, und er brachte die Sendung gut voran.

Er stellte Will und Morgan vor und begann, über den Renntag zu sprechen. Man hatte beschlossen, den Sieger bis zum Ende der Sendung geheim zu halten, um Spannung aufzubauen. Tolle Spannung. Wenn jemand aufpasste, hätte er es nach fünf Minuten gewusst.

Aber Will passte nicht besonders gut auf.

Morgan Farrenty hatte schon früher Rennen kommentiert, also schob Flynn auf seine unnachahmliche Art alles in seine Richtung. Er hielt Will ständig den Rücken zugedreht und schloss ihn so quasi aus der Sendung aus. Die Körpersprache sagte alles.

Will beugte sich ins Bild, schob den Farnwedel weg und versuchte, an der Unterhaltung teilzunehmen. Es war unmöglich. Jedes Mal, wenn Will den Mund öffnete, um etwas dem hinzuzufügen, was Morgan Farrenty über das Rennen gesagt hatte, mischte Flynn sich ein und stellte Farrenty eine neue Frage.

Jetzt war Farrenty in Großaufnahme zu sehen. Will beugte sich so weit vor, wie es das Mikrofonkabel erlaubte, streckte beide Hände aus, brach den obersten Teil des Farnwedels ab und warf ihn neben die Bühne.

Die Zuschauer würden erstaunt sein, dachte er. Die Pflanze war bereits vor der ersten Werbepause um fast 25 Zentimeter geschrumpft.

In diesem Augenblick wandte sich Flynn an Will.

»Was meinen Sie, Will?«

Will hatte die letzten zwanzig Sekunden nicht aufgepasst, und Flynn wusste es.

»Was ich meine?«

»Darüber, was Morgan gesagt hat – war dieses Stadium der Schlüssel zum Sieg?«

Es kam ihm wie eine Ewigkeit vor, wie sie einander anstarrten. Wills Gedanken rasten, um eine Antwort zu finden.

Er öffnete den Mund, und es kam eine Antwort heraus, völlig spontan, und völliger Blödsinn.

»Nun, Roger, jedes Stadium eines Rennens ist der Schlüssel zum Sieg. Sich zum richtigen Zeitpunkt zurückhalten. Zum richtigen Zeitpunkt angreifen. Sich zum richtigen Zeitpunkt einholen lassen …«

Es war schwer, sich zu konzentrieren. Es war schwer, auch nur zu reden. In seinem Ohr brüllte der Regisseur, während Will sich durch die Antwort tastete.

»… alles, was man tut, bedeutet am Ende des Rennens etwas …«

»WAS HAT DIESER GOTTVERDAMMTE STRAUCH AUF MEINER DEKO ZU SUCHEN? ICH HAB KEINEN GOTTVERDAMMTEN STRAUCH GEWOLLT – DAS SIEHT JA AUS, ALS HÄTTE EIN ELCH DRAN GEKAUT … SCHAFFT DIESES GOTTVERDAMMTE DING AUS MEINER DEKO!«

»… der Schlüssel liegt darin, alles zur richtigen Zeit zusammenzubringen und sich so in eine Position zu bringen, zu gewinnen.«

»Morgan meinte, es sei nicht so wichtig gewesen, wie es aussah.«

Flynn lächelte. Der Regisseur in Wills Ohr brüllte. Die Welt wartete. Ein Gedanke versuchte, sich durch Wills Panik hindurchzuschieben.

»Morgan hat Unrecht«, war alles, was Will sagte. Flynn lehnte sich mit einem Lachen zurück und wandte sich Morgan Farrenty zu. Jetzt waren alle drei im Bild zu sehen, Flynn lächelnd, Will verwirrt, und Morgan Farrenty bereit, seine Reporterehre zu verteidigen.

»SCHAFFT DIESEN STRAUCH AUS MEINER DEKO!«, brüllte die körperlose Stimme aus Denver.

Morgan wollte, angetrieben von Flynns zustimmendem Nicken, etwas sagen. Will starrte sie an, dann sah er auf den Boden, dann in die Kamera, und auf den Farn.

»BRAUCHE ICH ETWA EINEN GOTTVERDAMMTEN HOLZFÄLLER, UM DIESEN STRAUCH AUS MEINER DEKO ZU KRIEGEN?«

Der Strauch, dachte Will. Der Farn. Der zu große Farn in der schwarzen Glasvase. In der schwarzen Glasvase, die zu schwer war, um sie mit den Fingerspitzen wegzuschieben.

Sein Atem wurde zu kurzem, lautem Luftschnappen. Alles um Will herum zog sich zu einem hell erleuchteten Blick auf die Vase vor ihm zusammen. Er bekam eine Gänsehaut. Seine Hände zitterten.

Er sah seinen eigenen Tod nur einen Meter weit entfernt.

Will riss sich zusammen und wandte sich ab. Nicht hinsehen. Er sieht zu. Er weiß es. Nicht hinsehen. Ist es ein Zeitzünder? Kann er ihn jederzeit auslösen? Aus der Entfernung? Nicht hinsehen. Verrate dich nicht. Lass ihn nicht wissen, dass du Bescheid weißt.

Obwohl er das bereits getan hatte. Sein Blick auf den Farn war ungefähr so unauffällig gewesen wie ein Schlag auf den Kopf mit einer Holzlatte.

Mitten in Flynns scheinbar privater Unterhaltung mit Morgan lehnte Will sich ins Bild.

»Zeit für eine Werbepause, meinen Sie nicht auch, Roger? Zeit für eine kurze Unterbrechung? Wir sind gleich wieder da.«

Flynn war wie vom Donner gerührt. Vom Donner gerührt und empört.

Will konnte hören, wie der Regisseur eine Reihe von Flüchen in sein Ohr brüllte, aber er konnte keinen einzigen verstehen. Sein Gehirn war auf Autopilot. Seine Gedanken waren wie abgeschaltet.

»GEHT RAUS, GEHT RAUS, GEHT RAUS!«, schrie der Regisseur. Der Bildschirm wurde schwarz und dann kam wieder dieser seltsame Typ von dem Möbelhaus.

Flynn packte Will am Kragen.

»Du blöder Scheißkerl – was soll das denn werden?«

Will schob seinen Arm um Flynns Arm herum, sodass Rogers Handgelenk in Wills Achselhöhle steckte, und drückte auf seinen Ellbogen.

»Jaaauuu!«, brüllte Flynn.

»Whiteside! Whiteside! Die Vase! Es ist die Vase!«

Whiteside kam von der Tür des Ü-Wagens gerannt, wo er die Sendung verfolgt hatte.

»Was? Was für eine Vase?«

»Die da«, nickte Will. »Die da drüben.«

Ohne nachzudenken, ließ er Flynn los. Der schubste ihn weg, sodass er das Gleichgewicht verlor. Will wollte sich an der Armlehne des leichten hölzernen Regiestuhls festhalten, aber der krachte mit ihm zusammen zu Boden. Auf einmal war alles in Mikrofonkabel eingewickelt.

Im Fallen stieß Will den Stuhlrest gegen die Vase, wodurch sie zu wackeln begann. Will griff nach ihr, aber sein Handgelenk blieb im Mikrofonkabel hängen. Anstatt sie zu packen, schlug er mit der Hand gegen die Vase und konnte nur in Panik zusehen, wie sie schwankte und schließlich auf den Podiumsboden kippte und von dort aus mit einem Hopser auf dem Betonboden darunter fiel.

Er hörte Glas zerbrechen und wartete auf die Explosion, die entweder von himmlischen Chören oder höllischer Blasmusik gefolgt werden würde.

»Was zum Teufel machst du da, Ross?!«, brüllte Flynn.

Will starrte nur auf das Durcheinander auf dem Boden: die zerbrochene Vase, die verstreute Blumenerde, den kaputten Farn und eine Masse aus Wachs und Stein und grauem Pulver, das zusammen als eine Art Gewicht und Dränage am Boden der Vase fungierte.

»Na, jetzt haben wir wenigstens den VERFLUCHTEN STRAUCH AUS DER DEKO!«, hörte Will in seinem Ohr.

»Herrgott, Ross, jetzt haben Sie es geschafft – jetzt ist die ganze Sendung im Eimer.«

Will blickte stumm und entschuldigend zu Flynn und Farrenty hinüber und dann zurück auf die zerbrochenen Überreste der Vase. Whiteside kam zur Bühne herübergerannt, sah sich um und ging dann vorsichtig zu dem Wachsball.

Er hockte sich daneben hin, kniff die Augen zusammen, rollte den Ball auf die Seite und zeigte ihn Will.

Blumenerde, Farnwedel und Dränage – alles Dinge, die normalerweise zu einer Vase gehörten. Ein Zeitschalter nicht.

Ein digitaler Zeitschalter, auf dem jetzt 5:30 zu sehen war und :29 und :28 und :27 …

Will spürte, wie Gott hinunterreichte und die Luft aus seiner Lunge presste.

Flynn sabbelte hinter ihm weiter.

»Schaffen Sie alle von der Bühne«, sagte Whiteside schnell. »Schützen Sie sich.«

Er hob den Wachsball vorsichtig hoch, wie ein Baby, und ging hinter die Bühne zu dem Bach, der durch das Dorf führte. Er brüllte den anderen Polizisten Befehle zu, die damit begannen, die Leute wegzuscheuchen – Crew, Neugierige, Flynn, Morgan und Will. Als Will die von der Nässe glatten Stufen von der Bühne herunterstieg, sah er, wie Dale Dwyer in die entgegengesetzte Richtung rannte, um zu filmen, was geschah.

Will blieb stehen, um Dale eine Warnung zuzurufen. Dann drehte er sich um, rannte die Stufen wieder hoch und packte seine Tasche. Er rannte wieder herunter, rutschte aus, verdrehte sich den Knöchel und humpelte zu den Polizisten. Die winkten alle über den Platz, am Kommentatorenpodium vorbei und hinter ein Gebäude.

»Runter! Runter! Schützen Sie Ihren Kopf! Schützen Sie Ihren Kopf!«

»Was zum Teufel ist denn hier los?«, jammerte Flynn laut hinter dem nächsten Gebäude. »Was ist los?«

In der hereinbrechenden Dämmerung konnte Will sehen, wie ein Polizist Flynn am Kragen packte, ihn auf den Boden drückte und ihm etwas zuflüsterte.

Für den Bruchteil einer Sekunde hätte Will alles gegeben, um zu hören, was das war.

Die Schreie verstummten.

Das Herumgeschiebe und die Rufe hörten auf.

Will konnte nur den Wind hören, den Regen, ab und zu einen Schrei, und das Klopfen seines eigenen Herzens. Zu schnell, um es als Zeitmesser zu benutzen. Viel zu schnell. Er versuchte, die Zeit abzuschätzen. Er schaute auf seine Uhr.

Wie viel Uhr war es gewesen, als sie von der Bühne gerannt waren, als die digitale Anzeige 28-27-26 zeigte? Wie lange? Wie lange?

Er senkte den Kopf und wollte sich gerade die Ohren zuhalten, als er es hörte.

Ein scharfes Geräusch, als würden in unangenehmer Nähe eine Reihe Knallfrösche explodieren. Der Knall tat ihm in den Ohren weh.

»Oh Scheiße!«, brüllte er und vergrub sein Gesicht in den Händen.

Seine Ohren klingelten.

Langsam machte er die Augen auf und sah sich um.

Er war noch da. Er lebte.

Die Häuser waren noch da. Er warf einen Blick die Straße entlang.

Die Stadt war noch da.

Er ging in die Hocke, dann stand er auf.

»Runter!«, brüllte der Polizist neben Flynn.

Will wartete. Und lauschte, so gut er konnte. Dann verwarf er die Warnung des Polizisten, ging um die Ecke des Gebäudes zu einem der Lastwagen und stand dann auf der Hauptstraße von Breckenridge.

Die Stadt lag unter einer Rauchwolke, die nach Feuerwerk roch. Die Stadt war still.

Will überquerte die leere Straße und machte sich zum Bach auf.

Raymond Whiteside saß am Bachufer. In der rechten Hand hielt er ein schickes Taschenmesser. Hand und Messer waren mit einer grauen, wachsigen Substanz bedeckt.

In der linken Hand hielt er lässig eine Marlboro.

»Alles klar?«, fragte Will ruhig und stellte sich hinter Whiteside.

Der warf einen Blick über die Schulter zurück.

»Klarer wird's nicht.«

Will sah auf den Wachsklumpen herab, aus dessen Herz jetzt die digitale Uhr geschnitten war und sagte: »Tut mir Leid, dass ich sie runtergeworfen habe.«

»Das macht man mit einer Bombe eigentlich nicht, Mann.« Whiteside nahm einen langen Zug, hielt den Rauch in den Lungen fest und blies ihn dann durch die Nase aus. »Ganz und gar nicht. Aber Sie haben wahrscheinlich diese Stadt gerettet und alle Menschen darin. Wenn das Ding wie geplant in die Luft gegangen wäre, gäb's jetzt anstelle von Breckenridge ein riesiges Loch in der Landschaft. Sie haben mir die Zeit verschafft, die Zünder aus der Ladung zu fummeln und sie in den Bach zu werfen.«

»Sollte man die Dinger nicht eigentlich entschärfen?«

»Manchmal, Mr. Ross, vergisst man sein Training und folgt seinen primitiven Instinkten. Bombe von Zünder trennen, ins Wasser werfen. Zuschauen, wie's Bumm macht.«

Mittlerweile waren sie umringt von den Leuten einer Spezialeinheit, die den Wachsklumpen an sich nahmen und die Substanz von Whitesides rechter Hand abwischten.

Whiteside zog wieder an seiner Zigarette.

»Was war das denn?«, fragte Will. »Es sieht aus wie Kerzenwachs.«

»Was meinst du, Chuck?«

Ein Mann in Schutzkleidung richtete sich auf und sah dem

Wachsklumpen hinterher, der die Böschung hinaufgetragen wurde.

»Hm. Ich vermute, RDX und Aluminiumpulver, vermischt mit Wachs. Leicht zu bearbeiten. Relativ ungefährlich, bis es gezündet wird. Gute Reichweite, was Primärziele und Kollateralschaden betrifft.«

»Check das Wachs«, sagte Whiteside ruhig. »Es könnte D-2 sein. Seid vorsichtig damit.«

«Das musst du gerade sagen«, sagte der Polizist in Schutzkleidung. »Du rauchst schließlich hier.«

Der Polizist deutete auf Will. »Schaffen Sie den Zivilisten hier weg.« Dann zog er sich die Schutzmaske vors Gesicht und ging zurück zum Lastwagen.

Ein anderer behelmter Polizist näherte sich Will, aber Whiteside machte eine abwehrende Geste.

»Lassen Sie ihn bleiben.« Er zog wieder an seiner Zigarette.

»Wissen Sie, nach so einem Augenblick sollte ich dem Plätschern des Wassers zuhören und das Leben genießen. Und mir fällt nichts besseres ein als diese Sargnägel zu rauchen.«

»Wenn ich nicht wahrscheinlich kotzen müsste, würde ich eine schnorren«, sagte Will.

Er setzte sich neben Whiteside auf die Böschung. Das Gras war nass und kalt, und die Feuchtigkeit durchnässte die Hose.

Es war ihm egal.

»Das sind zwei«, sagte Whiteside. »Zwei von – wie viele hat er gesagt?«

»Vier. Vier Geräte. Zwei Hinweise.«

»Nur zwei. Warum nicht mehr?«

»Er hat gesagt, ich hätte keine Ohren, um sie zu hören.«

»Was hat er gegen Ihre Ohren?«

»Keine Ahnung. Mir haben sie immer ganz gut gefallen. Sie halten meinen Hut fest und mein Gehirn drin.«

»Klingt ja so, als wolle er, dass Ihr Gehirn nicht drinbleibt.«

»Wenn Sie meine Frau fragen, hab ich sowieso nichts zwischen den Ohren.«

Whiteside lachte leise und zog wieder an seiner Zigarette.

»Ich weiß, wir sollten nach der dritten Bombe suchen, aber

irgendwie kriege ich meine Beine nicht dazu, sich zu bewegen.« Er nuckelte an der Zigarette.

Zum ersten Mal bemerkte Will, dass Whitesides Hand zitterte. Und das Zittern wurde schlimmer.

Will stand auf und wandte sich an einen der Polizisten von der Spezialeinheit, der am Tatort nach Teilen des Zünders suchte.

»Officer – könnte jemand mal nach ihm sehen?« Er nickte in Richtung Raymond Whiteside.

»Der Doc war doch schon da, direkt nachdem ...«

»Tja, ich denke, Sie sollten ihn nochmal bitten.«

Will sah, wie Whiteside jetzt die Zigarette in der linken Hand mit der rechten Hand an den Mund führte.

Der Polizist nickte, pfiff und winkte einen anderen Beamten heran, der ebenfalls nickte und mit einer Tasche bewaffnet zu Whiteside lief.

Will hoffte, es war etwas Magisches in der Tasche.

Er konnte selbst etwas davon gebrauchen.

Er drehte sich um und ging zur verlassenen Bühne zurück. Die Scheinwerfer rauchten in der kalten, feuchten Luft, die Stühle lagen wild herum, die Kabel schlängelten sich nutzlos in den Ü-Wagen hinein. Er sah auf den Monitor. Der Sender zeigte eine Wiederholung von einer von Elliotts Entertainment-Shows. Er interviewte seine besten Freunde, die Reichen und Berühmten der Glitzerwelt.

Will stellte sich an die Bühnenkante und betrachtete einen Augenblick länger den Monitor, bevor er sein Gesicht mit den Händen bedeckte.

Er war noch nie so müde gewesen. Nicht auf dem Ventoux, nicht in Alpe d'Huez, nicht nirgendwo. Er wollte sich nur an einen warmen, trockenen, sicheren Ort verkriechen und sterben.

Er dachte ein Sekunde nach.

Nein, nicht sterben. Schlafen. Es gab immer eine Chance, dass man wieder aufwachte.

Seine Gedanken schweiften ab. Er konnte hören, wie der Arzt versuchte, Whiteside zum Aufstehen zu überreden. Die Bombe war nicht wie geplant explodiert, dachte Will, aber viele Leben waren trotzdem für immer verändert.

Die Tasche an seiner Seite klingelte. Will spürte sie vibrieren, aber einen Augenblick lang reagiert er gar nicht. Dann richtete er sich auf. Adrenalin schoss ihm durch das Gehirn wie ein Blitz.

Er warf einen Blick auf den Arzt, der jetzt neben Whiteside stand und Whitesides linken Arm stützte.

»Anruf! Ich hab einen Anruf!«

Will kramte in seiner Tasche nach dem Satellitentelefon, das in den Notizen und Kabeln und dem ganzen anderen Zeug verfangen war, das er den Tag lang mit sich herumgetragen hatte.

»Das ist er! Das ist er! Er ruft wieder an!«

Whiteside riss sich los. Der Anruf hatte ihn genauso elektrisiert wie Will. Er lief zu Will hinüber und rief, »Warten Sie – warten Sie ... JETZT ... jetzt können Sie rangehen!«

Er beugte sich nah zu Wills Ohr heran, als wollte er zuhören.

Will drückte auf den grünen Knopf.

»Ja?«

»Na, Will«, säuselte die Stimme. »Wie schön, Ihre Stimme zu hören. Also, was kann das bedeuten? Tja, dieser Ausdruck, den ich auf Ihrem Gesicht gesehen habe, kurz vor der Werbung, da habe ich mich gefragt, ob Sie vielleicht erkannt haben, dass ich mich für einen recht guten Floristen halte.«

»Quatschen Sie nicht herum.«

»Oh, Sie wollen nicht spielen? Schade. Wissen Sie, Will, wenn ich gewusst hätte, dass Ihre Show durch diesen Entertainment-Reporter ersetzt wird, der John Travolta schlechte Fragen über sehr schlechte Filme stellt, dann hätte ich vielleicht lieber ihm ein Geschenk schicken sollen, was?«

»Schön«, sagte Will scharf. »Was kommt als Nächstes?«

»Du meine Güte. Wir sind ein wenig ungeduldig, was, Will?«

Die Wut und der Frust stiegen in Wills Kehle hoch. Heiße Galle, die er auf einen Feind spucken wollte, der nur eine Stimme am Telefon war, ein paar Arbeitsschuhe und khakifarbene Hosen unter einem Tisch, eine Silhouette im Sonnenschein eines hellen Tages, der dunkel und grau und leer geworden war.

Er wollte wüten, er wollte ein Wunder erzwingen, er wollte durch das Telefonkabel greifen und den Kerl erwürgen.

Müde, verängstigt, frustriert und von einer steigenden Wut erfüllt, die kein Ziel hatte, versuchte Will, seine Stimme unter Kontrolle zu bekommen und sagte nur, »Was kommt als Nächstes?«

Die Stimme am anderen Ende der Leitung war kurz unterbrochen. Es zischte und klang, als ob man auf einem Radio einen neuen Sender suchte, dann ploppte es und die Stimme war wieder da.

»… zu kontrollieren, Will. Alles zu seiner Zeit, mein Freund. Alles zu seiner Zeit. Habe ich Ihnen gegenüber je erwähnt, wie sehr ich Kinder liebe?«

Die Frage packte Will beim Hals.

»Was?«

»Kinder. Ich liebe Kinder, Will. Ich liebe es, sie zum Lachen zu bringen. Ich liebe es, ihnen Geschenke zu machen und zu sehen, wie sie lachen.«

»Sie mieses Schwein!«, brüllte Will in das Telefon.

»Ja, ich bin wieder in Denver, Will. Ich habe in dieser Bar ganz in der Nähe Ihres Häuschens ferngesehen. Jetzt schaue ich auf Ihre Haustür.«

»Oh Gott, bitte nicht …«

»Was?« Whiteside konnte nichts mehr hören. »Was sagt er, Will?«

»Er will meine Frau. Er steht vor meinem Haus.«

Ohne ein weiteres Wort rannte Whiteside zu den Polizeiwagen, die bei dem Lastwagen der Spezialeinheit standen.

»Hören Sie. Tun Sie das nicht. Tun Sie das nicht.«

»Zu spät, Will. Getan ist getan. Außer, natürlich, Sie haben wieder Glück und können verhindern, dass sie an die Tür kommt. Sie hätten ›Danke‹ sagen sollen, Will. Sie hätten es sagen sollen.«

»Danke. Oh Gott, DANKE! BITTE! ICH BITTE SIE – BITTE! MEIN GOTT, BITTE NICHT. BITTE. DANKE. DANKE.«

»Och, das ist aber nett, Will. Betteln und weinen und alles. Und ich glaube wirklich, Sie meinen es ernst. Aber ich habe schon geklingelt, Will. Ich habe schon geklingelt.«

»Oh Gott, NEIN!«

»Versuchen Sie doch, sie aufzuhalten, Will. Versuchen Sie es doch.«

Will erstarrte, mit dem Telefon am Ohr, den Mund in einem stummen Schrei aufgerissen. Seine Schläfen hämmerten. Das Entsetzen trieb ihm beinahe Tränen in die Augen.

Was? Was? Was? Was sollte er tun? Was sollte er tun?

Er nahm das Telefon vom Ohr und drückte wild auf den Tasten herum, bis er endlich den roten Aus-Knopf erwischte.

»Nicht«, rief einer der Polizisten. »Halten Sie Kontakt mit ihm!«

»Sie können mich mal!«, bellte Will und begann dann, Nummern einzugeben. Ruf sie an. Ruf sie an. Bring sie ans Telefon. Bring sie von der Haustür weg. Ruf sie an. Ruf sie an. Es funktionierte nicht. Er schaffte es nicht, seine Finger dazu zu bringen, die richtigen Knöpfe zu drücken. Falsche Vorwahl. Falscher Satellitencode. Falsche Nummer. Falsche Zahlen. Scheiße, Scheiße, SCHEISSE!

Er donnerte das Telefon auf den Boden. Es zerbrach in mindestens vier Teile – Akku, Oberschale, Antenne ... und ... Knete.

Eine graue Knete lag auf dem Boden. Ein großer Computerchip oder etwas Ähnliches piekste oben aus der Masse heraus, und zwei Drähte führten von ihm ins Innere des Telefons.

Ohren zum Hören. Würde er überhaupt Ohren zum Hören haben?

Alle um ihn herum starrten auf das zerbrochene Satellitentelefon auf dem Boden. Ein Polizist sprach als Erster.

»Scheiße. Alle weg hier. ALLE WEG!«

Ein Polizist der Spezialeinheit in voller Montur nahm Will bei den Schultern und zog ihn weg zu den Lastwagen und den Polizeiautos. Will rannte mit, dann riss er sich los. Wie ein Wahnsinniger wühlte er in seiner Tasche herum.

Handy suchen. Handy suchen.

Es war da unten. Es war irgendwo da unten. Irgendwo tief drin. Er hatte es seit Grant nicht mehr benutzt. Oder? War es Grant gewesen? Vor tausend Jahren.

Der Polizist packte ihn von hinten.

»Kommen Sie!«

»LASSEN SIE MICH LOS, VERDAMMT NOCHMAL!«, brüllte Will. »LASSEN SIE MICH ...« Er fand das Telefon, ließ die

Tasche fallen und rannte in entgegengesetzter Richtung davon und um ein Gebäude herum.

»Komm, komm, komm, geh schon an, du Scheißding, geh schon an!« Das Handy piepte, das Display leuchtete auf und sagte »Bereit.«

»Ganz ruhig. Lass dir Zeit.« Sorgfältig drückte er 1 – Vorwahl – Nummer – langsam – lass dir Zeit. Er sah die Nummer an. Sie stimmte. Er drückte auf die Anruf-Taste.

»Bitte. Bitte, bitte, bitte. Geh durch. Geh durch.« Die Leitung zischelte. Klick. Eine Sekunde später konnte er den Klingelton seines eigenen Telefons zu Hause hören.

»Geh ran. Geh ran, geh ran. Geh ran, Cheryl … GEH AN DAS GOTTVERDAMMTE TELEFON!«

Cheryl war schon fast an der Tür, als das Telefon klingelte. Sie wollte sich umdrehen und abnehmen. Vielleicht war es Will. Sie machte sich Sorgen, seitdem die Sendung in die Werbepause gegangen und nicht weitergelaufen war. Kein Wort von TV6. Kein Wort von der Polizei. Sie zögerte. An der Tür klingelte es wieder, eindringlich.

Sie stand schon da – sie würde das zuerst erledigen.

Sie öffnete die Tür. Es war niemand da.

Sie wollte sie gerade wieder schließen, als ihr etwas Buntes auffiel. Ein bunter Ball, zwei oder dreimal so groß wie ein Tennisball, lag auf der Treppe. Eine Schleife schmückte ihn. Von ihr baumelte eine Karte herab, auf der in Großbuchstaben stand »Für dich, Kleines.«

Sie bückte sich, um den Ball aufzuheben. Es amüsierte sie. Er würde auch Beppo amüsieren.

»Hey, schau mal, Schatz …« Sie schüttelte den Ball über ihrem Bauch.

Das Telefon klingelte weiter. Der Anrufbeantworter war nicht eingeschaltet. Sie würde jetzt drangehen.

Sie wollte gerade wieder ins Haus zurückgehen, da hielt sie inne.

Etwas an dem Ball störte sie.

Er war gefüllt. Er war mit Wasser gefüllt. Sie hielt ihn ans Ohr und schüttelte ihn sanft.

Er war mit irgendetwas gefüllt, wie der Tennisball eines Hundes, der im Regen draußen geblieben war.

Das Telefon klingelte immer weiter.

Eine Sekunde lang überlegte sie, dann wandte sie sich dem Garten zu.

»Den lassen wir für Daddy hier«, flüsterte sie und warf den Ball mitsamt seiner Schleife ins Gras. Dann drehte sie ihm den Rücken zu, um ans Telefon zu gehen.

Die Druckwelle der Explosion hob sie in die Luft und schleuderte sie durch das Wohnzimmer in die Küche, wo sie gegen die Wand schlug und zu Boden fiel.

Sie hob die Hände, um ihren Bauch vor den Glas- und Holzsplittern zu schützen, die auf sie herabregneten.

Sie stieß zwei Schreie aus.

Einen für sich.

Den zweiten für ihr Kind.

Das Telefon hatte aufgehört zu klingeln.

15
Der Schnitter Tod

Kann die Kiste nicht schneller?«, flehte Will und versuchte, seine Stimme leise zu halten, seinen Tonfall ruhig, und seine Gefühle unter Kontrolle. Der Polizist der Colorado State Patrol warf einen kurzen Blick auf ihn und sah dann wieder nach vorn.

»Nicht auf dieser Straße. Nicht heute Abend. Wir machen fast 160 auf den geraden Strecken, aber ansonsten ist es zu kurvig. Es regnet, und bei dem Verkehr – Sie wollen doch lebendig ankommen, oder?«

Will antwortete nicht. Vielleicht ja, vielleicht nein.

Fünf Minuten, nachdem Wills Handy den Versuch aufgegeben hatte, mit seinem Haus eine Verbindung zu bekommen, war einer von Whitesides Beamten dort eingetroffen, hatte in Breckenridge angerufen und sie über die Lage informiert. Über das, was von Wills Leben noch übrig war.

Will war durchgedreht. Er hatte gewütet, er hatte gebettelt, er hatte geschrieen, er hatte gefleht. Gott, Allah, Jehova, bitte, irgendjemand muss mir helfen, mich fahren, mir ein Auto besorgen. Er hatte versucht, ein Polizeimotorrad zu stehlen. Man musste ihn mit Gewalt davon abhalten. Der Arzt hatte etwas in Wills Hüfte gespritzt, das sein Bein erwärmte, aber nichts für seine Seele tat.

Auf dem Motorrad hätte er es keine drei Kilometer weit geschafft, bevor er am nächsten Baum gelandet wäre.

Er wollte sich umbringen, sein Leid beenden.

Aber wen hätte es interessiert? Ihn selber nicht, das war sicher. Cheryl konnte es nicht interessieren. Den anderen war es egal.

Er musste nur nach Denver. So einfach war das. Er musste nach Hause. Er musste zu Cheryl und zu Beppo.

Er musste zu der Frau, die ihn gerettet hatte. Er musste zu dem Kind, das ihn vervollständigte. Er musste zu seiner Familie.

Will senkte den Kopf, verschränkte seine Finger im Nacken und zog nach unten. Der Streifenwagen raste durch die hereinbrechende Finsternis. Der Mann auf dem Beifahrersitz zog sich den Kopf auf die Brust, dehnte sein Rückgrat und wiederholte diese Bewegung wie zwanghaft, damit die Zeit schneller vorbeiginge.

Er zog seinen Kopf nach unten und spürte ein schmerzhaftes Ziehen in seinem Rücken. Und er zog fester.

Will konnte nicht denken. Er empfand nichts. Äußerlich nichts, jedenfalls. Sein Herz weitete sich, bis es fast platzte, sein Gesicht wurde rot, er schaukelte vor und zurück und versuchte, etwas von dem Druck loszuwerden. Er wollte auf etwas schießen. Er wollte etwas tun.

Er wollte wüten.

Er wollte sterben.

Ohne die beiden wollte er sterben.

Nach einer Ewigkeit hielt der Streifenwagen vor der Notaufnahme des Denver Health Medical Center. Die Uniklinik wäre für Cheryl und das Baby näher gewesen, aber Denver Medical hatte eine der besten Unfallabteilungen des Landes, hatte Whiteside gesagt. Will erinnerte sich vage an die Bemerkung. Eine der besten Unfallabteilungen des Landes. So etwas brauchten sie jetzt. Ein Sturzbach von Gedanken rauschte durch Wills Gehirn. Alle waren hässlich. Alle waren schrecklich. Alle hatten mit dem Tod zu tun.

Will stieß die Autotür auf und sprang hinaus in ein Gewitter, während der Wagen anhielt. Weit entfernt donnerte und blitzte es, der Regen kam stetig herab. Will rutschte aus, stolperte, fing sich wieder, griff nach einem Laternenpfahl und rannte durch die Schiebetür in die Notaufnahme. Auf dem glatten Boden schlitterte er zum Bereitschafts-Schreibtisch.

»Cheryl Crane. Ross. Cheryl Ross. Wie geht es ihr?«

»Wer sind Sie?«

»Ich bin ihr Mann. Wie geht es ihr?«

Das Gesicht der diensthabenden Krankenschwester wandelte sich in Sekundenschnelle von misstrauisch zu mitfühlend.

»Es tut mir Leid, Mr. Ross. Wir ... wir wissen es noch nicht. Dort drüben ist ein Warteraum. Ich sage den Ärzten Bescheid, dass Sie hier sind. Sie werden Sie informieren, sobald sie etwas wissen.«

»Es ist eine Stunde her. Anderthalb Stunden. Wissen die denn immer noch nichts?«

Er sah auf die Uhr. Viertel nach neun. Er wusste nicht, wie lange irgendetwas her war.

Ewig.

Die Krankenschwester sah ihn an, aber sie sah ihm nicht in die Augen.

Sie wusste es. Sie wusste etwas.

»Bitte«, flehte Will. Er beugte sich über den Tisch und berührte ihre linke Schulter. »Bitte.«

Sie zuckte zurück, als habe sie einen Schlag bekommen.

»Nein, Mr. Ross, es tut mir Leid. Aber das wird Ihnen der Arzt sagen müssen. Wenn ... sobald er etwas weiß. Bitte. Setzen Sie sich in den Warteraum. Ihre Freunde sind da.«

»Freunde? Freunde. Ja. Danke.« Er wollte brüllen, die Kontrolle verlieren, die ganze Unfallstation zusammenschreien, aber es gab nichts mehr zu spüren, keine Gefühle mehr. Seine Gefühle lagen auf einem Hinterhof in Breckenridge und auf dem Beifahrersitz eines Streifenwagens, der auf der Interstate 70 jede der Menschheit bekannte Geschwindigkeitsbeschränkung gebrochen hatte, während er anscheinend wie eine Schnecke gekrochen war.

Als ob jemand ein Ventil in seinem Kopf geöffnet hätte, fühlte Will sich plötzlich leer, allein, und hundemüde.

»In Ordnung. Warteraum.« Er nickte, drehte sich um und schlurfte zu der Tür, die in die wärmere, ruhigere und stillere Atmosphäre des Warteraumes führte.

Er blieb an der Tür stehen, als ob er gerade den Vorhang auf einer Broadway-Bühne durchschritten hätte. Alle Blicke im Raum richteten sich auf ihn. Eine Familie – Vater, Mutter und Tochter – sah ihn mit einem hellen Moment der Erwartung an. Sie wandten sich schnell wieder ab. Ein junger Mann, den Kopf mit rot gefärbter Gaze verbunden, wartete darauf, aufgerufen zu werden. Weiter hinten saß Hootie Bosco. Neben ihm Nancy, die ihre Arme um ihn gelegt hatte. Daneben sprach Barbara Gooden leise in ein Handy. Bill Sessions stand in einer Ecke, den Kopf gegen die Wand gelehnt.

Alle sahen ihn an, als er eintrat.

Barbara stand als Erste auf. Sie ging auf ihn zu und umarmte ihn fest.

»Oh, Will. Oh, Will. Es tut mir so Leid. Es tut mir alles so Leid ...« Sie begann, leise zu weinen.

Wie in einem betrunkenen Traum hob er langsam die Hand und tätschelte sie abwesend auf den Rücken.

»Ist schon gut, Barbara. Ist schon gut. Bitte.« So sanft er konnte, befreite er sich aus der Umarmung und schob sie weg. Er wollte nicht so bedrängt werden. Die Atmosphäre im Krankenhaus, die Welt um ihn herum und der Druck in seiner eigenen Brust beengten ihn schon genug.

Er wollte schreien. Die Wut, die noch vor Sekunden vor dem Tisch der Krankenschwester aus ihm herausgeflossen war, kehrte mit voller Kraft zurück und raste in seinem Hinterkopf. Eine Sturmfront, ähnlich der draußen, durchquerte sein Gehirn.

Nancy konnte es in seinen Augen sehen. Sie drückte seinen Arm, beugte sich vor und küsste ihn leicht auf die Wange.

»Wir sind hier, Will. Egal, was kommt. Komm. Setz dich. Setz dich zu uns.«

Er nickte.

Hootie kam heran und schüttelte seine Hand.

Bill Sessions warf ihm aus seiner Ecke ein versuchtes Lächeln zu.

»Hat jemand was gehört?«, fragte Will. »War der Arzt schon hier und hat etwas gesagt?«

»Noch nicht«, sagte Barbara Gooden. »Sie haben sie vor über neunzig Minuten gebracht. Ich bin seit einer Stunde hier. Am längsten von uns, denke ich. Sie waren noch nicht da. Wir haben versucht, etwas über den Sender herauszubekommen, aber die geben keine Informationen über ihren Zustand heraus.«

»Und das Baby?«

»Auch nichts über das Baby, Will. Es tut mir Leid.«

Er nickte. Ohne nachzudenken tätschelte er ihre Schulter, als ob er von Nebel umgeben wäre. Ein Nebel in einem Traum. Nichts wusste er mehr sicher. Wo er war, wie er ging, was er tat oder sagte oder ansah. Die Welle der Wut war wieder vergangen und hatte ihn fix und fertig hinterlassen. Er wollte nur noch zusammenbrechen.

Er setzte sich neben Hootie.

»Willst du einen Kaffee oder so was?«

»Nein. Nein, ist schon gut.« Er machte eine Pause. »Danke.«

Er rieb sich das Gesicht, dann lehnte er den Kopf zurück und schloss die Augen.

Also, dachte er, und seine Gedanken wanderten ziellos durch sein eigenes Leben. So fühlte es sich also an. Das hatten all die anderen Leute und ihre Familien und Freunde also gefühlt, in diesem Sommer, der lange her war, in dem er sich im Auge des Hurrikans befunden hatte.

Als Menschen um ihn herum verletzt und getötet wurden – wie viele Menschen, wie viele –, hatte es ihn nicht berührt. Er hatte dem Tod ins Auge gesehen, aber es war nicht sein Tod gewesen. Es hatte ihn nicht persönlich berührt. Abgesehen von Tomas war es niemand gewesen, den er kannte oder der ihm wichtig war, und er war der Mann gewesen, der bei der Beerdigung leise Witze riss.

Er hatte sie sterben sehen. Es hatte ihm ein paar schlaflose Nächte bereitet, aber es hatte seine Welt nicht verändert. Es hatte seine Seele nicht berührt.

Hey, tut mir Leid. Wirklich schade.

Jetzt war er dran.

Die Realität lag schwer auf ihm. Sie drückte auf seine Lunge und erhitzte seine Gehirnwindungen. Er hatte das Gefühl, er würde wahnsinnig.

Es fraß an seiner Seele.

Will fühlte sich hilflos, haltlos, allein und frustriert. Es gab keine

Möglichkeit, etwas zu unternehmen. Er konnte nichts tun. Es lag in den Händen von Gott und den Ärzten.

Hilflos. Einfach so verdammt hilflos.

Und allein. Hootie legte sanft seinen Arm um Wills Schulter.

Er spürte es nicht einmal.

Und die Nacht schritt fort.

Später – fünf Minuten, fünf Stunden, Will wusste es nicht, es war ihm auch egal – gab es ein Gemurmel vor dem Eingang zum Warteraum. Ein Arzt in blauer, bespritzter OP-Kleidung steckte seinen Kopf durch die Tür, zog ihn wieder zurück, sah etwas auf dem Klemmbrett nach, das er in der Hand hielt, steckte den Kopf wieder durch die Tür und sagte »Mr. Ross?«

Wie elektrisiert sprang Will auf.

Barbara, Hootie, Nancy und Bill standen ebenfalls auf und sahen den Arzt an.

»Mr. Ross, dürfte ich Sie mal sprechen?«

Will nickte langsam und begann zur Tür zu gehen. Seine Füße waren wie in Blei gegossen. Er wollte es erfahren. Aber er wollte den Arzt nicht erreichen, er wollte keine schlechte Nachricht hören. Nur die guten. Er wollte nur die guten Nachrichten hören. Gute Nachrichten, bitte.

Auf dem Gesicht des Arztes konnte er keine Emotion sehen.

Als Will endlich um die Ecke in den Flur bog, eine Ewigkeit später, konnte er draußen Ü-Wagen und Scheinwerfer sehen. Will sah auf die Uhr. Zehn nach zehn. Liveschalte für die Spätnachrichten. Er war eine Nachricht. Cheryl und Beppo waren Nachrichten.

TV6 war da. Er konnte das Logo auf dem Ü-Wagen erkennen. 9, 4, 7. 2 und 31 mussten auch irgendwo in der Nähe sein.

Er sah einen Reporter, den er nicht kannte, durch das Fenster auf ihn deuten. Die Kamera drehte sich zu ihm herum und der Kameramann fummelte wie wild, um die richtige Einstellung zu bekommen. Der Augenblick der Wahrheit.

Der Augenblick, in dem der Ehemann es erfuhr. Der Vater. In dem der Mann das Schicksal seiner Familie erfuhr.

Nachrichten? Nein. Aber packende Bilder.

Will wandte seinen Blick ab und sah den Arzt an.

Er holte tief Luft. Es ratterte aus ihm heraus. Er wollte fragen, was er nicht fragen konnte, aber etwas tief in ihm fand dennoch die Kraft zu sprechen.

»Bitte, Sir, sagen Sie es mir. Was … wie geht es ihnen? Wie geht es ihr?«

Die Worte kamen in einem Knäuel, einem glanzlosen, angsterfüllten Knäuel.

»Mr. Ross, es tut mir Leid. Es tut mir wirklich so Leid.«

Will wollte fragen »was?«, aber er hatte keine Luft mehr, es lag keine Kraft hinter dem Wort. Seine Lunge war eng, sein Herz hämmerte, sein Gehirn war leer vor Angst vor Nachrichten, die schrecklicher waren als alles, was er je gehört hatte.

»Ihre Frau, Mr. Ross. Es tut mir Leid.«

Er legte eine Hand auf Wills Schulter. Will konnte hören, wie Nancy hinter ihm plötzlich in Tränen ausbrach. Barbara Gooden stieß einen kleinen Schrei aus. Hootie oder Bill oder sonst jemand rief »Oh Gott!«

Aber Will, Will war gar nicht da. Er war gar nicht da.

Der Druck in seinem Kopf wuchs.

Seine Tränen begannen zu fließen.

Und trotzdem war er gar nicht da.

Sein Mund bewegte sich unabhängig von ihm. Seine Lippen bewegten sich ohne eine Verbindung mit dem Rest der Welt.

»W … w … wie?«

»Die Explosion. Die Druckwelle. Sie war sehr schwer verletzt, Mr. Ross. Wir haben alles versucht. Aber … sie hat sich wohl instinktiv so gedreht, dass sie die Wucht der Explosion abbekommen hat. Und ich kann Ihnen nur sagen, dass sie wohl unbedingt so lange leben wollte, bis das Baby auf der Welt war.«

»Das Baby?«

»Das Baby. Vier Wochen zu früh, Mr. Ross. Sie liegt jetzt auf der Intensivstation.«

»Sie? Sie.«

»Ein Mädchen, Mr. Ross. Sie sind der Vater eines kleinen Mädchens.«

Will schüttelte den Kopf. Nein, das nicht. Das wollte er jetzt nicht wissen. Noch nicht. Nicht jetzt.

»Cheryl? Was ist mit Cheryl?« Er redete immer lauter, als ob er taub sei.

»Es tut mir Leid, Mr. Ross. Die Verletzungen durch die Explosion und die Belastung durch den Kaiserschnitt. Es war einfach zu viel. Sie hat es nicht geschafft.«

«NEIN! Nein!«, heulte Will. Er hielt sich an den Schultern des Arztes fest. »Sagen Sie das nicht! Sie müssen das wieder hinkriegen! Verdammt nochmal! Machen Sie sie wieder gesund! Bitte, bitte, bitte!«

Der Ausbruch war kurz, hatte ihn aber doch schon erschöpft. In seinem Kopf wurde es wieder ein wenig ruhiger. Der Sturm war für einen Moment vorbei. Er konnte sich selbst denken hören, wenn auch nur für einen Augenblick, als ob eine besänftigende Hand sein Herz berührt hätte.

«Hat … hat sie das Baby gesehen? Hatte Cheryl die Chance, ihr Baby zu sehen?"

Der Arzt seufzte. Was sollte er tun? Die Wahrheit oder die beruhigende Lüge? Er entschied sich für die Wahrheit. Dieser Mann verdiente die Wahrheit, auch wenn er sie vielleicht nicht ertragen konnte. «Ich weiß es wirklich nicht, Mr. Ross. Es tut mir Leid. Wenn, dann nur für einen ganz kurzen Augenblick.«

Will nickte dumpf.

Die kurze Phase geistiger Klarheit war so schnell vorbei, wie sie gekommen war. Seine Gedanken gerieten außer Kontrolle und begannen, sich schneller und schneller im Kreis zu bewegen. Sie war nicht mehr da. Er war Vater. Das Baby war hier. Es würde ihn brauchen. Aber sie war nicht mehr da. Cheryl war nicht mehr da.

Plötzlich waren seine Beine, seine Arme, seine Brust und sein Kopf wie Pudding.

Es gab nichts, was er denken konnte.

Es gab nichts, was er fühlen konnte.

Will brach auf dem Flur der Notaufnahme zusammen, als ob die Luft aus ihm herausgelassen würde. Er wünschte, er könnte durch die Poren des Fußbodens fließen und in die Erde hinein verschwinden und einfach nur tot sein. Einfach tot sein.

Und zusammen sein.

Zusammen mit Cheryl.

Sein Gesicht ruhte auf der kalten, harten Oberfläche des glatten Marmorfußbodens. Durch seine Tränen hindurch sah er Sonnenstrahlen in der Nacht, Reflexionen von geschwungenen Engelsflügeln. Der Anblick war auf seltsame Art tröstlich. Der Gedanke, dass sie nicht alleine war, tröstete ihn. Sie würde nie alleine sein.

Die Engel. Die Engel des Lichts würden bei ihr sein. Um sie zu holen. Um sie zu holen und in den Himmel zu bringen.

Er schloss die Augen. Er wollte schlafen. Er wollte sterben. Er wollte für immer verschwinden.

Alle sechs Kameras richteten ihre Zyklopenaugen durch das Glas der Eingangstür auf Will, der auf dem Boden lag.

Die Kameramänner hielten den Atem an und die Bilder gingen durch die Kameras, die Kabel, die Ü-Wagen, durch die Luft und in die Sender. Dort sah man sie und schüttelte den Kopf über die Tragödie, während man die Bilder gleichzeitig aussandte in die warmen, hellen Wohnzimmer von Zuschauern in der ganzen Stadt und zu denen, die in Colorado über Kabel oder Schüssel die Nachrichten sahen.

Die Tragödie war Teil eines leicht verdaulichen Pakets zur Information und zur Unterhaltung der Zuschauer.

Es war live. Es war packend. Es war eine Übertragung, die im kommenden Jahr garantiert für den Fernsehpreis nominiert werden würde, für Kameraführung, Nachrichtengestaltung, Geigenklänge, gekonnte Überblendungen und gefühlsbetonte Texte.

Weit über Denver hinaus wurde der Augenblick zu einem Stück von allgemein menschlichem Interesse – und natürlich auch zu einem gut verwertbaren Bericht, der in jede Nachrichtensendung im ganzen Land passte.

»Tragödie in Denver. Ein Mann erfährt vom Schicksal seiner Familie. Gleich nach der Werbung.«

In Nachrichtenredaktionen im ganzen Land sahen Produktionsassistenten, Reporter und Moderatoren gleichermaßen schuldbewusst wie fasziniert zu, wie sich wieder einmal eine ferne Realität direkt vor ihren Augen abspielte.

Und sie wussten, es war ein Hit.

Epilog

Shoe und Rex lagen zu seinen Füßen und schliefen unruhig. Sie waren im Garten hinter dem Haus gewesen, als die Explosion passierte, aber sie hatten das Geräusch gehört, hatten das Blut gerochen, und hatten Angst gehabt.

Sie suchten an Wills Schuhen nach Trost und fanden keinen.

Will saß am Küchentisch und trank sein zweites Bier aus.

Er starrte auf die Wand, an der Cheryl und Beppo gelandet waren.

Er beugte seinen Kopf auf den Tisch und weinte wieder.

Er hatte die Nacht am Fenster der Intensivstation verbracht. Das Baby wurde stabilisiert, durchgecheckt und dann in das Kinderkrankenhaus von Denver überwiesen.

Hootie und Nancy fuhren ihn dorthin und warteten dort zusammen mit ihm. Sie versicherten ihm, dass sie sich um alles kümmern würden, was getan werden müsste. Will nickte dumpf. Sein Gehirn wollte den Gedanken an das, was getan werden musste, nicht akzeptieren.

Es gab immer noch Hoffnung, dachte er. Es gab immer noch eine Chance, dass er aufwachen und erfahren würde, dass alles nur ein Traum gewesen war. Ein schrecklicher, furchtbarer Albtraum.

Im Kinderkrankenhaus durfte er endlich zum ersten Mal seine Tochter berühren. Durch eine Öffnung im Glas des Wärmebettchens spürte er ihre winzigen Finger in seiner Hand. Sie griff zu. Danach schlief sie ein.

Wenn es ein Traum war, dann einer, aus dem man nicht aufwachte. Es war kein Traum.

Es gab nichts mehr, was er tun konnte, außer, dem Baby beim Schlafen zuzusehen. Schließlich warf ein Arzt einen Blick auf Will, gab ihm eine Spritze und schickte ihn nach Hause.

»Es geht ihr gut. Wir passen schon auf sie auf. Kommen Sie später wieder, wenn Sie sich ein bisschen ausgeruht haben.«

Will nickte.

Hootie und Nancy fuhren ihn nach einer kleinen Diskussion nach Hause. Sie wollten ihn zu sich mitnehmen, aber er wollte in sein eigenes Haus. Zu seinen eigenen Sachen. Zu seiner Frau.

Durch das Küchenfenster wurde es langsam hell. Zuerst kam die Dämmerung, dann der Sonnenaufgang, erst grau, dann mit orangenem, gelbem und rosafarbenem Licht, und bald würde der Himmel blau strahlen.

Im Wohnzimmer blieb es stockdunkel. Die Vorderseite des Hauses war mit dicken Sperrholzplatten über den zerstörten Fenstern und Türen abgedeckt, die das Licht aussperrten.

Das Blut war immer noch da. Das Glas. Die Holzsplitter. Er musste um alles herumlaufen. Die Polizei war keine Putzkolonne, hatte man ihm gesagt. Es lag an ihm, das Blut seiner Frau aus den Teppichen und von der Wand zu waschen.

Vielleicht kannte er ja auch jemanden? Nein, er kannte niemanden.

Niemanden.

Es war seine Aufgabe.

Er würde es später erledigen.

Er blickte auf die Uhr. Es war viertel nach fünf. Der Tag wurde langsam hell. Sonntag. Sonntagmorgen.

Er nahm den Telefonhörer in die Hand und rief im Krankenhaus an.

Das gleiche Telefon, an das sie nicht gegangen war.

Der Anruf, der ihn hätte töten können.

Der Anruf, der sie hätte retten können.

Und Beppo. Alle beide.

»Intensivstation.«

»Hi. Hier ist Will Ross. Gibt es etwas Neues?«

»Nein, Mr. Ross. Sie ruht sich aus.«

»Okay. Danke. Wann kann ich sie sehen?«

»Jederzeit, Mr. Ross. Jederzeit.«

»Ist zehn okay?« Er konnte das Zittern in seiner Stimme nicht verhindern.

»Jederzeit, Mr. Ross. Für Sie ist immer Besuchszeit.«

»Danke.«

Er legte auf und starrte zum Fenster hinaus. Es würde wieder ein herrlicher Tag in Colorado werden. Herrlich. Genau wie gestern.

Herrlich.

Die Hunde waren ruhig, bis er aufstand. Dann waren sie in Sekundenschnelle bei ihm. Stumm starrten sie ihn an. Er nickte zu ihnen herab und suchte sich einen Weg durch die Trümmer zur Treppe, die Hunde dicht hinter ihm her. Er musste die Glassplitter so schnell wie möglich beseitigen, dachte er. Sonst verletzten sie sich noch.

Gedanken, die ihm durch den Kopf schossen. Alles war irgendwie zufällig.

Das war also ein Schock, dachte er. So fühlte sich ein Schock an.

Er ging ins Schlafzimmer, in sein und Cheryls Zimmer, und zog sich die Kleider vom Vortag aus. Sie waren feucht, dreckig und alt.

Er zog eine Schublade auf und nahm einen Satz Radklamotten heraus. Hosen, Trikot, Socken.

Wie in einem Nebel zog er sich in seinem Zimmer an.

Er schloss den Reißverschluss des Trikots und fuhr mit der Hand weiter nach oben, um sein Haar zu glätten. Es waren Stücke darin. Stücke … Zeugs. Vom Tag. Von der Sendung. Von der Nacht.

Stücke. Alles war in Stücken.

Er schnickte sie auf den Fußboden, drehte sich um und ging die Treppe hinunter. Wieder suchte er sich einen Weg durch die Glassplitter, die Hunde dicht hinter ihm, bis er die hintere Tür erreichte. Die Hunde blieben stehen. Sie wollten das Haus nicht wieder verlassen. Sie hatten es schon einmal nicht geschützt. Sie wollten nicht wieder versagen.

Er ging hinaus und schloss die Tür hinter sich.

Sie konnten bleiben. Erst einmal.

Will ging hinüber zur Garage und schloss die Tür auf, öffnete sie, trat ein und atmete tief durch. Unter allen anderen Gerüchen konnte er das Rad riechen. Irgendwo hier drin.

Er nahm seine Schuhe von der Arbeitsbank und zog sie an, in der gleichen Reihenfolge wie an jedem anderen Tag seines Lebens, rechter Fuß, linker Fuß, rechts zuschnüren, links zuschnüren.

Er nahm seinen Helm in die Hand und die Handschuhe, von denen ihn das Haven-Logo anstarrte und ihn an die Vergangenheit erinnerte, an den Tag, an dem er sie wiedergesehen hatte. An den Tag, an dem er sich in sie verliebt hatte.

Er folgte dem Geruch zu seinem Rad. Er zog die Handschuhe an und setzte den Helm auf den Kopf. Er hob das Rad von den Haken an der Wand und berührte die Reifen. Gut genug.

Er hatte jetzt nicht den Nerv, Räder aufzupumpen. Er war auf Autopilot.

Er schob das Rad zur Garagentür und drückte auf den Knopf. Die Tür rollte nach oben wie der Vorhang eines schäbigen Theaters.

Will schob das Rad hinaus und drückte wieder auf den Knopf. Die Tür kam herunter. Langsam. Mühselig. Sie schloss sich Zentimeter hinter dem Hinterrad.

Er sah auf die Straße hinaus. Er hatte Reporter und Fotografen erwartet, die ihn anstarrten und auf eine Reaktion warteten. Er war allein. Dann wurde ihm klar, es war Sonntagmorgen. Am Sonntagmorgen arbeitete in den Nachrichtenredaktionen nur die Minimalbesetzung, und wer arbeitete, hatte etwas anderes zu tun. Erst später am Tage würde das halb zerstörte Haus als Hintergrund für die Liveschaltung des Abends herhalten müssen.

Packende Bilder. Aus Ihrem eigenen Wohnviertel, liebe Zuschauer.

Will seufzte. Lass gut sein, dachte er, lass es gut sein.

Er hob sein rechtes Bein über den Sattel, zog den Rahmen zu sich heran und ließ seinen rechten Fuß auf dem Pedal einschnappen.

Er spürte, wie es begann. Es lag tief in ihm, schlummernd, so viele Jahre vergessen.

Nicht die Magie. Er könnte ewig fahren und sie nie mehr wiederfinden. Er fuhr los, sein Gehirn leer, seine Seele blank, sein Herz … sein Herz außen kalt. Nur ein kleiner Funke, ein einzelner Funke, war in seinem Inneren noch lebendig.

Während er fuhr, wuchs dieser Funke zu einem Verlangen heran, einem Bedürfnis, einem Hunger, sein Leben selbst in die Hand zu nehmen und sich gegen die zu wehren, die ihn so viele Jahre lang benutzt hatten – gegen die, denen er gestattet hatte, ihn zu benutzen. Kim. Carl. Barbara. Bergalis. Haven. So viele Jahre lang hatte er sich von so vielen Leuten schieben und treten lassen. Jetzt spürte er ein Bedürfnis, das zu ändern, für sich selbst und für … Beppa? Und für Cheryl. Er musste es für Cheryl tun.

Will sprintete im größten Gang, den er finden konnte.

Seine Beine glühten. Seine Lunge pumpte Luft. Seine Brust brannte. Aus seinen Augen sprangen heiße Tränen.

Er begann, verzweifelt nach einem Gefühl zu wühlen, nach einem primitiven, elementaren Gefühl, das irgendwo unter den Lektionen seiner Mutter, den Regeln der Kirche und den Gesetzen einer zivilisierten Gesellschaft begraben lag.

Er suchte es, während er durch eine baumgesäumte Straße bergauf fuhr. Er streckte seine Krallen danach aus, während er den Broadway überquerte. Er grub danach, während er durch die Stadt raste. Schließlich fand er es.

Er hatte die ganze Zeit gewusst, dass es in ihm steckte, dort, unter dem Herzen, der Moral, und dem Bedürfnis, ein guter Mensch zu sein, unter den Lektionen und den ethischen Grundsätzen und den Warnungen, unter den Gesetzen und den Regeln und den erhobenen Zeigefingern von Lehrern, Priestern, Herrschern, und denen, die immer die Oberhand behielten. Er fand eine rohe, schrankenlose Bitterkeit. Eine grenzenlose Wut. Eine brutale Furie.

Das war es, was Menschen in den Wahnsinn trieb, sie dazu brachte, sich für eine Idee, einen Traum, ein Konzept vor einen unschlagbaren Feind zu stellen. In einer modernen, zivilisierten, geordneten Gesellschaft tat man das einfach nicht mehr. Es wurde beiseite geschoben. Es wurde tief vergraben. Es lag verborgen unter dem Ehrgeiz und dem besessenen Streben nach Besitz.

Aber jetzt war es da. Es war in ihm, während er fuhr. Es wuchs in ihm, bis er es nicht mehr in sich halten konnte. Es brach auf den sonntäglich leeren Straßen von Denver aus ihm heraus.

»JIIIIAAAAHHHHHHH!«

Der Schrei hallte durch die gläsernen Canyons der Sixteenth Street. Er senkte den Kopf und sprintete blind in Richtung Broadway. Er ignorierte Ampeln, Verkehr und seine eigene Sicherheit.

»Jaaaaaaaaaaaaaaaaaaaaaaaa!«

Das war nicht mehr die Magie, die er kannte.

Hier brach sich etwas anderes Bahn.

Die Hölle war unterwegs.

Die Hölle kam.

Und sie kam auf zwei Rädern.

Danksagung

Mein erster und größter Dank gilt Amy Sorrels, Tim Johnson und den engagierten Mitarbeitern bei VeloNews / VeloPress, die mich immer unterstützten und meine Arbeit nie in Frage stellten. Na ja, Fragen haben sie schon gestellt, aber höfliche.

Zweitens danke ich den Mitarbeitern bei WMAX-AM, WRIT-AM, beim Milwaukee Sentinel, WITI-TV, KUSA-TV und KCNC-TV, und bei anderen Medien in Milwaukee und Denver. Sie haben mir nicht nur viel über Radio-, Zeitungs- und Fernsehjournalismus beigebracht, sondern mich auch viel über das Leben gelehrt. Manches davon war witzig, manches verrückt, manches traurig, aber alles magisch.

Und Danke auch an Becky, Devon und Brynn, die drei Frauen, die mein Leben wunderschön machen, und die meine Pantoffeln vor Cosmo retten, dem knabberwütigen Nachfahren schottischer Fabelhunde.